TAKING LIVES
DESTINS VIOLÉS

Martin Arkenhout, hollandais de 18 ans, rejoint sa famille d'accueil en Floride où il doit passer un an dans une école secondaire. Intelligent, bon linguiste et très observateur, Martin s'ennuie à bord du car qui traverse les interminables marécages du sud de la Floride. Il y fait la connaissance de Seth Goodman, un fils de bonne famille qui, lui, rejoint New York où il doit commencer ses études supérieures. Tous deux sympathisent et décident de faire une partie de leur trajet commun dans une voiture que Seth loue.

Malheureusement, ils tombent en panne dans un coin reculé où pullulent crocodiles et serpents venimeux. Ils essaient de faire du stop, sans succès. À un moment, Martin s'éloigne du bord de la route et entend brusquement un choc, suivi d'un cri. Il découvre vite son compagnon de voyage agonisant sur le bitume. Et, bien sûr, la voiture qui l'a renversé ne s'est pas arrêtée et file au loin.

Martin comprend soudain qu'il tient là sa chance. Profondément perturbé, il est en effet obsédé par le désir adolescent de refaire sa vie pour ne pas être l'individu que ses parents ont façonné. Seth Goodman étant riche et à peu près du même âge et de la même taille que lui, il décide de le tuer et de prendre son identité…

Il avertit la police qu'un étudiant étranger a été renversé par une voiture qui a disparu. Les recherches s'avérant vaines, il est alors libre d'endosser le destin de son ancien compagnon de voyage. Mais peut-on vivre longtemps la vie de quelqu'un d'autre, sans que les amis et les parents de la victime dont on a usurpé l'existence comprennent que quelque chose ne va pas ?

Martin Arkenhout a déclenché un processus qu'il ne pourra plus arrêter. Il va ainsi passer d'identité en identité et de pays en pays, choisissant avec soin ses nouvelles victimes. Jusqu'au jour où il commet une erreur...

Né en 1946 à Manchester, romancier, historien et journaliste politique de réputation internationale, Michael Pye vit actuellement au Portugal.

Michael Pye

TAKING LIVES
DESTINS VIOLÉS

ROMAN

*Traduit de l'américain
par Robert Pépin*

Éditions du Seuil

L'édition originale française de cet ouvrage
a paru sous le titre
Destins volés

TEXTE INTÉGRAL

TITRE ORIGINAL
Taking Lives
ÉDITEUR ORIGINAL
Alfred A. Knopf, Inc.

ISBN original : 0-375-40-260-8
© original : 1999, by Michael Pye

ISBN 2-02-063753-7
(ISBN 2-02-038144-3, 1ʳᵉ publication)

© Éditions du Seuil, novembre 2000,
pour la traduction française

www.seuil.com

Cet ouvrage est de pure fiction.
Le criminel qui l'a inspiré est toujours en liberté.

1

Deux jeunes gens traversent la Floride en car. L'un d'eux n'en a plus pour longtemps à vivre.

C'est l'été, de l'année 1987. Ciels brûlants virant au basalte, air recuit. Route droite et blanc os, qui file à travers l'herbe et les marécages.

Aucun des deux jeunes gens n'est de la région, ça se voit. Ils regardent fixement par les vitres, mais ne veulent pas qu'on les y prenne.

La route ne fait que continuer. Ils découvrent des villes qui se répètent comme les pièces d'un puzzle : trouvez les sept erreurs dans ces océans d'herbe épaisse et de lauriers-roses à l'air civique.

Le premier s'appelle Martin Arkenhout. Dix-sept ans. Il ne parle guère ; pas l'habitude. En plus, c'est un étranger – hollandais, grand, blanc, dégingandé –, et il ne peut pas s'empêcher d'avoir peur et, dans le même temps, de se sentir supérieur. Il voit les petits Blancs dans le car et pense que ce sont des mangeurs de patates tout droit sortis d'un tableau de Van Gogh. Il y a aussi des Hispaniques ; leur peau sombre lui semble belle, mais pas question de faire un geste vers eux. Ce jeune homme se tient sur ses gardes.

Il effectue la conversion miles/kilomètres pour trouver la vitesse du car. Le dos voûté, il se dirige vers les toilettes, pisse dans le liquide qui remue au fond de la cuve et regagne son siège d'une démarche coulée.

L'œil vitreux, il commence à se demander s'il a vraiment envie d'être là : un gamin, voilà ce qu'il sera. Un gamin qui pendant un an ne sera rien de plus qu'un petit étranger dans un lycée américain, mais dont on attendra qu'il grandisse, Dieu sait comment.

A chaque arrêt, il descend du car et rachète du Pepsi. A onze heures du matin, la caféine commence à beaucoup l'exciter. Il a les yeux grands ouverts sur le monde, mais pas grand-chose à voir.

– Je ne sais pas pourquoi j'ai fait ça, dit quelqu'un.

Arkenhout lève la tête.

– Je pensais que c'était cool comme idée, dit le deuxième garçon. Voir l'Amérique.

– Où allez-vous ?

– En fac. Par le chemin le plus dur.

– Oh, dit Arkenhout. Moi aussi.

– Vous n'êtes pas américain ?

– Je suis hollandais.

– Cool.

Ce mot a tout l'air de l'absoudre d'être étranger. Au bout d'un moment, le jeune homme ajoute :

– Le pays des cafés à marijuana, pas vrai ?

– Et de Rembrandt.

– C'est vrai. Excusez-moi.

Le deuxième garçon est grand, blond et blanc. On dirait une photo retouchée d'Arkenhout : cheveux coupés comme il faut, corps plus musclé, ensemble moins fatigué et plus bronzé.

– Seth Goodman, dit-il.

Arkenhout songe que c'est un nom de personnage de fiction ; il se rappelle des romans anglais du XIXe siècle.

– Putain ! s'écrie Goodman. Le car...

Les portières se sont déjà refermées. Signal du départ en forme de gaz d'échappement bleu-noir. Il court, martèle les portières à coups de poing, après un faux départ le chauffeur les rouvre.

– Vous ne m'avez pas entendu crier ? lance ce dernier.

Les deux jeunes gens s'excusent en se rappelant la même chose : ils sont des jeunes gens comme il faut.

Ils se rassoient loin l'un de l'autre et ne bougent pas de leurs places pendant une heure et demie. A l'arrêt suivant ils s'achètent des chili dogs et du café.

– Je vais à l'université de New York, dit Goodman.

– Moi, je passe un an en Amérique. Avant d'entrer en fac, dit Arkenhout.

Goodman n'a pas l'air de s'inquiéter du fossé qui les sépare. Tout compte fait, ils sont quand même en voyage.

– D'où venez-vous ? demande poliment Arkenhout.

– De Jackson, Michigan. C'est dans le Middle West. Célèbre pour sa gigantesque cascade avec lumières colorées.

– C'est la première fois que je viens en Amérique.

– Vraiment ? On joue au base-ball en Hollande ?

Pendant les quelques heures qui suivent, Goodman commence à lui expliquer. Il attaque sur le mode slogan : comment il prend le bus pour des raisons de préservation de l'environnement, comment il veut voir du pays. Il donne aussi quelques renseignements personnels : il s'est inscrit en licence de journalisme. Pour l'instant, il n'est qu'une rubrique dans l'album de la promo, c'est peu, mais ça brille. Bien des kilomètres plus tard, il fait tout ce qu'il peut pour voir en Arkenhout un type qu'il a toujours connu dans les vestiaires ; c'est pour ça qu'il parle de Tracy, sa copine, une gymnaste brune qu'il baise dans les tribunes d'où l'on voit la cascade gigantesque avec ses lumières colorées.

En retour, il considère avoir droit à toute l'histoire d'une vie, mais serait consterné si cela devenait un peu trop exotique.

Arkenhout lui répond seulement qu'il est en route pour une banlieue de Tampa où il sera élève au lycée, chose qu'il a déjà expliquée à Goodman. Il n'a rien de léger à dire sur son pays ou ses parents. En particulier, il ne dit pas tout haut qu'il va apprendre l'Amérique comme une leçon parce qu'il est doué pour les langues – et pas seulement pour les sons bien propres sortant de lèvres intelligentes, non : il sait aussi écouter cette manière qu'ont les gens de ne rien dire ouvertement et de se répéter ensuite.

Goodman dit qu'il aimerait bien descendre avant Tampa et reprendre un car le lendemain matin. Arkenhout est du même avis. Pour une fois, il ne fait pas ce qu'on attend de lui et c'est ça qui est fascinant.

Le car s'arrête dans une gare ornée de fragments de colonnades blanches et d'un revêtement de briques. Les deux jeunes gens sortent leurs sacs du ventre du car. Ils parlent un peu de l'éclair vert qu'on verrait dans le ciel de Floride, ils en ont entendu parler tous les deux.

***

Soirée en Technicolor. Regards de pauvres Blancs. Petit motel, vieux rose, deux lits doubles, télé aux couleurs altérées comme dans un très vieux film en trois dimensions. Salle de bains avec mosaïque détériorée et barrière genre police : de ce côté-ci, ç'a été nettoyé pour votre protection, de l'autre c'est à vos risques et périls. Palmiers qui remuent très peu et brillent plus qu'ils ne bougent.

Goodman parle de New York.

– On y rencontre des gens qui comptent, dit-il.

Ça doit être une expression de son père. Il y trouvera sûrement le chemin de sa carrière et sera invité – mais à quoi, il ne sait pas trop.

Arkenhout commence à se dire qu'il porte son nom – Martin, Arkenhout –, comme une valise trop grande préparée par Maman et que, tôt ou tard, il lui faudra la rapporter en Hollande.

Appeler sa famille d'accueil à Tampa pour l'informer qu'il a raté le car et aura du retard.

Et maintenant, il fait très attention. Goodman ne se ronge pas les ongles. Au contraire d'Arkenhout ; il vaudrait mieux arrêter. Les Américains ont des dents superbes et bien entretenues, mais les siennes ne sont pas mal non plus. Goodman ne dit pas grand-chose de sa ville natale parce qu'il est en train de la quitter. Pendant qu'il est sous la douche, Arkenhout feuillette son journal intime et y trouve une liste de numéros de téléphone à appeler en cas d'urgence : domicile, amis, médecin. La carte de crédit qui a servi à payer la chambre est au nom de son père. Ainsi donc, c'est comme ça que font les Américains, se dit-il.

Goodman sort de la douche en socquettes blanches. Il s'allonge sur le lit, tout nu et bronzé, et sourit. Arkenhout remarque l'élégance des muscles de son ventre.

Étant donné qu'ils viennent à peine de faire connaissance et n'ont rien en commun hormis le fait de ne pas connaître leurs histoires respectives, il est naturel de s'enquérir des parents, des frères et des sœurs. Ceux de Goodman habitent une maison sise dans une petite ville aussi propre que lointaine, pas très différente de celle d'Arkenhout, sauf que les Hollandais vivent près des dunes et de la mer.

– Mon père est médecin, dit Arkenhout comme si c'était bien plus qu'une simple profession.

Goodman a un frère et une sœur, mais dit qu'ils sont « très cambrousse ».

Arkenhout est curieux de tout. C'est le motel qu'il apprend en premier. Flamants roses dehors, peinture écaillée. Une vieille femme ridée comme une pomme à la réception, bronzée et douce ; elle a une arme qui dépasse d'un tiroir. Chambres comme des boîtes. On ne pose pas de questions, on n'y songe même pas une fois que la carte de crédit est acceptée par la machine.

13

A un moment donné, en pleine nuit, il a l'impression que Goodman l'observe. Il fait semblant de dormir.

Le lendemain matin, chaleur étouffante.

Arkenhout a un mal de chien à ne pas égrener ses questions et, ce coup-ci, Goodman a envie de parler ; à tout le moins de faire le fanfaron et d'apprendre des trucs à l'étranger.

Au petit déjeuner, ils mangent du gruau de maïs avec des œufs. Arkenhout s'en tire bien. Goodman se met à rire.

– Je n'ai jamais mangé… (et il attire l'attention, un rien désapprobatrice, de la serveuse) de ce truc avant, dit-il.

Les sièges du car collent aux cuisses. Goodman lui explique New York à la manière d'un guide touristique mâtiné de journal à sensation. Arkenhout écoute, mais regarde aussi par les fenêtres les jeux de lumière et les branches emmêlées des arbres.

Soudain Goodman est impatient.

– Ça pue, tout ça ! s'écrie-t-il. On devrait louer une bagnole.

– Je n'ai pas mon permis, déclare Arkenhout. Pas sur moi.

– C'est moi qui conduirai, dit Goodman. Ils ne voudront jamais louer une voiture à un jeune étranger.

– D'accord.

Et, en lui-même, il ajoute : « J'étais un jeune étranger. » La formule lui plaît.

Il a dit à ses responsables de Tampa quel car il allait prendre, mais louer une voiture lui semble à peu près pareil, avec un peu d'élasticité en plus, et c'est assez bienvenu.

– Cool, dit-il en se lançant.

Au grand arrêt suivant, les jeunes gens descendent du car et, avocat de l'un et de l'autre, Goodman essaie de convaincre les types de chez Hertz de lui louer une voiture. A deux gamins qui se baladent sans but à travers la Floride ? Pas question. Mais l'employé – il est absurdement musclé pour un gratte-papier, à peine si sa peau arrive à contenir ses biceps – les informe qu'il y a un autre endroit un peu plus bas sur la route et sourit tandis que les deux blonds s'éloignent lentement.

L'endroit un peu plus bas sur la route est le crépuscule des bagnoles du coin. Le prix est élevé, le véhicule une Taurus qui a fait son temps, mais la carte de crédit résout tous les problèmes.

Ils quittent la ville et s'élancent sur la grand-route. Ce qui n'était que voyage banal, pénible et sans intérêt se mue en aventure – radio allumée, brise rapide, route qui file à perte de vue, impression de prendre des risques. Ils chantent. Le temps est aussi lourd qu'un bon vieux rock and roll.

Mais la route ne se transforme pas en histoire. Elle ne fait que filer sous eux, régulière comme une horloge.

Ils commencent à chercher des sujets de rigolade. Un alligator en plâtre marron monté sur de grosses hanches pour rester stable lève la tête dans l'herbe. Un panneau publicitaire leur promet une des merveilles du monde – moyennant cinq dollars chacun.

Le bureau est tapissé de peaux de cobra, d'après un autre panneau. Il y en a un, et vivant, au fond de la pièce – il oscille aux sons d'un peigne entouré de papier fin –, et aussi des ratons laveurs aux mains agiles.

– J'ai déjà vu cette jungle, dit Seth en regardant les buissons maigres. Dans *Star Trek*.

Arkenhout acquiesce d'un signe de tête. *Star Trek*, il connaît.

Sous les planches de la promenade, dans des bassins boueux, deux ou trois trucs qui ont l'air en tôle ondulée remuent. L'un d'eux s'ouvre sur de grandes dents, et bâille. L'endroit pue l'incurie, ce n'est pas comme à la maison, ni pour l'un ni pour l'autre.

– Ils sont capables de te déchiqueter que ta mère te reconnaîtrait pas, dit gentiment un type en salopette. Vous voulez leur donner à manger ?

Goodman s'essaie à des couinements de cochon qu'il a entendu un type de la météo pousser à la télé. Pas de réponse. Il ramasse un seau rempli de morceaux de poulet – chairs qui luisent, sang noir, os sciés –, et le secoue. Il renverse le seau dans la boue. Claquement sec, vaste ébrouement, la viande a disparu.

– Que ta mère te reconnaîtrait pas, répète le type en salopette.

Il ne se lasse pas de le dire.

Les deux jeunes gens ont envie de la suite. Mais la voiture refuse de démarrer.

– Je vois pas comment la batterie aurait pu tomber à plat, dit Arkenhout.

– On n'aura qu'à leur foutre un procès, dit Goodman.

C'est une expression de son père.

Ils poussent la voiture et la font passer du goudron brûlant de la cour sur la route. Le moteur crachouille, se remet en route, s'arrête à nouveau. Goodman débloque le frein à main, ouvre les portières avant, et les deux jeunes gens essaient de courir, le poids de la Taurus contre les épaules. Cette fois-ci, le moteur se met en colère et revient à la vie.

– Les garages doivent pas être tout près, dit Goodman.

– Peut-être qu'ils nous donneraient un coup de main à l'élevage d'alligators.

Mais la cahute est fermée et personne ne répond.

Goodman conduit comme un petit vieux. Il n'atteint pas la grand-route. La voiture meurt un peu avant, hors de vue des types qui s'occupent des alligators, dans un léger creux entre des arbres.

Goodman ne bouge pas de son siège et tambourine sur le volant du bout des doigts. Brusquement il n'a

16

plus l'air d'un prince, mais d'un petit garçon. Arkenhout se sent aussitôt plus mûr.

La chaleur écrase la peau, des sons leur parviennent filtrés par les vitres ; des choses remuent, serpents et alligators, dans les fossés et le marécage. Il ne devrait pas y avoir de terrains creux dans la plate Floride et Goodman grille d'impatience de dégager de celui-là.

– Merde, dit-il. J'ai mis la location de la bagnole sur la carte de mon père. On peut pas l'abandonner. Et on peut pas téléphoner non plus et on est en pleine…

– Je vais aller jusqu'à la grand-route.

– Personne ne voudra s'arrêter pour toi. On croira que tu fais du stop.

– En Hollande, on s'arrêterait, dit Arkenhout. Enfin… je crois.

Ils entendent des voitures vrombir dans le lointain, mais ne les voient pas. Ils entendent des petits mouvements timides dans les buissons, puis quelque chose qui éclabousse.

Goodman est descendu de la voiture et court presque – au diable le soleil. Il se dépêche de filer, de façon à transformer la nature qui l'entoure et qu'il surveille du coin de l'œil en quelque chose d'immobile et d'inoffensif – caméra poursuite.

– J'y vais avec toi, crie Arkenhout qui ne peut rien faire d'autre.

Mais Goodman fuit le problème, c'est évident.

***

Arkenhout à l'ombre d'un arbre au bord de la chaussée. Il regarde Goodman agiter les bras, faire les gestes de l'auto-stoppeur, lever la main comme s'il essayait d'arrêter un car ou un taxi. Rien ne marche. Il est trempé de sueur, il n'a pas de bagages, il est planté là au milieu de nulle part – il est suspect. Il n'a même pas l'air d'avoir de voiture. Il vaudrait mieux qu'Arkenhout s'en aille de façon à ce qu'on ne voie pas qu'ils sont deux.

Certains chauffeurs regardent droit devant eux et accélèrent un bon coup – pure coïncidence. D'autres les contemplent d'un air désapprobateur, comme s'ils voulaient avoir le courage de s'arrêter et de les sermonner comme il faut. Une camionnette avec deux types mal rasés dedans fonce sur Goodman qui est en train de danser sur la chaussée, et redresse au dernier moment. Goodman sent un vent brûlant et métallique le frôler.

Arkenhout observe. Il aime bien la chaleur, le côté situation extrême, l'impression d'être perdu : ça veut dire que tout est possible. Il disparaît un instant pour aller pisser.

Il n'entend plus rien sur la route. Puis :

– Hé ! hurle Goodman. Non mais hé !

Il reboutonne sa braguette. Du fond du fossé il entend un choc sourd, une voiture qui s'est déroutée une seconde, puis qui reprend sa course, mais plus vite. Goodman ne crie plus.

Arkenhout préférait l'entendre crier. Le silence le rend nerveux. Il ressort du fossé à grandes enjambées.

Il regarde la route. Traces de pneu qui conduisent à Goodman, grandes flèches de caoutchouc noir. Le jeune homme est allongé par terre, un œil noir et fermé, l'autre fixe et grand ouvert. Il a la bouche en sang et bave un peu. Jambes cassées et contusionnées, os et tendons qui saillent à travers la peau nue. Il semblerait que quelqu'un n'ait pas supporté de le voir debout sur cette route à cette heure, qu'on en ait voulu à l'existence même des gens de son espèce.

La route est silencieuse. Les petits mouvements fragiles dans les buissons sont écrasés par le seul poids du soleil.

Arkenhout fouille dans ses poches et y sent de l'argent,

son passeport et des cartes postales pour ses parents. Tout va bien. C'est ce qu'il se dit. Il est grand et donc les spasmes qui lui secouent l'estomac, et donc le goût d'œufs et de vieux Coca qu'il a dans la bouche, non, rien de tout cela n'est en train de lui arriver.

Il ne veut pas regarder de plus près, mais il a l'impression que l'œil de Seth, celui qui est ouvert, bouge un peu. C'est peut-être une réaction mécanique dans un corps mort, comme quand on fait passer du courant dans une grenouille de laboratoire. Peut-être Goodman est-il vivant.

Il essaie de se rappeler des trucs qu'il a appris chez les scouts : bandages, déplacement du blessé, bouche-à-bouche. On ne bouge pas un corps qui est aussi brisé et déchiqueté que celui de Seth. Sauf que ce corps n'en est pas moins là, sur le goudron, et que bientôt il y aura d'autres voitures. Arkenhout sent qu'il ne peut pas faire autrement. Il se précipite et tire Seth dans l'herbe épaisse qui borde la chaussée par endroits. Il fait comme s'il ne le connaissait pas et cherche dans ses poches : de l'argent, une carte de crédit, une autre avec son nom. Arkenhout a une Timex en plaqué or ; Goodman a une montre de l'armée suisse.

Arkenhout se sent plongé dans un état de grand froid et d'immobilité où les pensées semblent particulièrement claires. Il sait que ce n'est pas possible. C'est avec un jeune homme qu'il ne connaît pas qu'il se trouve. Il est étranger et les gens du coin n'aiment pas les étrangers, même pas Seth Goodman. Il a vu les films et a regardé la télé. Il panique.

Les flics ne comprennent rien à tout ce qui est improvisé dans la vie. Ils penseront qu'avoir voyagé en car et loué une voiture ne pouvait que conduire à ce corps brisé allongé au bord de la route.

Un étranger et un Américain pur sang, et c'est l'Américain pur sang qui est mort. Ou en train d'agoniser.

Il écoute. Pas le moindre bruit de moteur dans les deux directions. Il pose la tête sur la poitrine de Seth et entend son cœur qui lutte.

Et puis il y a le problème du Dr et de Mme Arkenhout. Ils ne supporteraient pas qu'un truc aussi extraordinaire soit arrivé à leur fils. Ils pourraient même vouloir le faire rapatrier, et lui ne supporterait pas de retrouver toutes ces manières creuses.

Il ramasse une lourde pierre pleine de facettes, frappe Seth à la tête, deux fois, et jette la pierre dans le fossé. Il s'agit d'un acte de pitié : il n'y a aucun moyen d'appeler à l'aide, encore moins d'en faire venir. Il tient la tête de Seth un instant dans ses mains et l'examine de manière impersonnelle. Les dents branlent, il le voit. Le visage est tellement abîmé qu'il pourrait appartenir à n'importe quel jeune homme de sa taille, de son âge et de sa couleur de peau.

Un camion passe à côté de lui, grand monstre chromé qui file sur vingt-quatre roues. L'espace d'un instant, Arkenhout se dit que le véhicule va s'arrêter, mais non, déjà il s'éloigne à toute vitesse. Arkenhout se demande combien de temps on met pour immobiliser un engin pareil.

Il tient la main de Goodman, dont les ongles ne sont pas rongés. Il les ronge.

***

Quatre, puis cinq, puis six kilomètres sur cette route qui tout à l'heure semblait si droite et maintenant s'incurve et scintille, il est complètement desséché et presque à bout de souffle. Rien ne bouge, personne ne passe. C'est le monde entier qu'il a pour lui tout seul, bordel.

Le ciel gronde et noircit derrière lui.

Il a deux jeux de papiers d'identité dans la veste qui pend à sa main gauche. Ceux de Martin Arkenhout, qui n'est qu'un gamin et visite les États-Unis, ceux de Seth Goodman, qui est déjà en fac et peut faire tout ce qu'il veut. Il est blond et a la bonne taille. Facile. La montre qu'il a maintenant au poignet gauche est une montre de l'armée suisse.

Il pourrait être Seth Goodman bien mieux que celui-ci le pourrait jamais. Il pourrait faire de lui n'importe quel individu de son invention.

Enfin il voit un *diner*[1] : tache de briques jaunâtres entre des pins. Il dit qu'il y a eu un accident et demande à téléphoner.

Une serveuse lui donne du café alors qu'il veut de l'eau et lui montre le téléphone. Il voit bien qu'elle a envie d'être gentille, de le materner et de le croire ; c'est naturel. Mais elle a aussi de l'expérience et veut des preuves de ce qu'il lui raconte.

— En fac, dit-elle.

— Oui, dit-il, oui, madame.

Elle rayonne, si près de lui qu'il sent l'odeur métallique du vieux café sur son haleine.

Mais son sourire est pour les autres clients. A lui elle dit, doucement :

— Alors, où elle est, votre putain de bagnole ? Où elle est ?

— On a eu une panne. Près de l'élevage d'alligators. Après, on a essayé d'arrêter quelqu'un sur la route.

Tout est vrai, mais il n'empêche : elle grogne.

— C'était un Hollandais, reprend-il. Il croyait qu'on s'arrêterait pour nous.

— Un étranger. Qu'est-ce que vous fabriquiez avec un étranger ?

— Je voyageais.

Elle virevolte un instant dans le *diner* – pour apporter de la salade à un couple jaunâtre près de la fenêtre, du

1. Petit boui-boui au bord des routes. (*NdT*.)

rab de café à une Noire maigre comme un clou, un plat de viande-frites au couple entre deux âges en chemise à carreaux.

– Ça m'a l'air affreux, tout ça, mon chou, reprend-elle.

Il n'a jamais joué auparavant, mais s'il l'avait fait, il reconnaîtrait toute la concentration qui est la sienne sur cette chance unique.

Il regarde la pluie tomber en paquets – elle frappe la chaussée comme à coups de marteau et dévaste les bas-côtés. L'espace d'un instant de la grêle fait trembler l'air.

Il n'arrive pas à manger bien que la serveuse le lui recommande.

Il sait quand le soleil revient à cause de tous les scintillements éparpillés sur le sol.

***

Il est au commissariat et tient le téléphone dans ses mains. Il n'est pas du tout sûr que ça marche.

– Tu n'as pas la même voix, lui dit la femme à l'autre bout du fil.

Mme Goodman, mère.

– J'ai fait ce que j'ai pu.

Parler le moins possible. Imiter le langage particulièrement plat de Seth avec sa bouche astucieuse.

– Ça doit être le choc, mon chéri, dit-elle.

Puis elle semble se rappeler que son fils ne supporte plus les petits mots tendres.

– Enfin, dit-elle, Seth, je veux dire. Ils trouveront le corps quand l'orage sera fini. Avec toute cette pluie. Je sais bien que tu as fait tout ce que tu pouvais.

Arkenhout a la tête qui tourne, saisissant toutes les conséquences de ce qu'elle est en train de lui dire : on va le retrouver.

– Reviens à la maison, reprend-elle. On te soignera. Jusqu'à ce que tu sois de nouveau toi-même.

En arrière-plan, il entend le père aboyer et se racler la gorge. Il pense qu'il devrait dire quelque chose, mais le silence, suppose-t-il, ne peut qu'aider à le rendre plus crédible.

– Les flics, dit-il en hésitant.

– La police, Seth. La police.

– Ils disent que les corps ne restent pas toujours au même endroit. Il y a des alligators dans le coin. Je l'ai ramené sur le bas-côté parce que je ne pouvais quand même pas l'abandonner sur la chaussée…

– Ça ne vaut même pas la peine d'y penser, dit-elle, et elle ne plaisante pas. Tu peux revenir tout de suite. Tu le sais bien. Enfin… si tu veux.

Il devine : qu'elle meurt d'envie qu'il rentre à la maison et y reste à jamais, que le vrai Seth jouerait à l'adulte et refuserait. Ils ne se sont pas habitués à la séparation, c'est évident : c'est pour ça qu'ils essaient très fort de faire les choses comme il faut.

Il le sait, mais il ne sait même pas comment Seth appelle sa mère – « Maman », « M'man », par son pré-nom, un surnom ? Remarquera-t-elle qu'il évite de la nommer ? Puis il se rappelle qu'elle s'attend à ce qu'il n'ait pas l'air d'être lui-même, pas tout à fait.

– Je préfère continuer jusqu'à New York, dit-il. Je veux commencer.

Mme Goodman respire fort. Il y a une pause, une petite conversation, puis c'est M. Goodman qui lance :

– On te prendra ton billet, Seth. Il t'attendra à l'aéro-port. Ça va, au moins ? As-tu vu un médecin ?

– Ça va.

Et donc, ils ne font pas non plus étalage de leurs sen-timents ; comme ses propres parents, ils pensent pou-voir garer leurs émotions comme leur voiture jusqu'au moment où ils en ont besoin.

– Je vous appellerai de New York.

Il raccroche. Il est très conscient, là, sur sa peau, que les trois flics sont en train de l'observer.

Un vieux sergent, noir, l'emmène dans une salle d'interrogatoires.

– Mon grand, commence-t-il. On est obligé de te dire qu'on n'a toujours pas retrouvé ton ami.

Il pense qu'ils doutent de son histoire. Il se donne un air vide.

– Il y a des traces de pneus, mais rien d'autre. La pluie et la grêle ont bousillé l'herbe au bord de la route et on n'a pas vu de corps.

Arkenhout garde le silence.

– Je sais que c'est dur. Tu voudrais, et là il lui ressort une expression des talk-shows, qu'on referme le dossier, mais je te promets : on le retrouvera et je t'appellerai. Je te contacterai tout de suite.

***

Il s'étire sur le lit, complètement gelé par le climatiseur. Il est en avance ; son compagnon de chambre n'arrivera que dans une semaine. Tout le monde semblant savoir qu'il y a eu un accident, il a connu un bref instant de gloire. Et tout le monde est très gentil. On lui a proposé un soutien psychologique.

Mais il songe : ça ne peut pas marcher. Les flics finiront par retrouver le cadavre. Il n'est pas possible qu'un corps soit assez bousillé pour que les recherches de dossiers médicaux et dentaires ne donnent rien ; et si on avait pris les empreintes de Seth Goodman, même seulement une fois ? S'il s'était fait opérer de l'appendicite ? Arracher une dent de sagesse ? Il aurait dû faire l'inventaire de son corps pendant qu'il était encore vivant.

Puis : et s'ils retrouvent le corps, le renvoient en Hollande et que ses parents décident que ce n'est pas lui ? Toutes ces hypothèses lui courent sur la peau comme des sueurs.

Ce n'est qu'au moment où on lui passe l'appel de Floride – corps retrouvé, salement esquinté et écrasé, blessures graves et compatibles avec accident de voiture et le reste tiraillé et éventré par des alligators, complètement pourri par des semaines de séjour dans une eau chaude et stagnante ; quelques contusions qui pourraient venir de ce que la tête aurait frappé une vanne de caniveau ; le corps photographié, catalogué, identifié comme étant celui de Martin Arkenhout parce qu'il ne pourrait pas avoir d'autre nom, puis brûlé dans un cercueil en contreplaqué parce que les restes étaient trop immondes pour que les parents puissent les pleurer ensemble, et cendres renvoyées en Hollande –, qu'il cesse de voir le gentil flic noir de Floride monter la garde au-dessus de son lit.

Il donne un coup de poing dans l'air. Il peut commencer une nouvelle vie, connaître des gens qu'il ne devrait pas connaître, s'inventer.

A cet instant, avec la Cinquième Avenue qui scintille de toute la poussière en suspension dans l'air de cette bestiale journée d'été, la ville est à lui.

***

Et pendant un temps tout lui sourit : il est sans peur parce qu'il ne sait pas trop ce qu'il devrait craindre.

Il imite Seth Goodman, l'étudiant, juste comme il faut. Il ouvre des livres à minuit avec un crayon lumineux sur son bureau, gagne le grand vide cintré de la bibliothèque dès l'ouverture et vagabonde à travers ses cours d'un air pénétré. Son compagnon de chambre aime le calme. Il s'inscrit en anthropologie physique – tout plein d'os à mesurer et apprendre à connaître.

Mais il traîne aussi, juste un peu – s'étale sur des bancs au soleil de Washington Square, se mêle à des bandes pour boire deux ou trois bières, se retrouve comme ça, par hasard, au gymnase pour pouvoir étudier son compagnon de chambre. Rien ne manque.

Les Goodman appellent. Mais il n'est jamais dans sa chambre quand ils le font.

– Il est souvent sorti, leur dit son compagnon de chambre. Il va en bibliothèque.

Les Goodman veulent savoir s'il se porte bien.

– Pas de problèmes, leur dit son compagnon de chambre qui pense que Goodman en ferait autant pour lui.

– On ne voulait pas le déranger, insiste la mère de Goodman.

Elle ment.

Arkenhout rappelle. Mme Goodman lui dit qu'ils seraient ravis de venir le voir à New York, mais Seth sait bien ce que son père pense de la ville. Arkenhout se contente d'un bref, et sage : « Ouais, ouais. »

Étant donné qu'il ne connaît personne, il décide qu'il peut rencontrer absolument tout le monde. Il se balade dans SoHo le soir où commence la saison artistique, avec ses galeries qui s'ouvrent comme des souks et ses gens qui s'y répandent sur une marée de vin blanc léger. On lui parle, on l'invite : il a dix-sept ans, il fait un aimable volontaire. Il se rappelle assez de noms appris dans ses excursions au Stedelijk Museum d'Amsterdam – Haring, Nauman, Koons, ce genre-là –, pour avoir l'air au courant. Il n'embête pas son monde en disant l'artiste qu'il préfère : Malevitch. Il est assez malin pour savoir que ces gens-là n'aiment pas ceux qui troublent vraiment la paix publique.

Dans ces errances, des offres surgissent. Il est utile, les galeries s'en servent comme d'un meuble. Il aide à déplacer des escargots en verre et de la pornographie en cuivre. Ce qui conduit aux fêtes ; il goûte à tout un monde. Il est inscrit à tel groupe et à tel autre, mais on le remarque parce qu'il a un truc. Il est aussi vide que n'importe quel jeune homme de son âge, comme un fils de remplacement, un amant potentiel, quelqu'un à modeler, mais il est très attentif. Ça lui est égal que les gros ego l'inondent de leurs histoires. Il a soif de tous les renseignements qu'ils laissent échapper au fil de leurs paroles.

En cours, il est celui qui ne pose pas les questions idiotes, qui sait que le monde ne se réduit pas à des banlieues bon chic bon genre ; ça, on le lui a appris à l'école. Au gymnase, il est assez pitoyable, mais se montre serviable. Il fait sa propre tournée des galeries, tantôt pour aider à déplacer des caisses à West Broadway, tantôt pour traîner dans quelque « espace artistique » perdu de Chelsea et ainsi donner l'impression qu'on y vient. Son compagnon de chambre se trouve une petite amie pour les après-midi où on peut être sûr qu'il n'est jamais là.

Arrive Thanksgiving.

Arkenhout est hollandais. Il connaît la Saint-Nicolas, Noël et peut-être le Nouvel An. Mais Thanksgiving, cette espèce de barrage routier dans son existence, là, en novembre, il ne connaît pas. Aussi est-il surpris lorsque les Goodman lui laissent un message pour lui annoncer qu'ils vont lui envoyer son billet d'avion pour rentrer à la maison et combien de temps pense-t-il rester ?

Son compagnon de chambre lui dit :

– C'est nul. Il faut que tu fasses comprendre à tes parents qu'ils ne contrôlent plus ta vie.

Sur le calendrier, Arkenhout voit Noël se profiler derrière Thanksgiving. Un mois de vacances à la clé, il a besoin d'alibis.

– Tu rentres chez toi ? lui demande son compagnon de chambre.

– Pas question.

Il lui reste six semaines avant Thanksgiving, disons quatre avant qu'il doive appeler pour annoncer la date précise de son arrivée ; du moins le croit-il.

Sa chance commence à se fissurer.

Mais par une glorieuse journée il se trouve dans West Broadway, à traîner dans le grand bureau blanc au fond d'une galerie lorsque David Silver y entre ; son nom est sur tous les prospectus des musées. Visage impassible, comme s'il avait emballé ses émotions dans du film alimentaire. Ils se voient très brièvement, mais très clairement.

Silver se met à parler trop fort. Il a besoin d'un nouvel assistant, dit-il : à temps partiel, l'après-midi, puis à Noël, peut-être l'été prochain.

– Monsieur Silver, dit Arkenhout.

Ils se tiennent l'un en face de l'autre tels deux écrans ; on n'y voit que ce qu'ils projettent.

– Vous voulez le boulot ?

La maison de l'artiste est un palais, derrière un rideau d'arbres dans une rue tranquille, avec une cour et un studio en verre qui, et c'est bien mystérieux, ne prend ni la chaleur ni les reflets. Au milieu des flèches et des tours des immeubles de location du quartier, ça semble arrogant.

Pour l'heure, Silver travaille sur d'énormes toiles vides masquant, comme dans un puzzle, une silhouette : les critiques croient y voir un lépreux tout droit sorti d'un retable, spectre de la mort ou de la maladie. Arkenhout pense, lui, que c'est l'artiste qui se cache dans son œuvre. Un peu plus tard, dans un article sensationnel d'*Artforum*, un critique canadien déclarera que la silhouette masquée est celle de Seth Goodman et mettra en pièces ce que cela signifie dans l'histoire de David Silver. Comme d'habitude, Silver refusera de s'expliquer, voire de parler.

Il y a trois autres assistants. Très vite, Arkenhout mesure combien il est important : étant donné qu'il ne réagit pas comme les autres (Jeff, Raoul et Henry), il les considère tous comme plus opaques qu'ils ne sont. Mais il se trompe et c'est un peu minable de sa part.

– Il est pédé, non ? dit le compagnon de chambre.

– Je ne sais pas.

Le compagnon de chambre a l'air sceptique.

Arkenhout sent quelque chose de différent, grâce aux livres et aux profils psychologiques qu'il a étudiés : que Silver se reconnaît un peu en lui, qu'il reconnaît l'être qui quitta l'Arizona au même âge que lui parce que New York était le seul endroit où aller, un être aussi discret qu'un miroir.

– On m'a invité à travailler pour David Silver, dit-il aux Goodman.

– Ah, dit son père. C'est bien. A condition que ça te laisse le temps d'étudier. Y a quelque temps, ta mère m'a emmené voir la grande exposition qu'il a faite à Washington.

Arkenhout est soulagé qu'ils aient entendu parler de lui. Il dit :

– Ça signifie que je ne pourrai pas venir pour Thanksgiving.

– Ta mère sera très déçue, lui dit son père.

Il est reconnaissant que Silver soit juste assez célèbre pour excuser tout ce que fait Arkenhout, que son nom soit énorme et tout doré dans l'esprit des Goodman. Les Goodman lui envoient, par colis exprès, un gâteau au potiron qui arrive tout cassé. Il y a aussi une lettre de son père : de l'amour, avec préface tordue sur la grande ville et comment un jeune homme ne devrait pas trop s'éloigner de ses parents. Arkenhout sait qu'il s'agit d'une lettre de supplications.

A la mi-décembre, il est chez Silver, à recopier des

articles que celui-ci l'assure n'avoir aucune envie de lire, lorsque Raoul lui passe le téléphone.

– Ton père arrive, lui annonce son compagnon de chambre.

– Il arrive ?

– Il est sur l'autoroute du New Jersey.

– Mais…

– Il avait un rendez-vous dans le New Jersey et a décidé de t'emmener dîner. Il sera ici dans une heure, deux si les tunnels sont très encombrés.

Arkenhout repose le téléphone. Il attire l'attention de Silver. Il n'a pas le droit de l'embêter, mais il n'a pas le choix.

– Mon compagnon de chambre m'annonce l'arrivée de mon père, dit-il.

– Tu veux le voir ?

– Peut-être.

– Je peux lui parler. Lui dire que je t'ai demandé d'aller me chercher quelque chose hors de New York. Tiens… d'apporter quelque chose à la National Gallery de Washington.

– Mais il voudra…

Silver se rappelle l'époque où il fuyait son père ; c'est sa propre histoire qu'il voit en Arkenhout.

– Tu as du travail, ici. C'est toi qui vas garder la maison pendant les vacances. Avec l'argent, tu pourras te payer tes congés de printemps. Je ne pensais pas que tu veuilles descendre aux Caraïbes…

Ce soir-là Arkenhout couche au studio, sur un futon étendu par terre, dans un jardin de hautes toiles.

M. Goodman s'assied sur le lit d'Arkenhout, dans la chambre d'Arkenhout, et tente d'y sentir la présence de son fils. Il n'aurait pas dû essayer de le surprendre. Il n'aurait pas dû venir à New York. Cet endroit est une sorte d'au-delà, comme un état corrompu.

Il descend un livre de l'étagère. Ses yeux s'embuent

de larmes. Il compte les stylos dans la tasse à café, deux fois. Il décide de ne pas s'immiscer dans la vie privée du gamin en allumant son ordinateur portable. Sur une autre étagère, il voit un tas de vêtements propres qui sortent de la laverie et prend le T-shirt du dessus. Il le tient devant lui. Il sent la bonne odeur familiale du savon et sa fraîcheur artificielle.

Le compagnon de chambre s'encadre dans le montant de la porte.

– Monsieur, dit-il. Je crains qu'il vous soit difficile de rester, monsieur. (Sa copine se tient derrière lui, toute ricanante et agacée.) Monsieur ?

M. Goodman semble prêt à enfouir son visage dans le T-shirt de son fils. Mais il se lève lentement, dit « Merci » d'un ton mécaniquement poli et s'éloigne lourdement dans le couloir.

La carte postale des Goodman joue *Que le monde soit en joie* quand on l'ouvre, ce que fait Arkenhout dans la maison vide de David Silver.

***

Seth Goodman a beaucoup de succès : créature mondaine dans un univers que Martin Arkenhout ne se serait jamais attendu à connaître et qui ne semble pas étroit, satisfait de lui-même et arrosé de bière comme celui des artistes d'Amsterdam dont on parlait dans la presse. Il a envie de continuer à vivre, si c'est possible.

Les Goodman se sont mis aux lettres. Ils ne lui téléphonent plus beaucoup. Ils n'y voient plus d'intérêt. Parfois les lettres sont brèves, d'autres fois elles disent bien trop de choses sur la vie au pays, à Jackson, Michigan, comme s'ils essayaient de le ramener à la maison par la force des détails. Au début, ils sont en colère qu'il ne veuille plus leur parler. Puis il semble

qu'ils aient peur de l'éloigner d'eux ; ils parlent d'une
« peine qui grandit ».

Une fois seulement ils menacent de couper les fonds
s'il ne revient pas à la maison.

Arkenhout dans le métro, direction Park Slope. Une
Noire, assise de côté, pose lasse, visage fermé. Frin-
gant costume du dimanche et robe rose, elle aussi du
dimanche, sur deux enfants qui voyagent avec des
livres de prières luisants, et un Chinois de petite taille,
maigre, l'air vague, avec un sac rempli de moulins à
vent miniatures.

Soudain il comprend : révélation sur la ligne F. Les
autres voyageurs pensent qu'il émerge du sommeil ou
d'un trip à la drogue ; ils ont un mouvement de recul.

Il ne peut pas se contenter d'être Seth Goodman. Sans
parler du piège que ça représente. Ces gens là-bas, dans
le Michigan, veulent voir un Seth Goodman et vont bientôt passer au concret, se poser des questions sur ce qui
est arrivé à leur vrai fils.

Il est censé rendre visite à des gens qui habitent au-
dessus d'un restaurant chinois de la Septième Avenue,
dans une espèce de grotte en bois couleur chocolat au
premier étage. Au lieu de ça, il gagne le Jardin botanique, s'assoit sur la pelouse au milieu des premiers
lilas de la saison et analyse encore et encore la situation
dans laquelle il se trouve.

Seth Goodman ne doit manquer à personne, sinon
on se posera des questions. Il ne pourra plus jamais
revenir à Martin Arkenhout. Mais il ne peut plus être
Seth Goodman non plus et doit donc devenir quelqu'un
d'autre. Dans les journaux, il a lu combien il est facile
de voler le nom et l'argent de quelqu'un ; mais ça ne lui
paraît pas sûr. Une personne vivante pourrait remarquer
ce qui est fait en son nom. Donc, il a besoin de papiers,
mais pas seulement : ce dont il a besoin, c'est d'une vie
à habiter.

Il regarde les familles passer devant lui : les Japonais en paquets, les épaules larges des Antillais, des petites vieilles de temps à autre, par deux ou trois, quelques Juifs hassidiques tellement émerveillés par leurs enfants que c'est à peine s'ils remarquent les fleurs. Ceux-là manqueraient à certains, se dit-il, même si leurs vies valaient la peine d'être prises.

***

Sur le coup, cela ne lui semble pas terrible parce qu'il est trop occupé à ruser avec la situation. Ni Arkenhout ni Goodman, il n'est que concentration d'esprit. Il est capable de déchiffrer des petits manques et changements chez les gens à l'aide de sens qu'ils ne le soupçonnent pas d'utiliser : le goût, disons, ou l'odorat, comme un chat, ou quelque chose qui pique comme la fièvre sur sa peau.

— Vous travaillez pour David Silver ?

Il se trouve dans l'appartement d'un photographe au-delà de Tompkins Square, dans une fête donnée en l'honneur du petit ami noir (un administrateur d'art sans emploi) de quelqu'un ; beaucoup de femmes imposantes qui traitent les gays comme des êtres de cabaret et les hétéros comme de véritables trésors. Arkenhout se comporte maintenant avec beaucoup de sérieux dans ces occasions. Il sent l'efficacité de son corps, comme s'il n'arrêtait pas de sprinter sur de courtes distances.

— Je vous demandais si vous travaillez pour David Silver ?

L'homme qui lui pose cette question a une tête en forme de dôme, un corps maigre et maladroitement soudé, ce qui est triste parce qu'il est aussi jeune et insistant.

— Parfois, lui répond Arkenhout.

L'homme est impressionné. Il aimerait lui demander comment est Silver, comment il est vraiment, mais il veut aussi lui donner l'impression d'être assez dans le coup pour pouvoir faire la connaissance de l'artiste un jour. Il dit donc :

– J'aimerais beaucoup avoir un Silver.

– Ils sont à vendre.

– Il faut traiter. La liste des élus est courte. La dernière fois, j'ai envoyé un chèque…

Arkenhout calcule. Un dessin de Silver vaut un demi-million de dollars, un tableau un et demi ; c'est une réalité qu'on ne saurait ignorer quand on est chez lui, quelque chose qui confère aux entrées en marbre de sa maison un côté silence du monde des affaires.

Il s'interroge sur le fait d'être riche.

En plus, ce type à tête en forme de dôme, ce type qui est libre de toute grâce physique, ne doit pas avoir plus de… quoi ? vingt-vingt-deux ans ? Il est temps qu'Arkenhout fasse passer son existence à la vitesse supérieure, qu'il renonce à sa période estudiantine pour entrer dans la vie réelle. Ce n'est pas à une carrière douillette qu'il se prépare. Il se pourrait qu'il veuille faire le tour du monde et Seth Goodman n'a même pas de passeport.

– On m'a dit que vous viviez chez lui.

– Juste pour Noël. Il était en voyage.

– Avec toutes ces œuvres…

Ce type doit connaître du monde, sinon il ne serait pas là, mais il n'attire pas les foules ; il s'impose à des groupes de gens qui parlent, puis il les quitte en traînant la patte. Il n'est ni mignon ni rusé ni en couple. Anthropologie des milieux de l'art aidant, Arkenhout en déduit ceci : si ce type est là, c'est parce qu'il a du fric.

– L'exposition du musée d'Art moderne…, est-il en train de dire. J'ai trouvé que ça tapait un peu à côté de la plaque.

Très vite, le fait qu'Arkenhout n'essaie pas de fuir va devenir significatif. Ça lui paiera son dîner.

Ils mangent dans un restaurant vietnamien de SoHo qui ressemblerait à un café d'Edward Hopper s'il n'y avait pas de lanternes en papier et des lumières vertes dans le bac à poissons en vitrine. L'homme s'appelle, Arkenhout le sait enfin, John Gaul.

Il a un accent qu'Arkenhout ne connaît pas – voyelles étrangement longues. Il dit vouloir devenir collectionneur comme s'il s'agissait d'une carrière, mais se plaint que, Dieu sait pourquoi, les marchands de tableaux ne le prennent pas au sérieux. Ce sont les belles pièces, les chef-d'œuvres, qu'il désire, mais il se voit cantonné aux travaux sur papier, aux dessins mineurs, aux tableaux de peintres qui ne font pas la couverture d'*Artforum*. Il est tout aussi peu convaincant en acheteur qu'en homme.

Il invite Arkenhout à prendre un verre chez lui, il n'est pas tard, Arkenhout accepte. Le portier dit que ça fait plaisir de revoir monsieur Gaul et… restera-t-il longtemps ?

Arkenhout s'attend à moitié à ce qu'il lui saute dessus, mais Gaul se contente de gémir en cherchant des bouteilles de vin dans tout son appartement. Arkenhout écarquille les yeux : découvre des murs en verre, des sofas rembourrés, pièce après pièce, un meuble de coin rempli de porcelaines plus que féminines, deux huiles anciennes, des paysages d'automne clairs et ouverts qui pourraient dire le bon goût mais sont plus vraisemblablement des rebuts provenant d'une maison de famille. L'homme n'est pas pauvre. Et en plus, il râle contre la poussière dans les coins et l'état du système de chauffage comme s'il se servait à peine de cet empire étrangement surdoré qui lui tient lieu d'appartement.

– Je m'en vais aux Bahamas, lance-t-il comme s'il s'agissait d'un énième fardeau dans une vie entière de soucis.

Arkenhout n'agit jamais, mais jamais, comme s'il était impressionné. Il s'en garde bien. Il ne cesse de faire monter les enchères.

— Mon oncle m'y a laissé une maison, reprend Gaul. Grande et rose, d'après mes parents. Je ne l'ai jamais vue.

— Vraiment ?

Arkenhout s'est donné beaucoup de mal pour que ce « vraiment » soit tout aussi vide que celui qu'on profère partout à New York.

— C'est de l'immobilier. Et l'immobilier, il faut voir. On ne sait jamais.

— Vous connaissez des gens là-bas ?

— Vous n'avez pas l'air de comprendre. Ce n'est pas obligatoire. Les gens, on les ramasse au fur et à mesure.

On dirait qu'il commence à se mettre en colère.

Arkenhout ne dit rien. Il déteste remplir des silences utiles.

— Je déteste m'ennuyer, reprend Gaul.

Le téléphone sonne, il va répondre.

Un homme qui s'ennuie, un homme qui est toujours en déplacement et sur le point de se rendre dans un endroit où il n'est jamais allé ; Arkenhout sent tout ce que ça a de prometteur. La veste de Gaul est jetée en travers du canapé brillant et rayé. Arkenhout entend la voix de Gaul deux pièces plus loin.

Il ne touche pas à la veste. Il s'approche de la fenêtre et promène son regard jusqu'aux îles de l'East River. Il songe à toucher à la veste, à jeter un coup d'œil aux cartes de crédit et à la signature de Gaul. Au restaurant, il a cru deviner un demi-cercle en guise de G, le reste du nom filant au loin comme un cheveu fin. Avec des cartes de crédit, on peut avoir à peu près tout ce qu'on veut. Avec des cartes de retrait, on peut avoir de l'argent frais dans le monde entier.

Il y a un ticket de carte de crédit sur une table basse, glissée dans un livre. Arkenhout ne réfléchit pas : il agit d'instinct, il l'empoche. Il possède un peu de Gaul. Il se pourrait même que ça lui donne des renseignements.

Gaul ne parle plus. Il se tient devant la porte.

Il sait qu'il s'est passé quelque chose. Il voit de la satisfaction sur le visage d'Arkenhout, rien d'autre. Mais celui-ci n'a pas l'air sournois et ne cache rien. En plus, ce n'est pas un escroc. C'est l'assistant de David Silver, un gamin qui a ses entrées dans le monde. John Gaul veut vraiment ne rien dire.

– Le portier vous appellera un taxi, dit-il.

***

Le lendemain après-midi, Arkenhout traînasse dans la maison de David Silver, fait passer des toiles de l'entrée froide dans la forte lumière estivale du studio. Jeff et Raoul ne l'aident pas. Étant donné que Silver va bientôt rentrer d'un voyage en Allemagne tous frais payés, ils profitent de leurs dernières heures de liberté pour s'amuser.

Ils ont leurs passeports ; un dessin de Bugs Bunny la bouche pleine, mais ce n'est pas une carotte qui la remplit ; la photocopieuse laser de Silver dans le bureau d'un blanc d'hôpital. Ils ont de la colle, des lames fines, une petite machine à laminer. Ils ont ramené Bugs Bunny à la taille d'un timbre, parfaite miniature en couleurs, et sortent une reproduction après l'autre de la première page de son passeport, celle qui contient sa date de naissance, la mention de l'État où il est né, tout cela agrémenté d'un joli sceau.

– On pourrait décoller le plastique de la page, est en train de dire Raoul. Comme la photo est légèrement en relief, ça ne serait pas gênant. D'ailleurs dès qu'on s'en est servi un peu, ils sont tout abîmés. Après, il n'y a plus qu'à remettre ensemble la feuille de plastique, la page et la couverture.

– Exact, dit Jeff. C'est tout ce qu'il y a à faire.

– Question de technique. Comme on l'enseigne dans les écoles de dessin.

Arkenhout les observe avec attention.

– Ça pourrait foutre le voyage de quelqu'un en l'air, dit-il.

Raoul et Jeff sont toujours en train de discuter pour savoir où est né Bugs Bunny : Burbank ou Brooklyn ?

– Y a un mec qu'arrête pas de me coller au cul, dit Arkenhout. Et si on lui baisait son passeport…

Raoul et Jeff lèvent la tête, intéressés. Ils aiment bien les coups en douce.

– T'as qu'à lui piquer son passeport la prochaine fois que tu le verras, dit Jeff. C'est facile.

Raoul a la machine à laminer, le rectangle de plastique impeccablement coupé, la photo de Bugs Bunny en flagrant délit, la version truquée de ses renseignements personnels. Il remet tout ça ensemble et, quelques minutes plus tard, montre le résultat à Arkenhout.

– Les caractères pour le lieu de naissance ne vont pas, dit celui-ci.

– Alors, il ne faut pas changer les renseignements. On ne change que la photo, tu ne le lui dis pas et la prochaine fois qu'il essaie de sortir du pays, boum, il est M. Bugs Bunny et aussitôt mis en état d'arrestation !

Cet après-midi-là, Arkenhout traverse le marché à la viande pour gagner l'Hudson. Il voit d'anciens hangars taraudés par l'abandon, des fenêtres depuis longtemps disparues, des orties qui poussent dans des caves profondes. Personne n'y prête attention. Personne ne regarde.

***

John Gaul s'énerve beaucoup dans son appartement. Quelques minutes après le déjeuner, il se trouve même à l'agonie. Il ne veut pas perdre cette occasion de faire la connaissance de David Silver. Il se méfie et déteste être dans le doute. Tout cela est plus que suffisant pour appeler Arkenhout. Mais il ne lui fait pas confiance. On entre si rarement dans sa vie qu'il devrait pouvoir au moins choisir ceux qui le font.

Malgré tout, il téléphone.

Arkenhout le rappelle à sept heures, et il est d'accord pour aller dîner. Il se rend à la droguerie de la Sixième Avenue. Il a besoin d'un cutter, dit-il, mais on refuse de lui en vendre un parce qu'il y a une école au coin de la rue. Ça ne semble pas très logique à un jeune Hollandais raisonnable. Il est tout seul dans sa chambre. Il sort du papier de l'imprimante et s'entraîne à sa signature, celle de Seth Goodman. Il veut voir jusqu'où on accepte les variations.

C'est porteur d'un sac à dos violet qu'il arrive au bar où ils se sont donné rendez-vous. Gaul en est irrité : ça donne au jeune homme l'air d'un étudiant, pas celui d'un homme qui connaît David Silver. Ils commandent tous les deux une bière.

Gaul dit que la maison des Bahamas sera sûrement nulle. Il rentrera dans une semaine. Arkenhout lui répond qu'elle lui plaira peut-être et qu'il pourrait bien décider d'y rester.

– Je pourrais, c'est vrai, dit Gaul. Comme je pourrais rester n'importe où ailleurs.

Arkenhout ignore la note d'autoapitoiement dans sa voix ; il remarque l'absence de planning, les possibilités sans limites.

– Je veux juste aller voir, reprend Gaul.

Puis, audacieux, il ajoute .

– Silver a bien une maison aux Caraïbes, non ? J'ai lu un article là-dessus.

– Je n'y suis jamais allé, répond Arkenhout. Je ne faisais que lui garder sa maison.

Gaul pense qu'il est trop tôt pour dîner, mais il veut

bouger. Arkenhout est d'accord. Gaul boit encore des bières, puis du gin, puis un verre de vin rouge. Pas Arkenhout. Il est clair que Gaul a renoncé à l'impressionner et se prépare pour un assaut plus direct.

Ils prennent un taxi pour SoHo et se retrouvent serrés dans un coin, dans un restaurant gris qui prétend être provençal. Gaul a des gestes si précis qu'on dirait un jouet mécanique assis à table ; Arkenhout, lui, se contente de manger. A la fin du repas Gaul prend du café, et en reprend. Lorsqu'il se lève enfin, il est scrupuleusement saoul, il lui reste juste le logiciel pour se tenir debout, marcher, tourner.

Arkenhout appelle un taxi.

– Je ne veux pas de taxi, dit Gaul.

Arkenhout le pousse dans le bas du dos, Gaul s'effondre sur la banquette. Reste assis et ne sait trop s'il doit se plaindre.

Arkenhout pense qu'il peut tuer, probablement. Ses barrières morales se sont beaucoup abaissées lorsqu'il a frappé Seth Goodman à la tête avec une pierre. Sans compter que ce sera le crime de Seth Goodman, et qu'il ne le sera plus.

Le chauffeur de taxi zigzague entre les files de voitures comme s'il voulait dessaouler Gaul.

Le problème, songe Arkenhout pendant que Gaul s'émerveille que quelqu'un soit gentil avec lui, c'est le corps. Ce serait une chance inouïe si les flics se plantaient dans les cadavres comme ils l'ont fait en Floride et, en plus, Gaul est bien plus vieux que Seth, ce qui signifie bien plus de temps pour avoir eu des dents ou des os cassés, et qui auront été consignés dans des dossiers. Bref, le corps doit disparaître pour longtemps.

Le portier ne se levant pas derrière son bureau lorsqu'il entre, Gaul exige de connaître son nom et veut des excuses. L'employé sent l'alcool dans l'haleine de Gaul et comprend.

C'est à peine s'il remarque Arkenhout.

De retour dans son appartement, Gaul jette sa veste, s'assied brusquement sur le sofa brillant et rayé, et penche un peu sur la gauche.

Arkenhout n'est même pas obligé de compatir. Il n'y a là personne qui attire la sympathie, juste quelques éléments qui fonctionnent au hasard, mais sans cœur ni but dans l'existence.

Gaul s'est mis à ronfler. Il est toujours d'une raideur spectaculaire, surtout avec l'East River en arrière-plan à sa tête de gros niais.

Tout ce qu'il lui faut maintenant, ce sont des renseignements. Arkenhout ouvre son sac à dos et enfile des gants en caoutchouc.

Il emporte la veste de Gaul dans le couloir, au cas où Gaul referait soudain surface, et regarde les cartes de crédit et de retrait. Les signatures y sont assez simples, et d'ailleurs tout le monde fait varier légèrement sa signature. Il est rare qu'on les examine avec l'œil du graphologue.

Parfait. Il va pouvoir accéder à l'argent, mais la réserve en est-elle constante ? Gaul semble penser qu'il peut voyager n'importe où, ce qui est bon. On dirait qu'il voyage sur des coups de tête. Mais peut-être ne s'agit-il que d'une apparence qu'il voudrait donner. Avec tous ces déplacements, il ne peut tout simplement pas recevoir ses factures de cartes à une adresse fixe : quelqu'un doit les régler à sa place.

Il y a un bureau à cylindre dans une pièce de côté, fermé mais pas à clé. Arkenhout l'ouvre, entend le mécanisme se gripper, écoute très attentivement Gaul qui continue de ronfler et soupirer au fond du couloir. Il sort des papiers, des lettres avec de longues listes de noms sur les enveloppes, un passeport ; à côté de ce dernier se trouve un billet d'avion, Delta Airlines, aller-retour Nassau, départ dans deux jours, date de retour ouverte. Ainsi donc Gaul s'en va, et ne sait pas quand il reviendra.

Une lettre d'un cabinet d'avocats est attachée au billet à l'aide d'un élastique. Gaul est censé « se présenter » à l'agent, une femme de Bay Street. S'il doit « se présenter », c'est qu'on ne le connaît pas. Les avocats ont réglé les problèmes de crédit à Nassau, disent-ils. Il pourrait avoir envie de rester plusieurs mois.

Pas John Gaul. Il n'aurait pas la patience de rester à l'écart des gens. Martin Arkenhout, lui, pourrait l'avoir.

Il est toujours un jeune en terre étrangère. Il n'est pas sûr d'avoir compris tout ce qu'il a lu. Mais il a le billet, l'argent, les cartes, les possibilités ; et il a besoin d'une nouvelle vie. Pourquoi faudrait-il s'inquiéter de sa durée ?

Il referme le bureau avec soin, mais garde la lettre de l'avocat et le billet d'avion.

Il revient dans la pièce où Gaul s'est endormi. Maintenant tout se réduit à ceci : comment tuer et faire disparaître le corps.

Le moment n'est pas encore venu.

Il se fait du café et s'assied dans le couloir. Pile de gros livres d'art, catalogues et monographies, mais ça n'a pas l'air très distrayant ; il cherche des magazines. Il doit se contenter d'un policier format poche, écorné, auteur anglais, et le volume a été lu et relu.

Une heure du matin. Il gagne le bureau pour voir s'il n'y aurait pas un coupe-papier. Il en trouve un étonnamment effilé. Il y a des serviettes en papier et de grands sacs-poubelle sous l'évier ; il se sert et les enfourne dans son sac à dos.

Une heure et demie. Gaul s'est effondré sur la droite, torse, cuisses et mollets en zigzag noir.

Arkenhout se rappelle le portier en train de dire que ça faisait du bien de revoir monsieur et combien de temps allait-il rester ? D'où ceci : après la date inscrite sur le billet d'avion pour Nassau, plus personne n'attend le retour de John Gaul. Personne ne s'inquiétera outre mesure, sauf de ce qu'il puisse se remettre à râler.

Deux heures. Arkenhout ôte ses gants de caoutchouc, redresse Gaul, lui colle un gant de toilette froid sur la figure, attend qu'il rouvre lentement les yeux, accommode, et voie.

— Il faut que j'aille chercher la voiture, dit-il.

Gaul n'a aucune envie de penser : ça pourrait troubler l'équilibre délicat qui s'est instauré dans sa tête. Il cherche sa veste, en sort les clés.

— Allez, dit Arkenhout.

— Où on va ?

— Voir David Silver. C'est une… (il a du mal à sortir le mot sans pouffer, il réessaye)… surprise.

Gaul se donne un mal de chien pour retrouver ses esprits, y travaille furieusement.

— Il vaudrait mieux que je me change, dit-il.

— Ça n'a pas d'importance.

Mais Gaul insiste pour se laver les dents.

— On n'a pas beaucoup de temps, dit Arkenhout en le poussant vers la porte.

Il y a deux autres appartements à l'étage – des veuves aux fortunes anciennes, d'après Gaul ; elles ne risquent guère de se balader à une heure aussi matinale et n'oseraient jamais entendre de brusques mouvements dans le brouillard de leurs somnifères.

Lorsque l'ascenseur arrive, le liftier fait de son mieux pour arrêter de bâiller.

— Je vais chercher la voiture, dit Arkenhout. Attendez-moi devant.

Gaul a besoin de toute sa concentration pour se préparer à cet instant que le gamin lui offre comme un cadeau de Noël : rencontrer un homme qu'il est impossible de rencontrer. Il fait un signe de tête au liftier.

Au niveau du garage, les portes de l'ascenseur se referment en claquant. Arkenhout sort les clés. Il contemple les arpents de monstres blancs et luisants, d'élégantes voitures de ville, jusqu'à une Jaguar qui doit appartenir à quelque traditionaliste genre vieille garde.

Et donc qu'est-ce qu'il conduit, ce type ?

Il devrait le savoir, il aurait dû se renseigner. La question était simple à poser. Mais ils n'ont fait que prendre des taxis et, en plus, il avait d'autres choses à envisager concernant l'avenir, et pas simplement l'heure d'après.

Sans doute, mais on n'accède à l'avenir que par l'heure d'après, se dit-il en songeant qu'il ressemble à son père dans son aspect le plus pompeux.

Il regarde les clés. Deux jeux, sans code couleur pour les distinguer, ni numéro d'immatriculation gravé dans le métal.

— Monsieur ?

Il s'attend à un garde de la sécurité, quelqu'un qui va lui poser des questions genre officiel. Il pivote sur ses talons. Il ne voit qu'un type en combinaison de mécanicien, le garagiste de nuit.

— La voiture de John Gaul, dit-il avec toute l'autorité qu'il parvient à trouver.

Lorsque la voiture arrive, il ne sait pas s'il doit donner de l'argent au mécanicien.

Il prend Gaul devant l'immeuble. Gaul s'est parfumé comme une cocotte, haleine en caricature de menthe, peau en blanc d'œuf étalé sur du papier : pas en bonne forme.

— On doit se retrouver au marché à la viande, dit-il.

Sur le moment, Gaul ne comprend pas. Il pense marché à la viande sexuelle.

— Là où on vend de la viande, précise Arkenhout.

Il descend la Dixième Avenue, large chenal de feux de position rouges qui se meuvent, et coupe vers le fleuve. Il y a des gens autour, bien sûr ; il s'y attendait. Il y a plus de lumière que dans son souvenir, on commence à vendre la viande, l'autre viande s'éloignant peu à peu en hauts talons et Lurex.

Il se gare à une rue de toute lumière. Il attend un instant. Il pourrait y avoir quelqu'un derrière une benne à ordures, une grille sur le point de se relever en grinçant pour révéler un hangar rempli de carcasses. Il veut être sûr.

Cette rue ne va pas. Il enclenche la marche arrière, tourne le coin et s'immobilise le long d'un bâtiment dévasté. Des faisceaux de phares balaient le bout de la voie.

Gaul voudrait lui demander ce qui se passe, mais sait depuis longtemps que cette rencontre ne pouvait être ordinaire.

Arkenhout extirpe le sac à dos d'entre les sièges.

Enfant, il lui est arrivé de lire des thrillers. Il y a appris des manières de tuer ; connaissance parcellaire de ce qu'il faut faire quand le sang gicle, des endroits et des moments où il faut poignarder, de la façon dont agissent les poisons, tous renseignements qui appartenaient clairement au monde des adultes et sont passés à une multitude de gamins de dix ans via les romans d'Agatha Christie. Rien de tout cela ne l'aide pour le moment.

Il est terriblement conscient de la respiration de Gaul. Il le frappe violemment à la trachée artère. La tête de Gaul bascule en avant.

Il sort un sac-poubelle noir de son sac à dos, le passe sur la tête de Gaul et l'abaisse. Il pétrit la tête dans le sac jusqu'à ce qu'il trouve l'artère dans le cou. Il s'empare du coupe-papier effilé et en plonge la pointe métallique dans le cou de Gaul. Il pousse ce dernier en avant et pince le trou que vient de faire le coupe-papier.

Il se dit : Gaul n'aurait pas emporté sa voiture aux Bahamas. Elle serait restée au garage jusqu'à son retour, aussi tranquille et insoupçonnable que n'importe quel locataire.

De plus, la présence du sang de Gaul dans sa propre voiture ne sera pas difficile à expliquer.

Mais le sang coule à flots. Il tente de l'éponger avec des serviettes en papier sorties de son sac à dos. Il pousse le corps en travers de façon à ce qu'il s'appuie à la portière. Il recule loin du sang.

Il ne pleut pas ce soir-là ; pas comme en Floride où la pluie avait fait très commodément disparaître les questions auxquelles il aurait dû répondre.

Bien, se dit-il. A partir de maintenant, il devra résoudre ses problèmes tout seul. A partir de maintenant, il devra trouver les moyens de le faire.

Mais il a horreur de ce corps si proche de lui dans l'intimité capitonnée de la voiture, et qui est imprévisible. Il commence à se demander si les quatre litres de sang vont tous gicler par le seul trou qu'il a fait dans le cou de Gaul, si ce dernier ne pourrait pas simplement suffoquer sous le plastique qui fait comme un moule de son front haut et de son nez mince.

Les jambes de Gaul s'agitent.

Arkenhout descend de la voiture, ouvre la portière côté passager. Il s'attend à ce que le corps dégringole sur le trottoir. Il s'attend à moitié à ce que les yeux s'ouvrent dans le visage en plastique et que Gaul se mette à courir le long de la rue sombre. Il y a une odeur de sang et de saindoux derrière les portes en acier fermées.

Il tire les jambes hors de la voiture et les emballe dans du plastique noir. Il sort Gaul par la taille, sans cesser de vérifier d'une main que le corps est aussi couvert que possible. Au moins cette rue-là est-elle un lieu où le sang n'a rien d'extraordinaire.

Il adosse le corps à un mur sous une grande fenêtre industrielle qui n'a plus de vitres.

Ne pouvant plus revenir en arrière, il trouve la force de tirer Gaul jusqu'à l'appui de fenêtre et de le laisser retomber de l'autre côté, dans une cave à ciel ouvert et envahie d'épieux, de mauvaises herbes et de poutres en fer. Il se trouve que personne ne le voit, n'a envie de poser des questions ou n'en croit ses yeux.

Il gare la voiture près du fleuve, dans West Street, et revient au bâtiment à pied. Si quelqu'un la découvre, ce sera que John Gaul était allé faire des cochonneries sexuelles qu'il préférait taire.

A l'intérieur du bâtiment vide, il y a du clair de lune, la lumière des réverbères traçant des traits en travers des planchers et camouflant les sacs en plastique. Arkenhout descend par le mur intérieur, une pierre après l'autre. Dès qu'il touche le plancher rugueux, il n'est plus qu'un gamin avec un sac à dos.

Il y a rangé un cutter. Il enfile des gants en caoutchouc et tient un sac-poubelle devant lui tandis qu'il lacère le visage de John Gaul à grands coups de lame. Le sang suinte. Il découpe les joues, et les yeux. L'espace d'un instant, il se demande si Gaul n'avait pas un œil ouvert, comme Seth Goodman sur la route.

Il laisse retomber la tête. Il ramasse un tuyau rouillé et déloge les dents de Gaul comme à coups de marteau. La chair amortit les bruits. Il pousse le corps sous une poutre en fer et le recouvre de vieux morceaux de bois et de métal.

Il entend courir les rats. Dans un conte, il les appellerait à la rescousse.

Il dépose les serviettes en papier – maintenant noires et trempées de sang –, dans les sacs-poubelle et jette ces derniers dans une benne à ordures. Il serait idiot de les balancer dans le fleuve, de faire quoi que ce soit qui pousse des gens à les inspecter ; mieux vaut courir cette chance-là. Les sacs finiront anonymement au dépotoir, le corps sera perdu et s'apercevoir qu'une vie a été prise pourrait prendre des années.

***

John Gaul est parti pour les Bahamas. Il a emporté son passeport, ses cartes de crédit et ses lettres d'introduction avec lui. Il n'y a rien de bizarre dans son appartement de New York – la femme de ménage s'étonne seulement qu'il ait utilisé tous ces sacs-poubelle –, et sa voiture est garée à sa place. Personne ne pose de questions.

Raoul et Jeff trouvent génial de mettre la photo d'Arkenhout dans le passeport de Gaul : bombe à retardement dans le paysage social, l'explosion se fera au premier coup d'œil exercé d'un officier d'immigration.

Arkenhout lit le passeport pendant que Raoul et Jeff jouent avec les photos et en font le sien. Il lit des recommandations sur les piqûres antitétaniques et anti-oreillons, découvre qu'il n'a pas le droit de transporter des marchandises cambodgiennes, apprend le nom de tous les parasites, plantes et maladies qui peuvent se trouver dans les viandes étrangères, comprend que toute mutilation de passeport rend celui-ci NON VALIDE. Aux yeux d'un Européen, un passeport américain tient du roman en trois volumes.

David Silver entend profiter de tout le temps pour lequel il a payé, comme s'il savait qu'Arkenhout ne restera pas. Celui-ci va chercher de l'encre pour une imprimante laser, deux douzaines de lys, un sorbet à la pêche et un fauteuil réparé récemment.

Quand il a fini, il dit :

– Je crains de ne pouvoir revenir ici.

Le peintre a pris l'air fermé d'une tortue et ne change pas d'expression. Il ne dit rien.

Arkenhout aimerait se lancer dans des explications au milieu du silence, mais s'arrête de lui-même.

– Assure-toi qu'on te paie, dit Silver.

A Nassau il comprend l'utilité de toute l'affaire. Il grandit. Il n'est plus une créature du hasard qui vit les ambitions de quelqu'un d'autre. Il n'est pas non plus la somme de ses crimes. Il peut goûter à tout.

Il donne la lettre des avocats à la femme de l'agence immobilière et obtient les clés de la maison. Il y a des années qu'elle est vide, lui dit-elle, et on connaissait à peine son oncle (celui de John Gaul), mais tout a été nettoyé, repeint et remis en état. Elle est heureuse de voir quelqu'un y vivre.

Ce n'est pas le quartier le plus grandiose de Nassau, dit-elle encore. Huit ou neuf maisons donnant sur un chemin privé, un quart d'hectare de terrain, toutes les couleurs de la glace à la noix de coco et des sorbets. Elle se crispe lorsqu'il l'interroge sur l'histoire de la maison ; plus tard il découvre qu'un jour, au cours d'un dîner arrosé, celle-ci a été envahie par des voleurs qui ont pris les invités en otages pendant neuf heures.

Un jour la maison grouille de termites, leurs larves comme bouillonnant dans les matelas. Arkenhout sort du bâtiment et rit tant il est émerveillé ; puis il laisse les femmes de ménage s'en débrouiller et gagne la plage à pied.

Il y a dans l'eau une zone où la lumière et la mer se fondent en une manière de lustre étincelant. Au-dessus, le ciel est d'un bleu transparent. Au-dessous, la mer est d'un vert transparent sur le blanc du sable, avec ici et là des poissons en dagues d'argent minuscules. Arkenhout remonte dans la lumière, redescend à l'endroit où défilent les poissons-soldats, brise le scintillement du soleil et retrouve le scintillement de l'eau. Il connaît la joie.

Il picole et pêche. Le samedi, il longe la caserne des

apprentis policiers au moment où ceux-ci brûlent la drogue saisie au cours de la semaine écoulée, tout un défilé de gens s'accrochant aux barrières pour humer. Il se lie avec les membres de la classe d'âge au-dessus, celle qui a ses entrées partout ; l'un d'entre eux lui parle très sérieusement de sa boîte postale toute neuve et dont « le numéro dit tant de choses ». Jeune homme de la haute qui reste dans l'île alors que les filles rentrent au pays, il brise quelques cœurs.

La maison est rose. Deux frangipaniers, ciriers aux fleurs roses dont le parfum lui rappelle le bain de sa mère, rouge aveuglant des rameaux de flamboyants et mauve vanille de l'orchidée du pauvre. Jusqu'aux orages qui le ravissent avec leurs ciels d'un noir de jais et leurs éclairs en féroces coups de couteau.

Avec de nouveaux amis il fait de la voile sur des mers qui tiennent la promesse des petites images carrées, format carte postale, dans les encyclopédies familiales. Il en vient à prendre Miami pour une espèce de magasin Sears Roebuck tropical dont on s'approche en avion ; mais il ne s'y rend jamais. Il craint d'essayer son passeport en Amérique.

Le matin, il s'assied parfois avec les pêcheurs qui vendent leurs fruits de mer au Potters' Cay et dit aux touristes qui font confiance aux Blancs combien ils devraient payer leurs homards et leurs mérous. Le dimanche, il descend sur la plage écouter de la musique et manger des nourritures que font frire des associations religieuses – Noires imposantes en robe habillée avec col blanc comme il faut ; et le soir, il dîne au restaurant. Il devient presque le protégé d'un accessoiriste qui croit pouvoir lui apprendre des choses.

Et il observe. Les amis qui laissent de la poudre de cocaïne sur les dessus de cheminée. Les vieilles dames et leurs prêtres aussi apprivoisés que chats tigrés, tout un chacun prenant bien soin de ne jamais parler de ce qu'on ne peut pas ignorer : le trafic de drogue tout autour, tel meurtre célèbre et ses conséquences, ce mariage dont le seul problème serait de cacher un inceste homosexuel, tel autre arrangement connu de tous, où le mari est bien honteux s'il ne peut toucher à quelque amante le vendredi soir et dort sur un canapé chez des amis afin que sa femme n'en sache rien. Il établit la pathologie de gens qui habitent dans des endroits où ils ne devraient pas se trouver.

Personne ne pose de questions. Qu'on reste et ils se chargent d'inventer une histoire ; le passé ne compte pas s'il ne s'est pas déroulé dans les îles.

Les cartes de crédit et les comptes bancaires de John Gaul le rendent plus que respectable – les gens qui doivent passer l'été dans les îles ne sont pas du tout riches –, ses séances de voile et ses parties de pêche lui donnant suffisamment de points communs avec quelques Blancs du lieu. Les Noirs ne voient en lui qu'un Blanc, ce qui, au début, choque son cœur de Hollandais. Il apprend vite à éviter la classe des banquiers – pas grand-chose de plus que des employés de Télex anglais aussi raides que les serviettes roses amidonnées posées sur leurs tables au restaurant ; et aussi les avocats noirs qui se promènent en costume de laine noire en plein mois d'août, en sont fiers et ont le genre de pouvoirs qu'il ne comprend pas. Il se pourrait qu'il soit obligé d'en prendre un, un jour, mais ses relations avec eux ne vont pas plus loin que ça.

Il voyage, sur des coups de tête. Il ne prend que les vols directs – Londres, Kingston (une fois), Francfort. Il achète des livres, toujours. Il honore les lieux où il se rend, son attention étant prise, à tort, pour des manières parce qu'il a l'air sociable.

Il est à Tunis, et visite. Il veut voir des ruines romaines, le bas naufrage du vieux Carthage, des choses sorties des manuels ; il se sert beaucoup des images qui lui res-

51

tent de ses jours d'écolier afin de sauvegarder quelque continuité entre ses existences variées. Il est obligé de se rappeler de ne pas se rappeler ce que savaient Martin Arkenhout ou Seth Goodman.

Il se rend au village de Gide – sans en savoir plus sur l'écrivain qu'une rubrique dans une espèce de dictionnaire mental : français, homo, vieux. Le village est fait de blocs blancs très serrés. Il y a un bar pour le thé, avec une grande pièce ombragée. Au mur est accrochée une seule photo, telle une icône : celle d'un jeune homme nu jusqu'à la ceinture, muscles entraînés plus que gonflés, du défi dans la pose. Le cliché a été pris d'assez loin, rien à voir avec les gros plans obligés de la pornographie, sauf que l'appareil photo est la seule raison qui puisse expliquer que le jeune homme se soit dévêtu et montre ainsi ses muscles bandés.

Arkenhout se pose des questions ; il se demande si c'est le fils de la maison il y a quelques générations de ça – la photo paraît datée, les années cinquante sans doute –, et si le cliché a été pris par un ami, un oncle admiratif ou quelqu'un qui l'a emballé sur la plage ; pourquoi on en a fait cadeau au bar et pourquoi il est le seul accroché sur les grands murs blancs. Ça n'a pas l'air de tourner autour du sexe ; ou alors d'un désir qui ne dépendrait pas du toucher. Le corps de l'homme évoque une certaine fonction élevée à un certain niveau de polissage. Arkenhout se demande s'il ne s'agit pas d'une manière d'appât.

Il n'oublie jamais la photo. Il y a là un idéal : comment être un homme, comment être fort, calme et tranquille devant le désir même qui vous a rendu digne de la photo, comment avoir souci de la force qui compte et comment être beau sans s'en soucier. Il oublie les détails du cliché – même si celui-ci l'expédie dans un gymnase de Nassau tant la honte de son corps le panique –, mais la photo lui reste en tête comme un carré sur un grand mur blanc, entre le 6 × 9 et le 13 × 18 ; va savoir pourquoi il y voit comme des instructions à suivre.

***

Il quitte Nassau avec deux souvenirs. Celui de la nuit de Junkanoo où l'on se promène dans les rues sombres avec des feux qui roulent dans des barils d'essence, bruit des cloches à vache et des tambours qui commence doucement, puis se fait impudent, puis furieux. Il y a aussi eu la nuit du cyclone dans la maison aux volets condamnés – la tempête qui arrache les planches des fenêtres, et lui contemplant un jardin où les arbres luttent et se brisent dans de faibles lueurs grises. Il avait garé sa voiture, pour être en sécurité, au milieu de la pelouse. Étrangement, ses phares s'étaient allumés.

Il ne se rappelle absolument pas l'assassinat suivant.

Il prend de nouvelles vies. Il est à Paris pendant un temps. Il y joue à l'Américain expatrié, se lie avec un metteur en scène, genre vieux lion tout petit qu'on ne cesse d'honorer, mais qu'on ne paie pas. Il lui tient lieu de secrétaire. Il est présent lorsqu'une star française d'une cinquantaine d'années, jadis célèbre et maintenant désespérément blonde, dit au metteur en scène qu'elle ne nage plus dans la Méditerranée : « *On ne se baigne pas dans une mer juive*[1] », déclare-t-elle. Il regarde le metteur en scène transcender cet instant car ce metteur en scène est juif. Arkenhout a trop de certitudes morales pour le lui pardonner. Lorsqu'il n'y a absolument plus un sou et que le metteur en scène met sa vieille Citroën (celle à air comprimé) au clou, Arkenhout reprend ses pérégrinations.

Il observe même des vies qu'il ne volera jamais, les

---

1. En français dans le texte. (*NdT.*)

collectionne juste pour savoir : à Rome, celles de deux Guatémaltèques qui fabriquent de faux sacrés-cœurs du XVIIIe siècle pour le marché florentin ; celle d'un poète qui ne vit que pour être rejeté par les femmes dont il tombe amoureux et qu'il verrait bien Arkenhout lui voler ; celles d'une secte de fraudeurs acharnés qui jouent au golf à Marbella ; la vie flottante d'un garde du corps tout auréolé de l'autorité de l'individu qu'il protège ; l'existence d'individus parallèles, ceux qui dans les aéroports ne se ruent pas partout avec leurs familles, ceux qui transportent la moitié de leurs bureaux dans un sac, ceux qui râlent pour leurs réservations, qui peuvent aller où ils veulent et quand ils veulent, si seulement ils arrivaient à se décider sur un lieu et une date précise. Ce n'est pas l'argent qui rend cela possible, bien qu'ils en aient besoin, naturellement. C'est le manque d'ancrage dans l'ordinaire, dans les rythmes écrasants de la vie pratique.

Il reste quelque temps au Brésil, à Fortaleza, où il est amusant d'être riche, mais où les moustiques ne vous en dévorent pas moins, puis dans les herbages de l'intérieur, où il sue pendant des jours et des jours qui sentent le cuir des chevaux qui travaillent. Il songe à essayer l'Australie, mais obtenir un visa lui semble trop compliqué. Pendant un moment il s'amuse bruyamment, pas de domicile fixe, mais découvre qu'il aime bien les endroits où les gens ont envie de le connaître sans se croire obligés de tout savoir de lui. Il lui arrive de se lasser des bars et des bières qu'on y boit. Il passe une année dans les milieux d'affaires proches du cinéma, à faire partie de divers entourages.

D'un côté, ça marche on ne peut mieux. Il entraperçoit des gens coincés dans leurs boulots, leurs lieux, leurs mariages et leurs mensualités de crédit et se glorifie d'être le seul à savoir se réinventer à volonté et à se lancer dans la vie de plaisirs suivante.

D'un autre, il a bel et bien une carrière comme n'importe quel jeune homme engagé dans une profession libérale : il y a des exigences, il y a des crises – tel le besoin de passer à autre chose. Il est contraint de travailler sa nonchalance et sa paresse.

Puis il commet une erreur.

En 1996. Il est en Suisse, sur les bords du grand lac de Lucerne. Il y a loué une fermette sur une pente toute en champs de velours vert. Il aime jouer à s'installer dans des lieux où défilent les touristes étrangers. La garde baissée, il se sent en vacances : au calme, dans les brumes et le soleil matinaux qui, au-dessus du lac, font d'étranges royaumes de l'air, dans le bruit des cloches de vache et le passage régulier des vapeurs sur le lac en dessous. Il contemple des montagnes. Il lui manque de quoi s'occuper, mais il s'en moque.

Il s'appelle Paul Raven, pour l'instant. Il a de nouveau un passeport américain, dérobé dans le bureau de Raven à Los Angeles, où son détenteur jetait de l'argent à droite et à gauche afin de percer dans le cinéma. Ça n'avait rien d'insensé pour le dénommé Raven que de disparaître un moment en Suisse. Personne n'aurait eu l'idée de chercher pourquoi. Arkenhout, lui, avait celle de disparaître dans un endroit où personne ne le connaîtrait.

Il lui arrive de marcher des jours entiers dans de hauts sentiers, le long de corniches montagneuses, jusqu'à ce qu'il ne soit plus si sûr d'avoir encore le souffle et le courage de faire le dernier kilomètre pour rentrer chez lui. Il nage dans les eaux du lac, à l'endroit où elles sont de jade et non pas noires comme l'ombre. Il se réveille tôt le matin.

Il entend des coups martelés à la porte.

C'est vrai que, dans la Suisse rurale, il n'est pas interdit de rendre visite à des gens à cette heure. Les voisins se sont déjà occupés du bétail et des cochons, ont déjà avalé leur premier verre de café sucré, déjà bu un petit godet de leur schnaps à la poire.

Il descend les marches de l'escalier en bois et ouvre la porte.

Il tombe sur trois hommes en uniforme.

– *Fremdenpolizei*, dit le plus grand.

En dix ans d'errance, il s'est toujours faufilé entre les uniformes, n'a jamais été inscrit sur les listes des gens à repérer aux postes-frontières. Il n'a rien de l'immigrant clandestin, il est solvable et assez intelligent pour ne pas poser de problèmes.

– Police des étrangers, répète l'homme. Herr Raven ?

L'espace d'un instant, Arkenhout ne sait s'il faut acquiescer d'un signe de tête ou discuter.

– Vous êtes en rupture de visa pour la Suisse, reprend le flic.

– J'imagine…

– Il a expiré hier.

Arkenhout contemple la belle eau noire du lac, le dernier tapis de neige sur les montagnes, sent le café sur l'haleine du policier.

– Et donc…

Il essaie de se rappeler ce qu'il peut y avoir comme problème : s'il a donné un mauvais numéro quelque part, s'il a mal calculé ses chances d'être bien reçu, s'il a donné l'impression de chercher un emploi rien que parce qu'un soir il s'est vu offrir, et à moitié seulement, un boulot d'accompagnateur de touristes du troisième âge par un type qui savait parfaitement ne pas pouvoir lui offrir ce travail. Mais ces souvenirs ne l'aident pas.

On l'autorise à rassembler ses papiers personnels – une seule valise. La police saisit les clés de la maison.

Il est dans le train pour Bâle, discrètement menotté à l'un des flics. Une vieille dame, en première, découd des ourlets de serviette. Elle ne regarde jamais les policiers.

A la gare de Bâle, qui est à moitié française et à moitié suisse, on lui laisse acheter un billet. Il choisit Cologne. Il sait qu'il y a de l'argent dans cette ville.

On l'escorte jusqu'au train, le fait monter dans son wagon et l'installe à la place qui convient. Les menottes ne lui sont ôtées que lorsqu'il s'y assied. La *Fremden-polizei* surveille l'extrémité du quai pour s'assurer qu'il quitte bien le territoire.

Et le train passe en Allemagne.

Il n'a encore jamais commis d'erreur, pas de cette ampleur, pas si catastrophique qu'il aurait fini par se faire remarquer. Ne pas se faire remarquer, toute son existence en dépend. Il ne bénéficie même pas des protections habituelles, de la possibilité de se ruer au consulat des États-Unis pour y demander aide et assistance : les autorités ne doivent en aucun cas s'intéresser à son nom ou à ses mouvements. Il partage ce goût du secret avec tous les grands fraudeurs du fisc qu'il a rencontrés : rester invisible quand on se déplace, quand on se pose, quand on dépense.

Il lui faut presque une journée entière pour arriver à Cologne. Il n'a pas de liquide en poche. Il a les cartes de crédit de Paul Raven, bien sûr, mais le problème doit provenir de quelque chose qu'il ignore dans la vie de ce dernier.

Il n'empêche : il se rend au wagon-restaurant et règle avec sa carte de crédit.

Il n'est plus personne – plus personne de précis à bord d'un train en mouvement, à regarder fixement des forêts, puis des usines, puis le Rhin. Il ne peut pas avoir confiance en son nom. Il n'est pas prêt à en prendre un autre. Il compte les châteaux coincés en plein milieu du fleuve ou sur des à-pics dignes de figurer dans des films d'horreur. S'il ne peut plus faire confiance à son nom, il va devoir gagner de l'argent, et vite. Il regarde le soleil blanc derrière les nuages. Ce serait peut-être plus facile en Hollande, il y songe, pour une fois il est faible ; le fait de parler hollandais le rattache à une communauté. Il connaît les règles du lieu.

De Cologne le train poursuit jusqu'à Amsterdam. Personne ne le reconnaîtra ; Amsterdam était un pays étranger quand il était adolescent. Il devrait pouvoir y trouver du travail.

**

Le bureau – une pièce au-dessus d'un bordel dans le quartier des putes – brille comme tous les feux de l'enfer lorsqu'il commence ses appels du soir. Six pupitres d'écolier, six téléphones. Six hommes qui cajolent.

« … voulais vous le faire savoir avant tout le monde… »

« … occasion unique. Je vous le dis… nous n'en informons pas le premier venu… »

Il tient une liste de dentistes, une autre de retraités, tous pigeons qui meurent d'envie qu'on leur dise qu'ils sont les seuls à s'apprêter à faire quelque chose de si intelligent et profitable que le monde entier en sera ébloui. Naturellement, il ajoute toujours qu'il lui faut être discret, et eux aussi.

« … cette mine d'or, dit-il, abandonnée depuis trente ans. Essais incroyables. Évidemment, n'importe qui aurait pu y travailler, mais les seules personnes qui ont pensé à… »

« … casino à Las Vegas. Oui, un casino à Las Vegas. Et ce n'est qu'un début. Ils font très attention à leurs sources de financement… »

« … c'est le monde entier qui attend cet engin. Anti-vol. Anticorrosion. Antigravitationnel. Antimatière… »

Il débite tout cela d'un ton neutre, en essayant de ne pas chantonner, en essayant de rester calme, comme s'il avait du mal à contenir son enthousiasme.

Quand on pose des questions – un comptable du nord

de Londres, le directeur d'une société du Kent, parfois des banquiers expatriés à Bruxelles ou à Paris –, il répond : « D'habitude, nous ne divulguons pas ce genre d'occasions uniques, mais vous êtes un client si précieux que nous désirons votre bienveillance plus que tout. »

– J'aurai besoin de votre chèque mardi, dit-il.

De temps en temps, les gogos se montrent difficiles.

– Où ces actions sont-elles échangées ? lui demande un Écossais.

– A Spokane, lui renvoie-t-il sur un ton d'une autorité absolue.

Ou :

– A Denver. Il y a un énorme marché des petites actions.

– Ça serait bien qu'elles soient grosses, lui répond l'Écossais, légèrement sarcastique.

Trois minutes plus tard, il achète ; ceux qui croient poser les bonnes questions sont toujours les plus faciles à convaincre.

Arkenhout s'aperçoit qu'il aime bien ce petit jeu, qu'il aime bien la régularité du travail et l'impression d'avoir une occupation. Ce sont des vacances par rapport à la routine d'une vie qui, pour lui, n'est que manoirs, palmiers et séjours au bord des lacs.

Ça ne peut évidemment pas durer. Il s'est fait une discipline de rester en alerte, de sentir l'instant où les ennuis vont commencer, où les gens lui donnent l'impression de poser trop de questions, où la carte de crédit est scrutée un peu plus longtemps que d'habitude. C'est pour ça qu'il se tient toujours sur le qui-vive, même à Amsterdam où toute cette vie ordinaire l'entoure comme un cocon.

Il se sent observé. Il ne prend pas la chose contre lui personnellement, parce qu'il est dans son propre pays. Quelques coups de fil bizarres sont passés au bureau, des appels qui, c'est encore plus étrange, proviennent des Pays-Bas.

Il y a de la police dans l'air et dans ce travail on n'attend pas que les flics débarquent. Un soir, Arkenhout et les autres ferment la boutique et n'y remettent plus les pieds.

Cela ne les empêche pas de retrouver le patron dans un appartement agréable, près de l'American Hotel. Il commence par refuser de reconnaître qu'il leur doit de l'argent – encore moins des faveurs. Il joue les bégueules et devient autoritaire comme un directeur d'école. Une discussion s'ensuit, avec arguments physiques à la clé. Du coup, le patron ne tarit plus d'éloges sur de si bons vendeurs, promet de leur régler toutes les commissions dues, peut-être même de réengager toute l'équipe. Puis il s'évanouit.

Le plus surprenant est qu'il tient le plus gros de ses promesses.

Le nouveau bureau – entre une épicerie et un magasin de piercing –, a même une plaque en cuivre, mais pas au nom de la société pour laquelle ils travaillent. Documents originaux, ligne de produits : émission d'actions à Denver tous les deux ou trois jours, afflux d'argent suivi d'avis de règlements envoyés par courrier maritime pour ne pas alarmer les boursicoteurs. Cette fois, parce qu'il s'est montré plus qu'efficace dans la récupération des commissions en retard, Arkenhout bénéficie d'un privilège : il obtient le droit d'acheter à crédit afin de revendre dès le premier jour d'émission aux boursicoteurs qui croient vraiment aux renseignements secrets, clés runiques qui ouvrent les coffres, gadgets chargés de magie. Il gagne de l'argent.

Il y a un prix à payer, naturellement. Il est sommé de se rendre dans un hôtel genre bunker, près de l'aéroport de Schipol. Dehors, un panneau déclare que l'établissement se trouve quelque trois mètres au-dessous du niveau de la mer, parce qu'il n'y a rien d'autre à en dire.

Il s'assied dans une pièce avec vue sur de l'herbe, à l'infini.

Au bout d'une heure, un tout petit homme répondant au nom de Moe fait son apparition. Il ne lui laisse pas le temps de dire plus que « Bonjour ». Explique qu'il est en train de sauver le capitalisme en trouvant de l'argent pour tous ceux auxquels les banques refusent d'en prêter. Affirme que toute la réglementation boursière est anticonstitutionnelle. Dit, en l'y englobant, que nous somme tous de bons Américains dans cette boîte.

Au cas où l'attention d'Arkenhout viendrait à faiblir, Moe a quelques histoires à raconter. comment il a débuté dans les distributeurs de boissons à Long Island, avant que des amis – c'est le terme qu'il emploie : des « amis », pas des « potes » ou des « associés » – l'invitent à transférer leurs avoirs sur Denver. Il prêche encore un peu, puis il lui offre la direction des opérations sur Amsterdam.

Il n'est, bien sûr, pas question de refuser.

– Un gâteau ? lui demande-t-il alors en sortant une boîte des profondeurs de ses poches.

– Je suis très honoré, dit Arkenhout.

– On le dira à votre patron, lui renvoie Moe. Il vient me voir demain.

Arkenhout ne comprend qu'en rentrant à Amsterdam en voiture. Ce coup-là il nage dans le miel et ça, ça noie aussi vite que la merde. Le vendeur, lui, pouvait filer dès que les ennuis commençaient ; s'il était Moe, il pourrait prêcher les vertus de l'agent de change qui travaille pour les classes à risques, mais il ne fait jamais partie que de la maîtrise et la maîtrise, elle, atterrit toujours droit en prison.

« ... nous vous téléphonons après la fermeture des bureaux, souffle-t-il dans son écouteur, parce que nous tenons à ce que cet appel soit absolument confidentiel. »

Nous espérons aussi que vous avez un peu trop bu au déjeuner, se dit-il, que votre pouls est trop élevé, que vous avez la peau toute rouge et que vous êtes prêt à voir Jésus-Christ dans une tranche de pain.

« Cette occasion ne se retrouvera pas », dit-il – ce qui est vrai, à moins que, la liste des pigeons circulant, le bonhomme ne soit de nouveau contacté sans avertissement, ou qu'il achète, auquel cas il deviendra un superpigeon et il ne sera plus nécessaire de faire appel aux meilleurs vendeurs pour s'occuper de lui.

Il quitte son bureau comme d'habitude et retourne à son appartement d'Amsterdam Nord pour la dernière fois.

A bord du ferry, il songe combien ses parents seraient fiers de savoir qu'il a une carrière, un bureau, des promotions : qu'il est un citoyen comme il faut. Ceci, se dit-il, est ironique, si tant est que le terme soit assez fort et piquant pour décrire la situation.

Demain, le vieux directeur du secteur d'Amsterdam sera son ennemi. Mais le vieux directeur du secteur d'Amsterdam n'est pas entre les mains de la police ; il est libre de se déplacer, avec tous ses amis méprisables. Il y a aussi Moe et Moe n'a pas l'habitude qu'on refuse ses offres, ni même qu'on le déçoive. Arkenhout ne peut pas leur faire plaisir à tous les deux, mais sent bien toute la criminalité de la ville derrière l'un et l'autre.

C'est pourquoi le lendemain matin, dès l'ouverture des banques, il retire son argent et ferme ses comptes. Il prend un train pour Utrecht et s'installe dans un petit hôtel.

***

Ce soir-là, il ne veut pas être seul. Il a du liquide. Il appelle un service d'escorte, demande une fille très hollandaise et la paie pour la nuit. Elle n'aime pas beaucoup ça, peut-être a-t-elle des enfants dont elle doit s'occuper, il ajoute donc cent florins aux frais d'agence. En pleine baise, il comprend qu'il ne tringle que pour mettre sa peur de côté.

Avoir la trouille est nouveau. D'habitude, lorsque la situation est mauvaise, il trouve la parade ; il anticipe, il se documente et vérifie, il opère dans des communautés où, les gens arrivant et disparaissant de manière très brutale, personne ne pose de questions. Mais là, il se trouve dans une nation de gens installés, qui ont des papiers, et il n'a, lui, plus le temps de rien.

Il aurait dû commencer à se chercher un nouveau nom bien des mois auparavant. Il n'aurait jamais dû, même seulement un instant, se couler dans cette vie facile et structurée.

La fille a des seins baladeurs et doux, avec d'énormes mamelons au bout. Il pose sa tête entre eux. Elle ne bouge pas et, les yeux férocement fermés, reste endormie par pure volonté.

Il se réveille tôt. Il s'en veut – ce qui ne sert à rien, il le sait. Il lui faut trouver une vie à prendre, il n'a que quelques jours, pas quelques mois, pour le faire et il part de zéro. Son cœur bat la chamade, ses regards semblant plonger dans diverses situations pour les analyser ; il est tendu et prêt.

Grietje part tôt, un rien de mauvaise humeur : l'intimité en plus de la baise, non.

Arkenhout a l'esprit vide. Il engloutit son petit déjeuner et se bourre de café. Il envisage de commencer par les bars, même s'il est encore à peine dix heures du matin ; il a besoin d'une victime facile. Ce coup-ci, l'argent ne compte pas. Tout ce qu'il lui faut, c'est un nouveau nom.

C'est la période la plus étrange qu'il ait connue. Il parcourt les rues telle une espèce de chasseur de putes, examinant tous les jeunes mâles, vingt-trente ans, du même regard affamé : en n'y voyant que des possibles remplaçants de lui-même. On pourrait croire qu'il cherche à baiser, à ceci près qu'il ne s'amuse pas et veut ses renseignements d'abord, pas après en fumant une cigarette et en buvant un café.

En deux jours il ne trouve personne. Absolument personne. Il n'a même pas un candidat. Il commence à s'aventurer plus loin, bien qu'il se sache dans la position absurde de celui qui cherche une rencontre de pur hasard.

Il se rend dans les villes frontières qui se dressent près de cours d'eau surélevés, mange de la pizza, boit de la bière, traîne à droite et à gauche. Il cherche l'individu sans attaches, l'outsider. Il soutire leurs histoires aux gens en recourant à la seule et unique astuce du silence. Ses phrases restent en suspens. On se croit obligé de lui fournir un autre détail, et encore un autre. La plupart du temps, il n'entend guère que les glouglous de la bière dans la boîte vocale.

Christopher Hart, lui, est différent. Il ne lui sort pas la sempiternelle saga des injustices qu'on lui aurait faites, des hommes politiques méprisés, des mariages auxquels on a survécu. Il ne se lance pas, d'entrée de jeu, dans une explication simple, genre une page à la fois, de lui-même. Il se contente de boire comme un héros.

Pour une fois, c'est Arkenhout qui essaie de parler. Il commence en hollandais, Hart lui répond qu'on ne lui a jamais parlé dans cette langue. Il dit « *dank u wel* », et c'est tout ce qu'il sait.

Arkenhout lui dit qu'il rentre à peine d'Allemagne et qu'il cherche du travail. Il ne l'accable pas ; il ne fait que partager son histoire avec lui, deux hommes qui ont des vies parallèles et regardent les bouteilles derrière le comptoir.

Hart dit enseigner en fac. Arkenhout en recule presque. Les professeurs de fac sont attachés à des lieux et à des institutions. Ils ne peuvent pas voyager sans un formulaire de bourse en trois exemplaires en poche, penser sans subvention ou écrire un livre sans mentionner sur la page de titre, juste sous leur nom, l'institution à laquelle ils appartiennent. Ils travaillent dans des spécialités où ils voient les mêmes têtes depuis des décennies. Prendre la vie d'un professeur de fac lui serait impossible.

Mais là, Hart est un outsider, un être vulnérable. Arkenhout n'a pas trouvé mieux.

— Vous travaillez à l'université locale ?

— En quelque sorte, répond Hart. Je suis en congé sabbatique. Pour écrire un livre. C'est pour ça que je ne peux pas me plaindre de ne pas avoir de vie sociale, enfin… j'imagine.

— Vous avez l'intention de rester longtemps ici ?

— Encore six mois. A moins que je parte en courant ! Les routes toutes droites et les champs plats finissent par lasser.

— Vous pourriez partir en courant ?

— Je crois. (Hart commande un schnaps et le verse dans sa bière.) Et vous, quel genre de travail faites-vous ?

***

Le lendemain, Hart ne passe pas au bar et Arkenhout en est irrité. Le professeur de fac est en train de le laisser tomber, le professeur de fac est occupé à vivre la vie dont il a besoin – et à la vivre sans style ni panache : c'est un homme ordinaire dans un monde radieux.

D'ailleurs, il n'a plus le temps pour ce genre de choses. Il a besoin de changer, et vite, et après de filer avec des papiers et un crédit sans failles. Il est inutile que cette prochaine vie soit parfaite, il suffit qu'elle soit jouable un moment.

Il appelle l'université du coin – l'endroit est modeste, avec des bâtiments bas qui se tassent entre des arbres –, et demande le Pr Christopher Hart, chercheur invité. On lui passe le département des Beaux-Arts ; voilà qui est nouveau.

– Le Pr Hart vient rarement, lui répond une voix passablement débraillée. Il vaudrait mieux que vous l'appeliez chez lui.

Il note le numéro de téléphone. Il aurait préféré une adresse, de façon à analyser les signes que Hart laisse derrière lui ; ce que les gens regretteront lorsqu'il sera parti.

Le numéro de téléphone l'aide un peu. Il appelle, personne ne répond. Il se rappelle Hart en train de lui dire qu'il ne peut pas se plaindre de ne pas avoir de vie sociale ; ainsi donc, c'est vrai : il n'a pas de vie sociale. Il n'a pas de répondeur pour recueillir les messages d'amis ou de maîtresses éloignées ; peut-être que personne ne l'appellera cette année ?

Arkenhout essaie l'agence immobilière locale. Il affirme avoir besoin d'une maison pour disons… six mois. L'agence, ajoute-t-il, aurait aidé son ami Christopher Hart.

Ce qui, coup de chance, est la vérité.

– Il n'y a pas grand-chose dans le coin, lui répond l'agent. Le Pr Hart a eu la dernière maison sur le marché. Le marché de la location, s'entend.

– Mais vous allez la remettre en vente, non ? Dans six mois ?

– Oui, dans six mois. Vous voulez les détails ?

L'agent sort un classeur rempli de feuilles volantes de diverses couleurs. Il lui montre une maison en pleine campagne, extérieur gris, hauts pignons, jardin d'ombres tout en buissons bas, chemin carrossable qui semble en être la caractéristique principale. Arkenhout note l'adresse.

Le lendemain, il y est à neuf heures et demie. La femme de ménage vient d'arriver – donc pas de gouvernante, ce qui est bien.

Il pourrait y avoir une petite amie, ou un petit copain, bien sûr, mais l'homme était seul au bar, parlant mais ne draguant pas, sinon pour avoir de la compagnie, pour entendre la voix de quelqu'un. Évidemment, cela pourrait signifier qu'il vient de perdre une fiancée ou un petit ami ; mais dans ce cas il aurait tout craché après deux ou trois bières. A tout le moins aurait-il évoqué la duplicité des gens. C'est ce qu'on fait dans ce cas.

Cependant, Arkenhout vérifie. Il gagne la porte et demande à la femme de ménage si une certaine Christa est là. La femme de ménage lui répond que le professeur est tout ce qu'il y a de plus seul dans la maison. Couche seul, ça m'en a tout l'air, dit-elle parce qu'elle ne veut pas rater le moindre commérage, même sans fondement. Puis elle se fait moralisatrice, un mètre soixante de muscles en robe d'intérieur et que je te sermonne sur le pas de la porte. Un célibataire qui traîne dans une grande maison comme ça, dit-elle, ça n'est pas catholique.

Arkenhout se demande jusqu'où portent les bruits sur ces terres plates et humides.

Il a déjà décidé que le montant du loyer pour cette grande ferme remise à neuf est un excellent signe ; quoique jeune, Hart doit avoir de l'argent. Il conduit une Golf, neuve. Il s'habille de manière élégante.

Mais il y a toujours la possibilité d'une vie parallèle. Arkenhout patiente donc encore un peu, fait de longues promenades dans la campagne, part pêcher un jour, puis loue une voiture et attend que le Pr Hart prenne sa Volkswagen pour faire ce qu'il fait dans son autre vie, s'il en a une. Pendant tout ce temps, il est le petit bout d'ombre sous l'arbre de l'autre côté de la route.

Puis il passe sur le Web pour enquêter sur Hart, interroge quelques marchands clés pour pigeons sur listes et vérifie qu'il n'a pas de goûts dangereux : pas de pédophilie, pas de dossiers chez les fournisseurs par correspondance, rien de vilain, rien de secret. Christopher Hart n'est rien de particulier, et sa vie est disponible.

Arkenhout se pose toutes les questions, sauf les bonnes.

***

Hart sort par la porte de derrière, se couvrant la tête comme s'il pleuvait. De fait, il n'y a que du brouillard. Il monte dans sa voiture, descend lentement l'allée carrossable, s'engage sur la route. Arkenhout ne peut pas le suivre dans ces conditions, ne peut pas le garder dans sa ligne de mire sans lui coller au train à cause du brouillard. En plus du fait qu'il est incapable de conduire aussi lentement. Il n'a pas ça en lui.

Hart est une espèce de petit fumier qui se méfie de tout ; on dirait qu'il a peur des arbres, de la verdure, du brouillard et des voitures sur la route. Il se gare au parking de la gare et prend le train pour Amsterdam. Personne ne le connaît. Parfait.

Hart sort d'Amsterdam Centraal comme s'il escaladait des montagnes. Il s'affaire dans des rues pleines de putains matinales qui le siff-siff-sifflent du haut de leurs vitrines rouges, et d'étudiants qui entassent leurs vélos le long des librairies ou des cafés. Ce type cherche une vie, se dit Arkenhout, et, vu les circonstances, ça le fait rire.

Hart se rend au Rijksmuseum ; il passe par ses petits jardins formels avec leurs sculptures, puis il franchit une porte marquée PRENTENKABINET. Il est de toute évidence encore en train de se livrer à des recherches.

Aux alentours du déjeuner, Hart s'en va manger dans un café de l'autre côté de la place de Museumplein. Il commande des croquettes – le plus infâme qui soit. Il mange vite, il boit une bière et retourne travailler.

Arkenhout décide de risquer le coup et de ne revenir qu'à l'heure de la fermeture – comme un père plein de tact qui regarde son fils rentrer seul à la maison. La journée a fatigué le professeur. Son allure vive s'est transformée en épaules basses et pas consciencieux. Il n'a rien devant lui, hormis la soirée qui s'annonce.

Gare, train, Volkswagen, maison. La femme de ménage est partie. Une lumière s'allume dans ce qui doit être la cuisine, une autre dans ce qui doit être le living – probablement une immense salle où séjourner dans le froid. Une autre encore dans le pignon, ça doit être sa chambre, on doit y arriver par un escalier aussi étroit que raide. Arkenhout se demande pourquoi un Anglais peut se sentir à l'aise dans ce qu'aiment les Hollandais.

Il sent sa peau refroidir.

***

Hart le laisse entrer ; pourquoi pas ? S'il est surpris, il attribue sans doute la chose à des us différents, au pays qui n'est pas le même, et se montre content de la compagnie qui lui est offerte. Il apporte des bières dans la salle de séjour à haut plafond, près de la cheminée dont les pierres ont l'air froides et brillantes d'humidité glacée. Il attend qu'Arkenhout en vienne au fait.

Arkenhout n'a plus qu'une chose à savoir : si Hart s'en allait, où irait-il ? Il n'a besoin de sa vie que pour un court instant et ne veut donc pas de complications.

– Je n'aurais jamais dû revenir au pays, dit-il.

Il sent Hart se fermer. Le bonhomme n'aime pas les confidences ; sa vivacité est de pure défense, nullement de curiosité.

– Cinq ans en Allemagne, reprend Arkenhout. Francfort. Dans une banque. Mais bon, c'est sans doute mieux que rien.

Hart qui dit :

– De fait, je m'en vais la semaine prochaine.

Dans son esprit, cela signifie seulement qu'il n'est pas ouvert à ce genre de discussion, mais Arkenhout, lui, n'arrive pas à croire que la chance ait enfin tourné.

– Au Portugal, précise Hart. J'avais envie de partir aussi loin que possible.

– L'Algarve ?

– Mon Dieu, non ! Quelque part au milieu du pays, près des montagnes. Là où personne ne va.

Pour la première fois, Arkenhout voit en Hart un peu plus qu'un jeu de données utiles. L'homme présente bien ; il fait juste ce qu'il faut de gymnastique pour éviter la voussure de l'érudit dans ses épaules étroites, il a une veste Dolce & Gabbana à se jeter sur la carcasse, il sait donner une expression animée à ses yeux et à son visage même quand il s'ennuie – comme quelqu'un qui aimerait passer à la télé un jour.

Il s'entraîne pour être une star, se dit Arkenhout.

Mais ce qui le tue, c'est qu'il a déjà écrit les lettres – elles sont posées sur son bureau –, où il informe son université anglaise et ses hôtes hollandais qu'il part passer quelque temps au Portugal.

***

Lorsque Hart est mort, le CD de Brahms en est à l'ouverture de l'*Academic Festival : Gaudeamus igitur juvenes dum sumus*. Encore un petit effort et ce sera un nouveau départ.

Mais Hart est resté vivant pendant les deux premiers mouvements de la *Deuxième Symphonie*. Le garrot lui enserre le cou au début de l'*allegretto grazioso*, continue de tourner comme on tourne un ouvre-boîtes jusqu'à ce que le souffle quitte son corps et que le cou soit tranché de part en part.

Arkenhout l'étend dans le patio sur le lit habituel de sacs-poubelle. Il fait nuit et il y a des barrières. Il attend une heure que le sang se mette à suinter au lieu de jaillir, puis il émonde l'identité de Hart avec un bon couteau bien aiguisé, aux sons de l'*allegro con spirito* qu'il a remis. Toujours couper les couilles, parce que si le corps est retrouvé cela fait penser à un motif sexuel. Et le sexe rend le meurtre anonyme.

C'est du travail soigné. Arkenhout lave le sang avec de l'ammoniaque. Il opère de façon à ce que le corps puisse être emballé, alourdi et jeté à l'eau en plusieurs endroits. Ne pas trancher, c'est laisser le corps garder son élasticité naturelle et remonter à la surface, accusateur.

Il dématérialise si bien ce Christopher Hart que lorsqu'il s'éloignera dans la Volkswagen, ce soir-là, il sera Christopher Hart – vivant, en bonne santé, avec un bon crédit bancaire et tout simplement en voyage.

Gaudeamus igitur. Il se paie une bière.

Plus tard, les flics diront qu'Arkenhout est un maître du déguisement. De fait, il n'essaie jamais de changer de visage, de corps, de façon de marcher ou de s'habiller. Il se contente de prendre des papiers, de l'argent et une vie entière de façon à vivre sous le nom de quelqu'un d'autre.

Il vérifie les détails comme le voyageur inquiet vérifie son argent et ses billets. Paul Raven a disparu, ce qui est exactement ce qu'on attend de lui en pareille circonstance ; s'il était assez soupçonnable pour se faire vider de la Suisse, qui donc maintenant pourrait être surpris qu'il se terre ? Christopher Hart part pour le Portugal, où il avait l'intention de se rendre depuis toujours. Voilà qui ne donnera lieu à aucune question.

Il a envie de retrouver la fille d'Utrecht et de lui faire passer un bon moment cette fois-ci : pas de besoins affectifs, pas de chaleur nocturne, rien que de l'action. Mais il n'est pas idiot. Ce plaisir étant le sien, n'importe quelle fille fera l'affaire.

Plus tard, il prépare les habits de Hart ; pas beaucoup, surtout les pantalons kaki. Mieux vaut ne pas les oublier. Il se rappelle de laisser de l'argent pour la femme de ménage, de façon à ce qu'elle ne parle pas. Les clés, il les prendra avec lui, comme l'aurait fait Hart étant donné que la location couvre encore six mois. Il aime bien cette expression : couvrir encore six mois.

***

Mme Arkenhout fait toujours ses courses à Amsterdam.

Elle est la mère, décorative, ancrée tel un joli petit bateau devant le magasin Marks & Spencer. Sac rempli de socquettes noires, de knickers, de vin doux. Elle se demande si elle a encore le temps de manger un morceau de gâteau et de prendre un café avant de remonter dans le train.

Puis, au milieu des grondements et des claquements de Kalverstraat, elle voit le mort qui marche : Martin, son fils. Il est grand, blond, juste comme il faut.

Elle n'est pas exempte de quelques clichés : Martin « tout craché », se dit-elle. « Tous ces jeunes se ressemblent. » « Au jour d'aujourd'hui. » « Un visage dans la foule. » « On ne trompe pas une mère. » Puis elle voit comment le flot des passants est en train de lui enlever son fils, de la même manière que dix ans plus tôt, et cette fois elle ne supporte pas. Elle s'enfonce dans la foule à grands coups de coude. Elle ricoche sur les gens les plus aimables, sans même dire « Pardon ».

Il s'arrête devant un magasin, près d'une machine à fabriquer des cartes de visite instantanées. Il a une profession libérale, il en aura besoin. Elle le voit donner son nom à la machine, lui dire qui il est, où il habite et comment le joindre, le nom de sa société et le poste qu'il y occupe, tout ce qui lui est arrivé depuis le télégramme – « le » télégramme, toujours –, qui annonçait sa mort.

Mais il s'avère que l'homme qui alimentait la machine est un autre blond.

Elle panique. Il n'est pas possible de rencontrer les morts et de les perdre, pas dans une rue commerçante, pas dans un centre commercial. Ce n'est pas juste.

Elle songe à crier son nom, mais même dans la passion elle reste comme il faut. Elle se contente de regarder fixement autour d'elle, et les gens la dévisagent. Sous leurs regards elle se sent passer de l'épouse de médecin avec travail et jardin à un fantôme d'elle-même, à une femme méprisée et bizarrement habillée d'une jupe élégante.

Elle le revoit dans une file d'attente pour le tram qui conduit à la gare centrale. Elle n'a pas de temps à perdre : le tram pourrait arriver et le lui prendre en repartant. Son train n'a plus d'importance. Elle croit pouvoir expliquer son retard pour le dîner.

Le tram s'arrête devant lui. Il est recouvert de gros yeux peints – on dirait un panneau articulé – pour une marque de lunettes de soleil, mais elle n'a pas le temps de le voir. Martin montant, elle monte aussi. Son cœur la gêne.

Il est à l'avant du tram, elle est à l'arrière. Elle se glisse vers l'avant, ses sacs la suivant maladroitement et se tapant dans les fesses et les mollets des voyageurs.

Elle est juste derrière lui.

Elle songe au temps qu'il faut pour faire cuire le plat de porc prévu pour le dîner. Elle essaie de se rappeler l'heure de départ du prochain train. Elle voit un jeune homme avec des boucles d'oreilles et est heureuse que Martin n'en porte pas.

Et maintenant, s'il ne se retourne pas brusquement et ne la reconnaît pas aussitôt, il va falloir qu'elle élève la voix.

Elle sait tout ce qu'il faut savoir des lettres de remerciements, elle sait la taille des cartons d'invitation et quand il faut offrir du xérès ou du genièvre. Mais pour ça, il n'y a rien dans ses livres.

– Monsieur ? dit-elle.

Mais elle ne le touche pas.

Le tram oscille dans un virage, la jette contre lui. Son sac tombe par terre et déverse de jolies socquettes sur le plancher.

– On se connaît ? lui demande Martin.

C'est lui, elle en est sûre – ses yeux, ses manières, ses épaules trop larges pour son visage de rat de bibliothèque, ses doigts comme des cierges épointés au bout. Elle sait qu'il la connaît, mais ce n'en est pas moins sur un ton agressif et en anglais qu'il lui lance :

– Je peux vous aider ?

Elle devrait dire : « Je me suis trompée, je vous prie de m'excuser », mais elle ne s'est pas trompée, ne regrette rien et restera là jusqu'au terminus et, oui, elle l'obligera à se rappeler.

– Martin, dit-elle, c'est moi. Ta mère.

Martin s'éloigne.

Elle sait qu'il la connaît. La mère et son fils, ce n'est pas une question de visage mal gravé dans la mémoire ; c'est de la mémoire corporelle, c'est très ancien.

Elle répète :

– Martin ? C'est moi… ta mère.

Il appuie sur le bouton de l'ouverture des portières lorsque le tram s'immobilise à l'arrêt suivant, mais il ne court pas. Il laisse descendre deux filles avant lui, des filles à belles jambes, des filles bien juteuses. Alors seulement il se retourne et lui lance :

– Je m'appelle Hart, Christopher Hart.

Il le dit en anglais bien qu'elle lui ait parlé en hollandais, ce qui est bizarre : il est rare que les Anglais comprennent cette langue.

La portière du tram se referme. Mme Arkenhout se baisse pour récupérer ses socquettes, en roule quelques-unes en boule d'un air absent et ne cesse de s'excuser dans le vide.

***

Le commissariat de police le plus proche se trouve dans Warmoesstraat, une rue peu respectable. Mme Arkenhout s'arme de son statut de femme de médecin et, hautaine, passe devant les dealers, les mangeurs de chips, les andouilles à l'œil chassieux qui se tiennent au coin des rues tels des spectateurs qui s'ennuient d'assister à leur propre vie ; devant des vitrines de sex-shops, devant des gens avec leurs animaux domestiques, des femmes aux pieds plats, de l'équipement industriel ; devant des cafés pleins du genre d'individus qu'elle ne connaît pas, mais auquel Martin appartient peut-être maintenant.

Elle explique son problème à l'un des gentils policiers qu'on trouve à Amsterdam. Après, elle se rend compte de l'impression qu'elle a dû laisser : une femme au visage rouge, une femme qui parle avec précision et transporte des bouteilles de vin, une femme qui explique qu'elle vient de voir son fils mort se balader dans la rue et exige qu'on fasse quelque chose. Naturellement, le policier lui propose une boisson chaude.

Puis il fait ostensiblement semblant de vérifier un fichier d'ordinateur et tente de ne pas avoir l'air surpris en voyant une vieille histoire s'afficher sur son écran :

Martin Arkenhout, étudiant participant à un échange international, retrouvé mort en Floride.

— Je veux voir l'inspecteur qui nous a interrogés, reprend-elle. Celui qui a enquêté sur la mort de Martin.

— Vous comprenez bien que votre fils est mort, n'est-ce pas ? lui demande le gentil flic.

— Je vous en prie, dit-elle.

Elle sait bien ce qu'elle sait – c'est-à-dire des photos, une pleine chemise, jolie et propre, qu'on lui a montrées dix ans plus tôt : détails, tous horribles, beaucoup de vase. Un bras avec une Timex en plaqué or, et des bouts de chair à l'endroit où l'épaule aurait dû se trouver. Un fragment de poitrine avec des marques de dents sur le mamelon ; elle ne connaissait pas les mamelons de Martin, des mamelons d'homme. Dents impeccables, éparpillées en jeux divers. Tout cela et plus, dit le flic, ayant été repêché dans un fleuve envahi d'herbes.

— Martin est vivant, dit-elle. Je l'ai vu.

— Je ferai un rapport.

Elle se dit qu'elle n'a pas perdu son temps. Pour l'épouse d'un médecin, on fera quelque chose. Non ?

***

Laissez Martin Arkenhout un instant. Il reprend son souffle au fond de quelque café, s'intéresse à une bière. Il va se dire que sa mère ne l'a pas reconnu, que cette rencontre ne s'est jamais produite, que les flics la calmeront et la renverront chez elle en pensant que c'est triste. Mais elle s'assurera qu'on fasse quelque chose, il le sait. Elle va vouloir le retrouver par amour, mais, femme décorative qu'elle est, elle fera seulement semblant d'avoir été choquée par le débraillé, l'inconvenance qu'il y a à voir des morts prendre le tram.

Tout l'agencement de sa vie dépendant du principe de

déconnexion, il sait que la situation n'est pas bonne. Il ne sait pas à quel point je vais la lui rendre encore plus difficile.

***

Je ne suis pas policier.

Je n'ai guère d'imagination.

J'ai seulement essayé de vous raconter tout cela dans un de ses langages ; ce qu'il avait fait et qui il avait été avant de débarquer dans ma vie.

Il m'a eu, mais il avait beaucoup de langages. Il connaissait l'anglais des arts et l'anglais ordinaire, l'anglais des bars et l'anglais des dîners de réception où l'expatrié parle avec l'étrange précision qui vient de trop d'euphémismes. Il savait se faire un esprit par le langage, et pas seulement en prononçant voyelles et terminaisons comme il faut.

Il choisissait qui il voulait être. Il choisissait ce qui allait se produire, et où. Il animait chaque minute parce qu'il n'osait pas prendre le risque de le laisser faire par quelqu'un d'autre. Ce devait être un homme incroyablement affairé. Je trouve plus reposant d'avoir la seule et unique personnalité qui est la mienne, comme la vôtre façonnée par une histoire et des circonstances ordinaires.

Et maintenant, ce sont mes mots à moi que je veux utiliser pour vous dire ce qui arriva ensuite.

J'en sais une partie pour l'avoir vécue, une autre parce que des gens me l'ont racontée, une autre encore parce que pour finir il y eut des rapports de police. J'ai mis tout cela ensemble, comme une histoire qu'on fabrique à partir de documents, d'interrogatoires et de souvenirs.

Tout ce que vous allez lire ici est vrai. Je ne souhaite à personne de commettre les mêmes erreurs que moi,

2

Je m'appelle John Michael Snell Costa. Ça explique à peu près tout.

Costa est un nom portugais. Snell est anglais, et c'est le nom de ma mère – il ne figure ici que par référence aux coutumes portugaises. Mes deux prénoms – John et Michael – sont ceux que peut donner un père portugais à un enfant né à Londres et qu'il veut faire passer pour un Anglais.

En gros, je passe assez bien pour un Anglais : peut-être suis-je seulement trop sombre de peau, plus petit que la stricte moyenne, et peut-être aussi ai-je un nom un peu bizarre. Je pense être parfois trop visiblement sérieux – à propos des femmes, des œuvres d'art que je classe et range dans des boîtes Solander. Je suis réservé, même quand je bois trop ; je ne suis pas doté d'un autre moi se révélant dans l'ivresse, qui serait tapageur et porté sur les grandes claques dans le dos. Mon accent fut formé par la BBC, puis devint un peu plus populaire lorsque la mode changea.

N'allez pas croire pour autant que je serais à ma place en Angleterre. Je détesterais.

Je suis dehors dans des rues monochromes et m'en vais au travail en dépassant des gens qui tous attendent, avec une hâte aveugle, amère, que le jour prenne des couleurs. Moi aussi, je me rue – c'est même ça qui est astucieux. Je ne détonne pas dans l'escalier mécanique et suis toujours dans la bonne file. Je sais comment m'enfermer dans les gestes qui conviennent.

En regardant autour de moi, je vois les stylistes empruntés qui se sont payé une identité – motard, sportif, pédé, Armani, banquier –, et je les comprends. Parce que je suis tombé amoureux de la peinture, désespérément amoureux, je joue le rôle de conservateur de musée. J'en ai les habits, en flanelle essentiellement. Et les diplômes.

J'aime ce travail, je dois le reconnaître. Dans les rues, tout le monde court dans un présent pâle et stressé, pas de passé, avenir vague, se précipite pour se réinventer à chaque instant et seulement pour rester entier. Nous autres conservateurs pouvons méditer entre un passé rangé, identifié et déclaré important, et un avenir possible où les gens continueront de regarder le passé.

Je suis aussi un grand romantique, sans beaucoup d'occasions de le montrer. Ce que je fais ? Je conserve des dessins, en prends soin et les étudie : lignes rougeâtres, lavis brun sur du papier qui se tache et s'émiette. Ce sont ces choses-là que je protège.

Mais je conserverais des merveilles si j'en avais seulement la chance. Je serais chevalier en armure, près d'un Graal en la tour, surveillant, à genoux, pendant des siècles et des siècles.

***

Le taxi m'a déposé à l'entrée nord.

Il y avait eu une émeute non violente le long des grilles du musée – foules débraillées en vêtements d'été ouverts. A dix heures, exactement, les gardes consultant leurs montres d'un geste théâtral, les portes se sont ouvertes. La foule s'est ruée sans pitié jusqu'au célèbre portique. Invasion quotidienne du public, physiquement le musée avait commencé.

Mais j'ai doublé tous ces gens, puis j'ai franchi la

porte verte d'une jolie maison de style georgien sur le côté. Les gardiens savent que le musée proprement dit – ses buts, son propos et son histoire – se trouve dans ces bureaux et donne sur les installations qui le soutiennent comme les industriels regardaient leurs usines : sans les voir.

J'ai longé les salles réservées aux étudiants – un vrai labyrinthe de terriers –, les labos où l'on tranche dans des corps de pierre et enquiquine des vers bizarres dans des bois exotiques, des couloirs peints de couleurs pâles, officielles, et où, jusque dans les coins visités par la serpillière, la poussière est respectable. J'ai adoré cette promenade. J'étais au cœur du Musée, j'ouvrais la douce intimité de cet endroit solipsiste que des portes marquées SORTIE DE SECOURS, rien de plus, je l'ai remarqué le premier jour, tiennent à l'écart du grand cirque à ciel ouvert des galeries publiques.

J'ai coupé à travers un sous-sol comme des cellules fermées, chacune bourrée d'objets, tour du monde en *bric-à-brac*[1]. J'ai longé le département des sculptures hindoues où une file de chats est venue se faire nourrir, des bureaux où l'on range de petites choses cassées avant de pouvoir leur consacrer une monographie. Tout ce méli-mélo qu'est la partie privée du musée, son manque de cartes et ses couloirs traîtres et coudés m'ont donné l'occasion de triompher : j'ai tout traversé.

J'avais rejoint mon territoire, sous le dôme. Le sentiment que j'avais d'avoir accompli quelque chose s'est vite éteint.

Carter m'attendait dans mon bureau étouffant et marron. Petit, bien propre, inquiet, il fait penser à une souris en blouse de ménage, avec postiche vigoureux retombant sur un visage las. Il tenait quatre in-folio en équilibre sur ses genoux.

1. En français dans le texte. (*NdT.*)

– Bonjour, me lança-t-il. Bon week-end ? Oui ? Vous devriez regarder ça, à mon avis. Je ne suis pas responsable.

Il attendit que j'aie dégagé un coin de mon bureau et y posa les ouvrages. Ils devaient faire dans les vingt-cinq centimètres sur cinquante, étaient reliés dans un parchemin blanc qui s'était taché avec le temps et avaient les bords déchirés, comme un tas de vieux journaux.

– Où est le problème ? demandai-je en sachant que Carter croit toujours en découvrir.

– Voyez vous-même.

J'allai toucher les livres, mais Carter toussa.

– Les gants, monsieur.

– Ah, dis-je, c'est vrai qu'on ne peut plus rien faire sans latex au jour d'aujourd'hui.

La blague est rituelle et secoue très légèrement la poussière de Carter, ce qui est le but recherché. J'enfilai des gants fins de chirurgie.

– Quinze pages, reprit-il. Il manque quinze pages. Quelqu'un les a prises.

Chacun des volumes portait le titre de *Liber Principis* – le livre du prince. J'en avais évidemment entendu parler bien qu'on les gardât dans une cage des réserves – albums de peintures, XVIIe siècle, exécutées par des artistes attachés au prince Maurice de Nassau lorsque celui-ci était gouverneur du Brésil hollandais. De charmants objets, pleins d'animaux représentés avec exactitude, d'arbres, de serpents et de gens. Mais ils étaient bien plus encore : la première tentative jamais faite de recenser précisément les créatures du Nouveau Monde au lieu de continuer à peupler ce dernier de monstres conventionnels. A chaque page, on avait presque l'impression de contempler des merveilles avec les yeux même du passé.

– Je ne m'en serais jamais aperçu si on ne faisait pas des contrôles de routine. On a eu des problèmes de déshumidification dans la cage. Les services s'en sont occupés, la conservation les avait depuis trois ans. En plus de quoi, il n'y a qu'une personne. Le Pr Christopher Hart.

– Ah, mon Dieu ! m'écriai-je. Nous avons déjà un suspect !

Je voyais bien que Carter mourait d'envie de se venger à la manière d'une petite souris, mais il garda le silence.

– Vous êtes absolument sûr qu'aucun membre du public n'a pu les voir ?

– Hart a même dû obtenir une autorisation spéciale, vous vous rappelez ? Vu les circonstances...

Carter me reprochait d'avoir accordé la permission, je le voyais bien, me reprochait le fait que les ouvrages n'étaient pas restés à l'abri dans leur cage en fil de fer. Des fantômes de la vie, voilà ce que je voyais dans ces cages. Il y voyait, lui, des biens qu'il possédait par procuration et devait protéger comme sa retraite et les traites sur sa maison.

J'avais posé les mains, paumes vers le bas, sur le parchemin blanc éraflé des couvertures.

– Je m'en occupe, dis-je.

***

A ce moment-là, Christopher Hart se réduisait aux objets suivants posés sur une table : trois cartes de crédit, une carte bancaire, une carte Eurochèque, quatre laissez-passer pour la bibliothèque, un badge avec photo lui ouvrant les portes de son département à la fac, une carte de gymnase, deux cartes d'usager de compagnies aériennes, la première périmée, la deuxième couleur or, un passeport, une Visa américaine nouveau modèle avec photo, un permis de conduire, une carte d'identité, une carte d'abonnement pour la saison de l'Arsenal Football Club et une carte de garantie pour un ordinateur.

De fait, Martin Arkenhout n'avait besoin de rien d'autre.

Ce sont les pièces que réclament les autorités pour monter à bord d'un avion, regarder des livres, retirer de l'argent : elles ne prouvent pas qui on est, elles sont notre identité même. Le pouvoir tient à ce que nous ayons un numéro et pas un nom, que nous soyons encartés et pas seulement que nous nous rappelions nos nom, adresse, numéro de téléphone, but dans la vie, numéro de Sécurité sociale, code secret de carte de retrait, etc. Le pouvoir a de bonnes raisons de procéder ainsi. Tant que nous avons des papiers, nous ne nous décollons pas ; nous ne changeons pas de caractère, de personnalité ou de désirs. Nous sommes disponibles à la gestion.

Pour finir, il se vanta de tout ceci devant moi : comment il n'avait plus qu'à remplir les blancs – ce que veut Christopher Hart, ce qu'il mange, aime, déteste, croit. Il était déjà certain de lui donner une bien meilleure existence que celle que le vrai aurait jamais pu avoir.

C'est que Hart, voyez-vous, il ne le connaît pas. Alors que moi si, et c'est là un savoir qui pourrait me tuer.

***

– Vous comprenez le problème, dit le directeur adjoint.

C'était un homme bien en chair – les vestiges d'un joueur de rugby – d'où émanaient des bulles d'opinions esthétiques surprenantes.

– Je crois, lui répondis-je. Ces livres ne sont même pas censés se trouver au musée.

– Je ne suis pas sûr que le musée dirait la chose de cette façon. Je suis sûr que le musée dirait que la loi lui interdit de se séparer des objets qui se trouvent dans ses collections, quelle que soit la manière dont ils y ont atterri ; cette formulation rend presque tout plus facile. Mais dans le cas présent, c'est vrai, le musée préférerait ne rien dire du tout.

– Secrets de famille.

– Exactement.

– Pour le principe, nous devrions peut-être revoir l'histoire du *Liber Principis*.

– Est-ce vraiment nécessaire ?

– Juste pour le principe.

Je tenais à éloigner autant que possible de futurs embarras. Je voulais que le directeur adjoint veille à l'honneur du musée pendant que je m'occuperais de la partie proprement artistique de l'affaire.

– Les images ont été peintes par Albert Eckhout pour le prince Maurice de Nassau. Lequel Maurice de Nassau s'est retrouvé à court de fonds et a décidé de les vendre – ce qu'il a fait, à deux roitelets allemands. Peut-être chacun d'eux a-t-il cru obtenir l'ensemble de la collection. Toujours est-il que l'un et l'autre ont fait relier leurs albums et les ont intitulés « les Livres du Prince ». Tous ces albums sont restés en Allemagne.

– Oui, oui, dit le directeur adjoint.

– Au début du siècle, la Bibliothèque nationale de Prusse a fait l'acquisition des deux jeux. Sur quoi, la guerre ayant éclaté, les biens de ladite Bibliothèque nationale ont été expédiés quelque part au cas où Berlin serait rasée. Les *Libri Principis* et quelques partitions originales de Mozart ont disparu. Il est de notoriété publique qu'un *Liber* a refait surface à Cracovie, le gouvernement polonais finissant par le reconnaître quelques décennies plus tard et en autoriser la consultation par des chercheurs.

– Ce qui était une erreur, ajouta le directeur adjoint. Les livres seraient éternels si personne ne les voyait ou déplaçait jamais. On pourrait alors garder tout l'univers des connaissances en parfaite sécurité.

Un peu gêné d'ainsi parodier ses instincts les plus profonds, il toussa.

– Bien sûr, enchaînai-je, il est facile de voir comment certains volumes laissés en Saxe ont pu finir à Cracovie. Il est un peu plus difficile d'expliquer comment l'autre jeu est arrivé à Londres.

– Esprit d'entreprise. Butin de guerre. Les trois quarts des musées doivent quelque chose à l'esprit d'entreprise et au butin prélevé suite à telle ou telle guerre.

– Jusqu'à maintenant, il n'a jamais été reconnu publiquement que nous détenons les peintures d'Eckhout. Des gens à l'esprit mal tourné pourraient nous demander comment nous les avons acquises. Ils pourraient même parler de vol.

– Ou de transfert. Du fait que le musée s'est senti responsable lorsque les Prussiens ne se sont plus occupé de rien.

Les livres avaient de la présence dans cette salle : ils disaient l'embarras d'un objet blessé posé sur le buffet. Je soulevai un volume et en ouvris les pages avec des doigts indécemment nus ; elles avaient une odeur délicate de poussière de papier, peut-être aussi de vieille pommade parfumée, comme on la sent parfois dans la bibliothèque d'une grande demeure.

– Malheureusement, reprit le directeur adjoint, nous vivons à une époque où tout le monde est censé faire preuve d'ouverture et se sent obligé de s'excuser de tel ou tel fait historique. Nous ne renvoyons pas les marbres d'Elgin, mais nous ne les cachons pas non plus. C'est pourquoi, dans sa grande sagesse, le directeur a pensé qu'un jeune chercheur devait avoir la permission de regarder ces Eckhout. Ultra-confidentiels.

Je contemplai les pages. Chacune comportait des légendes, mais seules les impaires avaient des images, parfois plus d'une : l'album n'était que l'ossature d'un projet plus ambitieux.

— Rameuter la police n'est guère faisable, poursuivit le directeur adjoint. Et il est tout aussi difficile de ne pas conclure que l'individu qui a volé ces pages le savait parfaitement. C'est toujours embêtant de perdre quelque chose. Ça l'est encore plus de perdre quelque chose qu'on n'aurait jamais dû avoir.

— En dehors du musée, une seule personne a eu accès à ces livres. Christopher Hart.

— Vous êtes sûr et certain que ce ne peut pas être un type installé dans la place ?

— Je ne suis pas détective, lui répondis-je en haussant les épaules.

— C'est très dommage. Le musée apprécie beaucoup les relations qu'il entretient avec les jeunes chercheurs. De fait, le musée en dépend. Et donc, c'était Hart, et seulement lui ?

Il était clair que certaines images n'avaient jamais été mises en place : le papier n'était pas décoloré de manière uniforme. Au début, je tournai les pages comme un policier, en notant les quelques endroits où les blancs sautaient aux yeux, entourés de papier jauni, ceux où une image avait longtemps protégé le support sur laquelle on l'avait montée. Puis mon attention fut attirée par une page qu'on avait coupée au ras de la reliure. L'injure faite à l'album me rendit soudain le livre très vivant, le sortant de la catégorie preuves à conviction. Je fus en colère de constater qu'on avait attenté à l'intégrité d'un objet parfait.

Je n'étais pas censé éprouver cette émotion. Ce n'était pas politiquement correct. Et, d'un simple point de vue historique, c'était également douteux dans la mesure où ces albums étaient un assemblage arbitraire de ce qui avait survécu au temps, savoir ce que des mécènes avaient aimé, ce que personne n'avait réussi à voler ou bousiller au fil des années, y compris l'individu qui avait retrouvé les livres en Allemagne et les avait très gentiment légués aux réserves impériales du musée.

Il n'empêche : comme on chavire, je me laissai happer par ces images aussi éclatantes que précises.

— Et si vous en parliez à Hart ? me suggéra le directeur adjoint.

— Il est en Hollande, en congé sabbatique d'après son département. On ne l'a pas vu depuis un certain temps. Il a dit à tout le monde qu'il n'était pas impossible qu'il se rende au Portugal, mais il n'a pas laissé d'adresse où faire suivre son courrier.

— Bon sang ! s'exclama le directeur adjoint.

Un insecte minuscule et sans nom – une forme irrégulière, noir et rouge cramoisi – remontait la page en rampant. Un serpent, or en dessous, noir dessus, tel un acteur qui s'approche des feux de la rampe dans un mélodrame. Trois serpents sur une page : dos diamanté, éclaboussé de rouge, scellé de noir, tous à se tortiller pour briser le cadre.

— Ce petit con ne préparerait pas une publication, si ?

Je vis des chèvres, chaudes et un rien nerveuses sur des terres mouchetées, oreilles et cornes en dedans. Lamas à visage de politiciens de caricatures. Un fourmilier avait paru si étonnant qu'on en avait fait une masse de poils marrons terminée par un groin. Il y avait là de superbes félins, un singe dont les traits semblaient humains et apeurés – yeux au regard fatigué, dents usées, oreilles basses. Je n'ai jamais compris comment on peut résister à la séduction et à la présence de la peinture, à ses profondeur et surface physiques, et ne regarder que des diapos, se servir de termes abstraits et faire étalage de concepts et de théories au lieu de regarder avec passion. Pour moi, la peinture est une nourriture.

– Inutile d'insister sur la nécessaire discrétion, j'espère, reprit le directeur adjoint. Sinon pour la forme, ajouta-t-il, en se moquant de moi.

J'aurais dû reposer les livres. J'aurais dû me concentrer sur cet échange de paroles, si pompeux et vide fût-il. Au lieu de ça, je regardais un visage rond et aimable au début du volume, quelqu'un avec une crinière blonde, des joues qui brillaient, un soupçon de moustache au-dessus de lèvres larges, des yeux un rien flous comme si le peintre n'avait pas le courage de croiser leur regard, ou était fin saoul.

L'album ne se réduisait pas à un assemblage de jolies choses – rien à avoir avec un carnaval de bizarreries : c'était un monde nouveau qu'on y découvrait d'un œil émerveillé. Au lieu des collections conventionnelles de racines, de fleurs, d'insectes et autres *memento mori*, genre d'images que les Hollandais ont aussi produit ce siècle-là, on avait affaire à quelque chose de précis et d'étonné, quelque chose de profondément personnel. On aurait dit des histoires de découverte racontées par un grand-père.

Une femme, la poitrine nue, tenant une racine comme une torche, grande étoffe rouge vermillon autour de ses jambes souples. Puis un soldat, nu, avec arc et flèche, et couronne de tissu rouge écarlate autour de la tête, absurdement semblable à une coiffe du Moyen Age. Un chef avec mitre et soutane comme celles d'un évêque. Une mère avec un bébé minuscule qui s'accroche à son cou.

– Je crois que les Allemands ont essayé de faire revenir les albums de Cracovie. Ça pourrait nous attirer des ennuis, dis-je. Nous ne sommes pas très plausibles comme héritiers des Prussiens.

La loi interdit au musée de se séparer du moindre

objet se trouvant dans ses collections. Absolument rien, me renvoya-t-il. Donc, bien sûr, nous insistons pour tout garder.

Bien malgré moi je laissai la femme à la belle étoffe. J'avais l'impression d'avoir été en sa compagnie un instant, de pouvoir me retourner pour lui demander des choses : ce que ça faisait d'être enfermé dans le froid d'un coffre après avoir vécu au cœur de la forêt.

– Il se peut que l'individu qui a volé ces pages ait tout simplement voulu les vendre. Ça ne serait pas difficile. Elles sont rares, aisément transportables, ravissantes et tout le monde en voudrait. Il se pourrait bien qu'un roi de la saucisse de Saxe les ait déjà dans son coffre. Ou alors un banquier.

Je reculai à regret, comme si les livres m'avaient rendu mes caresses.

– Très facile d'accrocher ça dans son salon, et sans danger. Ces images n'ont jamais été publiées et pratiquement personne ne les a vues depuis cinquante ans.

– Peut-être, dit le directeur adjoint en faisant retomber ses doigts sur le bureau. Mais je me demandais autre chose. Je me demandais si ces pages ne pourraient pas servir de preuves à une thèse, celle de Christopher Hart. (Il décrivait là un délit qu'il avait envie de commettre lui-même, je le voyais bien.) Peut-être veut-il contrôler ces sources, de façon à pouvoir contrôler ce qu'il entend raconter.

Le délit avait changé de nature : du vol banal et motivé par la cupidité on passait à l'affront infligé à tout ce que le musée était censé représenter.

– Et s'il voulait les détruire pour que personne ne puisse s'élever contre ses thèses ? lui suggérai-je.

L'idée flotta un instant dans la pièce, aussi choquante qu'un lépreux.

– Nous formons une communauté de chercheurs, reprit-il. Il convient peut-être que nous nous habituions à nous suspecter les uns les autres. Fouille corporelle à l'entrée, fouille corporelle à la sortie. Détecteurs de métaux et rayons X. Autorisations d'entrée en bibliothèque pour tout le monde. Et moi qui pensais le connaître… sa réputation, les articles qu'il a écrits…

– Il faut absolument que nous lui parlions.

Ce « nous », je le savais, n'incluait que moi.

***

Christopher Hart, d'après ce que m'en dit Arkenhout, avait acheté son billet de train Amsterdam-Cologne avec sa carte de crédit. Pas de problème. Il avait son passeport sur lui, mais personne n'avait éprouvé le besoin de l'examiner à la frontière allemande.

Il avait pris le tram jusqu'au terminus d'une ligne de la banlieue de Cologne et monté trois volées de marches pour atteindre un appartement où un Indien aux yeux injectés de sang lui avait pris ses papiers. Pas de reçu, aucune trace écrite.

Il s'était dorloté une bière quatre longues heures durant.

Lorsqu'il était remonté, son visage était en accord avec son nom. L'Indien et ses deux cousins réparaient des identités comme on répare des chaussures, et avec la même indifférence professionnelle. Arkenhout avait réglé en liquide. L'Indien acceptait la plupart des devises.

Sur le chemin du retour, le poste-frontière d'Emmerich – il était morne et gris – avait acquis une sorte de charme : c'était là que se jouait le coup. Il avait vu des policiers en uniforme gris sur les longs quais vides. Il voulait montrer son passeport à l'un d'entre eux, il voulait qu'on l'examine de près, qu'on le fouille, qu'il soit prouvé qu'il était bien Christopher Hart, professeur de faculté. Personne n'était venu.

91

Après, il s'était posé cette question : « Ai-je vraiment donné un nom à ma mère ? Lui ai-je vraiment dit tout haut que j'étais Christopher Hart ? »

***

Je partis tôt, passant par une issue de secours dans la partie publique du musée. Des foules me rugirent aux oreilles, on se ruait vers les magasins pour acheter des cultures, des dieux nus, tous les esprits de la rivière, du tremblement de terre et de la naissance qu'on garde derrière du verre solide et officiel. De temps à autre quelqu'un était arrêté par les grands yeux marron de… disons un portrait copte et résistait au flot quelques instants avant de filer vers l'attraction obligatoire suivante.

J'observai les gardiens qui contemplaient tout cela. Des hommes âgés, qui sans doute buvaient de la bière et mangeaient des gâteaux, qui avaient bien obéi à l'armée et ne s'étaient pas rebellés, et qui, le soir venu, défileraient dans toutes les galeries avant de les fermer. Ils toléraient les caméras, les détecteurs et tous les engins propres à la sécurité, mais seulement parce qu'ils savaient qu'en fin de compte on en venait toujours à la cérémonie des grosses clés en fer qu'on tourne dans les serrures.

Je songeai qu'ils étaient du même monde que mon père : des gens qui mangeaient de la Marmite et savaient ce que signifie le mot « tradition ».

De toute façon, je pensais à mon père. Il m'avait laissé des messages sur mon répondeur, tous avec un début hésitant comme s'il était gêné de se parler à lui-même avec un espoir très vague que son message soit un jour entendu par quelqu'un. Je le rappelai, mais il était sorti. Il aimait bien passer la fin de l'après-midi dans des cafés portugais de Ladbroke Grove, à y boire des coups sans se tracasser avec les éternels problèmes de traduction. Il buvait de petits cafés et mangeait des gâteaux aux œufs et aux amandes. Je n'ai aucune idée de ce qu'il pouvait raconter.

Anna n'était pas encore rentrée.

L'histoire de mon père est ancienne. Il est venu en Grande-Bretagne comme manœuvre, a travaillé comme garçon de café et a tellement étudié qu'il a fini par diriger un hôtel-restaurant. Et pendant tout ce temps il s'est assuré que je ne sois jamais comme lui. Il a fait de moi un Anglais sombre et nostalgique, très attaché au cricket, à la royauté et aux marronniers comme plus aucun Anglais ne pourrait l'être.

Mais, je m'en étais aperçu, il n'avait pas apprécié cette transformation. Avec ses amis il parlait toujours portugais. Lorsque je rentrais de l'école, mes *Hello*, *Good afternoon* et autres *Dad* étaient une trahison du vrai Portugais qu'il était. Les *fish fingers*[1] et *gobstoppers*[2] lui transperçaient le cœur. Mais il ne pouvait pas parler de trahison. Il était déjà passé à l'ennemi et monté dans le lit de l'Anglaise qui était devenue ma mère.

Elle mourut si vite du cancer qu'on aurait dit un effet spécial, comme si toutes ses défenses avaient lâché le jour où elle avait décidé de se reposer un peu. J'avais dix ans. Je sais maintenant dans quoi mon père se lança alors – dans ma protection à tout prix. Et pour lui le coût le plus élevé fut celui de ce que j'appellerai l'« anglitude ». D'autres familles rentraient au Portugal quand leurs filles atteignaient l'âge de treize ans, juste au moment où l'anglitude pouvait se glisser entre leurs jambes ; mais j'étais son fils, son seul fils, et pouvais donc rester pour devenir un étranger.

---

1. Ou « doigts de poisson ». Petits bâtonnets de poisson qu'on trouve dans toutes les épiceries anglaises. (*NdT.*).
2. Ou « stoppe mollards ». Gros bonbons. (*NdT.*)

Je fis des études supérieures, chose à laquelle personne n'avait jamais accédé dans ma famille. Mon père en fut fier, tout ému et nerveux. Je décrochai le plus haut diplôme parce qu'il fallait absolument que je sois à l'abri des travaux de terrassement et autres tâches d'esclave pour gagner ma vie.

Je n'arrive pas à imaginer comment il pouvait expliquer tout cela à ses amis qui se languissaient de leur pays.

Il rentra chez lui à six heures et demie. Il me dit vouloir se rendre à Essex le samedi suivant et sortir pêcher la limande en bateau. Je compris qu'il n'y aurait pas moyen de refuser.

Anna, elle, n'était toujours pas rentrée. Je sentais son absence, un froid là où elle aurait dû occuper une chaise ou se tenir à une fenêtre. Elle était soucieuse, bien sûr. Sa vie était rythmée par les habitudes de la faculté où elle enseignait (récréations, examens, crises dans les comités), et les fréquentes et pénibles migraines qui l'assommaient. Mais là, elle était plus inquiète que d'habitude. Je songeai qu'elle était complètement absorbée par quelque chose, ou tombée amoureuse de quelqu'un et ne pouvait même pas faire comme si tout était normal. C'était plus facile que de reconnaître la distance qui nous séparait.

Anna rentra, mais je continuai de sentir son absence.

***

J'ai le dossier de la police sous les yeux – à tout le moins des photocopies : beaux rapports, pas de paragraphes, une note dans la marge de temps en temps. D'après le dossier, c'est à peu près à cette époque que l'inspecteur Van Deursen et le sergent Visser auraient quitté Amsterdam pour aller interroger les Arkenhout. L'un des deux a griffonné « Gens agréables » au bas de la première page. Puis : « Feu artificiel dans la cheminée. Ne donnait aucune chaleur. »

Ils leur avaient demandé si Martin Arkenhout avait essayé de les contacter.

« – Non, avait répondu sa mère – honteusement j'imagine.

– Vous n'avez pas déménagé depuis dix ans ?

– Non.

– Et cet homme dans le tram… il vous a donné un autre nom ?

– Il m'a dit s'appeler Hart. Christopher Hart. Il m'a dit ça en anglais, mais, voyez-vous, moi, je lui avais parlé en hollandais.

– Vous êtes sûre de ne pas vous tromper ?

– Je ne me trompe pas.

– Vous savez que faire perdre son temps à la police est passible d'amende ? »

A la fin, un des policiers avait écrit une petite note au crayon. « Esprit très pratique. Très émue, mais ne l'a pas montré. Médicaments ? » Ce que son collègue avait lui-même annoté : « Médicaments sur ordonnance. Mari médecin. »

Il avait souligné le mot « ordonnance » avec force.

***

Mon père prit les rames tandis que je poussais l'embarcation dans les eaux de l'estuaire. Je n'aurais pas pu l'en empêcher. Agé de soixante-seize ans, il était encore maigre et nerveux, et fier de porter les mêmes costumes qu'à cinquante. Cheveux blancs, casque immaculé posé sur la tête d'un jeune gominé devenu vieux. Mais les tendons de ses bras étaient fins et de la chair molle pendait à ses os.

Il s'était endormi une fois pendant le trajet. Il était vif, presque jeune, lorsqu'il était éveillé ; mais en lui

95

jetant un regard de côté je vis sa bouche ouverte et le crâne sous la peau.

Pour l'heure néanmoins il était héroïque, les yeux brillant d'une sorte d'exaspération.

– Dépêche-toi, me lança-t-il.

Je ne sais si nous allions rater les poissons, la marée, voire quelque train imaginaire pour rentrer à la maison. Il ne pouvait plus attendre ; il avait perdu la patience résignée de l'homme entre deux âges.

Je sautai dans le bateau, il l'éloigna de la rive. De temps à autre la rame effleurait l'eau, mais en règle générale ses muscles avaient la mémoire aussi précise que son esprit. Au bout d'une dizaine de coups de rame, il me dit :

– Tu pourras ramer plus tard.

– Merci.

Il entra dans le chenal. Le fond vaseux fila sous la barque. Les cieux étaient énormes et pâles et il y avait tout à la fois un méchant petit vent et un soleil qui brûlait. Je voyais les marécages autour de nous : vesce en fleur, chenaux d'eau salée qui fendent la vase et les roseaux.

Il allait sortir en pleine mer. Les coups de rame lui coûtaient déjà, mais il se concentrait fort. Il ne parlait pas, pour ne pas montrer qu'il avait le souffle court, et ne souriait pas non plus.

– Il est pas un peu tard pour pêcher la limande ?

Il ne répondit pas. Je regardai le rivage plat derrière nous, la barrière de roseaux. Un héron gris se donnait des airs au bord de l'eau.

Il reposa les rames très brutalement. Je me demandai s'il avait perdu toute énergie, ou si son cœur lui causait des ennuis, mais non : il avait l'air solide et frais.

– Sors les lignes, m'ordonna-t-il.

Nous installâmes les hameçons et les appâtâmes, puis nous lançâmes les lignes par-dessus bord. Le petit bateau se trouvant pris dans leur réseau, nous restâmes immobiles sur l'eau noire, à attendre.

Je me gardai bien de parler. Enfant, je le faisais parfois durant les promenades dans le Surrey – bus de la Green Line, quelques heures en forêt –, et c'était toujours ma faute si le rouge-queue, la litorne, le pinson ou le coucou s'envolait pour ne pas revenir de la journée.

– On est venus trop tard, reprit-il d'un ton accusateur.

– C'est ce que je craignais. Et d'ailleurs... on n'est pas un peu loin de toute façon ?

Nous tournions tous les deux le dos au monument érigé dans l'estuaire : les tours et les bâtiments d'une centrale électrique nucléaire. Nous étions bien décidés à ne contempler que l'eau et les marais.

– J'ai un compte. Poupança Emigrante, dit-il.

– Je ne comprends pas.

– Un compte bancaire au Portugal. Pour les émigrants.

– Mais tu es anglais.

– J'ai vendu la maison.

L'espace d'un instant je ne sus où regarder. Le marécage dessinait une ligne noire dans la forte lumière. Le ciel était d'un pâle délavé. Il n'y avait pas de nuage précis où apercevoir des visages ou une carte comme j'avais l'habitude de le faire quand j'étais enfant et me trouvais avec mon père. Nul autre bateau ne s'était lancé dans cette expédition excentrique.

– J'ai dit que j'ai vendu la maison.

– J'ai entendu.

– Je pars le mois prochain.

– Tu t'en vas ?

– Je fais construire une maison au Portugal. Je veux tes conseils.

Le bateau tourna un peu, mal à l'aise au changement de marée. Les lignes semblant près de s'emmêler, je commençai à les séparer, en ramenai une, en débrouillai une autre, comme on range une chambre.

Au bout d'un moment, je recommençai.

– Je ne comprends pas, répétai-je.

– Je rentre. Au Portugal.

– Tu as toujours dit que ton pays, c'était l'Angleterre.

– J'ai dit beaucoup de choses. On n'attrapera rien ici à midi.

– Je ne comprends pas.

– Toi et Anna devrez venir me voir quand je serai installé. En attendant, je dépose le reste de l'argent dans une banque portugaise. Seize pour cent d'intérêt. On ne trouve pas ça ici.

Il faisait toujours attention à l'argent. Il ne se montrait pas habile à le gérer, mais ça l'intéressait. Un jour, il m'avait demandé s'il pourrait en gagner en achetant et revendant le genre de toiles que je connais.

– Tu es sûr…

Il se mit debout dans le bateau. S'il avait glissé, bougé brusquement, eu un mouvement de colère, il l'aurait fait chavirer et, l'eau noire du fleuve trempant nos habits, nous aurait emmêlés dans de grandes herbes vertes. Je tenais à ce qu'il garde son calme.

Il s'étira, les bras haut derrière la nuque, et plia un instant les genoux pour forcer sur ses tendons de jarret.

– Sacrée surprise, non ? dit-il.

Il souriait.

Cette fois, je pris les rames et nous ramenai si vite à la plage que l'eau frappait l'avant du bateau. Il ne m'avait jamais parlé de ça – une maison au Portugal ? –, ou dit vouloir rentrer ou vendre la maison de Stockwell où il avait vécu si longtemps avec ma mère, et avec moi, dans des odeurs de feuilles de laurier, de café et de désinfectant parfumé au pin. Je fus choqué de constater à quel point il m'avait peu parlé.

Le bateau s'échoua.

– Doucement, dit mon père. Doucement.

Il regarda le ciel pâle et ajouta :

– Il y a de la pluie qui vient.

***

Anna entra dans la pièce avec moi et s'étendit sur le lit. Je voyais bien qu'elle me signifiait quelque chose en ne me touchant pas.

– Il ne m'a jamais parlé de rien, lui dis-je. Il devait y penser depuis des mois, peut-être même des années. Vendre une maison prend du temps. Et en construire une aussi, nom de Dieu !

Il ne s'était donc jamais établi ; il songeait à retourner au Portugal, peut-être en mourait-il d'envie, et voulait y construire une maison avec des pièces, des portes et des pignons bien précis.

– Il ne disait jamais rien. Il ne voulait même pas voyager. Tu te rappelles quand j'ai voulu l'emmener…

Son immobilité m'arrêta. Elle était plus forte que des mots.

– Tu m'inquiètes, dis-je.

C'était bien ce qu'elle faisait : elle attirait mon attention, me coupait le souffle aux moments les plus inattendus, bousillait mes plans et mes lectures et me laissait tout souriant. J'étais toujours obligé de me demander combien de temps elle allait encore tenir. Elle ne m'avait posé aucune question, ce qui était mauvais signe. Elle était allée une fois à la salle de bains, pour y prendre des médicaments pour sa migraine.

– Je devrais peut-être y aller avec lui.

– Quand je pense que c'était toi qui voulais le rendre indépendant ! Au fond, tu es fier de lui.

Ce serait donc une matinée de chance, aussi calme que du lait. Au moins pouvait-elle me reprendre sur ce que je disais.

Ce n'était pas toujours le cas. J'avais pris la sale habitude de l'aimer totalement et d'être inquiet en même temps, d'attendre le moment où, son mal de tête revenant, sa mauvaise humeur casserait la conversation, ferait voler les mots et là, dans la pièce, la douleur était aussi présente qu'un ex-rival qui se sent le droit d'exiger une attention aimable et polie.

Je m'allongeai à côté d'elle. Je me sentais chez moi, mais savais que je ne pouvais pas la toucher car le toucher était trop pour elle.

Elle irait se promener. Et moi aussi. D'une manière ou d'une autre, nous nous en sortirions.

***

Le même jour, selon le journal intime de Mme Arkenhout – elle l'avait donné à la police –, Hart était rentré chez lui.

Je ne puis concevoir qu'il ait sciemment décidé de se rendre à tel ou tel endroit. Il avait dû prendre des trains, descendre trop tôt, attendre le prochain et encore le prochain – dans divers hameaux, gares genre Art déco toutes gris et jaune avec carrelage omniprésent, sur des quais sinistres à ciel ouvert. Deviner qu'il but du café, je le peux, du café, encore et encore.

Enfin il avait atteint la ville où il avait grandi. Étant donné que la maison des Arkenhout se trouve à une demi-heure de marche de la gare, il avait dû y arriver vers quatre heures de l'après-midi : au moment où les tâches domestiques y ramenaient Mme Arkenhout – c'était l'heure de préparer le dîner, de terminer le repassage, d'arroser le jardin, d'être prête à tout prix.

Il n'avait pas eu besoin de demander son chemin. Je le vois bien faire la moitié du trajet avant même de relever la tête. Les maisons ressemblent à celles qu'on trouve dans les coffrets de train électrique, propres, uniformes, colorées et artificielles, tout cela éparpillé sur des terres tout aussi artificielles, volées à la mer. Parfaitement manigancé et invraisemblable : un cadre parfait où grandir.

Je sais qu'il se rappela les instants où, enfant, il montait sur son vélo et si loin qu'il s'éloignât dans les polders ne pouvait échapper à la surveillance de ses parents, entre les champs plats et rectangulaires, derrière les hauts troncs des peupliers. Je le sais parce qu'il me l'avoua, même s'il m'affirma que, de fait, tout cela s'était passé en Angleterre. Il filait vers les dunes et la mer et se déshabillait afin que personne ne le reconnaisse à ses vêtements. Puis il se promenait dans des paysages riants et vallonnés, en se disant qu'enfin il était seul, jusqu'au moment où, une ou deux têtes connues apparaissant au sommet de la dune suivante, il se retrouvait pris au piège de son identité. Déjà il ne voulait plus qu'on le réduise à lui-même. Il voulait être quelqu'un d'autre.

Dès qu'il aperçut la maison, il sut que tout le monde pouvait le voir. Le jardin avait toujours cette allure gênante d'une chose exigée par le règlement tacite de la communauté, mais pas aimée.

En ce lieu aucun doute n'était permis. Martin Arkenhout il était à nouveau, enfant exigé par le mariage de ses parents, preuve que l'un et l'autre fonctionnaient comme il faut. Martin, il l'avait été lorsqu'il jouait, complotait, faisait ses devoirs du soir, essayait d'emballer des filles.

Tout cela dut l'ébranler : la facilité avec laquelle il glissait sur toutes les identités qu'il avait volées pour retrouver celle qui lui avait coûté tant d'efforts à fuir.

Il n'était plus qu'à quelques centaines de mètres de la maison, il n'y avait plus que deux ou trois bâtisses avant que le chemin lui dévoile un portail. Il pouvait encore rendre visite aux Boerrigter, ou aux Field, à condition que ceux-ci n'aient jamais réussi à revenir chez eux, dans les collines de Malvern, leur rêve d'altitudes. Dès qu'il aurait dépassé leurs demeures, il ne pourrait plus être que Martin qui s'en revient chez lui.

Je pense qu'il essayait seulement de voir s'il pouvait vraiment rentrer. Après tout, il n'avait plus le passé nécessaire.

Pour remplir l'être Martin Arkenhout, il allait être obligé de s'inventer tout un roman couvrant les dix dernières années de son existence. Martin qui flemmarde en fac, Martin qui laisse tomber les études puis revient dans le droit chemin, Martin en pantalon à carreaux, Martin qui fume de la dope, qui rêve de réussir et demande, lorsque la période dope commence à passer, à entrer dans une banque, une boîte de comptabilité ou une fondation culturelle. La fac s'arrête, Martin arrête de lire. Martin se met à bosser comme on monte dans un train qui roule vers une destination choisie par quelqu'un d'autre. Martin vit avec une fille à Utrecht parce qu'il ne peut pas se payer un appartement à Amsterdam ; hé, M'man, regarde un peu, je suis un banlieusard ! La copine de Martin avorte. Martin la quitte. Martin merde, Martin prend du Prozac. Martin n'aurait jamais été aussi bon que Martin.

Dans sa tête Martin avait brûlé sa maison, l'avait enterrée dans le sable.

Il s'arrêta sur la route. Il ne pouvait pas se laisser repérer et amener les gens à se poser des questions, mais être moins visible était impossible : on aurait dit un bonhomme en fil de fer se détachant sur l'horizon.

Il aperçut sa mère à la fenêtre. Évidemment, elle ne pouvait pas, elle, vraiment voir son visage. Elle ne pouvait voir qu'un bonhomme en fil de fer qui marchait, qu'une silhouette sur fond de ciel pâle de chaleur ; comme pour une image, elle pourrait trouver un sens à cette image, mais plus tard.

***

Mme Arkenhout laissa les rideaux lavés de frais retomber d'eux-mêmes ; je la vois très bien en train de le faire.

Il y avait un type qui marchait sur la route. Il venait vers la maison, mais s'était arrêté avant. Il fallait garder l'œil ouvert au jour d'aujourd'hui, les voisins s'entraidaient. Mais peut-être allait-il rendre visite aux Boerrigter. Peut-être même ne faisait-il que se promener maintenant que le soleil était moins féroce.

Mais quand même, ça pouvait aussi être Martin. Elle s'était dit et répété de ne jamais avoir ces idées : ce n'était ni utile ni convenable. Elle se soupçonnait de le faire apparaître parce qu'il était encore plus impossible qu'il ait filé aussi brusquement, aussi méchamment, qu'il ne soit plus qu'une statistique dans quelque État du sud des USA qu'elle avait toujours imaginé insupportablement chaud, dangereux, et pas très propre.

L'homme n'avait pas tourné pour aller chez les Boerrigter. Il n'avait plus qu'un endroit où aller : chez elle. Si jamais il venait, il pouvait tout aussi bien l'embrasser que la tuer. Ou lui raconter des choses qu'elle n'avait aucune envie de savoir.

Appeler la police, c'était ça qu'il fallait faire quand on était un bon citoyen. Sauf que les flics la trouvaient déjà bizarre, voire cinglée : une femme qui avait des visions.

Sur la route, l'homme avait tapé dans une pierre, s'était rangé de côté pour laisser passer une voiture dont le conducteur avait dû se perdre, puis s'était étiré immensément.

Mme Arkenhout avait laissé retomber les rideaux en dentelle. Elle l'avait regardé dans la glace au-dessus de la cheminée jusqu'au moment où il s'était éloigné d'un pas vif. Elle avait tout consigné dans son journal.

Mon père voulait boire un café pendant que les déménageurs travaillaient, mais il ne voulait vraiment que celui qu'il se faisait lui-même. Le liquide pâle et laiteux qu'on servait dans une tasse l'avait insulté dès le début ; maintenant il n'y avait pas meilleure raison de quitter l'Angleterre. Il le but et n'eut plus besoin de dire un mot.

Nous pouvions observer la maison par la fenêtre aux vitres teintées du café. Les vieilles chaises en chêne étaient sorties, maintenant c'était au tour des sofas bon marché. Il y avait déjà un grand lit en cuivre jaune dehors, et même une patère. Les hommes peinaient sous le lourd fardeau d'une vie. Je n'avais pas envie de lui demander ce qu'il avait l'intention d'emporter parce que ça m'aurait dit quels objets – une table où j'avais l'habitude d'écrire, les coffrets de ma mère dans sa coiffeuse, des tasses dont nous nous servions tous – il allait abandonner.

– Tu as tout ce qu'il te faut au Portugal ? Déjà ?

– J'ai acheté des affaires portugaises.

– Je ne vois pas pourquoi tu veux laisser toute ta vie à Londres. Je ne pige pas.

– Je m'en vais parce que je peux.

– Tu aurais toujours pu y retourner. Et tu ne l'as pas fait.

– Maintenant je peux.

Il laissait flotter comme une histoire en l'air, quelque chose qu'il n'allait pas dire, mais ça n'avait pas de sens. J'avais toujours vu en lui une espèce de héros, quelqu'un qui avait fui l'interminable dictature de Salazar ; et peu importait qu'il ait cherché du travail au lieu de la liberté, il avait eu le courage de partir.

Mais il aurait pu retourner au Portugal lorsque le pays

avait renoué avec la démocratie dans les années soixante-dix. Au lieu de ça, il avait servi dans un restaurant et n'avait pas quitté Londres.

– Ne me pose pas de questions, dit-il.

Il se leva brusquement, chercha de la monnaie et retourna sa poche de pantalon dans une pluie de pié-cettes. Il se dépêcha de les ramasser, puis les empila sur la table pour régler les cafés ; après toutes ces années, il n'avait pas besoin de demander combien ça faisait.

– Je peux faire quelque chose ? lui demandai-je.

Il me fusilla du regard, raidit le dos et regagna la maison. J'aurais tout de suite senti qu'il avait peur s'il n'avait été mon père.

Il rentrait voir s'ils avaient tout pris. Je restai sur le bord de la chaussée et regardai les dernières palettes et bandes de feutre s'entasser à l'arrière du camion jus-qu'au moment où, un des déménageurs m'ayant déco-ché un sarcasme, je regagnai la station de métro.

Je m'étais tellement habitué à la sécurité que j'étais coincé. Je ne savais même pas que je ne savais presque rien. J'étais devenu très ordinairement anglais, m'étais occupé de ma carrière et de mon mariage et n'avais jamais éprouvé le besoin d'aider mon père à rester dans son pays d'adoption. J'avais toujours cru qu'il était naturalisé et s'y était installé, comme moi.

Je me rendis sur la tombe de ma mère – un rectangle de marbre surmonté de bouts de marbre sous un enche-vêtrement de vieux arbres. Je ne savais pas trop quoi faire. Je m'agenouillai et chassai les graines et les feuilles, nettoyai des fientes d'oiseau sur les lettres en marbre. J'aurais dû pouvoir expliquer certaines choses.

– Il est parti, dis-je tout haut.

L'air doux et froid étouffa mes paroles.

***

Il fut décidé par consensus, pas du tout par des collègues ayant des noms et des visages, au cours d'une de ces discrètes réunions en comité auxquelles je ne pouvais prétendre assister, que je devais partir en Hollande et y retrouver Hart. Il ne refuserait pas de me voir si je débarquais brusquement en ville ; il se pourrait qu'il ne sache pas trop ce que je voulais, mais il serait sage de ne pas l'avertir de ma venue – juste au cas où.

Je fis mes bagages avec méthode, Anna se tenant à l'écart : pantalons pliés par-dessus des pull-overs de façon à garder le pli ; vestes retournées, coutures des manches visibles et raboteuses ; souliers dans leurs compartiments.

– Tu devrais manger quelque chose, me dit-elle.

J'étais incapable de penser à autre chose qu'à ce départ et elle le savait.

– Ou alors… du café ?

Elle comme moi détestions voir l'autre absorbé.

– C'est dommage que je ne puisse pas t'accompagner, reprit-elle. Nous pourrions aller à Leyde. J'adore les jardins de Leyde.

Elle ne parlait pas sérieusement. Elle me laissait partir comme chaque fois, très soucieuse de moi, mais pas au point de me retenir.

– Ça ne prendra que quelques jours. Je t'ai laissé les numéros de téléphone des hôtels et les numéros de vol.

Je tirai sur la fermeture Éclair de mon porte-vêtements. Je serrai Anna contre moi un instant, la chaleur de son corps et la mienne créant une manière de zone fermée, comme des amants.

– Je crois que Fred ne va pas bien, dit-elle en parlant du chat, un ancien combattant qui n'avait pas manqué de feu dans sa jeunesse. Je vais le conduire chez le vétérinaire.

C'était là, et nous le savions, quelque chose que nous faisions toujours ensemble.

– Tu vas avoir besoin d'un taxi. Je t'en appelle un.

– Je boirais bien un café.

Elle me conduisit à la cuisine en me prenant par la main. Elle avait préparé des céréales et du yaourt, évidemment ; elle me nourrissait quand elle le pouvait. Elle avait déjà fait du café. La nuit n'avait pas été bonne, je le voyais aux poches qu'elle avait sous les yeux. Je fus bouleversé par sa gentillesse, et ce qui la rendait unique : ses traits fins et bien dessinés, ses jambes mémorables, parfaites en même temps qu'elles étaient trop courtes.

– Le taxi arrive, dit-elle.

Elle n'aimait pas les adieux.

***

Le lendemain, d'après les dossiers de la police, le sergent Visser décidait de retrouver Christopher Hart. Il sortit les fiches d'hôtel et les archives sur ordinateur. Il trouva un Christopher Hart, passeport britannique, dans un hôtel bon marché de Rozengracht. Étant donné qu'il y était arrivé la veille, son passeport était toujours entre les mains du réceptionniste, qui le confia à la police pour photocopie.

Les flics avaient enfin une photo de Christopher Hart à montrer aux Arkenhout.

Lorsque le sergent revint à l'hôtel, en flairant un délit mais sans pouvoir dire lequel, Hart était déjà parti. Il semble qu'il y soit rentré – après avoir bu son petit café du matin, acheté son journal du matin, fait sa promenade du matin –, ait grimpé les marches de l'escalier et soit tombé sur l'employé qui l'attendait et que je vois bien : épaules toutes raides de vertu.

– La police est venue. Ils voulaient voir votre passeport.

– Ils n'ont pas dit pourquoi ?

– Ils ne disent jamais rien. Si c'est pour me causer des ennuis, vous feriez peut-être mieux de vous trouver un autre hôtel. Oui, au fond, oui : je crois que ça vaudrait mieux.

– Bon.

Qu'aurait-il pu dire d'autre ? Il n'avait jamais été recherché par la police ; son nom n'était jamais attaché qu'au cadavre qu'il venait de quitter. Il savait qu'on ne pouvait pas le retrouver, pas encore.

Il avait dû faire ses valises, reprendre son passeport, régler la note, sous les regards insistants, j'imagine, d'un réceptionniste qui examinait sa carte de crédit comme s'il ne pouvait pas ne pas y avoir quelque complot encodé dans son hologramme – et fut sans doute fort contrarié lorsque l'autorisation de débit grésilla dans sa machine.

– Vous voulez un taxi ? Pour aller à l'aéroport ?

– Non.

– Je me disais que vous vouliez peut-être vous enfuir.

– Et pourquoi donc ?

L'employé s'était souvenu de tout en parlant avec les flics, jusqu'à son dernier : « Je vous souhaite une bonne journée. »

Hart était à la rue, pas de domicile fixe, pas de nom clair, Martin Arkenhout et Christopher Hart tout à la fois, ce qui lui faisait au moins un nom de trop. Le dossier de police n'a rien pour les vingt-quatre heures suivantes.

Mais imaginez-vous : cet homme ne vivait que sur ses papiers, domicile, métier, nationalité, cochez les cases, signez au bas de la page, tout ce qu'on remarque. Un jour il me parla de Tinkerbelle, les machines qui saisissent tous les appels téléphoniques transatlantiques, bien plus en une heure que n'importe qui pourrait jamais en transcrire et lire en une vie entière de labeur ; d'après lui, l'idée importante à retenir là-dedans était que rien n'échappe à l'observation. Que tout mouvement est conditionnel. Et toutes ces années durant, il s'était appuyé sur cette évidence pour tromper son monde avec des formulaires, des cartes, des passes et des documents, et le réflexe bureaucratique qu'ils déclenchent toujours ; il était choqué que les bureaucrates, eux aussi, puissent se servir de ces papiers.

De fait, il n'avait jamais été vraiment obligé de bluffer parce qu'il n'y avait jamais eu personne pour mettre sa parole en doute ; il prenait un nouveau nom et poursuivait. Mais maintenant il fallait qu'il soit Christopher Hart à la perfection, quel que celui-ci pût être : professeur de fac, chercheur, écrivain et tout le reste. Il avait une sorte de dette envers cet homme, tout ça parce qu'il avait répondu bêtement à une question qu'on lui avait posée dans un tram.

Et bien sûr il devait se conformer au personnage. Il ne pouvait pas se contenter de continuer à être lui-même sous un autre nom.

Et ça, il n'arrivait pas à s'en débrouiller. Il me dit – d'après lui à propos d'un autre moment, mais je suis certain que c'était de celui-là qu'il parlait – qu'il voyait la ville comme une suite de boîtes de rangement, de gens enfermés dans leur travail et leurs sociétés et se déplaçant d'un endroit à un autre selon un plan préconçu. Jusqu'aux individus qui prenaient le soleil dans des chaises longues : c'étaient des touristes, des excursionnistes d'un jour, des gaspilleurs de temps qui connaissaient parfaitement le fossé qu'ils s'étaient assigné dans l'organisation de leur journée ; ils connaissaient leur place.

Il était devenu l'anomalie et pensait qu'on allait le repérer. Il ne pouvait pas attendre à un arrêt de tram avec conviction : il n'avait pas de destination à atteindre. Il n'avait aucune raison particulière de se trouver dans telle ou telle rue à tel ou tel moment. Les passants, même ceux dont le propos était bien ténu, avaient un gros avantage sur lui : réseau d'obligations, de rendez-vous, d'habitudes et d'attentes d'autrui pour les mainte-nir en place. Mais lui avait pris ce travail bien particu-lier – voler une vie –, et se retrouvait trop tendu pour la vivre.

Comme il ne pouvait pas penser clairement, il avait essayé de faire n'importe quoi : part de gâteau à la marijuana, deux ou trois bières, quelque horrible schnaps à la menthe.

Mais c'était quand même avec ses yeux qu'il conti-nuait de voir. En levant la tête, il découvrait les hauts pignons des maisons, les arbres qui bougeaient, la lumière basse se brisant dans l'eau du canal, une grosse lune accrochée dans le ciel bleu et néon, et avait préféré sortir du temps. Il n'était retenu par aucun nom particu-lier, par quelqu'un qu'il aurait fallu être, pas même par la nécessité d'être à l'instant présent. Il n'était pas un tueur en série qui travaille régulièrement et selon un ordre ; il était un consommateur de vies obstiné.

Restaurants fermés, faibles lumières au fond, tables nues, chaises empilées. Quelques individus se faisaient éjecter des pubs sur un souffle de bière et de fumée. Je l'imagine en train de paniquer. Rien de chimique à cela : cette panique-là vient du cœur. Sa déconnexion d'avec la ville se muait en ville qui lui fermait ses portes.

Il me raconta qu'il avait regardé fixement la vitrine d'une librairie en tentant de se connecter aux titres des ouvrages exposés, à leurs sujets ; pas simplement pour savoir ce qu'ils étaient, mais pour retrouver ce qu'il en savait et pensait, pour se reconstruire autour de ce sque-lette. Ça n'avait pas marché.

Il y avait un bar rempli de gens de l'autre côté de la rue, tellement sociable que les consommateurs s'y frot-taient les uns contre les autres comme s'ils n'étaient pas sûr de pouvoir tenir debout.

***

Peut-être même nous frôlâmes-nous à cette période. Un soir que j'étais dans un bar, je me rappelle avoir remarqué un visage dans la vitrine et l'avoir trouvé bizarre : c'était celui d'un adulte, la trentaine, l'air parti, grands yeux gris, jouant le rôle d'un enfant qui attend son papa et contemple, tout étonné, le monde des adultes. Mais de mauvaises drogues peuvent faire ça à tout le monde.

Je ne commençai pas par chercher Hart – pas avant qu'il n'y ait plus de gens des musées, d'individus du genre universitaire à voir. Je savais que je n'avais rien d'un policier, pas même d'un moraliste ; je n'étais venu à Amsterdam que pour éclaircir une affaire embarrassante. Pister, filer et menacer, j'en étais incapable. Je n'ai jamais rien compris aux criminels et aux flics anglais dans les romans policiers, les uns et les autres tellement comme il faut que le tueur quitte la pièce pour se suicider quand il est découvert – afin d'éviter toute gêne à la société ; et je n'ai pas la chance de *Bay City*, où le privé se fait embaucher par la femme qui a fait le coup, voit le revolver surgir du plus profond d'un verre de martini, et connaît si bien le crime qu'il hume la complicité et le soupçon en buvant son gin. J'étais très éloigné du crime de Hart, et c'était un océan de salles de travail et de papiers m'avertissant qu'on m'avait téléphoné qui m'en séparait.

Je fis ce que je fais le mieux : je parlai avec des collègues.

– Bon alors, qu'est-ce que vous voulez ? me demanda Van Ostaade.

C'était un homme petit et frêle, avec un visage au bord de s'évanouir en traits finement esquissés. Conservateur au Rijksmuseum.

– Ce que je veux ?

– Parce que vous voulez quelque chose, c'est évident. Si vous veniez ici pour le cul, les drogues et le rock and roll, ce n'est pas au musée que vous téléphoneriez.

Je trouvai intéressant que pour lui aussi le Rijk soit « le » musée.

– Pourriez-vous me dire les cinq receleurs les plus vraisemblables pour des peintures du milieu du XVIIe siècle. A Amsterdam.

– Attribuées, ces peintures ?

– Oui.

– Bonnes signatures ?

– Connues.

– Combien ?

– Pas mal.

– Ça n'est pas facile, n'est-ce pas ? J'ai entendu parler des couvertures de livres persans. Et de la commode japonaise. Et du cercueil des Medicis et des bouteilles de Louis XIV. Vous devriez faire plus attention.

– On est en train de renforcer la sécurité, enfin... à ce qu'on dit. En attendant, ces peintures sont de mon ressort, ce qui explique ma venue ici.

– Vous pensez qu'elles pourraient se trouver sur le marché d'Amsterdam ?

– C'est une place importante. Notre voleur, s'il s'agit d'un voleur, est ici. Et vous avez quelques jolis revendeurs, tout reluisants et grassouillets dans de fascinantes arrière-salles.

– J'espère que vous n'avez pas traité avec eux, me renvoya-t-il. Je pourrais vous raconter certaines histoires sur les gens de votre musée...

– C'était avant que j'arrive.

– Oh oui. Oui, bien sûr. Que représentent ces peintures ? Des paysages avec des bourgeois dedans ?

– Des fleurs. Des oiseaux. Des insectes. Des animaux. Des gens.

– Tout, quoi, dit-il en finissant bruyamment sa bière.

Mais je devais lui répondre avec prudence ; il le savait.

Ça ne l'empêcha pas de sourire – traits un rien relâchés et humides de bière. Le bruit augmenta brusquement dans le bar.

– Vous me parlez de peintures que tout le monde croit comprendre et aura donc envie d'acheter. Ça, n'importe qui pourrait les vendre. Vous ne pouvez éliminer personne.

– Tout ce que je veux, c'est un trafiquant. Un trafiquant vraisemblable.

– Vous voulez racheter les œuvres ? Je ne suis pas certain que la police apprécie.

– Non, lui répondis-je. Je ne rachète pas. Mais peut-être que j'attends une offre. Que je suis prêt à négocier, s'il le faut.

Van Ostaade me fit la gentillesse de ne pas m'embrocher avec quelques conjectures astucieuses. Et ajouta qu'il demanderait autour de lui, histoire de savoir s'il n'y avait pas quelque chose de spectaculaire à vendre. Il se montrerait vraiment très discret. Il serait heureux de vérifier dans ses salles d'imprimés, au cas où le même individu aurait eu l'idée de leur rendre visite ; et si je lui redisais un peu le genre de peintures dont on parlait et qui était soupçonné ?

Je n'en fis rien, évidemment.

Nous bûmes encore un moment, la femme qui se trouvait à la table voisine dégringolant lourdement de sa chaise, puis y remontant à toute allure, son visage tout mou et souriant. Puis elle retomba encore, et remonta encore avec ses petites mains d'écureuil qu'elle avait posées sur la table. Tout le monde reconnut que c'était une sacrée petite buveuse, depuis toujours.

***

Les dossiers de police comportant les factures de cartes de crédit de Hart, nous savons qu'il chercha en vain un endroit où coucher : on n'y trouve aucun reçu d'hôtel. Il devait se méfier.

A quatre heures du matin, il errait dans les grands espaces brillants de l'aéroport de Schipol et y acheta un billet pour Porto. Il n'y avait pas grande activité à ce moment-là. Il y avait des femmes du Surinam qui poussaient de grosses serpillières, et des alignements de comptoirs d'enregistrement déserts, tels les stands d'une foire qui va bientôt ouvrir. Ou bien alors on y a renoncé à jamais : il n'en reste plus que de l'acier et du plastique, plus aucune possibilité de s'échapper, de faire des affaires ou de rêver, rien n'y bougera plus jamais. Mais l'endroit était propre.

A 4 heures 35, il enregistra ses bagages pour le vol de 9 heures 50. J'imagine que l'employé lui lâcha quelque chose du genre : « Un peu en avance, non ? La nuit a été dure ? » Et cet employé avait si manifestement raison qu'il ne s'attendait à aucune réponse.

Hart montra son passeport et sa carte d'embarquement pour pouvoir passer dans le hall principal.

D'habitude, il n'était jamais inquiet lorsqu'il testait une nouvelle identité. Il n'était qu'un voyageur parmi d'autres – il n'y avait aucune raison pour qu'on le contrôle et recontrôle. Mais c'était bizarre d'être tellement en avance pour un vol, et il était seul quand il passa le contrôle des frontières.

Son passeport était du vieux modèle anglais, noir et cartonné. Le policier aurait pu lui consacrer toute son attention, mais se contenta de lui faire signe de passer.

C'était la police territoriale qui s'intéressait à Christopher Hart, pas celle des frontières.

Les trois quarts des magasins ayant baissé leur rideau, il n'y avait aucun endroit où se cacher.

Il faisait partie des perdants dont l'avion n'est jamais

arrivé, de ceux qui ronflent, donnent des coups de pied et se recroquevillent lamentablement là où ils peuvent : des apprentis réfugiés en attente de réintégration dans les classes moyennes.

A 5 heures 15, il prit un lit à l'hôtel de jour. On y trouve des chambres en forme de boîtes pures et fraîches. Je ne crois pas qu'il ait bien dormi. Il s'assit au bord du lit et tenta de réfléchir à la situation, le cerveau à la torture, des pensées cognant derrière ses yeux.

Puis il se rappela : la Volkswagen. Comment allait-il expliquer que le professeur ait laissé sa voiture en Hollande alors qu'il en aurait besoin au Portugal ? Il fallait retourner la prendre, et il devait procéder avec soin. C'en était à croire qu'il devenait talentueux dans l'art de tout faire en dépit du bon sens.

***

Le lendemain matin, je me mis en quête de Christopher Hart. Ça peut paraître absurde, mais j'avais l'idée fort polie que tout le monde me dirait la vérité, et l'arrogance de croire que Hart renoncerait dès qu'il serait découvert.

Je ne l'avais jamais rencontré, ne l'oubliez pas, ne l'avais jamais vu ; c'était un homme que je ne connaissais que de réputation, par la lecture des journaux spécialisés, et qui demandait toujours plus au musée. Je préférais me mettre en retrait lorsqu'il formulait ses demandes, le laisser les faire par écrit – et y répondre moi aussi par écrit.

Je pris le train à deux étages, puis un taxi pour gagner l'université (une institution timide juste à la sortie d'une ville de l'intérieur, toute en boîtes en verre au milieu de buissons et d'arbres qui poussaient vite) où on l'avait vu pour la dernière fois. Je trouvai le département, puis la secrétaire du département – une femme pratique –, et y allai au charme comme on enfile un gant.

Elle m'informa qu'on n'arrêtait pas de le demander, mais qu'il n'était jamais là. Il était passé, bien sûr, il avait enseigné pendant un trimestre, mais maintenant, c'était à peine si on le voyait. On « n'arrêtait pas » de le demander ? Non, bon, mais c'était vrai que des gens le faisaient. Plus souvent que d'habitude. Parce que d'habitude il était rare qu'on téléphone au département pour demander un universitaire : on savait très bien qu'on n'avait guère de chances de l'y trouver.

Elle pensait qu'il habitait à la sortie de la ville. Il avait trouvé une ferme à louer. Quelque chose dans le ton qu'elle avait pris suggérait qu'il s'était montré trop ambitieux, qu'il aurait dû se contenter d'une chambre ou d'un petit appartement.

– Bien sûr, il parlait beaucoup de se rendre au Portugal. Pour l'été, j'imagine. Dans un coin perdu près de Coimbra. Je ne sais pas si c'était juste du baratin. Comme il ne nous a jamais fait officiellement part de son intention de partir, il est probablement toujours ici.

Je n'avais encore rien d'un chasseur. J'étais toujours exaspéré, comme on l'est lorsque quelqu'un annule un rendez-vous sans prévenir, arrive en retard à une réunion ou, pire encore, exactement à l'heure pour le dîner. Je me juchai sur une vieille bicyclette à toute épreuve – un tank à deux roues et muni de vitesses –, et partis sur les routes sinueuses qui conduisaient à la demeure de Christopher Hart.

J'aurais pu lui téléphoner, bien sûr. Que je n'en aie rien fait signifie peut-être que j'espérais le surprendre et lui faire un choc : le bureaucrate bien tempéré qui, sans le reconnaître, aimerait être l'espèce d'ange de la vengeance qui se loue à l'heure dans les livres de poche.

Mais il n'était pas chez lui et ce chez lui ne ressemblait même pas à un chez-lui. On n'avait pas touché au jardin depuis des semaines : il avait plu et la végétation avait poussé farouchement dans toutes les directions. Pas de voiture visible, bien que sur l'allée longeant la maison un rectangle de terre sec signale l'endroit où une voiture aurait pu être arrêtée tout récemment.

Je gagnai les fenêtres et découvris un grand living-room de couleur crème avec une sculpture douteuse sur le dessus de la cheminée en pierre : surréalisme sudiste avec seins ronds en albâtre vus sous tous les angles et sur tous les plans. La maison était assez propre, mais morte.

J'aurais pu inventer une histoire vraie à partir de cette pièce. Il m'aurait suffi de la regarder assez longtemps.

***

Dans les dossiers de police il est noté que Hart ne prit pas le vol pour Porto. Une mention manuscrite – je devrais être maintenant capable de déterminer s'il s'agissait de l'inspecteur ou du sergent – dit simplement : « En voiture ? »

Mais il n'est pas possible que cela ait été aussi facile – pas sur les longues, très longues routes qui conduisent vers le sud. Il avait trop de temps, sans la moindre distraction, pour penser à quel point il devait se montrer calme et convaincant jusqu'à ce que la police cesse de s'intéresser aux étranges visions de sa mère ; pour penser aussi à la façon dont il pourrait redémarrer. Il me dit un jour qu'il aimait beaucoup les paysages de fjords de Nouvelle-Zélande : clairs, nets et très lointains, eaux noires, montagnes découpées, neige blanche.

En attendant, rien ne devait susciter l'intérêt pour le très prévisible et très respectable Christopher Hart.

Il n'est pas impossible qu'il ait réfléchi au genre de vie qu'il allait voler. Mais ça, évidemment, il ne m'en dit rien.

***

Le chat attendait dans le mauvais coin de la pièce, pattes rentrées en dedans. Je reposai mon porte-vêtements et entrai dans la salle de séjour, il se leva poliment pour m'accueillir. Puis s'effondra aussitôt. Je le portai à la cuisine.

Anna avait tout préparé : les aiguilles à protection en plastique, et une solution d'électrolytes dans un sac en plastique plat accroché au mur.

Je posai le chat sur une serviette étendue sur la table de la cuisine.

On regarde un chaton, un jeune chat dans ses premières années ; on le regarde chasser et jouer. Mais quand il atteint cet âge, on est bien plus conscient du nombre d'années qu'il a passées à vous regarder : il est votre témoin, la preuve de ce qui s'est passé pendant qu'on était ensemble.

Anna m'avait montré comment contrôler l'écoulement du liquide, casser la protection en plastique de l'aiguille, trouver un pli de peau lâche et y glisser l'aiguille. Mais elle ne s'y était pas prise tout à fait comme il fallait. Le chat fuyait, fourrure noire trempée, petite trace de sang. Nous avions réussi la deuxième fois, et avions attendu que le liquide s'écoule lentement dans l'animal malade.

– Il a l'estomac gonflé, me dit-elle. Et il est très maigre. Il crie la nuit.

C'était comme si nous nous battions pour sauvegarder un passé commun aussi fatigué et vulnérable que ce chat noir et blanc qui, grâce à nous, mourait plus lentement. Nous étions si férocement concentrés que la douleur nous donnait l'impression de n'être qu'une interruption dans ce que nous pouvions faire.

118

Deux jours plus tard, le chat commença à errer à droite et à gauche, incapable de trouver le moindre réconfort. Il n'était plus qu'une échine et un ventre, une grosse boule de cancer accrochée à un dos qui s'affaissait. Sa fourrure était tout hérissée tant il se moquait de se nettoyer.

– Bon, dit Anna avant que j'aie pu ouvrir la bouche.

Le vétérinaire nous proposa de lui mettre une sonde, « pour que ça aille plus vite ».

Ni l'un ni l'autre nous ne voulions qu'il souffre. Ni l'un ni l'autre nous ne voulions que l'autorité soit seule à décider. Nous étions tellement perdus que nous n'empêchâmes pas le vétérinaire et l'infirmière d'emporter le chat, et de nous le rapporter au bout d'un moment, avec un tuyau en plastique qui lui sortait d'une patte bandée.

Anna se pencha pour le marquer de son odeur, sa joue contre la sienne.

Le vétérinaire vida la seringue dans le tuyau en plastique.

Le chat s'effondra comme un ballon sans air, brutalement et d'une manière si radicale que la créature familière et animée ne fut bientôt plus qu'un tas d'os et de fourrure.

Anna, elle aussi, s'affaissa et je dus pousser des choses sous elle tandis qu'elle tombait. Je ne vis plus rien pendant un instant. Nous étions entièrement séparés par notre douleur commune.

Le vétérinaire ne nous laissa pas avec le corps comme on peut laisser un père et une mère avec leur enfant mort ; sauf que, bien sûr, nous n'avions jamais eu d'enfants. Certaines femmes sont allergiques au sperme de certains hommes, mais lorsque la science l'avait enfin découvert Anna avait déjà fait cinq fausses couches – toutes sortes d'espoirs, puis le flot de sang coagulé, puis le trouble des hormones et des émotions. On tire la chasse d'eau sur l'avenir parce qu'il n'y a rien d'autre à faire. Nous avions cessé de consulter.

Je l'aidai à se relever. En ami.

***

Le directeur adjoint fut lui aussi d'avis que je devais aller au Portugal. Je ne le lui avais pas suggéré, mais Dieu sait comment il en tomba d'accord, et insista. Je l'informai que mon père venait de s'y installer récemment (il songea à quelque ruine dans les collines de Sintra avec jasmin, citrons, roses et éléments d'architecture mauresque) et ajoutai que j'aimerais bien prendre quelques jours pour aller le voir. Encore une fois, le directeur adjoint accepta.

Pas Anna.

– Ils ne peuvent pas te faire cavaler partout pour chercher des gens, dit-elle. C'est le boulot de la police.

– Je ne peux pas parler aux flics, lui répondis-je patiemment. Ce n'est pas comme ça que ça se passe. C'est ce que les Anglais appellent une affaire « délicate ».

– Comment ça « les Anglais » ? Tu n'es plus anglais ? Je gardai le silence.

– Se détacher de tout à ce point est impossible.

– Je sais.

– Quand reviendras-tu ?

– Je ne peux pas dire.

– Mais ils doivent sûrement…

– Personne ne me donne des ordres. J'ai un boulot à faire. C'est aussi simple que ça.

Je reposai le combiné. J'avais des choses à faire – une note à revoir sur ce que nous pourrions acheter dans la collection d'un magnat du camionnage qu'on mettait en vente chez Sotheby's, des coups de fil à passer pour engueuler la maintenance à propos d'un morceau de verre suspect dans la portion de toit juste au-dessus de nos boîtes Solander pleines de Raphaël et de Léonard de Vinci, et une affaire personnelle – avancement d'un échelon – qui me prendrait probablement plus de temps que toutes les autres mentionnées ci-dessus. Sans parler du problème constant de la visibilité : la mienne et celle du musée. Notre département n'avait toujours pas réussi à sortir un gros livre cadeau et les monographies érudites ne suffisaient plus. Le service de presse du musée avait besoin de produire.

Anna me rappellerait plus tard. Et moi aussi. Elle arrivait à laisser les choses comme ça, en suspens, ce dont je suis incapable. Je ne peux pas m'empêcher de raisonner.

Elle rappela moins d'une demi-heure plus tard.

– Écoute, me dit-elle, il y a un médecin qui a appelé du Portugal. Son anglais n'était pas terrible, mais je crois que ça concerne ton père. La liaison n'était pas bonne.

***

Dans l'avion pour Lisbonne, je me battis avec un morceau de mouton passablement bizarre et bus une petite bouteille de Bairrada rouge en plastique. Je dois dire que tout ce que je pouvais éprouver de motivation et de désir d'aller vite m'avait quitté. J'avais froid, rien d'autre. Les formes blanches des nuages se moquaient de moi : le ciel était si baroque et sentimental qu'on aurait dû y voir surgir des chérubins en sucre un peu partout.

Car les nouvelles concernant mon père étaient vagues et déconcertantes, filtrées par l'anglais du médecin et ce qu'Anna en avait compris. Je ne connaissais pas le seuil de panique du praticien, mais je savais que mon père n'aurait jamais consulté sans une bonne raison d'être alarmé : toute autre aurait fait « perdre son temps » à l'homme de l'art. Ces nouvelles pouvaient donc tout aussi bien exiger un grand tumulte de sentiments de ma part – douleur, compassion, horreur – que l'exaspération déclenchée par une fausse alerte. Si c'en était une, il me reprocherait d'être venu. Il m'était impossible d'être prêt, dans un sens comme dans l'autre.

Je ne pouvais pas être en train de le perdre.

J'avais toujours pu me juger à son aune, dire qui j'étais en n'étant pas lui et voilà que tout d'un coup mesure et fables risquaient de sortir de ma vie.

Tout recommença tandis que j'étais ficelé sur un siège d'autobus à quelque trente-cinq mille pieds d'altitude, dans un temps et un lieu vagues au-dessus des nuages.

***

Je m'arrêtai sur l'autoroute nord pour boire un café, dans un endroit où l'espresso sort d'un samovar blanc et chrome et les sandwiches sont marqués d'une date limite. Le fait d'être à l'étranger commença à s'insinuer en moi, d'abord par les oreilles – dans la hauteur et la vitesse d'une phrase, la façon dont telle ou telle pensée y montait tout à la fin comme pour bécoter l'air. Puis il y eut les bus municipaux remplis de veuves antiques allant de ville en ville ; un groupe de danse folklorique en chapeaux noirs et foulards rouges ; un homme qui serrait nerveusement son téléphone portable dans ses mains, toujours conscient de l'y avoir, conscient de ce qu'il ne sonnait pas ; et tous les autres le téléphone à l'oreille ; et les conducteurs collant au train de la voiture de devant comme si voyager était une fête, dans de minuscules voitures blanches sans puissance notable, mais avec tous les équipements électroniques, aides et

122

gadgets automatiques disponibles sur le marché. Comme aimait à le dire mon père, le Portugal est envahi de Portugais.

Il y avait le scintillement gris des oliviers, les plantes grimpantes qui se ruaient à l'assaut de tout, les roses en ébullition et débordant des pelouses ; et des villages qui s'appelaient Enfer, Chaos, Vallée des ténèbres, toutes destinations à choisir sur le chemin moral de l'autoroute.

Je choisis la route de Fatima et m'arrêtai au bout de quelques kilomètres dans ce qui était devenu la ville de mon père. Elle ressemblait à tous les endroits que je venais de traverser : l'épicerie avec ses bouteilles de gaz alignées dehors, l'église comme une boîte fraîchement blanchie, les maisons jetées les unes contre les autres, la fontaine, le panneau du marchand de glaces, les arbres, les vieux qui se tiennent bizarrement immobiles. Il y avait un rond de cendres à un croisement, restes d'un feu de joie ; étrange.

L'espace d'un instant je crus que cette petite ville était conforme au souvenir que j'en avais gardé, puis je me rendis compte que je n'en avais aucun souvenir. J'avais vu des photos, lu des lettres, entendu mon père l'assembler comme un jeu de construction à Noël – toujours sous le ciel étoilé d'une nuit claire –, mais je ne m'y étais jamais tenu.

Je m'arrêtai à l'épicerie où l'on vendait des boissons et du café sur un côté. Je me présentai : le fils de José Costa.

L'homme qui se tenait derrière le comptoir me lança :

– J'envoie Miguel le chercher.

– Je peux y aller à pied.

– Il préférerait venir, me répliqua le barman avec autorité. Vous ne connaissez pas le chemin, lui si.

Je sais ce que j'espérais : de la chaleur, peut-être même des hommes qui me sourient, des femmes qui m'embrassent, une table où l'on me demanderait de m'asseoir devant un verre d'aguardente, qu'on m'accepte comme la pièce qui manquait au village. Rien de tel ne se produisit. J'étais aussi déconcerté qu'un enfant dont les grands-parents continuent à jouer aux cartes alors qu'il est venu les voir.

Un vieillard au visage si lisse qu'il aurait pu être passé à la pierre ponce me demanda si j'étais « *o historiador* », l'historien. Ainsi donc c'était comme ça que mon père m'avait présenté : le chercheur, le diseur de vieux contes reconnus. Le vieillard ajouta qu'il y aurait une fête le surlendemain soir et que je devrais y venir. Car je serais chez mon père, naturellement.

Je me posai des questions sur ce « naturellement ». Il était étrange d'être connu, mais pas désiré.

Miguel, un gamin de dix ans fort calme, revint sur son vélo et m'informa que le senhor Costa arrivait. J'allai à la porte du bar et regardai dans les deux sens, mais ne vis personne le long de l'étroite enfilade de maisons.

Un bus passa, remplissant toute la rue. Tout le monde cessa de respirer un instant.

– *Uma bica*, dis-je.

Je me rappelais les deux mots qui désignent le bon petit café.

Je songeai que des gens devaient passer et commenter le fait que j'attendais mon père dans un bar au lieu d'aller chez lui. Sauf qu'ils auraient bien évidemment fait des commentaires sur n'importe quel étranger.

Une demi-heure s'écoula. Je n'avais rien à lire, et rien à penser.

Dix minutes de plus. Miguel sifflotait allègrement. Un tracteur passa avec une remorque, et un vieux squelette d'homme qui, les jambes écartées, faisait avancer le tracteur d'un air lugubrement concentré. Je songeai à un grand-père juché sur une Harley roulant au ralenti. Je songeai à la mort sur un vieux camion.

Et cinq de plus. Les buveurs de la fin de journée étaient maintenant entrés dans le bar pour y prendre un *copo*, un verre de vin ou une bière. Ils me faisaient de la place en se serrant aimablement les uns contre les autres. Je commençai à être furieux contre mon père : pourquoi personne ne voulait-il me montrer tout simplement le chemin de sa maison ? Pourquoi mettait-il, lui, tant de temps à venir ? Il ne voulait pas paraître malade, je le savais. Jamais.

Je demandai à Miguel s'il ne voulait pas aller redire à mon père que je l'attendais. Ou alors… s'il pouvait m'indiquer comment y aller ?

– J'y vais, me répondit-il.

Cette fois il revint très vite, et pas question de me parler. Il fit son rapport au barman. J'en saisis des bribes : « maintenant, maintenant, maintenant » et « blanc, blanc ».

Je m'approchai de Miguel et lui lançai :

– Vous me dites, maintenant.

– Votre père, dit le barman. Vous feriez mieux d'y aller. Il ne va pas bien.

– Il est seul ?

– Je crois.

Cette fois on m'indiqua le chemin : deux kilomètres sur la route de Fatima, descendre un sentier jusqu'à Casal Novo, maison avec une énorme cheminée en pierre et un jardin. Je ne pouvais pas manquer le jardin parce qu'il était plein de choses.

Miguel ajouta qu'il allait venir et me guider.

– Là-bas, dit-il.

J'aurais préféré la rater : un bunker beige sur base plate, comme une énorme boîte au milieu du maïs. Un escalier extérieur pour accéder au premier ; avec ses propres épis de faîtage en forme d'ananas. La cheminée, elle aussi énorme, fendait la maison en deux avec ses grandes pierres ternes liées par du mortier blanc. Le haut de la toiture était couvert de tuiles en forme de sourcils et surmonté par deux colombes en terracotta s'envolant aussi fièrement que des aigles. Quant au jardin, il était effectivement « plein de choses » : une fontaine faite d'ananas encore plus follement empilés, des lions assortis et tous issus du même moule qui leur donnait des airs endormis, un *manneken-pis* sur un côté, comme la page de brouillon d'un catalogue de plâtres, avec quelques roses bien vives en guise de décoration.

J'écarquillai les yeux. Je me rappelai les murs blancs de la maison de Stockwell.

– Il est là, dit Miguel avant de sauter de la voiture.

Mon père avait dû nous entendre arriver, car il vint à la porte de devant et l'ouvrit.

– Dad ! criai-je.

Il parut me regarder monter les marches en courant, mais sans aucune expression dans ses yeux. Puis il fut incapable de se tenir debout plus longtemps. Il tomba doucement, ses os partant dans toutes les directions sous sa peau. Son visage était d'un blanc verdâtre dont je n'avais entendu parler que dans les livres.

Je le pris dans mes bras. Je ne crois pas l'avoir jamais fait avant, mais je savais qu'il serait très léger sous son costume foncé. Je le tins et demandai à Miguel où se trouvait le téléphone le plus proche.

Une vieille femme en noir qui travaillait dans le champ de maïs me vit sur les marches et commença à pousser un cri suraigu, presque bestial, à hurler sans fin.

Je posai à mon père toutes les questions qu'on est censé poser après une crise cardiaque : douleurs dans les bras, douleurs de poitrine. Il secoua la tête.

Je le portai à la voiture. Il n'était plus grand-chose. Je le sanglai sur la banquette arrière. Miguel m'informa que l'hôpital se trouvait à douze kilomètres.

– Onze, le corrigea mon père.

La vieille femme continua de hurler, signal à destination de toute la vallée.

Au petit hôpital de la ville voisine, mon père fut allongé sur une civière et emporté. J'essayai de le suivre, mais un infirmier m'arrêta.

— Je dois m'occuper de lui, lui dis-je.

— Il est mort. Vous ne le saviez pas ?

Un policier se présenta. Il n'était pas en uniforme, mais portait son autorité serrée sur le corps.

Je me rappelle m'être un instant efforcé de garder l'esprit pratique. Si mon père était mort, il y aurait un enterrement à préparer et je ne savais pas comment procéder dans ce pays. Il devait y avoir un bureau de l'hôpital où on pourrait m'aider à résoudre ce genre de problèmes. Il y aurait des gens à avertir. Mais qui ? J'avais déjà dit à ma mère que mon père était parti. Je pouvais avertir Anna, au moins ça, si seulement j'arrivais à trouver un téléphone.

Je m'étalai par terre, la force de tenir debout épuisée en moi, puis celle de parler. J'eus le temps, alors que je manquais d'air et respirais comme on se noie, de songer à la honte de mon père s'il m'avait vu dans un état pareil.

Miguel était toujours là. Geste étrangement réconfortant, il posa sa main sur ma tête comme si j'étais un chien.

Je pensai à la manière dont mon père m'avait obligé à me séparer de ce pays qu'il ne m'avait jamais permis de connaître, à celle dont nous nous étions perdus bien des années avant qu'il m'apprenne que la maison de Stockwell était vendue.

J'étais un orphelin de longue date. Et donc je me dis que je devais savoir quoi faire.

3

Je passai une demi-heure avec le prêtre, qui me vanta les vertus du paradis comme un vendeur de lotissements en plein marécage, puis une heure, difficile, avec quatre tantes que je n'avais jamais connues – fatiguées de s'être lamentées ainsi qu'il faut, elles voulaient m'accueillir, s'assurer que j'étais de ceux qui rentrent au Portugal et s'y réadaptent, mais elles découvrirent que je ne comptais pas à leur nombre, que de fait je n'étais même pas très sûr de mon portugais. Je vis bien qu'elles furent choquées de m'entendre prononcer le prénom de mon père à l'espagnole, avec un H expiré plutôt qu'un solide J. Ça ne les empêcha pas de se lancer dans des arias de naissances, de souffles cardiaques, de maisons brûlées, de nouveaux mariages où je n'arrivais même pas à saisir assez de mots pour comprendre de quoi il était question. Les noms propres m'étaient tous bizarres.

A neuf heures l'ordonnateur des pompes funèbres, du moins il me sembla que c'était lui, arriva. Courtaud, petites mains ramenées sur le visage. Il me fit traverser le village jusqu'au garage d'un magasin de meubles situé à la périphérie.

Mon père y dormait dans un cercueil posé sur des tréteaux.

– D'habitude, disait l'ordonnateur des pompes funèbres, il serait dans sa maison, mais comme il n'y avait personne chez lui, nous avons pensé que vu les circonstances il vaudrait mieux...

Il souleva la feuille d'aluminium qu'il avait posée sur le visage de mon père. Ce fut un choc. Sa mâchoire inférieure était maintenue en place par un morceau de tissu enroulé autour de son crâne, le tout couvert d'un filet. Maintenant qu'il n'y avait plus de volonté pour que son visage ne se défasse pas, il semblait plus à l'aise que je ne l'avais jamais vu.

L'ordonnateur des pompes funèbres me tendit une couverture.

Je m'agenouillai près du cercueil, entre des murs froids en béton, au milieu de faibles odeurs d'huile, d'oignon et de quelque chose qui ressemblait à du formol. Mais le corps n'était pas embaumé. On l'avait fait craquer pour lui donner la bonne forme, on l'avait attaché et couvert d'un filet pour le protéger des mouches.

J'essayai de lui dire « adieu », de prononcer ce mot à haute voix. J'en fus incapable ; immobile, le cadavre me rappelait trop que mon père n'était plus là pour m'entendre. Pendant un instant, je sus avec quelle force le vide peut rugir à la figure : comme tout ce qu'on entend avec les doigts dans les oreilles.

Je me relevai et retrouvai l'ordonnateur des pompes funèbres qui m'attendait juste à côté de la porte.

— Vous ne voulez pas rester ? me demanda-t-il.

Cela posait manifestement un problème, et il n'était pas prêt à m'expliquer le devoir qui m'attendait.

— D'ordinaire, reprit-il, il y aurait d'autres personnes pour vous accompagner. J'ai du vin, si vous voulez attendre.

Je compris alors que je n'avais pas le choix. Je me mis la couverture sur les épaules et m'assis devant la porte du garage ouverte, mon père ficelé et enveloppé dans un filet sur des tréteaux. Plusieurs personnes passèrent d'un air affairé.

Je me demandai pourquoi on ne voulait se rappeler mon père à l'endroit même où il avait toujours cru être à sa place.

Je regardai les mouches tourner dans la lumière blanche du réverbère ; aussi brillantes que des lucioles. Au bout d'un moment, l'ordonnateur des pompes funèbres posa sa télé portable sur l'appui de fenêtre de l'autre côté de l'allée, éclairs vacillants de lumière bleue au crépuscule, de façon à ce que je puisse regarder un spectacle de danse en attendant.

***

Le dossier de la police contient plusieurs fiches d'hôtel au nom de Hart. Il commença par essayer Lisbonne, mais ne s'y sentit manifestement pas à l'aise ; peut-être personne ne le remarqua-t-il. Il passa ensuite deux jours dans les collines qui entourent Sintra ; beaucoup d'exilés dans ce coin-là, à devenir de plus en plus amers dans de jolis jardins, mais il ne s'y installa pas. Il prit vers le sud, jusqu'à l'Algarve, mais je comprends assez pourquoi il ne trouva aucun endroit confortable et assez mondain dans les maisons en béton du bord de la plage.

A en juger par les trous dans la chronologie, il quitta la côte et rejoignis le Nord en un jour de voiture. Il tomba sur des rues médiévales au cœur du pays, une ville de fac sur une colline, et se posa dans un hôtel flambant neuf avec de fausses fontaines dans une parodie d'atrium et un faux manoir devant. Coimbra, décida-t-il sûrement, ferait une destination crédible pour un universitaire en fuite.

S'il chercha un appartement, et je suppose qu'il le fit, il n'eut sans doute pas de chance. Les appartements à louer sont quasi inexistants, sauf pour le long terme. Il avait un alibi pour six mois, mais nulle part où l'installer.

Bien sûr, je rappelai encore une fois son université. On n'y avait toujours pas d'adresse où faire suivre son courrier. On pensait que le Pr Hart était parti en voyage, mot qui avait tout du péché dans la bouche de la secrétaire. Je téléphonai aussi en Hollande. On attendait toujours de ses nouvelles. Il n'était pas difficile de deviner qu'on était prêt à attendre longtemps.

Anna m'envoyait une bise, comme un paquet.

***

Pour l'enterrement, on sortit un grand fourgon mortuaire Renault avec de solides gaillards alignés sur les sièges derrière le chauffeur, le cercueil bien visible par les fenêtres et une couverture bleu et or pour cacher les sangles qui le maintenaient en place.

Personne n'avait assisté à la veillée mortuaire, mais tout le monde vint à l'enterrement. La bannière de l'église ouvrait la procession, suivie par les hommes en surplis bleu et blanc par-dessus leurs habits de travail, le crucifix, le prêtre et le corbillard – lentement on descendait la rue principale, sérieux mais pas tout à fait silencieux. Derrière tout cela, une file de voitures modernes était stoppée, leurs chauffeurs furibonds devant attendre que la voie se dégage. Il semblait y avoir de la jubilation dans les yeux des vieilles tantes osseuses qui promenaient leurs *memento mori* sous le nez des gens de la ville derrière elles.

Le cercueil sorti du fourgon, je pris ma place à côté de ceux qui devaient le porter ; charge aussi soudaine qu'écrasante.

Un seul candélabre électrique était allumé dans le chœur de l'église. Je me rappelai comment devait être une église : sombre et victorienne, toute dorée, avec du verre coloré et une odeur de cire et d'encens. Là, les retables passaient brutalement du doré au bleu ciel, il y

132

avait une madone couverte de perles et juchée sur trois têtes coupées, et un saint qui, armé d'un trident, agitait des rubans rouges aussi hauts que lui : dieux bizarres, non officiels.

Le prêtre faisait gronder ses paroles dans un micro. L'assemblée les reprenait et répondait avant même qu'il ait le temps de finir : on ne pouvait pas attendre. Il n'y avait ni théâtre ni enseignement, juste un dialogue qu'on connaissait aussi intimement que la moindre conversation dans les champs ou au bar.

Parce que je m'efforçais de faire les choses comme il faut et de ne pas commettre d'erreurs, ce ne fut qu'au moment où je me retournai pour reprendre le cercueil de mon père sur mes épaules que l'émotion me saisit. Une communauté entière, ce village et ceux des alentours, était venue à l'église à cinq heures de l'après-midi un jour de travail pour très civilement dire adieu à mon père, et sauver son âme si cela se pouvait.

Nous descendîmes les marches du parvis, puis une allée étroite conduisant à la tête de mort avec tibias croisés posée au-dessus du portail du cimetière.

Je sentis la poignée du cercueil me glisser de la main. Il n'était pas question que je sois moins fort que les autres porteurs, celui qui briserait le sentiment communautaire. Je tins bon. En me demandant comment un homme devenu si léger et osseux pouvait peser autant.

Le ciel était envahi d'une lumière douce et humide, de nuages gris et, chemin faisant, je remarquai des choses qui me firent brièvement oublier la douleur à mon épaule. Ici, c'étaient des roses trémières massées comme des flèches au bord d'un champ de maïs, là, une clinique en béton se dressant au milieu de maisons tenues par des troncs d'arbres et du plâtre ; là encore, du foin déjà fauché et plein de mouches et de grains ; et lorsque je relevai la tête un instant, la lumière qui jouait au sommet des montagnes dans le lointain.

Un instant de repos fut accordé aux porteurs, puis le sentier repartit vers les hauteurs. La pluie semblait imminente. Nous franchîmes l'enceinte du cimetière et nous nous retrouvâmes dans un carré de sable parsemé de jolies dalles en marbre surmontées de photos ; caveaux de famille équipés de minuscules lanternes de métal pour que les rues des morts aient quelque chose de décemment banlieusard.

Il y avait une maison de marbre luisant tout au bout ; le dernier lieu de repos d'un émigrant – fenêtres à rideaux légers –, avec le nom de famille au-dessus de la porte.

Je n'avais pas pensé à le demander, et personne n'avait songé à me le dire ; je m'attendais à une tombe ordinaire creusée dans le sol, comme celle de ma mère, avec des cordes pour descendre le cercueil et l'irrévocable de la terre qui retombe sur le couvercle. Mais le nom sur la jolie maison rose – munie d'étagères pour bien d'autres morts – était Costa.

Ma mère repose dans un creux sous le marbre gris et l'herbe verte d'un cimetière du sud de Londres. Pour l'instant donc, José Costa serait seul – deuxième étagère sur les quatre –, parce qu'il avait parié sur le fait que son fils mourrait au bon endroit, et les fils de son fils pareillement, s'il y en avait.

Le prêtre reprit la parole. Le couvercle du cercueil fut ôté afin qu'on puisse dire un dernier adieu à mon père, mais je ne m'avançai pas. Des fleurs de jardin jonchaient le sol, glaïeuls en rouges brûlants, cascades de montbrétie.

Les portes du caveau se refermèrent aussi délicatement que celles d'une maison de verre, et furent verrouillées au cadenas. Je me demandai qui avait la clé et s'il fallait s'en enquérir.

La foule s'éparpilla pour s'acquitter de ses divers devoirs de mémoire. Aucune précipitation, mais tout le monde avait d'autres choses à faire, des champs à cultiver, des maisons à nettoyer, du temps à tuer avant le dîner.

Je savais que la petite maison de marbre m'attendait. Un jour, on l'espérait, je serais mis dans une boîte et rangé à côté de mon père, dans ce qui pour lui était le lieu de repos par excellence. C'était là un peu de pression *post mortem* : il faudrait que je sois un bon fils et me couche là, que je ne cesse jamais de me demander si c'était bien nécessaire jusqu'à l'instant de ma mort.

J'aurais préféré qu'il choisisse ce qu'il y a de définitif à pourrir sous la terre plutôt que d'attendre que des portes s'ouvrent sur quelque chose de meilleur.

Je me demandai pourquoi il avait dû partir de zéro dans sa propre ville, pourquoi il n'y avait pas de caveau de famille à rejoindre. Je me posai des questions sur la bienséance obligée de l'enterrement, l'absence de larmes.

J'avais ramassé des fleurs par terre, des roses rouge foncé et d'un rose agressif liées ensemble par des brins d'herbe, je les tenais maintenant dans mes mains et ne savais où les mettre. Je compris soudain que les employés des pompes funèbres contemplaient cette allée des morts d'un air poliment impatient.

J'avais besoin de quelque chose pour m'essuyer les yeux et me moucher, le genre de choses qu'a un père. Je me rappelai : jouant au pingouin, drapé dans l'énorme veste en tweed de mon père ; attendant qu'il libère une abeille qui s'était prise dans mes cheveux ; fanfaronnant pendant une promenade nocturne la veille d'un examen, voyant une étoile filante. Si invraisemblable que fût ce changement d'univers auquel il m'obligeait, si pénible que fût la manière dont il m'avait fait grandir loin de lui, il était insupportable que mon père ne soit plus.

Cet étalage de sentiments ne convenait pas à un

Anglais et choquait encore plus chez un Portugais. Et ce n'était pas pratique non plus, ça piquait les yeux. J'essayai de me conduire comme si de rien n'était et de passer de l'autre côté de la tombe, où je serais moins visible en attendant de pouvoir retrouver ma respiration.

Et là je vis, déjà esquissées sur la surface délicate de la pierre, des lignes noires faites avec une bombe à peinture, larges et goudronneuses sur le marbre rose. Elles formaient un nombre ou une année : 1953.

On ne peut pas encaisser choc sur choc. A un moment donné, ils cessent d'émouvoir. Je regagnai ma voiture, mis le moteur en marche et roulai dans les rues tranquilles. On aurait dit que la ville entière avait éprouvé assez de sentiments pour la journée et s'était fermée.

Je grelottais lorsque j'arrivai sur la grand-route. J'aurais dû me plaindre et protester, mais je m'étonnai que personne ne m'ait averti. Peut-être n'avait-on rien remarqué. A croire que la tombe rose avec ses veines en chewing-gum dans le marbre était une sorte de vantardise, et les sèches lignes noires un ordre : celui de la fermer.

Mais peut-être aussi tout le monde s'en moquait-il.

***

Je devais voir quelqu'un pour régler une succession dont le volume et les ramifications m'étaient absolument inconnus. Je me demandai pourquoi mon père avait choisi une avocate dans une petite ville du nom de Vila Nova de Formentina à quelque soixante kilomètres de là, une certaine Maria de Sousa de Conceição Mattoso.

J'ouvris la porte de la maison de mon père.

J'espérais être bouleversé. J'avais toujours eu un excellent odorat. Mon père ne fumant pas et n'ayant pas de chien à Londres, la maison ne sentait pas grand-chose en dehors des feuilles de laurier qui brunissaient dans la cuisine et des fausses senteurs de pin du produit récurant avec lequel ma mère avait l'habitude de nettoyer. Je ne sentis ni l'une ni l'autre de ces deux odeurs dans cette maison secrète. Par contre, il y avait celles de l'huile de cèdre de l'encaustique, et de la poussière dans l'air vieillissant.

Je m'attendais à des photos, à une manière d'existence en pot, mais il n'y avait rien de tout ça. Aucun souvenir ; ils avaient pour la plupart appartenu à ma mère et auraient été trop compliqués à emporter. Il y avait une image sur le mur, mais que je n'avais jamais encore vue : un pan de carreaux montrant une caravelle marron évoluant sur une mer bleu et blanc.

Je me demandai si j'arriverais à deviner mon père ; à trouver les grains de café et le moulin dans des endroits prévisibles, les tasses, le sucre, et l'eau minérale (mon père n'avait jamais fait confiance à l'eau municipale pour préparer un café qui se respecte). Dieu sait pourquoi, je ne doutais toujours pas qu'il y eût une forme de continuité entre Londres et cette maison, entre le père et son fils.

Il n'y avait ni café ni eau minérale. J'ouvris des buffets un par un, taquinai des tiroirs, allumai dans le cellier et regardai sur des étagères en bois. J'étais furieux : ce fumier avait crevé sans me laisser une putain de tasse de café.

– Monsieur Costa ? me lança Maria Mattoso.

Elle avait traversé l'entrée sans faire de bruit, mais pas du tout pour me surprendre. Maria ne pensait qu'à son boulot. On aurait pu la prendre pour une fille de la ville.

Je songeai à m'excuser, mais préférai lui offrir du thé.

– Un verre d'eau, s'il vous plaît, me répondit-elle.

Elle en sirota une toute petite gorgée, puis reposa

gentiment son verre. Elle n'avait, je le pensai sur le moment, rien de bien extraordinaire. Je remarquai un fin réseau de poils sur ses bras, foncé sur le foncé de la peau. Je me demandai pourquoi cela me frappait aussi fort.

Après tout, c'était une avocate. Elle était venue me parler d'argent déposé sur des comptes d'épargne d'un genre ou d'un autre et générant des intérêts apparemment mirobolants ; et de la maison, bien sûr, et de terrain avec des vignes et de ce qu'il y avait dans la maison. Tout revenait à John Michael Snell Costa à condition que je donne un dixième de mon héritage à quelque orphelinat d'une ville voisine.

— Voulez-vous garder la maison ? Ou la vendre ?

— Comment voulez-vous que je le sache, nom d'un chien !

Puis :

— Je vous demande pardon.

— Vous avez le temps, me répondit-elle.

Je songeai qu'elle avait l'air bien propre et distante : une spectatrice osseuse et qui voit tout. Je me demandai si mon père avait eu un béguin pour elle. Lui aussi avait été un spectateur à Londres : ils auraient eu ça en commun.

— Il n'y a pas de complications, n'est-ce pas ?

— Si vous gardez le terrain qui va avec la maison, nous pourrions être obligés de faire une demande au ministère de l'Agriculture étant donné que vous êtes étranger.

— Mais mon père l'était aussi.

— Oui, mais né ici. Ça ne devrait pas poser de problèmes. Ça se réduit à quelques oliviers, deux ou trois hectares et quelques vignes.

— Bien sûr.

— D'ailleurs vous connaissez sûrement.

— C'est la première fois que je viens ici.

– Oh, dit-elle.

Elle était un peu choquée ; elle avait l'habitude de traiter avec des familles où l'on vivait ensemble et connaissait toutes les affaires des uns des autres.

J'eus l'impression qu'on me prenait par surprise. Je ne voulais plus me trouver dans cette maison. Mais c'était une réunion de travail qu'avait organisée Maria et ses bonnes manières nous maintinrent dans les lieux.

– C'était un homme remarquable, dit-elle.

– Je le pense.

En l'espace de quelques minutes, avec tact et mine de rien, elle sut que j'étais marié et n'avais pas d'enfants, enfin… pas vivants. Que je travaillais dans un musée et avais été à Oxford ; *senhor doutor*, ça ne faisait aucun doute.

– Vous allez rentrer en Angleterre ?

– Non, lui répondis-je, me surprenant moi-même.

– Si vous voulez vendre la maison, on peut commencer sans vous. Si vous vous moquez de savoir qui l'achète…

– Je ne vois pas ce qui pourrait me rendre sentimental, dis-je très fort, pour qu'il m'entende.

– Si ça ne vous intéresse pas, vous pouvez fermer la maison et partir. Vous reviendrez quand il fera meilleur.

Je ne l'avais pas remarqué jusqu'alors, mais il était soulageant de mettre ma fatigue et le désordre de mes sentiments sur le compte de la chaleur. J'étais incroyablement conscient de la sueur qui tachait le seul costume que j'avais et de tout ce que cela avait d'inconvenant devant Maria.

– Quelqu'un a bombé la tombe, repris-je. Je devrais le signaler et la faire nettoyer.

Elle n'eut pas l'air de comprendre.

– Marquée. On a écrit dessus, derrière.

– Pourquoi irait-on écrire sur une tombe ? demanda-t-elle.

– 1953. Ça doit être la date de quelque chose.

– Les gens ont des souvenirs si lointains dans ce pays !

Elle s'étira avec grâce, puis ajouta :

– Votre père disait toujours que j'étais une merveilleuse avocate parce que je n'avais pas de souvenirs. Juste des dossiers. C'est pour ça qu'il m'avait choisie.

Cette grâce m'étonna. Un coup elle était raide boutonnée dans son rôle d'avocate et aussi précise qu'un coup de tampon sur un document, un autre elle s'étirait comme si elle n'avait aucune conscience de son image.

Elle avait fait des choses si intimes – elle avait notarié et emballé la vie de mon père, elle l'avait vu seul quand les règles du comportement social ne lui permettaient plus de masquer ce qu'il ressentait. Elle devait connaître des choses que je ne saurais jamais. Je me convainquis que c'était la seule raison qui puisse expliquer que je me sente aussi vite proche d'elle.

***

Le dîner de la *festa* se tenait dans un garage, exactement comme la veillée funèbre aurait dû se dérouler, de part et d'autre d'une longue table avec des tantes qui s'affairaient autour d'un ragoût de chèvre, d'un rôti de cochon de lait, de beignets de morue salée et de pomme de terre, du vin rouge du coin avec un doux et méchant petit roulis en dessous, de poivrons cuits, d'oranges coupées, de pommes de terre bouillies, frites et passées au four. Le ventilateur placé à un bout de la pièce faisait disparaître la légère odeur de diesel et de térébenthine. A se pencher en arrière, on touchait un mur hérissé de ciseaux à bois et de lames et criant de toutes les couleurs de ses câbles électriques.

Je m'étais assis près de la place d'honneur, toujours dans ma seule et unique veste alors que, la chaleur aidant, tout le monde s'était mis en bras de chemise.

Je buvais. Léger et sucré, presque trop jeune pour avoir perdu le goût du raisin, le vin descendait sans problème. Les hommes venaient me voir, se penchaient en travers de la table pour me parler, me faire de grands sourires et me dire des choses sur mon père. Mais ils parlaient moins qu'ils ne me posaient de questions – sur sa vie à l'étranger, sa femme, son époque.

Je me demandai lequel d'entre eux avait écrit sur sa tombe et si ce qu'ils voulaient faire s'arrêtait là. Mes questions se noyèrent dans le vin.

Les hommes me disaient leurs affaires : comment la chaleur avait affecté la vigne, donné des pluies soudaines et mauvaises au mois de juin ; comment l'émigrant qui était rentré pour retrouver son palace interdit s'était emparé d'un fusil de chasse et l'avait déchargé dans la tête de la femme qui s'occupait du cadastre au conseil local ; qui était malade et qui allait bien, quelles familles avaient filé à toute vitesse au Brésil alors qu'en attendant seulement un an de plus elles auraient vu le nouveau train, la nouvelle route, les nouvelles pompes à eau ; comment les pins d'Emilio avaient brûlé juste à temps pour qu'il puisse replanter des eucalyptus avec les nouvelles subventions, même qu'en plus il avait eu le fric de l'assurance ; comment son avocate, la Maria, était devenue belle.

Avec le vin, on m'attirait dans un lieu exigu plein d'hypothèses énormes et plus je buvais et plus je croyais comprendre, et plus je riais. A un moment donné, je perdis complètement les pédales et commençai à rire sans raison, tous se joignant à moi quelques instants plus tard.

Et donc, je mentionnai mon père ; rien que ces mots, *« o meu pai »*.

– Il ne venait pas souvent ici.

– Mais mon père…

Il y eut un petit trou de silence dans la fête, mais qui se remplit vite de bruit et de bavardages.

Les tables ne se vidaient jamais. Après le poisson, la chèvre et le cochon, il y eut des gâteaux avec des roses bilieuses et du glaçage pâle, tout ça éparpillé partout dans des assiettes en carton, au milieu des verres du bar, de grosses bouteilles blanches de vin rouge, d'un fouillis de chopes de bière et d'un petit tas d'os de cochon qui restaient. Il y eut des chants, qu'on commença par siffler. Je crus – j'avais l'esprit embrouillé – qu'on danserait, forcément. J'étais à deux doigts de crier qu'on me redonne du vin, mais j'ai toujours su dominer mon ébriété ; sauf les rares fois où j'avais essayé de tuer quelqu'un.

Le « je » complètement distinct qui appartenait, pour une nuit seulement, à ce village danserait avec... Graça peut-être, Manuela ou Adelina, ou alors avec une veuve toute raide et vive de soixante ans, ou une jeune femme aux seins, ventre et joues ronds et doux, ou une tante aussi filandreuse que de la chèvre bouillie. Je danserais comme un Londonien, comme un Portugais, comme un chercheur, comme un mari... quel que je fusse, je danserais.

Le vin était l'alibi qui me permettait de ne plus trop savoir qui j'étais.

A Londres, et cela me semblait incroyablement lointain, il y avait aussi Anna. Je n'étais même plus capable de dire comment notre couple s'était effondré. Je savais sa chaleur, son refus des regrets, la façon dont elle tournait et virait dans son sommeil comme si elle brûlait d'être touchée, et celle dont elle pouvait aussi, et à volonté, jouer au prof pétillant de rhétorique. J'avais aimé ces contradictions et m'y sentir pris.

Nous nous étions déjà presque perdus une fois. Elle voulait devenir musicienne, à dix-neuf ans elle était partie pour Sienne, à l'académie Chigana, pour améliorer son alto et apprendre la direction d'orchestre. Elle s'en était allée avec d'énormes ambitions. Je l'avais vue franchir le portail de l'académie et disparaître dans une cour ombragée, puis j'étais retourné en Grande-Bretagne, sans trop savoir où nous en étions. Elle m'avait téléphoné quelques mois plus tard d'un hôpital de Londres : elle s'était foulé une jambe sur des marches glissantes, os et tendons disjoints. Elle se demandait s'il se pouvait qu'elle soit enceinte parce que les médecins voulaient savoir. Je ne le pensais pas, et j'avais raison.

Puis, en dehors de quelques fêtes où nous nous étions retrouvés, nous avions filé dans des universités, puis des vies différentes. Et, coup de chance indiquant que quelqu'un en voulait, nous nous étions à nouveau rencontrés dans les salles de lecture du musée. Elle était devenue étudiante en histoire de l'art – elle n'avait, m'avait-elle dit, pas tout à fait ce qu'il fallait pour une carrière de soliste et, pratique et sans pitié, elle agissait toujours avec discernement. J'en étais, moi, à mes six premiers mois d'acclimatation aux manières et à la poussière du musée. La chance, encore, nous avait fait connaître la passion dans tous les recoins cachés du musée, à côté de rayons oubliés, dans les réserves ; l'endroit était un fantastique continuum de gris où nous étions les seules couleurs.

Anna doit être en train de dîner avec quelqu'un qui ne me plaît pas, pensai-je, pendant que je ne suis pas là.

Je brûlais et me sentais glacé tout à la fois. J'ôtai ma veste, sortis et me rappelai trop tard que je n'étais pas loin des montagnes, au pied de la Serra Estrela, le grand royaume de roches entre la forêt portugaise et le désert espagnol.

Ma chemise mouillée me collait à la peau et la dévoilait. Je frissonnai et commençai à danser. J'avais froid, j'étais mouillé, je ne bougeais que pour continuer à faire circuler le sang dans ma tête. Je bondissais d'un côté, de l'autre. Je fis signe à Maria de me rejoindre, mais elle n'aimait pas danser ; ou alors elle était tout simplement difficile et pas du tout sûre de moi. Je fis signe aux tantes.

Je me rappelai mon père couché dans le froid de la terre – sauf que son corps reposait au-dessus et ne pouvait pas être froid par cette chaleur. Sans parler de ce chiffre arbitraire qui le marquait : 1953. J'étais triste comme un ours.

Un des vieux (tête d'empereur sur un corps de manœuvre) avait dû me prendre en pitié : une fête sans fêtards. Il s'était assis sur le banc en métal devant le garage, il leva la tête pour me parler.

– Faut pas s'occuper de ce qu'on dit sur votre père, me lança-t-il.

– Mais on ne dit rien !

– Ça n'a rien à voir avec vous. Rien. Vous n'étiez même pas né.

– En 1953 ?

– Ils n'auraient pas dû toucher à la tombe.

– Je veux savoir…

Il se leva, corps apparemment si solide qui semblait soudain étrangement peu assuré de ses articulations.

– Non, non, dit-il. Vous n'avez pas besoin de savoir. Nous sommes heureux de vous connaître.

Les autres hommes, un instant plus tard, sortirent du garage comme une éruption et me rejoignirent sur la route ; en emmenant les femmes avec eux.

Un vieux qui tenait une cornemuse recouverte de toile rouge avec des parements jaunes commença à souffler et à pomper. Il y avait un gros tambour qui n'arrivait pas à garder la mesure. Confusion de mouvements et de rythmes et, dans les interstices, l'entrepreneur des pompes funèbres et sa femme – l'un et l'autre ronds et solides comme des barres de graisse – se lancèrent dans une danse aux pas vifs et étonnamment légers.

Quelqu'un se détacha du groupe en murmurant beaucoup et s'en fut chercher quelque chose dont, apparemment, on ne pouvait pas vraiment parler. Je faisais partie du cercle et me propulsais dans tous les sens, heureux que mon sang et mes muscles se soient remis à travailler et que le vin commence à me lâcher. Maria tournait et tournait avec un homme – ni l'un ni l'autre ne souriaient.

Des volets s'ouvraient, puis des fenêtres, sur le bruit.

C'est alors que du bas de la rue montèrent des détonations, de fusils, pétards et fusées, personne ne paraissant s'en soucier. J'avais des nerfs de policier et des attentes de citadin ; je crus que des fusils venaient à notre rencontre et me figeai un instant au milieu des danseurs. Puis je levai la tête, regardai le ciel et compris que quelqu'un avait trouvé les pétards pour la fête du village voisin et les faisait partir dans un carré de choux derrière la route, un coup, puis trois, puis un, de telle sorte que la musique âpre suivait les rythmes d'un tambour éméché et d'un ciel rempli de fusées traçantes et d'échos de guerre.

C'était repousser la mort et la honte avec du bruit.

Le joueur de cornemuse se mit à marcher sur place. Le tambour vint se poster derrière lui. Les fusées annonçant une procession, on en aurait une, mais pas, cette fois, celle des morts. Les deux musiciens quittèrent la rue principale, les vieux derrière, les jeunes commençant à songer à demain, tous remontant une colline sous un tunnel de pins et de mimosas.

J'essayai de défiler, de danser, de retrouver mon équilibre. Maria vint se mettre derrière moi et me souffla :

– Ça fait une trotte.

Je lui répondis avec la douce sincérité du poivrot :

– Tu viens avec moi ?

Elle haussa les épaules.

Mais rien n'allait arrêter la procession, même si pour

l'instant elle se réduisait au joueur de cornemuse qui soufflait et au tambour qui vacillait d'un côté et de l'autre du sentier. La procession avait à voir avec l'habitude de marcher et la force de le faire. Les muscles continuaient de fonctionner quand le souffle était court, et le souffle permettait les pets et les cris de ralliement de la cornemuse.

Je partis avec eux.

Le sentier tournait et virait. Il y avait des oliviers, à en juger par les formes. A un coin de rue, deux femmes allumaient les cierges d'un petit autel, leurs visages illuminés d'or par en dessous. Il y avait des lucioles, en intervalles brillants légèrement frottés sur les ténèbres.

En haut de la pente, la route retombait sur le village voisin. Je m'attendais à des aboiements de chiens, des chiens de chasse énervés et aboyant ensemble, qui sait même ? à des volets qu'on ferme, des lampes qui s'éteignent, mais rien ne bougea.

La musique mourut. Je commençai à frissonner dans le silence.

***

Christopher Hart laissa un message sur le répondeur de Maria de Sousa de Conceição Mattoso. Ce jour-là, il en laissa huit de plus chez d'autres avocats choisis dans les Pages jaunes, tous pour dire qu'il avait besoin de conseils avant de louer une maison dans le coin, celui-ci ou un autre.

Maria fut celle qui lui répondit.

Elle avait grimpé les marches vertes et étroites conduisant aux deux pièces de son bureau, entre l'étude d'un ingénieur et l'échoppe d'un cordonnier. Elle écouta la voix de Hart : jeune, mais assez difficile à situer, celle d'un Anglais, c'était probable.

Elle garda les volets fermés pour le rappeler. De fait,

elle commença par lui parler dans un bureau tout droit sorti de quelque film noir, avec flaques de lumière et ombres de persiennes rayant le mur.

Ce M. Hart se trouvait dans un hôtel à quelque quarante-cinq kilomètres de là, et voulait se livrer aux transactions habituelles : location et leasing. Cela n'était habituel que depuis une vingtaine d'années, depuis l'arrivée des premiers étrangers, depuis qu'ils s'étaient mis à descendre vers le sud du haut des vallées à Porto ou à remonter vers le nord en laissant Lisbonne et les brumeuses prétentions de Sintra derrière eux – un poète hollandais perdu, un diplomate anglais, un camionneur passionné de pigeons voyageurs. Ils étaient si peu nombreux, si peu attendus que personne ne s'était opposé à eux : c'était simplement de nouveaux voisins.

Il y a vingt ans, bien sûr, on pouvait penser qu'un avocat du coin serait un homme ventru et condescendant. Maria de Sousa de Conceição Mattoso, elle, n'avait jamais eu de ventre.

Elle aimait voir un ami dans tout étranger. Elle s'occupait d'eux. La plupart d'entre eux finissaient par venir la voir, sauf ceux qui étaient si sournois qu'ils ne pouvaient faire confiance à un avocat local traitant une affaire locale et considéraient l'Étranger comme une forme de conspiration maçonnique ; et ils lui apportaient leur monde – par petits bouts, dans des histoires, comme des cadeaux. En échange, quand ils en avaient besoin, elle leur expliquait certaines choses.

Les faits suivants pourront surprendre : elle n'avait pas d'heures de bureau. Et pas davantage de secrétaire et de réceptionniste, pas même son diplôme de doctorat accroché au mur. Elle se rendait là où on lui demandait d'aller et lorsqu'on ne lui demandait rien, elle passait son temps comme bon lui semblait. Elle faisait tout cela sur un terrain qui ne la lâchait jamais, celui qu'elle connaissait le mieux : la ville où elle avait grandi.

147

Je veux que vous la connaissiez.

Elle retrouva Hart dans un bar au pied de son immeuble. Elle aimait bien ce lieu où elle pouvait boire du café en regardant la grand-place. Cela dit, ne vous faites pas une fausse idée sur elle à partir de ces mots. De fait, la grand-place n'est jamais qu'un fossé avec un jardin, une fontaine en béton et une rangée de tilleuls étêtés entre la caserne de pompiers, la mairie, quelques magasins, le bureau de la compagnie d'assurances, celui du conseiller agricole et un parking. Elle est propre et ombragée, mais sans aucun pittoresque.

Hart pilotait quelque chose de bien brillant, qu'il avait rangé à l'endroit où se garaient les pompiers. Maria ne connaissait pas la marque de la voiture, mais celle-ci était si propre que les pompiers n'avaient pas eu envie de se plaindre.

Il était grand, absurdement grand dans ce bar à plafond bas ; bras bien au-dessus de l'œil qui les regardait, il avait aussi un sourire qu'on ne voyait que par en dessous et sous un angle peu flatteur. Il était blond, bien fait de sa personne, mais Dieu sait pourquoi ressemblait aux gardes du corps qu'on aperçoit autour des chefs d'État à la télé : aucune personnalité, seulement de la résolution.

– Vous ne ressemblez pas du tout à l'idée que je m'étais faite d'une avocate de province, lui dit-il, tout cela énoncé d'une si grande hauteur que ç'aurait pu passer pour charmant.

Elle lui proposa un café, il voulut de l'eau.

– C'est une très belle région du monde, reprit M. Hart.

– Vous la connaissez bien ?

– Je suis venu ici par hasard. Mais j'aimerais assez rester. Je songeais à trois mois.

Il ressemblait à une classe de conversation où des gens en rangs se demandent comment chacun va et déclarent carrément aller tout à fait bien. Elle fut heureuse de l'entendre dire qu'il avait besoin de deux chambres, bonne route, bonne pression d'eau, quelque chose « d'intime, mais pas reculé » ; c'était le langage des affaires qui lui convenait le mieux. Elle lui trouva de l'arrogance – monsieur ne se gaspillait pas en compliments sur elle.

Elle lui demanda s'il était seul, il prit l'air de savoir pourquoi elle lui posait la question, mais il se trompait. Elle lui demanda encore comment il gagnait sa vie, il lui répondit qu'il était professeur de faculté et écrivait des livres ; insister sur la matière qu'il enseignait, sur ses goûts, l'endroit où il donnait ses cours et celui d'où il venait aurait paru inquisiteur. Il semblait bien jeune pour être déjà professeur de faculté.

Et d'ailleurs, il n'avait qu'une réponse à donner : promettre de régler tout le loyer d'avance.

– J'ai beaucoup à faire, précisa-t-il.

***

Je m'allongeai dans la chambre à coucher de ma tante. Faible ampoule dans un abat-jour ambre, armoire décorée de guirlandes et de fleurs peintes bleues, rouges et jaunes, plus une Vierge Marie presque dissimulée à la vue par la porte. Je n'arrivais pas à dormir à cause du vin.

Il fallait juste que je retrouve ce fumier.

Tout cela concerne mes devoirs envers le musée, me dis-je. Étant donné que j'y traîne depuis vingt ans, mes intérêts et faits et gestes appartiennent au tissu même de l'endroit. J'arrivai presque à y croire, sauf qu'au fond je savais parfaitement qu'il ne s'agissait là que de trouver des excuses pour pouvoir rester plus longtemps au Portugal.

Je pouvais au moins appeler les universités. Je ne me

serais jamais douté qu'il y en avait autant : des nouvelles, des privées, des scientifiques, éparpillées dans
toute la ville de Lisbonne et la moitié du pays.

J'achetai des cartes de téléphone au bar et appelai des
bureaucrates sur fond de jeux télévisés – une fois d'un
bar entier de propres-à-rien hurlant après ce que les
Portugais prennent pour la plus belle plaisanterie du
monde : le flamenco.

C'étaient là des appels consciencieux, mais dont je
n'attendais pas grand-chose. Personne ne connaissait le
nom de Hart. Évidemment, s'il était bien venu au Portugal pour écrire et être seul, il n'avait pas vraiment
besoin d'une université ; mais je m'étais dit qu'il était
peut-être allé faire un tour en bibliothèque. Si c'était le
cas, personne n'en savait rien. Mais peut-être avait-il
besoin d'aller dans un lieu où aussi bien lui que son
rang dans telle ou telle autre hiérarchie fussent reconnus.

J'appelai le *Museu de Arte Antigua*, la fondation Gul-
benkian, la Bibliothèque nationale – tous les lieux où
l'on pouvait se rendre pour vérifier sérieusement une
référence, ou se faire donner du Pr Hart sans la moindre
ironie. Puis je m'inquiétai de laisser penser aux conservateurs que Hart était quelqu'un dont il fallait se
méfier, à cause de ces coups de téléphone bizarres que
je leur passais ; mais, pour avoir un responsable au bout
du fil, je ne pouvais pas faire autrement que de signaler
que je travaillais au musée.

Puis je me dis : ce type est coupable. J'avais les certitudes d'un flic.

Je ne pouvais rien faire d'autre par téléphone. Je ne
pouvais pas parler à la police, pour des raisons évi-
dentes. Je ne pouvais pas non plus accéder au moindre
registre de tourisme où l'on aurait consigné qu'il était
descendu ou s'était installé à tel ou tel endroit. Le dossier de la police hollandaise contenait déjà ces rensei-

gnements, mais à l'époque je ne pouvais pas le savoir. Sans parler du fait que ce dossier se trouvait dans un autre pays et derrière des murs.

Cela dit, j'en déduisis quand même une chose. Il y avait des grandes villes avec des universités et je ne pensais pas que Hart s'y rendrait : ni à Porto ni à Lisbonne. Il n'essayait pas d'attirer l'attention. Il n'avait même pas laissé d'adresse où faire suivre son courrier. D'ailleurs son université anglaise était incapable de suggérer un endroit où il aurait eu des contacts, dans la mesure où les opinions des nouveaux historicistes de l'Age d'or hollandais ne fascinent guère au Portugal ; bref, il n'avait personne à aller voir.

Ça ne me laissait qu'un endroit, évident : Coimbra, plus une cité qu'une ville, convenablement pittoresque, université médiévale de bon aloi avec guide touristique, tours, bibliothèque en bois de rose, escaliers en mosaïque et statues. Hart ne pouvait pas ne pas en avoir entendu parler.

C'était à quatre-vingts kilomètres au nord. Je me remis sur la route.

***

Maria se rappelle aussi la matinée du lendemain, comment sa maison sentait le café et le pain frais – la *broa*, le pain de maïs épais et humide. Elle avait ouvert la fenêtre et la brise était froide et soufflait de la mer à l'ouest. Pas de poussière, des nuages et de la brume.

Sa mère était à la cuisine, avec un homme d'une cinquantaine d'années tout fripé. Elle avait dû courir, ou ranger des caisses au magasin ; elle avait la force d'une paysanne, même si elle ne l'utilisait que pour ranger des livres ou dresser un inventaire.

– Amandio parlait d'aller passer la journée à la plage, dit-elle.

Ses grands yeux sombres avaient jadis fait d'elle une beauté, mais pour l'heure ils lui servaient surtout à surveiller les clients.

– Il va faire un temps superbe, précisa Amandio. Histoire de prendre l'air. Peut-être même que ta mère se baignera.

Il souriait comme quelqu'un qui est saoul du matin au soir.

– Je vais faire du café, reprit sa mère avant de laisser Amandio et Maria chacun d'un côté de l'étroit dessus de table en plastique.

– Tu seras contente de ne pas m'avoir dans les jambes, ajouta Amandio. Non ?

Il voulait une réponse, mais elle garda le silence. Elle beurra un morceau de pain chaud et dit à sa mère :

– J'aimerais inviter des gens à dîner. La semaine prochaine.

Sa mère commença par regarder Amandio ; Maria le remarqua. Mais elle ne le regarda pas longtemps.

– Bien sûr, dit-elle. J'adore faire la cuisine pour tes amis.

Amandio et Maria ne pouvaient plus rester longtemps dans la même maison.

Sa mère était veuve, et les veuves avaient le droit de vivre. Et Maria insistait. Mais Amandio était vendeur à temps partiel et s'était invité si longtemps qu'il en était tout huileux ; ses traits – nez, yeux et bouche – semblaient perchés au milieu de poils et de cheveux huileux, sur une peau toute d'huile. Il vendait des fournitures pour salles de bains, robinets de cuisine, ce genre de choses, et un jour avait attendu que la mère de Maria ferme le magasin pour lui déclarer, genou en terre, les sentiments qu'il avait pour elle. On aurait dit un mauvais film local ; il aurait dû prendre la pose et chanter du *fado*. Elle avait ri si fort qu'elle avait fini par le faire monter dans son lit – et il n'avait pas décollé depuis.

Maria se demandait souvent si sa mère était sa seule veuve : Amandio n'avait pas semblé se soucier du tout qu'elle se soit moqué de lui.

– Bien, reprit-il, alors, on va à la mer.

– Je te laisse à souper, dit sa mère.

Elle semblait toujours sur la défensive à propos d'Amandio, comme si elle savait que ce n'était pas du sérieux.

– Carlos Alberto s'occupera du magasin, ajouta-t-elle en avalant une goutte de café. De toute façon, c'était son jour.

Maria se rendit à son bureau. Un couple de gens âgés était venu la voir. Ils étaient inquiets pour leur testament. Quelqu'un avait téléphoné pour une histoire de voisin qui avait laissé des poutrelles en acier sur son chemin alors qu'il n'avait pas le droit de passage. Il y avait une *escritura* progressant très longuement et lentement, elle rédigea une lettre et la tapa sur une vieille Olympia en leur expliquant qu'il était inutile de s'inquiéter : la maison leur appartenait déjà, la preuve en arriverait au rythme lent des papiers.

Puis elle trouva une maison pour Hart. Ce n'était pas si facile. Il y a partout des maisons inhabitées, mais certaines appartiennent à des émigrés, partis travailler en France ou en Allemagne et qui entendent bien revenir au pays. En attendant ce retour, leurs demeures sont leur refuge et leur nouveau rêve : ils ne les louent pas. Il y a aussi de vieilles baraques, des ruines aux toits branlants et aux ventres bombés, mais personne ne pourrait y vivre ; les étrangers y voient des « possibilités », et mettent des années à passer de la vieille pierre dorée de la rivière à quelque chose de carré, blanc, petit et décent, à installer des bidets au rez-de-chaussée, là où les cochons, les poules et les tonneaux à vin se trouvaient jadis. Puis ils veulent y venir en été. Et en été, quand une maison est habitable, elle n'est pas sur le marché : quelqu'un est en train d'y faire des rêves.

Mais il y avait un écrivain français, un homme gris et carré qui venait juste de rentrer chez lui à cause d'un oubli qu'il avait fait – un arriéré d'impôts vieux de trente ans sur ses revenus américains, quelque chose comme ça. Il avait vécu dans une maison à louer de Formentina, qui est un célèbre village dans les montagnes – longue maison basse peinte en blanc, très calme sauf les jours de pèlerinage à la chapelle de Notre-Dame des douleurs. Mais pourquoi en parler ? Hart était bien trop jeune, étranger et moderne pour entendre quoi que ce soit aux pèlerins. Il prenait sans doute ces marcheurs qui avancent les pieds lacés et le bâton à la main pour des randonneurs.

De plus, Maria eut de la chance lorsqu'elle le conduisit à Formentina. La haute *serra* était claire, les odeurs de pin s'étaient adoucies avec la rosée du matin et le village débordait de fleurs nouvelles – marguerites et grand lis africains bleus et hérissés.

– Il n'y a pas de rues, dit-il.

– Pas vraiment. La pente est trop raide. Juste des sentiers.

– Où est-ce que je peux garer ma voiture ?

Elle lui répondit qu'il devrait la laisser au bord de la route, mais il le savait déjà.

– Pourquoi n'habite-t-on plus ici ? Enfin, je veux dire… les Portugais.

– Il y en a encore. Mais beaucoup sont partis dans les années cinquante. La plupart sont allés au Brésil.

– Que s'est-il passé ?

– Ils n'arrivaient plus à vivre de l'exploitation du charbon de bois. C'était trop dur en hiver, et trop loin de la ville.

Il était inutile de lui dire la théorie qu'elle avait sur ce point – à savoir que les gens de l'endroit vivent surtout pour la *saudade,* c'est-à-dire le rush que procurent les montées de langueurs et de nostalgie, et que pour éprouver la *saudade* il faut bien évidemment commencer par quitter son pays.

– Y a-t-il de l'eau au robinet ?

Elle aurait voulu qu'il vît Formentina avec ses yeux à elle. Elle avait toujours aimé s'y promener enfant : abeilles endormies dans les plumeaux de la lande blanche, toits d'ardoises aussi colorés que plumes d'étourneaux, maisons blanches avec bordures jaunes autour des fenêtres et, plus loin, celles en pierres sèches qui se glissent dans les replis de la montagne, certaines désertées, d'autres gâchées. Elle se faufilait entre elles, au gré d'escaliers qui donnaient sur les terrains abandonnés, parfois sur des appentis. Une des rues était parcourue par un torrent aussi clair que féroce. Elle lui montrait tout comme s'il s'agissait de cartes postales : instants où tout est clair et brillant.

Mais lorsqu'elle s'immobilisa et regarda pour son propre plaisir, la belle image lumineuse s'anima d'une manière étrange. Des chèvres sortaient d'une grotte. Une femme entra dans son jardin avec du fumier dans le panier qu'elle portait sur sa tête. Un homme tirait derrière lui un interminable tuyau d'arrosage. Un autre tressait des brins d'osier comme des fils d'or. Deux jeunes s'affairaient autour d'une vieille Seat garée au bord de la route.

Déjà elle craignait que cela ne suffise pas à retenir son client, se demandait si elle arriverait à garder son attention.

Elle avait l'impression d'être une sorte de patriote, vantant les mérites du car qui descendait une fois par jour à la ville où elle habitait, et dont elle lui fit l'inventaire : une bibliothèque, quatre pharmacies, trois banques, un gymnase où soulever des haltères et un autre qui se transformait en salle de billard, un marché deux fois par semaine, un supermarché qui avait ouvert avec du canard siffleur dans le congélateur et où l'on vendait maintenant de la pizza congelée, un cordon d'immeubles de location roses et le cinéma tous les vendredis.

Ce qu'elle voulait dire, c'était que, Formentina n'ayant rien de tout cela, il faudrait qu'il descende à Vila Nova.

Il continua de marcher à grandes enjambées, dépassa la maison et se retourna, l'air presque en colère. Elle songea combien il était vigoureux, et aussi qu'il avait trop d'énergie pour tourner et virer sans efficacité aucune comme il le faisait.

Mais dès qu'il fut entré dans la maison – comme elle l'espérait –, l'affaire fut conclue. Les pièces semblaient comme accrochées à la colline. Il suffisait de s'asseoir à une fenêtre pour voir les bois filer au loin, plonger jusqu'aux tuiles et blancheurs vagues de Vila Nova. On n'arrivait pas à croire qu'il soit possible de s'asseoir là, de boire et de dormir, avec des voisins certes, mais aussi avec des forêts et la montagne tout autour. En tout cas, c'était comme ça qu'elle voyait l'endroit, elle qui connaissait les ruelles des villes.

– De l'espace de rangement, dit-il. J'ai besoin d'espace où ranger des choses. Il y a sûrement un menuisier, non ?

– Vous prenez la maison pour combien de temps ?

– Trois mois. Peut-être plus.

– Dites-moi ce que vous voulez faire et je demanderai.

Il s'agitait devant des tiroirs, des tables, des buffets et des armoires, comme s'il avait toute une vie qui devait arriver par steamer et qu'il faudrait disposer avec soin ici et là. Alors qu'il ne pouvait pas avoir plus de trente ans. Comme si on avait besoin de transporter toute sa vie avec soi à cet âge !

– Je prends, conclut-il.

Elle aurait pu lui dire des choses. Elle savait les vieilles routes pour passer en Espagne par la montagne, les convois de mules qui jadis les remontaient comme en bégayant et les endroits où on se reposait, où la cour de Lisbonne faisait tailler des blocs de glace et les empilait dans des grottes à l'abri des grandes chaleurs. Elle savait très exactement à quoi un jardin devait ressembler en été : rames envahies de haricots d'un vert étincelant, palmistes sur leurs longues tiges noueuses, oignons sucrés et luisants éparpillés par terre. Mais elle comprit qu'elle n'avait aucune idée de ce que Hart pouvait bien voir dans cet endroit, du sens que ce lieu pouvait revêtir à ses yeux.

***

Je sais ce qu'il fit ensuite. Maria me le rapporta parce que ce fut elle qui le vit.

Elle était ressortie de la ville en prenant la vieille route vers le sud, avait dépassé la tuilerie et le sillon creusé dans toute la colline pour son approvisionnement en argile, et encore les champs desséchés de maïs, avait traversé la forêt de pins où les fougères roussissaient déjà comme du papier. Elle cherchait un souffle de vent, mais le ciel s'était comme empoussiéré en attendant de s'ouvrir sous l'orage.

Une brume bleutée montait des pins. Ce pouvait être la chaleur, ou de la fumée. Elle arrêta la voiture dans un grand virage et regarda en bas, dans la vallée. Elle avait vu ces champs si souvent qu'elle ne les regardait pas comme il fallait : damier grossier de carrés de haricots, de pommes de terre, de coriandre, d'ail et d'oignons, bouts de terrain qui s'encastraient les uns dans les autres.

Elle vit quelque chose qui remuait dans les bois. Aurait-elle pratiqué la chasse qu'elle aurait aussitôt armé son fusil. Sauf que cet animal-là se déplaçait avec un bruit effronté, vacillait et se dressait. C'était un gros animal, assez large pour déranger les arbres : le feu en marche.

Un buisson s'embrasa d'orange fluo, puis le rouge et l'orange se frayèrent un chemin à coups de langues enflammées jusqu'au bord de la route : dans l'instant les brins d'herbe haute desséchés crépitèrent comme des cierges magiques. Les ronciers partirent comme des fusées dans les haies. L'air tremblait si fort qu'on l'entendait comme un navire dont les moteurs s'enclenchent.

Maria se trouvait trois virages au-dessus de l'incendie. Elle vit tout de suite que celui-ci ne faisait que commencer. Il fallait avertir le village voisin, demander qu'on appelle les pompiers volontaires.

Mais c'était la première fois qu'elle était si près d'un incendie. C'était un vrai spectacle, un feu d'artifice, des lumières aperçues entre les arbres d'un parc. C'était tellement inhabituel que ça ne pouvait pas l'atteindre. Sans parler du ronflement des flammes qui la figeaient sur place. Le bruit l'entourait entièrement, même lorsqu'il ne montait que d'un côté. Il semblait annoncer l'endroit où le feu allait bondir.

Un homme très grand et blond entrait dans l'incendie. Personne n'est grand dans le coin ; on est en terre celte. Personne n'y est blond, hormis les touristes. Même d'aussi loin, elle sut tout de suite que cet homme était Christopher Hart. Il essayait de repousser les flammes en les battant avec sa veste, comme s'il n'avait jamais voulu que l'incendie prenne de telles proportions.

Elle s'éloigna rapidement en voiture. Elle appela les *bombeiros voluntarios*. Ils se rassemblèrent, mais la pluie se mit à tomber dru et les flammes n'étaient ni assez puissantes ni assez chaudes pour persister.

Il n'y eut pratiquement plus de pluie cet été-là.

***

J'essayai les registres de bibliothèque pendant que les bibliothécaires ne regardaient pas. Je demandai à des concierges dans de superbes tours de facultés en béton s'ils avaient entendu parler d'un Pr Hart.

J'appelai mes tantes pour leur annoncer que j'allais rester quelques jours à Coimbra. J'appelai le musée pour dire à ma secrétaire de vérifier, oui, encore une fois, si Hart avait laissé une adresse où faire suivre son courrier au Portugal. Si c'était de manière délibérée qu'il avait disparu, pour moi, cela ressemblait fort à un aveu.

Les tantes m'informèrent que Maria avait téléphoné. Je la rappelai et tombai sur son répondeur. Je lui laissai le numéro de mon petit hôtel.

Elle me rappela à six heures. Je me ruai dans les couloirs glissants de cire de l'hôtel, filai devant un rassemblement d'aspidistras et pris la communication à la réception.

– Je ne savais pas que vous étiez à Coimbra, me dit-elle. Ça me facilite la tâche. Venez déjeuner demain à Vila Nova de Formentina. J'ai des papiers à vous faire signer. Il y a des gens que vous devriez rencontrer.

Je ne savais pas encore la manie qu'elle avait de toujours penser que les étrangers devaient se connaître du seul fait qu'ils n'étaient pas portugais.

Nous déjeunâmes dans un lieu où le mobilier était en dentelle de fer forgé, petites tables rondes et sièges qui ne pardonnent pas. Nous mangeâmes un plat de morue froide grillée avec de l'huile, du persil, des oignons et des pois chiches. Trois personnes nous rejoignirent.

Un émigrant récemment rentré de Hollande (une vingtaine d'années, génie de l'ordinateur), un peintre qui vivait seul dans un village de la montagne et un universitaire – dégingandé, cheveux blond-blanc, aux abords de la trentaine. Il arriva tard, et n'avait pas le temps de manger, nous dit-il.

– Je m'appelle Christopher Hart, précisa-t-il.

**

Dans ma chambre d'hôtel, il n'y avait qu'un seul et unique petit miroir. Je me présentai : John Costa, fonctionnaire attaché à un musée.

Hart n'allait certainement pas me fuir. Ç'aurait été reconnaître sa culpabilité. Il allait plutôt faire semblant de me prendre pour une espèce d'assistante sociale venue vérifier l'état de sa grossesse intellectuelle, l'aider de telle ou telle manière et s'assurer qu'il était condamné à bien se porter.

Je me plaçai devant mon miroir : l'ange de la vengeance.

Ou plutôt un flic de la Keystone, pensai-je. Je peux me faire menaçant, mais cela exige de la passion. Je suis incapable de m'encadrer dans un montant de porte et de tellement le remplir de muscles que tout le monde aura envie de me fuir. Quant à contraindre un voleur à me rendre sa marchandise simplement parce que je le lui dis...

Devant mon miroir, je préférai me présenter autrement : John Costa, marchand de tableaux.

Il faut comprendre ce que sont les marchands de tableaux et les conservateurs de musées. Les premiers appartiennent à une espèce très particulière de petite noblesse. Ils ont une peau rose bien reluisante et qui brille. Ils portent des costumes croisés et des cravates jaunes dont les nœuds ressemblent à de grandes floraisons de soie. Leurs chaussures sont parfaites, des richelieus impeccablement cirés. Ce sont eux qui ont droit au taxi lorsque le reste de l'humanité traîne dans la gadoue, eux qui ne tournent pas le coin, mais l'arrondissent.

Ils ne cessent d'appeler le musée.

Je suis un homme honnête, mais il n'empêche : ils m'emmènent quand même déjeuner, loin du musée, dans le très soyeux Kensington, et me suggèrent d'oublier tel ou tel fait inopportun, d'accepter que la provenance d'une toile ne soit pas totalement impossible, ou de les aider à séparer l'art, disons de l'Italie, d'une des manières habituelles. Ils font tout cela d'une façon fort subtile – au sens où on ne pourrait pas les poursuivre pour leurs propos, même pas après la deuxième bouteille de vin –, mais très directement aussi. C'est l'autorité du musée qu'ils désirent lorsque la leur paraît douteuse.

John Costa, marchand de tableaux : avec une offre que M. Hart pourrait envisager, l'idée qu'il ait d'autres toiles dont il connaît l'existence mais que le musée ne peut pas certifier, toutes œuvres qui pourraient atteindre un prix merveilleux.

Ma peau n'allait pas : trop sombre, rien du rose cochon anglo-saxon. Et je n'avais pas de costumes vraiment chers dans ma garde-robe ; je n'avais même rien eu de noir à me mettre pour enterrer mon père. Mais dans une chemise blanche bien fringante, je suis tout à fait capable d'avoir l'air sérieux et de faire comprendre que j'ai accès à des sommes d'argent illimitées en me forçant un peu. Bluffer, je devais sûrement pouvoir y arriver.

**

J'aurais pu engager Maria Mattoso pour négocier mon prochain rendez-vous avec Hart, par une sorte de contrat, mais ce ne fut pas nécessaire. Elle voulait un abonnement pour assister à des jeux entre étrangers, quelle que soit leur discipline.

Je voulais retrouver Hart, je pris ma voiture et fis le long trajet qui conduisait à Vila Nova de Formentina. Hart n'avait plus qu'à s'y laisser descendre de Formentina.

Étant donné que nous n'avions prévu qu'une rencontre amicale, nous nous retrouvâmes à la terrasse du bar, juste au-dessus du marché.

J'arrivai le premier, parfaitement rasé, rasé comme si je faisais pénitence. Hart se pointa en chemise de flanelle et jean repassé – le bel et jeune universitaire en bûcheron.

Je lui dis l'avoir appelé pour la seule et unique raison que je me trouvais dans la région. Je lui parlai de l'enterrement de mon père, il me présenta des condoléances attentives. Puis je lui demandai ce qui l'amenait au Portugal, en appuyant un peu sur ma question.

Il plaisanta : une année entière de blondes, le sens commun, les harengs et le fait de ne plus pouvoir supporter.

Maria se concentrait pour entendre ce que nous nous disions vraiment.

– J'ai toujours pensé que nous nous rencontrerions, lançai-je à Hart.

Il prit l'air étonné. Bien sûr : il devait se demander pourquoi ça ne s'était pas déjà fait. Il devait me connaître de nom.

– Je crains de ne pas connaître votre travail, dit-il. Dans quel secteur…

– Il y a longtemps, j'ai écrit une thèse sur Duccio et la question de savoir si tous ses tableaux étaient de lui.

– Duccio, répéta-t-il.

– Travail purement universitaire, l'assurai-je. Trois tours de piste autour du sujet, avec notes de bas de page.

J'étais sûr que je n'aurais pas dû dire ça. L'effet de mon rasage parfait allait disparaître ; mes connaissances allaient me trahir, faire de moi le parfait petit bureaucrate de l'art qui bluffait.

– Mais vous, repris-je, vous avez le don de trouver des choses que personne n'a vues. Et dans les endroits les plus invraisemblables !

– Vraiment ? s'étonna-t-il.

J'aurais dû remarquer le ton détaché, new-yorkais, de ce « vraiment » : invitation à revoir sa copie, si vraiment vous y tenez.

– Le musée n'est pas totalement satisfait, bien sûr, enchaînai-je. Mais le *Liber Principis* devrait vraiment être rendu public. Il s'agit là d'une collection étonnante.

Je ne le savais pas, mais il faisait appel à son latin d'écolier : le livre, nominatif, du prince, génitif. Ce qui ne le menait à rien.

– Et, bien sûr, d'une très grande valeur. Tout le monde en voudrait… même d'une partie seulement. Et d'ailleurs, les prétentions du musée sur la question de la propriété m'ont toujours paru sans grand poids.

Je crus qu'il avait compris.

– Et vous, là-dedans, me demanda-t-il. Où est votre intérêt ? Affaire ou devoir ?… Plaisir ?

– Tout à la fois. Il est toujours bon d'être le premier à savoir. Et il y a toujours de l'argent à la clé.

Je me mépris sur Maria. Je croyais que notre conversation ne l'impressionnait pas, qu'elle regardait tout le monde sauf nous. Une vieille femme en noir qui faisait son possible pour que ses dahlias rouges puissent encore se vendre au marché. Une fille incapable de sourire. Un type habillé d'un costume en carton noir, le bout d'un de ses bras se terminant comme un pied de cochon. Cinq employés de banque en bras de chemise au bord de lâcher une plaisanterie. Des flics cloués sur place par le poids de leurs bottes prodigieusement cirées.

– Et donc, vous êtes marchand, c'est ça ? me demanda-t-il.

C'était tout ce qu'il pouvait comprendre à entendre quelqu'un lui parler livres et argent en même temps.

– Je fais des affaires, lui renvoyai-je. Je vends et j'achète des choses que personne ne pourrait trouver ailleurs, des choses qu'on a envie de garder pour soi. On ne se préoccupe pas trop d'un trou dans la chaîne des provenances du moment que l'histoire est en gros convaincante.

– La provenance ? répéta Maria. Qu'est-ce que c'est ?

– Le passé de l'œuvre, lui répondis-je. Les noms des gens qui l'ont possédée, où et quand.

– Vous voulez dire que ça ne vous gêne pas d'acheter des tableaux volés ?

Je souris. D'un sourire qui se voulait entendu, raffiné, mais qui n'engage pas. J'eus de la chance qu'il ne s'évanouisse pas sous le poids de toutes ces interprétations.

– Il faut absolument que nous dînions ensemble, dis-je à Hart. Nous avons des tas de choses à nous dire sur le *Liber Principis*.

Je voyais bien que Maria était prête à poser une nouvelle question. Mais Hart se lança le premier.

– Combien de temps pensez-vous rester ici ? me demanda-t-il comme s'il était certain que mon séjour ne serait pas assez long pour que ce soit possible.

– Un moment, lui répondis-je. J'ai des affaires de famille à régler. Je ne m'en vais pas tout de suite.

Toute la conversation, se disait Maria, ressemblait à quelque chose qu'on écoute à la radio alors que les piles sont en train de lâcher.

Elle me confia qu'après notre départ elle reprit du café et de l'eau. Elle était perplexe. D'habitude, les étrangers arrivent au Portugal lorsqu'ils ont fini de vivre ailleurs : ils sont fatigués, à la retraite, certains en colère, et cherchent un changement si complet qu'ils en oublient souvent des détails purement matériels tels que le montant de leurs revenus. Ils ne viennent pas, comme Hart et John Costa, avec leur vie qui les suit et qu'ils vivent encore, et assez fort pour se battre.

Il était arrivé quelque chose de vraiment inconnu.

Il faisait trop chaud pour travailler, mais elle se rendit quand même à son cabinet, débrancha le téléphone et s'assit. Elle serait bien rentrée chez elle, mais c'était l'heure du repas et Amandio serait là.

Depuis peu, il venait dormir à la maison. Le soir, sa mère était gentille, le matin, elle était perdue et suivait et surveillait Amandio avec autant d'attention que si c'était le magasin. Une nuit, elle avait essayé de faire de la *broa*, alors même que le cousin cuisinier n'était pas loin. Elle avait mélangé l'eau et la farine, mis du sucre dans le levain, pétri la pâte, et l'avait laissé monter jusqu'à ce qu'elle sorte de son récipient et commence à envahir la table doucement et méthodiquement. Elle l'avait serrée, battue et rebattue, mais l'affaire était d'une élasticité proprement effrayante. Avec de grandes claques, elle l'avait jetée sur une plaque en métal – la pâte ne cessait de grandir et d'avancer –, et l'avait complètement brûlée.

Amandio avait goûté. Et souri vigoureusement. Pas Maria.

– Ça ne te gêne pas... que je sois là ? lui avait-il demandé.

– Bien sûr que non.

– Je ne voudrais pas te déranger.

Il mangeait la *broa* – et ainsi accomplissait son devoir envers la mère de Maria. Au contraire de cette dernière. Que sa mère observait.

– Je sais que tu avais l'habitude d'avoir ta mère pour toi toute seule, reprit-il.

– Il faut que j'aille au bureau.

C'était la première fois qu'elle ne se sentait pas chez elle. Et ce n'était pas seulement qu'elle perdait le confort régulier de sa maison. Sa maison, c'était sa vie. La règle locale spécifiait qu'on restait dans sa famille jusqu'à ce qu'on se marie. C'est vrai qu'elle aurait dû convoler bien des années auparavant, mais, malgré son style de vie différent, sa maison la liait et la définissait encore : cette maison, cette ville, cette vallée.

N'importe où ailleurs, comme pendant les quelques semaines qu'elle avait passées à Paris, elle devrait s'appuyer sur des illusions et des dessins : plans appartenant à des inconnus, guides, histoires, géographies, souvenirs, angoisses, ce qu'on lit dans les journaux, ce qu'on dit aux nouvelles à la télé, monde de panneaux routiers, tout en avertissements et indications qu'elle ne serait jamais capable de saisir aussi entièrement que ce petit endroit. C'était ce lieu-ci qu'elle connaissait le mieux, dans ses os et sur sa peau, qu'il pleuve ou qu'il vente.

Un soir, elle avait trouvé Amandio en train de ronfler dans un fauteuil, son ventre se soulevant comme pâte de *broa* enduite d'huile.

Le lendemain, elle s'était acheté une robe neuve – non, deux. La première était très courte. Elle avait songé à se teindre les cheveux. D'habitude, ce genre de choses ne l'intéressait pas, mais elle avait trouvé du plaisir à prendre ces petites décisions. Elle s'entraînait.

Un après-midi, enfin, elle avait cherché un appartement dans la grande ville la plus proche : trois pièces, quatrième étage, un ensemble d'immeubles couleur saumon fumé. Les murs ne semblaient pas suffisants pour bien séparer les vies des gens, et les maison s'entassaient dans un quartier neuf : il y avait des échafaudages et de la brique nue partout.

Elle avait aimé. Si elle ne fumait pas dans son appartement bien qu'elle en eût envie, c'était parce qu'elle voulait que ce lieu fût rempli d'un air nouveau.

***

Je chantai victoire auprès du directeur adjoint et lui expliquai point par point comment j'avais réussi l'impossible : retrouver Hart.

– Et ?… me répliqua-t-il. Et maintenant quoi ?

***

Christopher Hart se laissait flotter dans l'eau bleue d'une piscine inconnue et regardait le ciel bleu : suspendu là comme le panneau qui vante les mérites d'un lieu de villégiature, ou les plaisirs convenus de la cigarette bon marché.

Maria regardait. Après tout, c'était elle qui lui avait trouvé sa piscine.

Ils étaient à flanc de colline et leurs regards découvraient des arbres, des éboulis et des champs, mais Hart lui dit qu'il ne voyait qu'un bleu parfait. Il ajouta qu'il cherchait des mots anglais pour cette nuance particulière de bleu : œuf de rouge-gorge ? gentiane ? céruléen ? Il aurait aimé s'y noyer. Il voulait vivre à jamais dans cette eau, jusqu'à ce que le vilain chlore – il y en avait peu – blanchisse entièrement son corps.

Ç'aurait peut-être été plus facile.

Il n'est pas possible qu'il ait aimé les êtres qui connaissaient son identité volée, ceux qui traitaient avec Christopher Hart. Dans les endroits où il choisissait d'être, les gens vous jugent sur la mine, puis ils creusent, amplifient les rumeurs et se taquinent avec toutes sortes de possibilités. Tout le monde se fabrique, et fabrique les autres.

Dès qu'il arriverait au bord du bassin et se redresserait pour sortir de l'eau, il lui faudrait être à nouveau le Pr Christopher Hart : le personnage était déjà écrit. Pas moyen de ne pas faire face à ce que ce John Costa disait que Christopher Hart avait fait, ou pourrait encore faire. Mais il voulait encore être tous les Christopher

Hart qu'il pouvait imaginer – avec crédit et bilan bancaire, évidemment.

Dans l'eau, encore fraîche sous le soleil brûlant, il se retourna et fit quelques longueurs de bassin. L'eau reposait ses muscles. De retour sur le carrelage sec, il s'attendait à retrouver un monde qu'il connaissait déjà plus ou moins : la fille de famille cinglée, le professeur qui enseigne, la camée qui enlève sa robe, des non-intellectuels dont les journées sont si vides qu'ils commencent à avoir faim d'un nouveau livre, celui qui apprend à dessiner, tous les jardiniers, ceux qui boivent et, bien sûr, les fumiers attitrés : ceux qui fabriquent des ragots pour tous les autres. Il y aurait des divisions par nationalité, chaque groupe reconnaissant l'intérêt qu'on peut avoir pour « là-bas au pays » – parce que là-bas au pays tout est bousillé, pollué, défiguré ou dur, parce que ni les uns ni les autres n'ont envie d'y retourner. Il y aurait aussi des divisions de classes pour ceux qui aimaient ça.

Il sortit de sa piscine et s'ébroua comme un chien. D'après Maria, c'était comme si le bassin déclenchait brusquement sa claustrophobie, comme si l'avenir immédiat l'alarmait. Il lui fit un signe de tête et courut se changer. Il ne dit pas au revoir à ses hôtes.

Il prit sa voiture et monta dans la colline. Elle entendit de violents coups de frein, des bruits de roues qui frottent contre la pierre dans un virage soudain. Il était arrivé dans un cul-de-sac.

Il redescendit la pente à une allure furieuse, en accélérant puis freinant jusqu'au moment où il put reprendre les courbes de la grand-route au-dessous. Là, il partit comme on fait la course, comme quelqu'un qui n'a ni destination ni propos autre que celui de mettre des kilomètres derrière lui.

***

– Je suis contente que vous vous soyez bien entendu avec Christopher Hart, me dit-elle, malhonnête.

– Nous nous sommes un peu parlé depuis, lui répondis-je. Dieu sait pourquoi, nous n'arrêtons pas de nous cogner l'un dans l'autre.

– Vous avez des choses en commun, me fit-elle remarquer en voulant dire que nous venions d'ailleurs et que nous appartenions à des villes et à des discours qu'elle ne connaissait pas.

– Pour la maison de mon père… Je crois que je ferais mieux de repartir.

– Vous voulez la fermer ou la vendre ?

Si je lui répondais « vendre », il s'ensuivrait un processus ordonné et sans aucune passion où l'on mettrait en pièces la vie de mon père et la ferait passer à quelqu'un d'autre. Je ne serais plus responsable de rien. Et je ne pourrais plus rien arrêter.

– La fermer, je crois.

Puis j'ajoutai, parce que j'avais besoin qu'on m'écoute :

– Je ne peux pas encore la vendre. Cela me paraît étrange de vendre une chose dont je ne sais pas vraiment ce qu'elle signifiait pour lui.

– Fermez-la, partez et réfléchissez.

– Je vais encore rester un peu.

– Pour affaires ?

– En quelque sorte.

J'avais un type à intimider ou à forcer à l'aveu, quelqu'un qui jusqu'à présent semblait remarquablement peu intéressé par mes allusions et ouvertures diverses ; s'il avait des trucs à vendre, ce n'était pas à moi qu'il avait envie de les proposer. Mais ça, je ne pouvais guère le dire à Maria.

Je lui dis quand même que je voulais une maison. Je lui demandai s'il n'y aurait pas quelque chose dans le village où habitait Hart. Elle me répondit que ce n'était pas impossible dans la mesure où beaucoup de gens avaient des maisons d'été à Formentina.

Elle m'en trouva une à la semaine, un mois de location minimum.

J'appelai Anna pour lui expliquer.

— Reviens, me dit-elle de sa voix la plus intime, fini la sécheresse et sa belle diction habituelle. Tu es parti depuis bien assez longtemps.

— Je sais, mais… C'est juste pour cette histoire avec Hart… et l'héritage de mon père n'est pas tout à fait réglé.

— Il y a des avocats pour ça.

— C'est plus compliqué. Plus personnel. Il y a l'affaire de la tombe…

— Je ne peux pas parler longtemps. Il faut que j'aille en fac.

— Je t'aime, lui lançai-je.

Je suis une créature d'habitudes – travail, amour, heure du dîner –, et il arrive que les habitudes vous épargnent des décisions.

— Tu me manques, ajoutai-je. Je reviens dès que possible.

— Surtout ne te perds pas, là-bas.

— J'ai demandé un mois de plus au musée.

— J'ai l'impression de jouer les Pénélope, bordel ! Sauf que je ne tricote pas. J'écris des conférences.

— Je reviens bientôt.

— Tu ne dis ça que parce que tu penses « je reste ».

Je me demandai si elle me taquinait. Je ne le croyais pas. Ni l'un ni l'autre nous n'aimions sentir tout un passé se fissurer comme de la glace sous nos pieds.

***

Maria passait juste pour voir si Hart allait bien, si la maison convenait, parce qu'elle allait chercher de l'eau, parce qu'il se trouvait qu'elle passait. Mais elle n'éprouvait pas le besoin de dresser la liste de ses excuses.

Hart ne pouvait pas lui fermer la porte au nez, ni la renvoyer. Il connaissait trop bien les usages qui régissent les lieux de taille réduite. Il me le dit.

Elle lui montra la source, deux ou trois plis de collines plus loin : parc assez grand pour sept arbres et, sortant d'un carrelage de style officiel, un tuyau où il coulait toujours de l'eau. Mais il y avait des gens, deux familles qui s'étaient entassées dans un taxi et une camionnette et tous rassemblaient des feuilles pour faire du feu et cuire de quoi pique-niquer. Elle lui montra les montagnes, le pourpre de la bruyère, lui fit sentir l'odeur des pins et changea de conversation.

Sur le chemin du retour, elle se trouva à court de choses à dire. Mais l'attention qu'elle lui portait était devenue électrique.

***

Je me garai à Formentina. Je sortis des bagages du style hebdomadaire, genre départ lundi-retour vendredi : propres, noirs, sur roulettes, tout ça pour dire qu'on voyage parce qu'on a des choses à faire. Je les portai jusqu'à la petite maison, juste au-dessus de la route. J'ouvris la porte.

J'allumai toutes les lumières bien que ce soit totalement inutile. Je signalais : je suis ici, dans la maison entre vous et la route.

Bien sûr, un marchand de tableaux n'aurait pas eu besoin de faire une chose pareille. Son insistance bien huilée se serait imposée d'elle-même, et y résister aurait été un signe de mauvaises manières. Je n'avais pas le truc.

J'allai voir Hart en fin d'après-midi.

Il ne s'embarrassa pas de préliminaires.

– Vous avez dit à Maria que vous travaillez au musée, me lança-t-il.

Il aurait déjà pu le savoir et connaître mon nom et les petits hiéroglyphes de ma signature apposés au bas de toutes les demandes de services qu'il avait faites auprès du musée.

– Il faut que je vous explique.

J'avais voulu qu'il me prenne pour un marchand de tableaux corrompu travaillant au noir. Mais je ne pouvais supporter l'idée de faire ce qu'il fallait pour ça et de convaincre qui que ce soit : Maria, par exemple.

– Mais vous parlez comme quelqu'un qui achète et vend des tableaux, reprit-il en faisant étalage de sa perplexité.

– C'est effectivement l'impression que je donnais.

– Vous l'avez même dit.

– Acheter, vendre, ce n'est pas ça l'important. Je suis conservateur adjoint au musée et inquiet pour le *Liber Principis*. C'est-à-dire, le musée l'est.

– Vous voulez acheter ce livre ? Pour le musée ? Ou un de ces clients qui ne sont pas trop regardants sur la provenance ?

– Je ne m'en vais pas, lui répliquai-je. Je suis ici pour des affaires de famille.

– Le musée me semble bien compréhensif.

– Il l'est. Pour le moment, en tout cas.

Je suis sûr d'avoir laissé planer une menace. Il allait comprendre qu'il ne lui restait plus beaucoup de temps pour me rendre ce qu'il avait volé. Il allait comprendre que ce n'étaient pas des paroles en l'air parce qu'il croirait que je voulais en tirer un profit. Je pouvais enfin le laisser s'inquiéter.

Après tout, nous étions voisins : il ne pouvait pas bouger sans m'éviter ou reconnaître ma présence. Je pouvais surveiller ses promenades du matin, savoir le café pris à une heure tardive, être au courant de sa virée au marché de Vila Nova. Sans compter qu'il devait aussi s'inquiéter de savoir si tout cela était délibéré, ou rien de plus qu'une coïncidence embêtante venant du fait qu'il était difficile de trouver une maison à louer, à la semaine ou au mois, en été.

Notre pat avait enfin une adresse : un village coupé en deux par une route, et recoupé encore une fois en deux par un cours d'eau plein de couleurs et de pierres. J'étais heureux de m'installer pour un moment.

Je fis du café, comme lui, me languis d'avoir quelque chose à lire, quelqu'un à qui parler, comme lui je contemplai la vallée, regardai l'orage bouillir, tout noir et furieux à l'ouest. Je pensais vraiment n'avoir plus qu'à attendre.

***

Et je ne me trompais pas. C'était juste que l'équation était complètement fausse.

Je sais maintenant, après avoir lu les dossiers de la police, que les Hollandais avaient déjà demandé à la Guarda nacional portugaise d'enquêter discrètement sur tout individu disant être Christopher Hart. Ce ne serait pas simple – Hart était citoyen européen et, partant, pouvait entrer au Portugal et en sortir sans laisser de traces –, mais on avait les récépissés d'hôtel et cela suffisait amplement.

D'ici un jour ou deux, Martin Arkenhout serait tout à fait sûr de ce qu'il ne faisait encore que soupçonner : il avait volé la mauvaise vie. Et il saurait aussi qu'il devait absolument continuer à être Christopher Hart sous peine de voir toute sa carrière se défaire.

Tout cela, je le voyais se produire. C'est seulement qu'à ce moment-là je ne le comprenais pas.

***

Il descendit les marches en ardoise avec précaution. Des nuages couvraient les maisons comme de vieilles vignes, brisaient la géométrie de leurs formes sombres et solides, effaçant à coups de blanc une partie des bois et laissant le reste gris et ombreux.

Il se disait que je ne pouvais pas être déjà réveillé, que la lumière qu'il voyait dans la maison devait être restée allumée toute la nuit. Et que même si j'étais réveillé, je ne pouvais pas m'être habillé avant l'aube et être prêt à filer. Mais que si je l'étais, il pourrait me perdre.

Il fit démarrer sa voiture. Les nuages écrasèrent le bruit du moteur par terre, mais en le rendant monstrueusement fort. Ce coup-ci, j'allais être réveillé, et sortir de ma routine matinale à toute allure.

De chez lui, on ne pouvait partir que dans deux directions : vers le haut ou vers le bas. Vers le haut, la route serpentait dans une montagne nue, puis retombait dans une vallée avec un lac et un barrage. Vers le bas, elle gagnait une ville connue, avec des dizaines de destinations à choisir après.

Il prit vers le bas. En regardant en arrière, il ne pouvait plus voir qu'un mur de nuages blancs. Le village avait disparu. Et il avait dû en faire autant.

Il m'a dit qu'il avait pensé filer vers Guarda et la frontière espagnole. Ou alors gagner un aéroport, y acheter un billet pour n'importe quelle destination, pourvu qu'on s'y intéresse moins à Christopher Hart. Il avait une journée entière devant lui : toute une journée vide et tonitruante.

De temps à autre un grand camion Volvo sortait du blanc et le dépassait dans une accélération gémissante, parfois encore il y avait des phares de voitures devant, mais cela n'avait pas d'importance. Dans le blanc et le nuage, dans le tunnel des arbres, il était suffisamment seul. Le jour s'ouvrait devant lui, le soleil brûlant la brume et séchant la chaussée mouillée.

Il s'était remis en route, de nouveau il dominait la situation ; était invincible.

***

J'entendis démarrer le moteur. Je me fis griller d'autres tartines. Sa colère, pensais-je, ne pouvait que me servir : il arrive que celui qui se sent pris au piège se trahisse, voire se rende.

Je montai chez lui, bien sûr. Des voisins pourraient le remarquer, mais les jours de semaine il n'y en avait pas beaucoup ; de plus, les étrangers ont la réputation de se connaître et d'entrer et sortir de leurs vies mutuelles à tout propos. La porte était fermée. Je vis de l'ordre, massif et oppressant : tout ce qui était personnel – jusqu'aux tasses sales et aux pull-overs de rechange – avait été rangé hors de vue. A peine s'il avait éraflé la maison. Quant à en avoir fait la sienne…

Tout comme moi. La mienne était froide et morte, comme tous les lieux qu'on loue. On n'a aucune envie de savoir ce qui s'y est passé avant.

Je ratai Anna. J'attendis pour lui laisser un message sur son répondeur parce que j'aime bien ça : je peux dire exactement ce que j'ai envie de dire.

Puis j'appelai le musée. Le directeur adjoint me parut bizarrement chaleureux. Il me pressa de prendre mon temps. Plus j'en prendrais, bien sûr, et plus je serais certain de résoudre la question du *Liber Principis* : c'était évident. Sauf que ça ne me semblait pas être une question importante. A mon avis, Hart était déjà bien nerveux et ses nerfs étaient toute la question à quoi je devais travailler.

Je songeai à la manière dont j'allais expliquer ce que je faisais dans la prose officielle du musée – elle est élégante et pleine d'euphémismes –, à quelle expression j'allais recourir pour qualifier l'intimidation.

« Discussions préliminaires » ? Ou alors : « coups de sonde » ?

Autour de moi la journée s'annonçait, plus fraîche que la plupart, avec un ciel lumineux et tout grumeleux d'énormes nuages blancs. Maintenant que Hart avait filé, je n'avais plus qu'une tâche pressante, et elle était d'ordre personnel : me plaindre, encore une fois, pour la tombe de mon père.

La caserne en brique de la Guarda nacional republicana se trouvait dans un dédale de murs bas et couverts de barbelés, un figuier incongru étalant ses branches au-dessus de cette belle ordonnance militaire. A l'intérieur, cela respirait assez bizarrement l'hôpital, mais un hôpital où les gens auraient sué.

Je demandai à parler à quelqu'un dont l'anglais serait meilleur que mon portugais – la vieille astuce de l'auto-dénigrement. Je donnai mon nom et m'assis sur un banc. La brise faisait trembler les photocopies des visages punaisées au tableau des personnes recherchées.

– Monsieur John Costa ?

Il était d'âge mûr, voire vieux, dans sa chemise blanche amidonnée. Il portait sa bedaine comme une décoration et avait une figure longue et maigre qui ne correspondait pas à son corps. Ses manières disaient l'officier qui essaie de ne pas montrer son rang, juste pour l'occasion.

Je me levai. L'homme n'avait pas l'air absent habituel du policier, ce mur sur lequel vous êtes censés projeter toutes vos coupables pensées. De fait, il paraissait même assez aimable. Je m'attendis à ce qu'il me parle sur un mode assez docte, du genre : « Eh bien, mais quel est donc le problème ? »

Trois flics en bottes et uniforme l'ayant salué sur un ton tranchant, sa gentillesse disparut.

– Je suis le capitaine Mello, me dit-il en anglais. A votre service.

Je lui dis que j'étais navré de l'importuner.

— Mais quelqu'un a abîmé la tombe de mon père, ajoutai-je. Je voudrais savoir ce qui s'est passé.

— Ce genre de choses arrive rarement ici, me répondit-il. Je suis désolé.

Je crus que nous allions passer la journée à nous excuser.

— On a bombé l'arrière du caveau. Gribouillis habituel, et une date : 1953.

Il secoua la tête.

— C'est un acte très antichrétien. Impitoyable.

Son souci paraissait aimable, assez peu dans le style policier, et sincère. Il répéta mon nom.

— John Costa. Quel dommage.

— Est-ce que je dois déposer…

— Non, non. Ce ne sera pas nécessaire.

— Mais vous ne savez même pas où est la tombe.

— Nous avons un rapport. Nous faisons tout ce que nous pouvons.

Je pensais qu'il me servait le bromure habituellement réservé au fils qui souffre, mais il me regardait comme s'il s'attendait vraiment à trouver quelque chose.

— Je ne comprends pas cette date : 1953.

— Des vandales. Les trois quarts du temps, ils ne savent même pas ce qu'ils écrivent.

— Mais vous avez une idée, n'est-ce pas ?

Je fus balayé hors de la caserne en quelques minutes, exercice d'autorité dont je ne me rendis compte qu'une fois revenu dans le parking.

***

Alors je me retrouvai seul au pays de mon père, totalement ignorant, avec tout à en découvrir.

C'était une de ces rares journées où l'on retrouve un peu un des privilèges les plus ordinaires de l'enfant

– celui de s'étonner, de traquer la merveille, de faire cohabiter des paysages, une histoire, des endroits tout droit sortis des contes, de ses rêves et incompréhensions, avec ce que l'on voit. Tout est net et pas encore gâté par les mots.

Je songeai que Mello aurait pu me dire l'histoire de mon père. Puis j'écartai cette idée et m'enorgueillis de la lumière et des hautes couleurs.

Je me lançai dans une expédition. Je suivis le cours du Mondego en longeant des châteaux et de vertes plantations de riz, jusqu'à la mer. Puis je remontai un peu vers le nord, où la côte est toute en rochers et alcôves, mais ce n'était pas un jour qui convenait à ce genre de violences déchiquetées. La mer ne faisait que persister au pied des falaises.

Vers le sud, donc. Je tombai sur un village avec des chambres à louer donnant sur le vaste croissant d'une baie, sable blanc sur sable blanc, rangées sur rangées de cabines de plage en toile rayée au bord d'une ville toute en promenades de planches. Ça sentait l'iode et l'huile de noix de coco.

Il y avait une tente de cirque fermée (on attendait la représentation du soir) et, amarrés au bord d'un océan de parkings goudronnés, quelques bateaux de pêche aux proues hautes et colorées.

Tout le monde avançait prudemment sur le sable dur et brûlant. Plus loin, la mer arrêtait les gens : grise, lourde de varech, effrayant les petits enfants avec son froid, ses embruns et bruits de succion.

Un père emmenait son fils au bord de l'eau, lui montrait toute l'étendue de l'océan. Le gamin regardait droit devant lui – pas question d'avancer.

Anna et moi n'avons pas d'enfants. Nous n'eûmes jamais droit à une explication scientifique claire et miséricordieuse de la chose, pas avant qu'il soit trop tard ; nous pensions que cette douleur-là, nous devions la partager et soigner. Nous en étions venus à la prendre pour de l'amour – maintenant c'est ce que je pense.

Bientôt je ne vis plus l'océan, seulement les maisons roses et blanches en béton, comme une ville miniature, qui bordaient les sables sans fin et la mer.

***

Je vis Hart – l'entrevis plutôt –, dans un vrai port avec hauts cargos couverts de rouille. Il avait dû se tromper de direction. Il me fusilla du regard et accéléra pour sortir de la ville par le grand pont jeté sur l'estuaire du fleuve.

Je le suivis, bien sûr. Il fallait qu'il me sente sur ses talons, à tout instant. Il fallait qu'il perde son sang-froid.

Au-dessous de la route s'étendaient des marais salants, aussi réguliers que des champs hollandais, bien carrés et propres ; mais, au lieu d'être d'un gris uniforme, ils étaient parfois remplis d'une eau sombre, parfois encore presque blancs de sel, avec des traces de rouge et comme une veine noire au milieu. Il y avait aussi des bâtiments épars : cahutes, magasins, abris.

Pour un homme en colère, ce paysage tient du mélodrame. Le fuyard pouvait y filer jusqu'à l'eau salée, disparaître de digue en digue, se terrer dans une baraque en brique avec rien à manger ou boire à des kilomètres à la ronde. La mort par absorption de condiments. Car il mourrait noyé, aspiré par le sel. Aveuglé par sa blancheur, il finirait par trébucher et tomber dans des machines, en eau profonde ou sous les roues d'une voiture.

Après le pont, Hart s'engagea dans des rues pavées, puis il prit une grande artère, puis encore une avenue en ruine bordée de pins maritimes, de yuccas et, de loin en loin, de cabanes où l'on vend des sandwiches, le genre de route qui conduit à une station balnéaire en retraite.

Je ne voyais qu'un homme en fuite. Je n'imaginais pas comment il me réinventait dans son esprit.

Au bout de l'avenue, il eut la chance de déboucher dans un paradis pour surfers : longue plage courant à perte de vue, battue par les vagues, flots qui se dressent en reculant, clairs comme du verre mais marqués de fines rayures d'embruns blancs. Les constructions avaient disparu. Les mouettes se massaient partout. Çà et là on apercevait des silhouettes noires en combinaison de plongée. Dès qu'il fut sur la plage, il ne vit plus que l'océan et du sable, des gens qui jouaient dans l'eau, un chien noir qui essayait de repousser les vagues dressé sur ses pattes de derrière.

Il cracha trois fois dans le sable pour se pardonner.

Plus il marchait sur la plage, plus il s'enfonçait dans un lointain d'embruns et de lumières, plus il se voyait rester là à jamais. Il se jeta dans cette mer, il s'y fraya un chemin jusqu'à ce qu'il en sente la musculature sous lui, puis il revint sur la plage en la chevauchant. Et lorsqu'il fut à nouveau sur le sable, il ne retrouva toujours et encore que l'écran étincelant de l'océan, que la procession infinie du sable blanc. Rien pour le distraire de ses pensées. Pas de problèmes.

Je voulais en être un.

Il n'avait pas le choix, d'ailleurs – maintenant je le sais. Sur ces quinze cents mètres de sable perdu, il était encore le gamin à l'enfance ordonnée, avec rectangles de terre verte, canaux tirés au cordeau, serres qui la nuit scintillent comme une industrie fantôme. Il n'avait que les Arkenhout pour parents et si jamais il cessait d'avancer, ce serait dans la régularité bien récurée de leur monde qu'il retomberait et serait nettoyé, balayé, poli jusqu'à la mort.

Je l'observai. Un coup de chance m'avait fait trouver

la route, loin des familles vautrées sur la grande plage et des filles en short agressif travaillant le camionneur sur les grands axes – mais, c'est vrai, il n'y a pas beaucoup d'endroits où aller sur cette côte. Je vis sa voiture garée au milieu des vans de surfers ; et il ne pouvait marcher que dans une direction, tout au bord de la mer.

J'aimai son inquiétude. Mais il ne me prenait pas encore pour le geôlier de sa vie, ou sa Némésis ; et il n'était pas prêt à craquer. Il voyait en moi un type avec un boulot, un bureau, une femme qui le rappellerait à Londres. Je le lâcherais, bientôt. De plus il était empli du venin de cette assurance propre aux adolescents : il valait mieux que tous les gens établis. S'établir, c'était se compromettre. Et lui ne se compromettait pas.

Il repartit patauger dans l'eau. Je le vis battre les vagues de ses bras : il ne nageait pas, il luttait contre l'océan. Jusqu'au moment où il fut rejeté violemment sur le sable par le contre-courant. Il s'assit.

Me vit lui faire signe de loin. Il ne connaissait personne d'autre, il sut que ce ne pouvait être que moi, même si j'étais trop loin et indistinct pour qu'il puisse m'identifier.

Il regarda fixement le large. Il y avait des fonctionnaires qui faisaient allusion à des biens volés et ne le lâchaient plus. Il aurait tout aussi bien pu avoir des amants.

Et ce n'était pas le choix qui manquait, il aurait pu en sélectionner une tribu entière : piliers de bar esseulés, promeneurs solitaires, individus qui, pour des raisons oubliées, se retrouvent à l'étranger sans aucune attache, hommes qui veulent s'inventer une vie nouvelle, trop perdus pour garder des amis, ou trop vicieux, bêtes mais riches, errants qui un jour peut-être s'arrêteront assez longtemps quelque part pour comprendre ce qu'ils veulent – peuple de garçons perdus qui prennent trop d'avions. Sauf que ce n'était pas une de ces vies paresseuses et sans racines qu'il avait prise. C'était Hart qu'il avait volé, et Hart intéressait des gens.

Il pouvait toujours voler une autre vie. Et, ce coup-là, il ferait ce qu'il fallait. Il devait bien y avoir un expatrié dont la disparition soudaine n'étonnerait personne.

Encore une fois il se posa des questions sur moi.

John Costa avait une femme à Londres, une vie à vivre, un travail, très certainement des traites à payer pour sa maison ; des obligations, peut-être même des amours.

Mais cela signifiait que John Costa avait sûrement un passeport, du crédit bancaire et tout ce qu'il fallait. John Costa était un conservateur de musée qui faisait allusion à des œuvres volées et, qui sait ? avait des raisons de disparaître. Plus je restais, se disait Hart, et moins il était vraisemblable que je veuille simplement retourner à mon bureau. Je manigançais quelque chose.

Apparemment, il ne pensait pas que je puisse avoir des rêves et des désirs. Il songeait que tout cela était du cinéma, et que ça n'avait aucune importance dès que les lumières se rallumaient. Et le cinéma, il n'y connaissait pas grand-chose non plus.

Ce fut à ce moment-là qu'il songea pour la première fois à me tuer. Plus tard, il me jura avoir écarté cette idée presque aussitôt.

***

Lorsque finalement il m'eut rattrapé, suggéré de déjeuner, demandé quel poisson choisir parmi tous ceux qu'il ne connaissait pas, payé un verre de porto comme à quelque touriste au bec sucré, il était presque collant.

– Je devrais être flatté, me dit-il. Vous, me suivre comme ça ! Et moi qui me prenais pour un professeur anonyme !

– Ça se trouve comme ça. Je ne vous envahis guère…

– Mais vous êtes là, me répondit-il. Et vous n'y seriez pas si j'étais ailleurs.

Je haussai les épaules et versai du *vinho verde* dans les verres.

– Si vous n'étiez pas ici, reprit-il comme s'il examinait la situation sous tous ses angles, personne ne me connaîtrait.

– Peut-être.

Je ne voulais pas d'une conversation d'adolescents sur le problème de l'identité, pas plus qu'être le témoin d'une crise de la quarantaine prématurée.

– Mais puisque vous êtes là…

– Vous savez bien que je ne peux pas partir tant que nous n'aurons pas tiré notre affaire au clair. Celle du *Liber Principis*, je veux dire…

– Vraiment ?

– Vous le savez bien.

– Je peux y compter ?

Je crus qu'il ironisait.

Nous revînmes par l'itinéraire rapide, convoi de deux voitures sous un ciel qui changeait, n'était plus bleu et clair, mais sépia et barbouillé de noir. Ça sentait l'air recuit. Aux endroits où la lumière aurait dû trembler entre les arbres il n'y avait que de la fumée, jusqu'au moment où la route nous fit sortir des bois et nous ramena au milieu de rizières plates et mouillées. Alors la fumée se dressa derrière nous comme un mur.

***

Tout à coup Hart s'arrêta devant un château : remparts, fondations apparentes, une église construite dans l'enceinte.

Je le dépassai un instant, puis quittai brusquement la route, jetant l'alarme dans la meute de voitures qui me suivaient.

Le château était ceint d'une couronne de pierre blonde lumineuse et nouvellement ajoutée, tout ce qui se trouvait en dessous étant creusé à même la roche : grottes, lieux voués à la cuisson couverts de suie, vieux trous en guise de latrines, pierres arrondies par des centaines d'années de visiteurs romantiques qui voulaient s'asseoir devant le paysage, tout cela fermé par un mur d'enceinte qui, pour l'essentiel, n'était plus qu'une grosse digue herbeuse. J'errai. Une chèvre me dévisagea. Je longeai tout le mur extérieur et grimpai jusqu'à l'enclos empierré au sommet de la colline.

Je ne poursuivis pas Hart. Je pensais qu'il aurait envie de me voir.

J'entrai dans le donjon et descendis jusqu'à un plancher en blocaille. Je ne vis personne et n'entendis que le bruit des voitures qui roulaient en flot continu sur la route plus bas. Ce calme m'inquiéta.

Je remontai les marches en fer et escaladai des portiques jusqu'aux créneaux. Terre rouge, arbres d'été d'un vert poussiéreux, villages en amas de boîtes blanches, tel était le panorama. Mais je ne le regardais pas comme il fallait. J'écoutais et cherchais Hart du coin de l'œil.

Il n'avait aucun endroit où se dissimuler. Il n'avait aucune raison de le faire. Il n'y avait même pas de flaques d'ombre pour le cacher sous un soleil haut dans le ciel. Son absence était palpable.

Je m'approchai de la meurtrière taillée en croix dans un coin du rempart et regardai autour du donjon, sous moi. Je crus entendre une porte se fermer. Sauf qu'une ruine n'a pas de portes qui se referment avec un bruit aussi sec et vif.

La chaleur de l'après-midi me frappait comme cent marteaux. Je songeai que ce devait être ça le problème.

Je fis le tour des créneaux, en vérifiant les endroits d'où je pourrais voir à l'intérieur du donjon ou surveiller la colline autour du château. Je redescendis rapidement jusqu'à la tour principale et la sortie.

La voiture de Hart était toujours là.

Je n'arrivais pas à imaginer ce qu'il pouvait fabriquer. Je m'étais dit qu'il avait quitté la route pour voir le château et jouer au touriste pendant quelques instants.

Je retournai aux soubassements de la ruine, dans les creux et les grottes qui s'y trouvaient. Je fus heureux de quitter le soleil. Il y avait des papiers gras qui volaient partout. Une brise légère travaillait les feuilles des oliviers sur la colline.

Je tombai sur un creux dans la grotte principale et y entrai ; pure curiosité, me dis-je. Un chien sortit en tremblant, nerveux et gémissant. Je me retournai vers la lumière.

Hart se tenait sur le seuil. Il tenait un couteau dans la main droite et quelque chose de solide dans la gauche.

– Je croyais vous avoir perdu, lui dis-je.

Je ne voyais pas l'expression de son visage.

Il prit son couteau et commença à faire tourner une orange dans sa main afin de l'éplucher en une belle spirale.

– Il va falloir régler cette affaire, lui dis-je.

– Je ne comprends pas.

– Je ne m'intéresse qu'au *Liber Principis*. Si nous pouvons simplement régler…

– Ça doit intéresser tout le monde.

Ne sachant pas ce qu'il disait, il était parfaitement impassible.

– On ferait mieux d'y aller, ajoutai-je.

Il laissa tomber la peau d'orange par terre, où elle se mit à luire comme de l'huile au soleil.

– On pourra parler plus tard.

Comme je passais devant lui, je crus sentir un frisson courir sur ma main.

– Je vous demande pardon, dit-il.

Il sourit. Je n'avais encore jamais vu un tel sourire.

Dans la voiture, je regardai un mince filet de sang se former sur le dos de ma main. Je l'effaçai. Au début, je crus que c'était un accident que je n'avais pas remarqué, mais ma main sentait l'orange.

***

Pour rentrer il conduisit doucement et nous pûmes prendre l'allure d'un convoi : en sécurité, protégé.

Mais il détestait l'idée de protection. Il m'avoua plus tard qu'il préférait de beaucoup la sensation d'être poursuivi : c'était moins inquiétant que la persistance terrifiante et organisatrice de la bonne volonté.

Il se trompa de chemin. Mais comme ç'aurait pu être la bonne route, je le suivis. Il fila devant moi sur quelques virages, puis se sentit obligé de ralentir un instant.

Deux ados faisaient du stop au bord de la route : maigres, blonds, à peine habillés, trop jeunes et paraissant trop étrangers et innocents pour être des putes à camionneurs. Il s'arrêta.

Les deux stoppeurs se précipitèrent jusqu'à la voiture et sourirent énergiquement, comme s'ils n'en savaient pas assez pour mesurer leur charme. Il rit à son tour.

Ils voulaient rejoindre la ville voisine. Ils se serrèrent contre lui. Je sentis presque l'huile solaire et leurs peaux blondes et brûlées. Moi aussi, ça m'intéressait.

Hart joua les as du volant, bien sûr.

Mais brusquement il arrêta sa voiture et jeta ses deux passagers sur le bord de la route. Ils avaient l'air surpris d'avoir échoué avec leur peau et leur charme. Ils restèrent immobiles tandis qu'il s'éloignait, la fille finissant par lui faire un bras d'honneur.

***

Ce fut encore lui qui suggéra de prendre un verre. Il descendit les marches en bondissant avant que j'aie pu me laver la figure et changer de chemise. Un peu au-dessus de ma maison, il ralentit un instant, rajusta son col, arqua le dos et reprit sa marche comme si mille pensées professorales l'occupaient. J'observai le changement.

— Maria m'a laissé un mot, m'annonça-t-il. La police veut savoir où je suis.

— Maria vous a dit pourquoi ?

Je savais que le musée n'avait pas déposé plainte ; nous sommes discrets envers le péché en général, celui du vol impliquant celui de notre inattention aux consignes de sécurité.

— Quelqu'un doit essayer de me retrouver, reprit-il.

Puis il haussa les épaules et ajouta gaiement :

— C'est bien que je vous aie sous la main pour vous porter garant de moi. Vous êtes un personnage officiel. Vous êtes quelqu'un d'important.

— La réputation, c'est vous qui l'avez. Au musée, nous n'avons que des titres. Nous les portons un moment, rien de personnel là-dedans.

Plus tard il me lança :

— Au bout d'un certain temps, les montagnes commencent à se refermer sur vous. Vous verrez.

— J'aime bien les montagnes.

Il était aussi agité qu'un bambin sur sa chaise haute. Il se leva, regarda par la fenêtre, fit les cent pas, me présenta ses excuses et partit se promener dans le creux de la vallée.

Il cassa une branche dans un buisson et s'en fit un bâton avec lequel il frappa ronciers et hautes herbes. Une poussière de poudre jaune stagnait dans l'air. Mais, en revenant, il pensa à se tourner vers ma maison, me fit des signes et me sourit comme un bon voisin en vacances.

4

Cet été-là, Maria lisait un livre sur le feu. Quelqu'un avait dû le laisser dans une des maisons à louer : le volume était plein de graphiques et de schémas ; de photos de plantes à feuilles sessiles prises dans des endroits qui avaient brûlé. Certains jours, cette lecture lui prenait l'après-midi entier.

Le vent était brûlant et soufflait tous les jours de l'Espagne. L'après-midi, Vila Nova était fermée. Ouvrir un volet, c'était faire crouler toute la maison sous le lourd assaut de la chaleur ; on pouvait s'y meurtrir. Jusqu'à la ville qui sentait le recuit : pins et eucalyptus dans les chantiers de scierie, ordures du marché, minces vapeurs de colle qui montaient de la fabrique de tapis, roses brûlantes dans la sécheresse des jardins.

Tous écrasés de chaleur, comme il fallait s'y attendre, les étrangers avaient même trop chaud pour s'agiter, se battre et appeler un avocat. Ainsi Maria pouvait-elle apprendre comment certaines orchidées ne fleurissent qu'après un incendie, découvrir que les animaux ne paniquent pas dans un feu de forêt, mais franchissent le rideau de flammes pour retrouver la sécurité des terres qui ont déjà brûlé. Elle lut comment les faucons se jettent dans les panaches de fumée pour attraper les saute-relles qui fuient, comment les scarabées dansent jusque dans les flammes et descendent précipitamment le long

189

des branches où la sève bout encore et le bois est brûlant. Même les scarabées anglais le font.

Cet été-là, le feu était dans tous les esprits. Seul Hart et moi étions trop étrangers pour nous inquiéter.

Maria eut la curiosité de retourner sur les lieux du feu où elle avait vu danser Hart. Elle voulait vérifier ce qu'il y avait dans son livre, voir si les fourmis sortaient voler les graines dures de l'eucalyptus, semblables à celles du coquelicot, si des fleurs s'ouvraient sur les tiges brûlées des buissons et s'il y avait bien de petites souris rondes qui venaient remuer les cendres. Peut-être découvrirait-elle une orchidée. Rêver n'était pas interdit.

Les ronciers n'étaient plus qu'amas piquants de corde noire. Il y avait une nouvelle petite clairière, et comme des cicatrices sur de vieux arbres. Elle fut heureuse de constater qu'on avait repoussé l'incendie. Les montagnards ne se conduisent pas autrement avec la neige et ses glissements soudains, les habitants des plaines avec les rivières qui débordent ; des gens nerveux, qui aiment bien remporter un petit triomphe.

Elle entra dans la forêt et déchiffra le feu : comment il s'était déplacé, où il avait commencé. Parti d'un seul point, comme un éventail, il était resté assez petit pour que ce point soit visible.

C'était jeudi, jour de chasse. Des détonations montaient dans le silence, éclataient encore et encore. Après un repas arrosé, on utilise beaucoup plus de munitions et fait couler bien moins de sang ; tout devient une cible quand on ne voit pas très bien entre les arbres. Les hommes commencent à tirer sur des aigles et se demandent pourquoi les chiens ne les trouvent pas. Ils remplissent un chat de plomb en espérant que ce sera un lapin.

Elle était dans une clairière, sous les nœuds noirs d'un mimosa brûlé. C'était là que conduisaient toutes les pistes.

Elle se sentait mal à l'aise. Hart était loin, mais c'était à cet endroit qu'elle l'avait vu et son absence ou sa présence commençaient à lui importer. Elle était prête à faire une histoire de tout ce qu'elle découvrirait.

Sous le mimosa se trouvaient des feuilles de papier brûlées. Ce n'est pas rare ; les gens jettent des ordures à cet endroit parce que c'est plus facile que de savoir le moyen légal de s'en débarrasser, jusqu'à des voitures parfois, souvent des pneus et des équerres en métal, des barils, des boîtes de conserve, du plastique, des bouteilles de vin de cinq litres, des documents sans grande importance.

Mais cette feuille de papier-là était plus épaisse que d'habitude, aussi épaisse qu'une photo. Et sa surface avait beaucoup souffert. Elle la ramassa et la retourna.

Et fut incapable de la lire, bien sûr. Mais l'espace d'un instant, elle fut certaine d'y voir un regard.

***

Ma maison était assiégée : des cars des deux côtés de la route, bloquant les virages serrés et laissant s'écouler un flot confus de vieillards bien habillés qui voulaient tous se mettre à l'ombre. Je les observai de ma fenêtre, comme une vieille fille de village.

Soudain, le troupeau parut se rappeler qu'il avait un but et commença à monter dans la colline. Je pensais que le sentier les épuiserait, mais ils avançaient régulièrement, la tête en avant et le corps qui suivait : il y avait là des centaines de marches à grimper, tellement irrégulières et raides qu'il fallait les aborder avec un esprit clair et tirer sur ses mollets pour monter.

Il faisait trop chaud pour s'habiller, trop chaud pour bouger. Je restai en short à ma fenêtre et tentai de comprendre ces vieillards qui se déplaçaient avec tant de grâce et de détermination. Ils montaient vers une croix portant un Christ aux blessures peintes.

Déjà ils avaient trouvé leur vitesse, les femmes en habits noirs, les hommes en chemise propre. Le sentier zigzaguant dans la colline, ils semblaient occuper tout mon champ de vision, prendre le paysage paisible et le remplir d'effort. Certaines femmes marchaient à genoux. D'autres avançaient sur leurs pieds nus et ensanglantés. Quelques-unes s'arrêtaient comme des mouches prises dans du papier collant, d'autres se retournaient pour appeler, mais dans l'ensemble on allait de l'avant dans un calme sérieux et concentré.

Je crois que mon père ne prit jamais part à ce genre de choses, mais je ne pourrais en jurer. C'est d'ici qu'il venait et il n'ignorait rien de ces pratiques ; peut-être étaient-elles plus profondément enfouies en lui qu'un fils aurait jamais pu le savoir.

Je crus entendre quelqu'un à la porte. J'allai l'ouvrir et trouvai cinq pêches empilées sur le seuil.

***

Hart regarda les pèlerins du haut de ses marches. Et songea qu'il avait choisi un endroit trop spécial et particulier.

Il me dit :

Qu'avant, il avait toujours choisi des lieux qui représentaient de simples et belles généralisations, de ceux qu'on choisit pour aller dépenser son argent, avec manoirs (souvent roses), jardins, piscines et palmiers, des lieux où l'on passe son temps à se faire bronzer et consommer juste assez d'alcool et de drogue pour passer d'agréables journées à se baigner et rester à l'ombre. On y trouve parfois des bateaux grands comme des maisons, et des serviteurs habitués aux pires caprices de leurs maîtres. Tels étaient, d'habitude, ses lieux privilégiés. On n'y parlait pas de salut, et on le cherchait encore moins en se traînant à genoux. C'eût été considéré comme de mauvaises manières.

Et les gens qu'il avait choisis étaient eux aussi ordinaires, et riches. Mais ce Christopher, lui, se révélait différent, aux antipodes de ce qu'il avait paru être : une quantité stable, anonyme, professorale, prévisible, quelqu'un à qui il restait encore six mois de congé sabbatique à tirer et dont n'importe qui pouvait voler l'existence. Ce M. Hart intéressait des gens : des musées, jusqu'à la police !

C'est vrai aussi qu'intéressant, il l'était devenu : quelqu'un lui avait volé sa vie. Il était ce dont on fait les légendes : vivant et mort tout ensemble.

Il goûta la sueur sur ses avant-bras. Alla prendre une douche et laissa l'eau brune le tacher. Depuis quelques jours, le monde s'était tellement asséché que l'eau arrivait non filtrée, le moindre filtrage pouvant en empêcher le lent écoulement.

Il ne voulait plus voir les silhouettes noires et courbées qui redescendaient la colline roussie comme si elles avaient trouvé quelque chose à son sommet.

***

Maria de Sousa de Conceição Mattoso se tenait sur le seuil. Elle ne s'était pas annoncée. Elle s'y dressait seulement, silhouette sur le ciel embrasé.

– Je passais, dit-elle.

Il la fit entrer.

– Tout va bien ? *Tudo bem ?*

– Je pense.

– Je voulais vous dire bonjour. Je me rendais à…

– Oui.

Il avait l'esprit trop occupé pour laisser passer la moindre réaction.

– Par ce chemin-là on peut descendre au barrage, reprit-elle. Il y a un beau lac en bas. (Elle donnait l'impression d'avoir des os d'oiseau et de se tenir en oblique par rapport à la pièce.) C'est très beau.

Il lui dit qu'il en était sûr.

Elle s'assit sur une chaise en bois. Il s'attendait à ce qu'elle croise ses jambes nues, à voir sa jupe remonter jusqu'à l'endroit où la chaise coupait ses cuisses étroites. Mais elle s'y tint comme dans une salle de classe.

— Voulez-vous du thé ? lui demanda-t-il.

Ils éclatèrent de rire. Il pensa qu'il était bien anglais. Elle ne pensa rien du tout.

Il n'avait pas de temps à perdre avec ce genre de choses. Elle avait tout le temps qu'elle voulait. Elle attendait qu'il joue son rôle, elle était seulement curieuse de tout ce qu'il pourrait dire qui la renseignerait un peu plus sur ce qu'il était.

— Je vais faire du thé.

Elle resta assise sans mot dire, les yeux brillants. Elle le regarda prendre de l'eau au robinet.

— Il y a la source, là-haut, dit-elle. L'eau est meilleure, je crois. C'est un endroit où personne ne vit. Pas de pollution.

Puis elle se dit qu'elle insistait peut-être un peu trop et ajouta :

— Même pas les serpents.

Il s'arrêta.

— Les serpents. On dit qu'ils se glissent dans l'eau et l'empoisonnent. Avec leur peau, sans doute.

— Vous croyez ?

— Je ne crois rien très sérieusement.

Il posa la bouilloire sur le réchaud.

— Je veux dire que parfois il est bon de croire aux serpents dans l'eau, mais en général, non. C'est comme les fantômes.

— Vous croyez aux fantômes ?

Mais il n'attendait pas vraiment une réponse, elle le sentit. Il cherchait seulement à remplir l'espace de mots.

– Vraiment ? insista-t-il.

Il se rassit sur sa chaise, les jambes écartées cette fois. Elle aima qu'il soit fort, mais encore un peu gauche, comme une jeune cigogne.

Elle sourit.

– Les gens ont le temps de croire à toutes sortes de choses par ici, reprit-elle. Nous n'avons rien d'autre à faire que d'inventer des histoires.

C'était une invite, bien sûr. Il le savait. Mais il n'était pas tout à fait sûr de la manière d'y répondre – en Arkenhout ? Hart ? lui-même ? Sa respiration était devenue un peu plus profonde et son pouls s'était légèrement accéléré.

– Vous devriez garder les volets fermés, reprit-elle. En été, il faut veiller à ne pas faire entrer la chaleur. Dès qu'elle est dedans, il n'y a plus moyen de rafraîchir la maison.

– Sans doute.

Il la regarda se pencher en avant pour ramener les volets et les fermer – son petit derrière relevé. Elle se conduisait en fille qui flirte, mais sans en avoir la moindre conscience. Elle ne souriait pas, mais ne se l'interdisait pas non plus.

La pièce était très sombre.

– Vous pourriez allumer, suggéra-t-elle.

Il ne bougea pas.

– J'ai peur de me cogner dans les meubles.

– Mais non, dit-il.

– C'est après la lumière du soleil. Je n'y vois rien.

Il ne bougea pas de sa chaise. Elle se fraya un chemin à travers la pièce, comme si elle essayait de l'éviter.

Il ne connaissait pas les règles. Elle ne savait pas qu'il y en avait.

– Les gens aiment bien vous savoir ici, dit-elle. Ça leur plaît d'avoir un *senhor doutor* en bas de la route, un homme avec des diplômes.

Maintenant, il fallait qu'elle s'assoie et fasse poliment la conversation, voire avec respect.

– Vous ne trouvez pas le coin ennuyeux ?

Il se demanda quel mal cela pourrait faire de lui raconter une histoire, une seule : prendre une nuit aux Bahamas, y mettre la lune, des fleurs nocturnes et des tambours… ou lui parler d'un épisode touristique à Vienne ? Ce ne serait qu'une carte postale, rien de personnel.

Il commença à se dire que le moment d'excitation était retombé. Il n'en était rien.

Il sentit les doigts de la jeune femme glisser au creux de son cou, suivre les muscles de son épaule, puis redescendre le long de son bras.

– Je vous lis à livre ouvert, dit-elle.

Elle le couvrit de son corps, légèrement, se dégagea, mais resta à portée de ses mains, puis elle croisa les bras et resta contre lui. Il discernait ses yeux dans le noir, pâles lueurs de gris. Tout le reste était toucher.

Elle était os fragiles qui l'effleuraient, enfant ou sprinteuse. Elle fut aile plus que main. Elle fut mains qui posaient des questions. Puis il sentit toute la chaleur de son corps, sa merveilleuse insistance, comme si elle passait sous sa peau pour le chercher. Il se retrouva cambré, tournant et gémissant comme si sous elle il jouait au client d'une pute. Elle l'attrapa par les cheveux et lui tira la tête en arrière.

Il se leva et la conduisit tout enroulée autour de lui dans sa chambre. Elle était en harmonie exacte avec sa force. Elle gardait les lèvres serrées sur son cou, souffle qui jouait et le picotait.

Elle ôta sa robe vivement. En comparaison, ses vêtements à lui parurent bien encombrants. Elle s'étendit précautionneusement sur le lit, tendue dans l'attente mais patiente dans la pénombre, bougeant à peine. Il pensait que peut-être elle n'avait plus d'avances à lui faire, qu'au fond elle ne désirait plus que cette attente, que la pénombre et le possible. Il l'aurait compris. Tuer lui inspirait les mêmes sentiments.

Mais il se trompait. Il enfouit son visage en elle et goûta le sel de son sexe, mais elle l'obligea à s'allonger contre elle. Il n'arrivait pas à savoir si elle le voulait, ou si c'était la paix qu'elle pourrait trouver après l'avoir quitté qu'elle recherchait. En fait elle voulait baiser, tout de suite et furieusement.

Il se jeta sur elle, la cloua sur le matelas de tout son poids. Elle remonta sous lui avec bien plus de force qu'il pensait. Elle le trouva et le prit en elle. Il y eut une seconde de surprise quasi enfantine : ils s'étaient unis. Puis il n'y eut plus que des ventres qui se frottent et se cognent, que le rugissement du souffle dans leurs gorges, que leur chaleur mutuelle.

Après, il la regarda respirer, regarda son petit ventre rond qui remuait au-dessus des poils noirs de sa touffe.

– Tu as toujours vécu ici ? lui demanda-t-il.

– Toujours.

– Tu n'as jamais voulu aller à… je ne sais pas, moi… à Fortaleza ? San Salvador ? Rio ?

Elle ouvrit les yeux et sourit.

– Fortaleza… commença-t-il.

Il en savait assez pour paniquer devant ce qui lui arrivait.

***

Elle avait toujours à aller chercher de l'eau à la source – cent litres glacés dans diverses bouteilles en plastique qui tanguaient de-ci, de-là à l'arrière de sa voiture. Et le retour ne pouvait se faire que par Formentina.

Il se trouvait que j'étais assis sur le pas de ma porte. Elle s'arrêta donc, naturellement. Nous échangeâmes quelques paroles vides, elle reprit sa route, mais son image resta imprimée sur ma rétine, comme le soleil quand on le regarde trop longtemps.

Ses pensées à elle, pourtant, étaient entièrement domestiques. Elle essayait d'imaginer comment ce serait quand toutes ces tâches, aller chercher l'eau à la source ou faire des courses à l'hypermarché, ne constitueraient plus des services, des devoirs ou des faveurs pour les autres. Quand ce ne serait plus que des nécessités pour elle. Vivre seule allait beaucoup manquer de dorures morales.

Elle avait répété ce qu'elle dirait une fois rentrée à la maison, imaginé ce qu'on lui répondrait ou éviterait soigneusement de lui répondre, mais pour finir tout fut déballé devant une tasse de café : elle allait partir.

— Rien ne t'y oblige, lui dit sa mère.

— L'heure est venue.

— Il ne faut pas que tu partes à cause de moi, dit Amandio.

— Je ne pars à cause de personne. Je me dis seulement que je dois avoir ma maison à moi.

— Il va falloir t'en occuper, lui fit remarquer sa mère. Et tu seras toute seule.

— Sans doute.

— Ce n'est pas bon d'être seule, ajouta-t-elle comme si elle venait de découvrir l'antidote mais n'était pas certaine que ça puisse durer. On a besoin de sa famille. Tu vas avoir besoin de quelqu'un pour te faire le ménage et la cuisine.

— Tu devrais sortir davantage, lança Amandio.

Il avait trouvé une variante à son sourire, genre avunculaire sans être indifférent.

— Mais je sors. Je le fais toujours.

Et tout avait été dit : une existence entière avait basculé en une minute. Car ce n'était pas seulement un changement d'adresse. Ici, les gens vivent en famille, dans le filet de qui est né de qui ; amis, ragots, espoirs de bal, boire et manger, tout y est. Ce filet, on ne le brise pas souvent, à moins de se marier ou de partir à la ville. Et Maria ne partait pas.

Sa mère débarrassa les tasses à café.

– Il y en a qui ont du travail à faire, dit-elle.

Et elle descendit au magasin et s'installa dans une arrière-salle devant des carrelages, des tuyaux, des brosses, des vis, des outils. Amandio, lui aussi, descendit au magasin, mais n'y resta pas ; il avait à faire ailleurs. La mère de Maria s'entoura de factures, de formulaires d'impôts, de reçus, de catalogues de pavage et de tondeuses à gazon, de listes de bidets, de cahiers des charges, de tout ce qui avait un sens immédiat pour elle. Elle fusilla des clients du regard, flirta avec eux, les chahuta.

Elle était furieuse. Maria s'écartait des manières dont on fait les choses, ça ne pouvait que mal se terminer.

***

La police, en la personne du même capitaine Mello qui avait enregistré ma plainte pour la tombe de mon père, passa me voir le lendemain matin.

Il fut presque cassant. Il m'assura que Formentina était agréable et qu'il était heureux de respirer l'air de la *serra*. Il dit encore être désolé de me déranger – mes liens avec le musée semblaient me mettre dans la catégorie des *senhores doutores* qui attendent de telles excuses –, mais se demandait si je ne pourrais pas lui confirmer l'identité de M. Christopher Hart. Oui, le professeur qui avait pris la maison dans la colline. Je devais sûrement le connaître de Londres.

Prudent, je lui répondis :

– Je connais son travail. Je ne dirais pas que je le connais personnellement.

– Ah. Mais vous avez bien demandé après lui quand vous êtes arrivé ? Et vous l'avez trouvé. Parce que vous l'avez trouvé, n'est-ce pas ?

– Je ne comprends pas. Il n'y a aucun doute, vous savez. C'est bien Christopher Hart. Spécialiste du XVIIe siècle hollandais. C'est un monsieur qui essaie de se faire remarquer dans l'ombre de Simon Schama. Pour l'heure il travaille sur… (je fus incapable de dire quoi, même dans cette atmosphère étrange de confession en civil et de conspiration décontractée)… les tableaux de genre.

– Oui, dit-il.

– Pourquoi ? Il y a un problème ?

– Pas du tout. C'est juste une enquête de routine.

– Le musée lui aussi s'intéresse au Pr Hart. Je suppose que vous ne pouvez pas me donner une idée de ce que…

– Je ne vous prendrai pas plus de votre temps, dit-il.

Mais il ne bougea pas. Il m'examina, puis ajouta :

– Je connaissais votre père.

Je ne sus pas quoi dire.

– Je pensais que c'était pour lui que vous étiez venu.

A croire que je le décevais.

– Je pense que la tombe a été nettoyée, reprit-il. Mais vous devez déjà le savoir.

– Je ne suis pas retourné au cimetière.

Il eut de nouveau l'air déçu.

– J'étais content qu'il soit revenu.

– J'étais partagé… comme vous pouvez l'imaginer.

– Il fallait bien qu'il revienne à un moment donné. Il ne pouvait pas rester là-bas pour toujours.

– C'est bien ça que nous sommes tous censés croire, n'est-ce pas ? Qu'il faut toujours revenir au pays...

Il secoua la tête.

– Excusez-moi, dit-il. Je ne voudrais pas vous prendre tout votre temps. Vous devez avoir beaucoup de choses à faire.

Il regagna sa voiture d'un air pensif et le dos raide.

Quelques minutes plus tard, Hart descendait les marches quatre à quatre, comme s'il avait compté jusqu'à cent, deux cents, cinq cents après avoir vu Mello s'éloigner.

– On va déjeuner quelque part ? me lança-t-il.

– La police m'a posé des questions sur vous. On m'a demandé si je savais que vous étiez bien Christopher Hart.

Il ne marqua même pas une pause.

– Vraiment ? Et qu'avez-vous répondu ?

– Je leur ai dit qui vous étiez.

– Dommage. Je m'imaginais avoir mille visages. Pas seulement celui d'un professeur anglais.

– Je les rappelle ?

– Ne vous donnez pas cette peine, me renvoya-t-il avec une force surprenante

***

Hart était dans une autre piscine, faisant des longueurs dans un solipsisme chloré absolument parfait. L'eau lançait des reflets métalliques, du bleu universellement scintillant des piscines, entre des roses et des trucs herbacés.

Tout autour se tenaient les Anglais, le gin haut levé et l'affectation bien polie, murmurant que la police avait posé de bien étranges questions sur ce M. Hart.

– Vous ont-ils interrogé, mon cher ? me demanda quelqu'un.

– Non, me dit fermement son mari. Ça ne se fait pas. On ne demande jamais aux amis.

Il y avait là un monsieur très consciencieusement bien conservé, la soixantaine, muscles hypertrophiés tenus ensemble par une peau genre tapis, un monsieur dont l'épouse plus jeune regardait Hart s'éloigner et revenir comme en glissant, encore et encore. Ils avaient l'accent des West Midlands.

– J'adore le coin, me dit l'homme. Délicieux. Vraiment délicieux. Délicieux. Vous y cadrerez parfaitement.

Son épouse souriait au dos de Christopher Hart.

– C'est un professeur d'histoire de l'art, lui dis-je obligeamment.

– Il faudra que je lui pose des questions sur l'art portugais, dit-elle.

– Comme si ces crétins avaient de l'art ! lança son mari.

Hart continuait de nager. Il n'entendait que le bruit de l'eau et des bulles de bavardages de temps en temps. Il se savait observé, naturellement.

Il se hissa hors de l'eau dans la partie la plus profonde du bassin.

– Vous nagez très bien, lui dit l'épouse des Midlands.

Il aurait aimé quelque chose de plus littéral, de bien plus cru. Il aurait voulu qu'elle prenne vraiment des risques. Il repassa donc sous l'eau et, se sentant propre et distancé, refit surface à l'autre bout.

L'épouse parut soudain toute rouge.

Et Hart revint, sec et habillé : l'exception. Il avait l'attention de tous les expatriés, pas seulement de l'épouse au visage brûlant. La police lui avait conféré une étrange célébrité.

***

Pendant un temps, être Christopher Hart ne présentait pas de risques. L'identité de Christopher Hart était certifiée par l'attention de tous, par celle d'un *senhor doutor* du musée qui n'avait aucune raison de mentir. Il était inutile que des flics insistants et zélés posent des questions en Hollande. Ils pouvaient éprouver de la pitié pour Mme Arkenhout, la pauvre femme qui s'accrochait toujours à un deuil vieux de dix ans et continuait de pleurer follement son fils.

Et si Hart était indubitablement Hart, cela voulait dire qu'il n'avait pas du tout menti à sa mère. Il en retirait une satisfaction perverse.

Mais il devait faire bon usage du temps. Cette improvisation-là, comme celle d'avant, lui occasionnait plus d'ennuis qu'il n'en valait la peine. Le prochain coup devrait être sûr et certain.

Il ne reniflait pas assez d'argent, et certainement pas assez d'avoirs en banque, autour du bassin. Ces expatriés valaient le prix d'une maison vendue en Angleterre, moins le coût de leur séjour – des mois, si ce n'était des années – au Portugal.

Les Portugais, eux, avaient des airs sinistrement installés. Ils donnaient l'impression de tout justifier de leur existence.

Il m'était reconnaissant de ma présence et me souriait comme un homme saoul. Je pouvais être un conservateur de musée en fuite… quelqu'un qui, peut-être, avait succombé à la tentation après avoir trouvé ce qu'il était venu chercher ici, quelqu'un qui avait été très affecté par la mort de son père et qui s'était enfui. Bref, il pouvait être moi.

Il ne se renseignait plus, il vérifiait.

Il m'emmena au bon restaurant près du château et me paya des crevettes cuites à l'huile d'olive avec de l'ail et des feuilles de laurier, puis de la morue salée rôtie et une bouteille de vin plus que sérieuse : caves São João Reserva, 1986, fort, ligneux et rouge. Sa façon à lui de me remercier de lui avoir sauvé la vie et de lui abandonner la mienne. C'était comme d'être courtisé.

Je ne sais pas si c'était la quantité de vin, mais j'étais complètement réveillé à minuit, assis sur mon séant dans mon lit. Le silence me paraissait anormalement profond : aucun bruit mécanique en provenance des bois, aucune cigale ou grenouille en scie musicale, aucun engoulevent qui ronronne. Le monde s'était réduit à cette vallée resserrée, et attendait.

Bas dans les bois, de l'autre côté de la *serra*, il y eut un bruit de branches qu'on brise, un cri, un hurlement, puis un gémissement effrayant. Et après, un grand soupir qui se glissa dans la nuit comme l'eau dans une terre sèche.

Je fermai les volets et fis beaucoup de vacarme dans toute la maison, ici renversant des verres, là les posant bruyamment sur des tables, faisant couler l'eau, tout et le reste afin de briser le silence qui m'attendait sous les fenêtres.

***

Le lendemain matin, je trouvai un joli paquet sur les marches : une feuille de chou dure comme de la toile et fermée par des queues de feuilles. Et à l'intérieur un morceau de viande baignant encore dans son sang.

Mon voisin de l'autre côté du sentier – il avait la cinquantaine et un sourire accroché à deux dents – me regarda l'ouvrir.

– Porc, dit-il. Porc des montagnes.

J'eus l'air perplexe.

– Ils en ont attrapé un, hier soir, dit-il. Il était dans le maïs et ils l'ont cherché.

– Je n'ai rien entendu.

Le voisin approuva d'un signe de tête.

– C'est bon cuit en daube, précisa-t-il.

Je me présentai, Arturo en fit autant.

– Je ne suis ici que pour quelques semaines, ajoutai-je.

– Oh. Vous voulez un *copo* ?

– Il est un peu tôt…

– Je croyais que vous étiez portugais.

– Mon père l'était. Nous avons vécu longtemps à Londres.

– Et maintenant vous revenez au pays ?

– Qui sait ?

Je ne pouvais pas lui dire que je rentrerais certainement à Londres pour y retrouver mon être officiel.

– Alors, ce *copo* ? insista-t-il.

Nous gagnâmes un appentis le long de la maison, une espèce de grotte au plancher carrelé qui sentait le vin renversé et disparaissait sous les fioritures et les vrilles d'une vigne. Arturo ouvrit le robinet d'un tonneau.

– C'est bon, dis-je, bien que le liquide fût rêche et clair.

Je bus lentement ; mon père m'avait parlé un jour d'un raisin à demi-sauvage qui donnait un mélange de méthanol capable de paralyser le cerveau.

Arturo attendit que j'aie fini et m'en reversa ; il n'y avait qu'un verre pour deux. Il s'assit sur un muret en béton, sans cesser de sourire.

– On ne vous voit plus, reprit-il. On se disait que vous étiez peut-être malade.

– Non, non, j'étais ici. Occupé, c'est tout.

– On l'est toujours.

– Je suis originaire de Londres.

– J'ai été à Bordeaux. Dix ans. Chauffeur de taxi.

– C'est une belle ville.

– J'adore la ville. La campagne, c'est rien que du boulot et de la poussière. Du boulot et de la poussière.

– Oui.

– Vous êtes marié ?

– Oui. Elle est à Londres.

– Elle viendra ?

– Non, c'est moi qui vais remonter.

– Je suis revenu de France, dit-il. Les gens n'arrivent pas à y croire, mais je l'ai fait.

– Qu'est-ce qui vous avait poussé à y aller ?

La question était idiote.

– La faim. On n'avait rien à manger. Alors un matin je suis parti en France et quand j'ai trouvé du boulot dans le bâtiment et un endroit où dormir, j'ai écrit à ma femme pour lui dire ce que j'avais fait. Après, bien sûr, j'ai envoyé de l'argent. Puis j'ai conduit des taxis. Je connaissais tous les oiseaux de nuit. Toutes les putes de Bordeaux.

Je sentis le vin me récurer l'estomac.

– C'était sous Salazar, non ?

– J'envoyais de l'argent, dit-il. Qu'est-ce que je pouvais faire d'autre ?

– La France vous plaisait ?

– J'aime bien les villes. Ici, on ne va jamais nulle part. On y reste, c'est tout.

– Mais c'est très beau.

– Oh, bien sûr.

– Je ne savais pas qu'il y avait du sanglier dans le coin.

– Il y en a trop. On n'a pas le droit de les tuer. Ils sont « rares », dit-il d'un ton sardonique. Et eux, ils cavalent dans le maïs et vingt minutes plus tard il n'y a plus de nourriture pour l'hiver. Qu'est-ce qu'il faut faire, hein ?

– Vous le faites cuire en daube ?

– Zulmira voulait vous le préparer, mais peut-être que vous n'aimez pas notre cuisine. Elle pourrait vous avoir des oignons, des feuilles de laurier et de l'ail. Je vous les laisserai sur votre pas de porte.

– Merci.

– On se disait que vous vouliez peut-être rester.

– Je pense à un jardin.

– Vous voulez faire un jardin ? On ne peut rien planter en été.

– Juste quelque chose.

– Des fleurs ? Vous aimez les fleurs ?

– C'est trop tard pour les haricots ou les choux.

Hart ne m'évitait plus ; il refusait de fuir. Depuis que la police était passée, j'étais son très utile collègue, quelqu'un dont il fallait cultiver l'amitié.

Il était doué pour le silence, je m'en souviens. Je lui parlai plus d'Anna que je ne le voulais, et sans rien lui dire de particulier. Nous mentionnâmes le musée. Au moins me donnait-il de quoi m'occuper l'esprit pendant que j'achetais des certificats de décès – en quantités impossibles et à des prix exorbitants, à des employés satisfaits –, et remettais de l'ordre dans tous les biens et papiers de mon père. J'aurais pu laisser tout ce travail à Maria, mais ça faisait maintenant partie de mon travail de deuil.

Et donc, Hart et moi mangions ensemble : des petits poulets au barbecue avec du *piri-piri* qui emporte la gorge, ou du *bacalhau a bras* – plat doux et doré fait d'œufs, de morue salée et de tout petits bâtonnets de pommes de terre, l'essence même du *fish and chips* aux œufs pour le petit déjeuner ; des salades de thon avec des haricots noirs, le tout rehaussé d'ail. Nous faisions chemin à travers une culture des mers et de poivre fort d'Afrique, découvrions qu'il y a un cochon dans chaque appentis, faisions connaissance avec des mangeurs de haricots au goût prononcé pour l'ail et l'amertume de la coriandre.

J'aurais mieux connu mon père si j'avais pris ces repas pour des leçons de choses, et pas seulement de la nourriture. Maintenant je le sais.

Hart se mua en une espèce d'organisateur des plaisirs, devint l'homme qui savait nous divertir. Il nous proposa d'aller déjeuner dans un café à un moment où Maria était là. Il proposa que nous allions tous les trois voir l'église du monastère de Lorvão. Il devait en avoir entendu parler par le guide Michelin et s'imaginait quelque chose de tout blanc et doré.

Maria le regarda d'un drôle d'air, comme s'il lâchait une plaisanterie inexcusable, mais sur le coup cela m'échappa. Elle ne vint pas avec nous.

Nous prîmes des routes en zigzag, des virages bordés d'oliviers tout enchevêtrés aux bleus scintillants du matin, passâmes devant des moulins à vent sur une colline nue. Je dus l'empêcher de mettre à fond le groupe Abba à la radio.

Le monastère était impossible à rater, centre d'une petite ville traversée par une rivière agitée : blanc, il s'étalait comme un palais aux fenêtres entourées de pierres de la couleur du pain doré.

Et ces fenêtres s'ornaient aussi de barreaux. J'en fis la remarque, mais seulement sur le ton de la plaisanterie.

Le grand portail en métal était ouvert. Je poursuivis lentement ma route et longeai des pelouses publiques et des parterres géométriques de soucis et de sauge à fleurs rouges.

– Il faudrait demander, dit Hart.

Un homme se tenait devant une sorte de kiosque, une cigarette non allumée à la bouche.

– S'il vous plaît, lui dis-je, pouvez-vous me dire où se trouve l'église ?

Il me regarda comme on regarde dans un miroir. Et on ne se répond pas à soi-même : on vous prendrait pour un fou.

Un deuxième homme arriva derrière la voiture et s'immobilisa. Puis un troisième.

– Qu'est-ce qui se passe ? demanda Hart.

Le silence qui régnait autour de la voiture était inquiétant. Personne ne parlait. Personne ne se montrait sociable ; pas un sourire, pas un doigt qui pointe, aucune apostrophe solennelle ou cri de colère pour nous dire que nous nous trouvions dans une propriété privée ou au mauvais endroit. Les hommes qui nous entouraient se déplaçaient aussi arbitrairement que des poissons.

Une porte du monastère s'ouvrit et se referma vite. Deux hommes en blouse blanche s'affairèrent. Ils avaient l'air de se disputer.

J'essayai d'attirer leur attention en donnant un coup de Klaxon.

Ils se retournèrent brièvement.

— Fermé, me cria l'un d'eux. Fermé !

Ils nous firent signe de partir.

— Ce sont des médecins, dit Hart.

— Ça m'en a l'air.

— Alors, c'est que ces types sont fous ! s'écria-t-il. Je ne savais pas que c'était un asile.

— Bon, on repart en marche arrière. Il n'y a pas à avoir peur.

— Peut-être que ce sont des lépreux, reprit-il. C'est un truc contagieux. Je connais.

Je loupai la marche arrière la première fois que j'essayai.

Hart remonta la vitre. Il fit comme s'il allumait la télé et regarda les hommes comme un enfant observe le danger sur un écran : visage relâché, corps raide, yeux grands ouverts.

Nous reculâmes très lentement. J'avais peur que les hommes ne s'écartent pas pour nous laisser passer, mais ils le firent, lentement. L'un d'eux, tandis que nous passions, se rappela de sourire. Il remua les lèvres et ouvrit les dents ; ses yeux restèrent morts.

— On aurait dû demander pour l'église, dis-je une fois revenu sur la route. Vous nous avez dit qu'on pouvait y entrer.

— Merde, on file d'ici ! s'écria-t-il.

Je remontai vite la côte.

— Maria aurait dû nous avertir, reprit-il.

– Elle devait penser que tout le monde savait.

– J'ai déjà vu ma mère comme ça une fois, dit-il. Elle souriait comme une poupée. Elle ne pouvait pas bouger. Je…

Puis il se rappela qu'il ne devait pas avoir de passé.

– Je boirais bien un coup, dit-il.

***

Boire un coup dut beaucoup l'occuper car sa voiture n'était pas devant chez lui lorsque j'allai me promener ce soir-là, et n'y était toujours pas lorsque je rentrai à la tombée de la nuit, sous un ciel manière dernier plan d'un film de Cecil B. De Mille : roses pêche, rouges écarlates, bleus et verts pâles, tout cela déversé comme à la louche en travers de nuages monumentaux.

Il n'y avait pas de lumière chez lui. Tout semblait si calme que je l'aurais forcément entendu revenir.

J'essayai sa porte.

La pièce était vide comme une location de vacances disponible, avec un ordinateur portable posé sur la table.

Je regardai autour de moi. Un étrange scrupule m'empêcha de parcourir les papiers qui traînaient, de jeter un coup d'œil dans les placards et les tiroirs ; pour l'instant au moins. J'aurais pu dire que je l'attendais. J'étais certain d'avoir la permission de le surveiller, de trouver des choses sur lui ; mais j'avais du mal à jouer les flics.

Le portable étant relié à une prise, la charge de la batterie ne baisserait pas si je ne faisais que l'allumer.

Je ne m'attendais à rien de particulier. Je me disais seulement que quelque part dans son courrier et ses fichiers il devait y avoir quelque chose qui m'aiderait à me faire une image plus claire de lui.

Au moins sa manière de travailler ne posait-elle aucun problème : la machine ouvrit immédiatement un dossier intitulé Nota Bene. Je regardai les titres des fichiers, puis leurs dates d'initialisation et leurs longueurs. Je trouvai un « Plan » assez long, 76 kilobytes, qu'il avait ouvert pour la dernière fois environ un mois plus tôt.

Je l'ouvris à mon tour et le lus.

Ce fut comme de le rencontrer à un cocktail : on aurait dit une photo de lui en train de vouloir impressionner son monde.

Le plan était celui d'un livre sur le séjour que le prince Maurice fit au Brésil hollandais, une couronne de terres autour de Recife et de Pernambuco. Il s'y était rendu, au XVIIe siècle, pour gouverner une petite colonie qui comptait moins sur ses colons que sur le contrôle des ports de commerce. Il avait emporté quelque chose avec lui. Ce nouveau monde était plein de monstres et de légendes, mais il voulait savoir ce qui s'y trouvait véritablement, si étrange cela fût-il, et doter ces choses extraordinaires des noms et catégories en vigueur dans le monde connu. Il entendait en finir avec tous les jolis mythes dans l'espoir de se montrer moderne.

Il avait emmené des artistes pour décrire les plantes qui y poussaient et les animaux qui y vivaient. Son médecin s'était fait naturaliste. Il avait construit des palais sur une île (il ne s'était jamais vraiment installé en Amérique) et de là avait envoyé des peintres et des observateurs tout découvrir, fixer, cataloguer et expliquer pour le reste du monde. Il avait demandé au peintre Frans Post de créer des images susceptibles d'attirer d'autres colons : des paysages remplis de véritables ballets d'animaux exotiques et inoffensifs, le tout sur fond de montagnes bleues, avec fabriques de sucre et vieilles cathédrales disant un long passé de domestication européenne. Il avait envoyé le peintre Albert Eckhout croquer tortues, poules ébouriffées et huppées, haricots, champignons pâles, gros chats et citrons noueux et brillants : tout, pourvu que ce fût nouveau.

Jusque-là rien d'extraordinaire. Hart tenait une belle esquisse historique. Il avait très clairement songé à l'image qu'il ferait mettre sur la jaquette de l'ouvrage. Il n'y manquait plus qu'un propos.

Il apparaissait assez vite : destructeur et interminable. Il semblait que le Pr Hart ait été outré par ce viol scientifique des Amériques, par l'intrusion brutale du moderne dans ce monde, même si le pire péché de ce modernisme s'était réduit à accumuler des aquarelles. Ce modernisme était ainsi accusé d'avoir cherché à exercer son hégémonie sur les fruits qui brillaient, sur les créatures qui vivaient et jacassaient, sur les êtres humains répertoriés dans ces albums. C'était probablement tout l'impérialisme, l'européocentrisme et le patriarcat, et certainement la science moderne et ses maux, qui s'annonçaient dans ces représentations apparemment adorables. La preuve en était la valeur que leur avaient accordée les aristocrates du XVIIIe siècle : cela confirmait bien que ces albums n'étaient en eux-mêmes que pure corruption.

C'était épuisant à lire. Les mots étaient des sortes de mille-pattes en mouvement : articulés, brillants et bizarres. La fureur y régnait en maîtresse, tout comme la volonté d'accuser les fondateurs disons... d'un jardin botanique de complicité avec tout ce que le professeur Hart trouvait insuffisant, jusques et y compris l'Histoire en ce qu'elle ne s'accordait pas avec ses vues personnelles. Ce n'était qu'idées crachées comme des balles.

J'en fus soulagé, un instant. Rien dans tout cela ne laissait entendre que le professeur Hart aurait eu des velléités de vengeance à l'encontre de son objet d'étude.

Sauf que tout de suite après on tombait sur le tapageur : sur ce qui constituait une découverte, lui ferait un nom et, bien pire, fournirait matière à manchettes fracassantes – sur certain musée qui détenait ce qu'il n'aurait jamais dû avoir, sur cinquante ans de recel et de bluff. Il allait trop loin, bien sûr ; il délirait sur l'hégémonie (toujours ce mot carré, costaud et violent) des musées et des historiens eux-mêmes. Il dénonçait, en vrac, le fétichisme de l'objet, l'élitisme, l'impérialisme, le processus historique (qui semblait être distinct de l'Histoire ou de son écriture), le grand péché qu'on commet à être moderne, jusqu'aux crimes que seraient la pensée linéaire et le viol de la planète par la raison. Cela ne l'empêchait pas, alors même qu'il jonglait avec de scintillantes abstractions, de s'essayer au rôle de héros : celui des rayons de bibliothèque, le chasseur de trésors qui férocement s'attaque au mal – avec ses diplômes.

Je crus entendre une voiture sur la route. J'éteignis l'ordinateur et grimpai les marches en m'éloignant de chez moi, de façon à sembler revenir d'une balade tardive dans les bois.

Je vis des gens attaquer les champs avec des pioches, apporter de la verdure aux chèvres. On aurait dit une scène de théâtre, sur fond de pierre et d'ardoise. Mais bon… Hart, lui aussi, faisait du théâtre, Dr Jekyll et Mr Hyde : tout à la fois Hart l'érudit avec ses Nota Bene et ses certitudes morales, et Hart le criminel qui volait des peintures et bluffait si adroitement. Il me revenait de l'aider à décider quel rôle il préférait tenir.

***

Au début, je crus que la lumière me jouait des tours, bien qu'au-delà des vérandas et des volets de ma maison il y en eût peu pour jouer à quoi que ce soit. J'avais l'impression que quelque chose bougeait à l'intérieur.

Je pensai à un animal parti en exploration, à un chat qui chercherait sa maison. Trois jours après mon arrivée à Formentina, j'avais entendu un bruit sourd près de la porte d'entrée en métal. J'avais ouvert et m'étais retrouvé devant une petite meute de chiens errants, tout sourires et la queue qui bat.

Mais il est clair que les animaux n'ouvrent pas les portes.

La maison avait une porte solide sur le devant et, à l'arrière, un appentis appuyé au flanc abrupt de la colline. Je n'avais encore jamais essayé d'y entrer, le besoin ne s'en étant pas fait sentir. J'écartai des ronciers et m'éraflai à des rochers pour y arriver, trébuchant sur un baril d'huile à moitié enfoui dans l'herbe jaunissante.

La porte de l'appentis s'ouvrit trop facilement.

Je ne cherchai pas tout de suite. Je savais qu'il s'y trouvait un fouillis d'outils, de produits chimiques de nettoyage, un vieux séchoir à linge, et une pile de boîtes de peinture juste derrière un couloir bizarre et je ne voulais pas tout flanquer par terre.

La pile, c'était évident, avait été remise d'aplomb d'un côté.

J'étais le propriétaire légitime qui revient pour affronter un voleur, mais ce n'était pas comme ça que je vivais la situation dans ce couloir. Je me sentais étrangement exposé. Cette incursion avait quelque chose de méthodique et d'ordonné.

La porte de la cuisine était entrouverte. Je me glissai dans l'entrebâillement, en essayant de ne pas faire grincer les gonds et me baissai, comme un soldat, ce qui est un réflexe passablement bizarre pour un sédentaire.

Un jour, à Londres, nous avions trouvé la maison ouverte et saccagée, tiroirs renversés, toute notre existence organisée éparpillée par terre au hasard, plus une merde au milieu du tapis de la salle de séjour. Mais on n'avait touché à rien dans la cuisine. Les deux oignons, les bouteilles de vin, les bananes avec leurs moucherons minuscules qui volaient autour, les tasses et les verres, rien n'avait bougé.

Je m'entendis respirer fort. Je crus que j'allais devoir tousser. J'écoutai d'une manière si féroce que je ne vis rien dans les pièces suivantes, hormis que quelqu'un y était entré, et s'y trouvait peut-être encore.

Il m'était impossible de sortir un outil du tas posé dans le couloir sans faire de bruit. J'attrapai une bouteille de vin.

Je me jetai en avant et ouvris violemment la porte de la salle de séjour.

Le contenu de mes poches de veste s'étalait sur la table : cartes de crédit, papiers d'identité, mon passeport, deux carnets de chèques, une petite sacoche en cuir remplie de cartes de visite.

Je vérifiai, mais tout y était, tout ce qui disait et prouvait l'existence et les avoirs bancaires de John Costa. A lui seul ce fait était encore plus alarmant. Je posai la bouteille de vin sur la table.

Ce n'était peut-être pas lui, me dis-je. Mais je n'arrivai pas à m'en convaincre.

***

Il vint me voir le lendemain matin et me demanda si j'avais envie de faire une balade à pied. La situation risquait de devenir absurde : deux hommes unis par le crime et ne perdant jamais tout à fait l'autre de vue, mais gardant le silence comme si celui-ci rendait tout ordinaire.

Il me montra des bouteilles d'eau dans son sac, et du chocolat. Sa proposition était un défi plus qu'une simple offre de balade.

Nous passâmes devant Jésus sur sa croix blanche et continuâmes de monter dans le sentier à chèvres jusqu'à l'orée du bois. Il soufflait une brise légère. Fougères marron, lavande en fleur, bruyère, digitales et chênes rabougris qui ressemblaient à des buissons ; et partout des forestiers qui ouvraient des routes de la largeur de leurs bulldozers, brûlantes et d'argile blanche.

Je suppose que les amoureux font des promenades de ce genre : sans conséquences, juste pour le plaisir de la compagnie. Hart me portait une attention qui était aussi une exigence.

Nous ne nous dîmes pas grand-chose pendant les premiers quinze cents mètres. Puis nous remarquâmes l'un et l'autre que les routes tournaient et viraient beaucoup et que les plissements de la montagne étaient plus compliqués que nous le pensions. Nous n'étions pas complètement perdus puisque nous avions le haut et le bas, la direction du soleil et une idée assez claire du plan général de la colline ; mais savoir où se trouvaient nos maisons, nous ne le pouvions plus.

– Il serait plus facile de monter, dit-il. On retrouvera notre chemin là-haut.

– En Suisse, il y a des panneaux indicateurs dans les montagnes. Ça me manque.

– On s'en sortira.

Ayant maintenant un but – retrouver la route –, nous marchâmes plus vite. Si nous n'avions été que des gamins, nous aurions eu tout à découvrir et analyser. Nous étions des hommes, nous parlions peu. A chaque embranchement, nous ralentissions : les deux directions faisaient l'affaire et il n'était parfois pas évident de savoir quel chemin nous conduirait plus vite au sommet.

– Si vous voulez clarifier les choses, lui dis-je, c'est tout à fait possible. C'est pour ça que je suis ici, et pas la police.

Il traînait les pieds sur les pierres blanches du sentier.

– Réfléchissez-y, insistai-je, et j'accélérai l'allure.

Je n'avais aucune idée de l'individu qui se promenait

216

avec moi. Je me sentais parfaitement en sécurité, même dans ces bois où n'importe qui aurait pu déraper, se retrouver dans la ligne de mire d'un chasseur, sur le passage d'un feu de forêt et hop là, presto, c'est un tout nouveau John Costa qui ressort du bois, il est grand et blond et s'apprête à gagner un endroit où personne ne le connaît, disons… Cartagena, Arkenhout s'était renseigné sur cette ville. Il aimait beaucoup l'idée de s'installer sous les tropiques, dans un endroit colonial.

J'avais maintenant beaucoup d'avance sur lui, et marchais sans bruit sur l'argile brûlante : je lui prouvais quelque chose en me trouvant devant lui et marchant vite, comme mon père autrefois. Je me retournai et lui criai de se dépêcher.

Il avait disparu. Il avait pris un raccourci, peut-être pour aller pisser.

Je restai consciencieusement immobile. Le poids du jour me dégringola dessus : brûlant, morne, avec quelque part au loin des mouvements furieux et déconcertants dans l'air. De l'autre côté de la vallée, là où montait de la fumée brune dans la brume de chaleur, des éclairs zébraient le ciel à l'horizontale, droits comme des coups de couteau. Brusquement les bois me parurent très denses, aussi stricts que des champs plantés.

Il devait avoir filé dans les buissons, les chênes nains et la lande. Peut-être m'observait-il.

Je me retournai, encore et encore. Je sentais un vent nouveau, brûlant sur le sentier : changement de temps, rien de plus.

Un éclair fendit à nouveau le ciel.

Je commençai à courir. Je voulais sortir des bois avant que l'orage éclate. Je voulais être loin de ce que Christopher Hart était en train de manigancer.

Je butai dans une racine et tombai. Ma cheville s'était tordue sous moi, la douleur me fit grogner comme un cochon.

Des sentiers blancs et recuits couraient entre les arbres, tournaient et viraient, se divisaient. Je n'étais plus très sûr de pouvoir retrouver mon chemin.

Je suis certain d'avoir entendu des bruits de pas qui s'éloignaient.

Impossible de rester immobile plus longtemps. Je croyais que le vent brûlant que j'avais derrière moi était celui d'un incendie, que celui-ci faisait rage hors de ma vue, qu'il se déployait derrière un alignement de pierres ou un bosquet d'eucalyptus scintillants. Je ne savais plus comment courir pour m'éloigner du feu, je ne savais plus où aller.

– Ça va ? me demanda-t-il.

Il se tenait presque au-dessus de moi.

– Donnez-moi une minute, lui répondis-je. Je suis à bout de souffle.

Il tenait un grand morceau d'écorce d'eucalyptus à la main, le genre de lanière dure qui tombe de ces arbres. Il la fit claquer sur lui.

Puis il sortit un paquet de cigarettes de sa poche. Momentanément incapable de bouger, je regardai l'allumette s'enflammer puis mourir comme si cela constituait un spectacle intéressant, la regardai tomber par terre encore allumée, juste hors de portée de ma main. La cendre la suivit, puis le mégot, lui aussi encore allumé.

– Allez, dit-il. On a toute la journée devant nous.

C'était lui qui avait pris la tête ; il avait remporté cette victoire.

J'entendis les oiseaux caqueter fort en haut des eucalyptus.

Nous ne cessions de monter. Je me dis que c'était sensé, que nous ne trouverions jamais facilement le chemin pour redescendre, qu'il fallait absolument continuer de monter jusqu'à ce que les bois s'éclaircissent et que nous retrouvions la *serra*.

Mais il avançait à une allure folle et je devais le suivre.

Je lui demandai de l'eau. Il me passa une bouteille, mais ne s'arrêta pas.

– Vous savez qu'il va falloir vous expliquer, repris-je. Pourquoi n'avez-vous pas remarqué que le *Liber Principis* était endommagé… à condition que ce ne soit pas vous qui l'ayez endommagé, s'entend.

– Il va falloir que je m'explique ? répéta-t-il.

– Nous voulons retrouver les pages, et intactes. Si vous nous les rendez, il est probable que le musée ne posera pas d'autres questions.

– Vous êtes conservateur, pas policier, me fit-il remarquer. Pourquoi ont-ils choisi de vous envoyer, vous ?

– S'il s'agit d'un moment d'aberration, le musée n'a pas intérêt à pousser plus loin. Seules les œuvres nous intéressent. Faire appel à la police à ce stade…

– Bref, vous ne voulez pas que ça se sache.

– Je veux les œuvres, répétai-je. Je ne quitterai pas le Portugal avant de les avoir.

Le terrain était trop inégal pour qu'on puisse avancer vite et régulièrement. Des animaux y avaient dérapé dans le courant du printemps humide, et laissé des traces dans la boue séchée. Il y avait des pierres, parfois des troncs d'arbres tombés. Par endroits, les pins étaient plantés si serré qu'ils étouffaient toute verdure qui aurait pu pousser à leurs pieds, et leurs aiguilles couvraient la terre comme du papier brun grossier.

– Il n'est pas question de partir, me répondit-il.

Je comprends maintenant à quoi il était en train de penser. Ce que Christopher Hart avait fait portait un nom et devenait plus clair pour lui. S'il avait peloté une bibliothécaire, le musée ne s'en serait pas autant soucié ; pas plus que s'il avait détourné des fonds, pris de la drogue ou s'était laissé aller à des pratiques amoureuses interespèces. Le musée n'aurait envoyé personne s'il n'avait volé que des idées. S'il s'en souciait assez pour laisser ce John Costa rester ici pendant des jours et des jours, voire des semaines entières, c'était parce que le délit concernait quelque chose d'officiel, quelque chose qui était reporté sur une carte et avait une identité et une cote.

Tel était le crime de Hart, tout comme avoir tué Hart avait été celui de Paul Raven : ça ne pouvait pas entamer ses vacances morales. Mais ça pouvait très sérieusement perturber ses chances d'une vie nouvelle.

Il levait et baissait les bras comme un marcheur de course, comme un gagnant de concours. J'étais furieux de devoir le suivre, mais pas assez sûr de ma cheville pour essayer de le dépasser.

Il attendait que j'essaie, ou lui demande d'arrêter. Mais pas question de s'arrêter.

Il ne disait plus rien.

Entre les arbres, les ténèbres – elles étaient manque de vie comme de lumière – commencèrent à se briser par bouts et lambeaux. De l'herbe, de la menthe et un peu de fenouil reparurent, mais seulement en touffes que la lumière accrochait. Tandis que nous continuions de grimper, ces touffes devinrent petits jardins, ces derniers ressemblant parfois à des prés.

Nous débouchâmes brutalement sur la haute *serra*. La lumière était aussi forte que brûlante, coup de marteau sur la peau. Des éclairs traversaient le ciel et laissaient les arbres tout frissonnants dans le vent électrique.

Le sens commun aurait voulu que nous fassions demi-tour, pas que nous continuions d'avancer sur la lande nue avec un orage qui s'amassait au-dessus de nos têtes. Nous aurions dû regarder autour de nous et retrouver le nord ; jusqu'alors, nous n'avions fait que monter. Nous aurions dû nous arrêter.

Mais il était hors de question que je sois le premier à le faire. Pas plus que lui. Nous continuâmes de foncer en avant sur l'herbe dure et poussiéreuse comme si nous avions une destination en tête.

***

Lorsque je rappelai Anna, je choisis soigneusement mon heure, afin d'être sûr de l'entendre au lieu de tomber sur la voix numérisée du répondeur.

– Je ne comprends pas, dit-elle.

– C'est une espèce de pat, lui répondis-je. Je suis obligé de patienter.

– Je peux venir ? Pour un week-end ?

– Je ne sais pas combien de temps je vais rester ici. Tout pourrait se terminer cette semaine et alors…

– Je pourrais venir tout de suite.

Elle ne le pouvait pas, j'en étais presque sûr. Elle ne pouvait jamais rien bouleverser, pas même une journée vide dans un journal intime ; elle se gardait à coups d'emplois du temps.

– Si tu veux, dis-je.

Je voulais être cruel.

– Je te surprendrai, dit-elle.

J'avais cessé de faire tous les jours un rapport officiel au directeur adjoint. Hart était vivant et en bonne santé, et se comportait comme on pouvait s'y attendre, lui disais-je, bien qu'apparemment il n'ait pas de routine de travail. Nous en étions tous les deux passablement choqués. Au moins avais-je assez de jugeote pour savoir que je devais appeler de temps en temps, au cas où j'aurais commencé à paraître indispensable.

L'ennui, pour moi, ce n'était pas Hart, pas encore. C'était cet endroit. Formentina. Le Portugal. On en revenait toujours à mon père. Il était rentré au pays parce qu'il voulait s'y réinstaller ; c'était pour ça qu'il avait choisi une terre basse plus commode : bonne pression d'eau, lignes électriques, cars tous les jours, minimarché. Je n'avais pas besoin de tout ça. Je pouvais me laisser aller à la belle vie et au pittoresque, comme n'importe quel autre type de passage. Le paysage était un vrai plaisir, et un plaisir qui ressemblait beaucoup à des vacances : on pouvait y ouvrir grands les yeux sans avoir à se cantonner à la route qu'il faut parcourir, à l'adresse qu'il faut trouver.

L'ennui était que je ne me trouvais pas dans un hôtel où des gens en uniforme se relaient tous les jours. Je ne pouvais pas éviter de voir des gens particuliers – de connaître leurs noms et de savoir des choses sur leur passé.

Arturo. Je le connaissais parce qu'il avait la passion d'expliquer. Il avait des vergers entiers de jeunes pommiers plantés aussi serré que des haricots et disait avoir des tilleuls, quelque part dans les pins plus haut ; il avait aussi des abeilles qui, saoules et grasses, se cognaient partout dans les cloches sucrées des fleurs de tilleul. Et, tous les jours, c'était du travail.

– Je vais me faire opérer, me dit-il très abruptement.

– Qu'est-ce qui ne va pas ?

– Ils ne savent pas.

– Biopsie ?

– Ils sauront quand ils l'auront faite.

– Je peux faire quelque chose ?

– Je me demandais si vous ne pourriez pas nous emmener à l'hôpital. Vendredi.

– Bien sûr. A quelle heure ?

– Huit heures du matin. Ils pourraient m'envoyer une ambulance, mais ça ne m'emballe pas. Je préférerais y aller normalement, pendant que je peux encore.

Son visage n'était que peau ravagée et yeux grands ouverts. Il avait très peur.

***

Je repensai à la mort de mon père. J'avais dû en voir l'instant lorsqu'il s'était redressé sur le seuil, puis était passé dans mes bras sur les marches, mais je l'avais raté : le moment exact où le corps est enfin vide, celui où tout bascule. L'imaginer était trop violent.

Sauf que je ne pouvais même pas imaginer qui était mon père et ce qu'il ressentait quand il était là-bas.

Il ne suffisait pas de dire qu'il aimait l'endroit et le rêvait ; on peut très bien entretenir l'amour et garder ses rêves sans jamais retourner. D'habitude, ça vaut même mieux. Il y avait eu des moments où, lorsque j'étais loin d'Anna, en un jour ou deux je m'éloignais d'elle, dans des hôtels de divers pays, juste pour avoir des souvenirs ; mais ce n'était que transitoire, que pour en parler après, et je ne voulais jamais y retourner.

Arturo sortit de l'ombre et s'immobilisa, me regardant, et moi lui.

Il voulait m'expliquer. Mais il ne savait tout simplement pas quoi m'expliquer. Je restai là, incapable de lui inventer une existence à partir de ce que je savais. Il paraissait presque content, mais parfois s'asseyait brusquement sur des pierres comme si tout mouvement était devenu impossible.

Sa femme, Zulmira, gardait la clé de la chapelle et tous les soirs, je le savais, allait y allumer un cierge ; mais comment elle ordonnait le monde avec des saints et la Vierge, comment elle gardait l'espoir d'assister à des miracles dans un lieu qui semblait ne jamais changer, je n'en avais aucune idée. J'aurais dû le savoir dans mon sang, par amour de mon père. Peut-être était-ce aussi le secret de la façon dont, lui aussi, il organisait le monde.

— Le raisin était absolument merveilleux à cet endroit, me cria Arturo.

— Bien, bien.

— On pourrait y replanter de la vigne.

Ce jour-là, trois policiers – pas trace de Mello – se garèrent au bord de la route, coururent jusqu'à la maison de Hart et l'ouvrirent comme on ouvre une boîte de conserve : sans violence, mais tout le monde a vu ce qui s'est passé.

– Papiers ! lança l'un d'entre eux.

– Qu'est-ce que vous voulez ? demanda-t-il.

Il fouilla dans les poches de sa veste Cerutti, celle qui était encore un peu trop élégante pour la vallée, et en sortit un passeport.

Le plus âgé des trois flics s'en empara, ouvrit des fenêtres, alluma une lampe de bureau et examina l'objet une page après l'autre. Il semblait s'intéresser au point de vue du secrétaire d'État de Sa Majesté britannique, au lieu et à la date d'émission du document, à sa date d'expiration, au visa américain avec la photographie à peine lisible de Hart copiée dessus. Il laissa courir ses doigts sur le visa, compara les nombres inscrits en bas avec la date de naissance portée à la page 4. Puis il vérifia les mentions « en cas d'urgence » à la page 94, mentions que, comme tout le monde, Hart n'avait pas remplies. Alors seulement il reposa le passeport.

– Avez-vous des papiers d'identité ? demanda-t-il.

– Vous plaisantez ? lui renvoya Hart.

Il comprit tout de suite que c'était une erreur. Il avait franchi assez de frontières pour savoir qu'on doit se comporter avec respect tandis que l'officier des douanes examine les papiers parce que ce ne sont pas eux qui l'intéressent, mais l'air de soumission, ou de contrôle de soi qu'on adopte.

– Excusez-moi, reprit-il. Bien sûr.

Sa carte de faculté comportait une photo. Tout comme

le dos de sa carte bancaire. Les Indiens avaient fait un boulot sensationnel sur l'une et sur l'autre.

Mais Hart ne leur avait pas demandé de modifier sa carte de gymnase. Il avait eu l'intention de s'en débarrasser, aurait dû la laisser chez Hart, il n'y avait aucune raison qu'il emporte la carte d'un gymnase londonien jusqu'au Portugal. Sauf que Hart, lui, l'avait bien évidemment emportée en Hollande.

L'aîné des policiers s'était mis à jouer aux cartes, et les disposait en rangées avec une précision digne d'un casino.

Il était trop tard pour lui reprendre la carte. C'était lui qui la lui avait tendue.

La carte de réparation de l'ordinateur. La carte de bibliothèque. La carte de crédit Greenpeace, biodégradable.

— Où étiez-vous les nuits du 26 et 27 juin dernier ? lui demanda l'aîné des flics.

Il tenait toujours la carte du gymnase dans sa main. La photo s'y réduisait à un Polaroid dont les couleurs viraient au beige et au magenta : peu concluant, c'est clair. Le flic la scruta avec la même attention que tous les autres documents de l'officiellement encarté Christopher Hart.

— Je ne sais pas, lui répondit celui-ci. Je pourrais regarder dans mon journal…

Le flic jeta la carte sur la table.

— Vous me le faites savoir ? A moi ou au capitaine Mello. Au commissariat de police. En Hollande, il y a des gens qui veulent savoir.

Il rebattit les cartes et se leva, flanqué de ses cadets. Il avait le visage parfaitement inexpressif du policier.

— Rien que ces dates-là, précisa-t-il. J'aurai besoin de votre réponse avant ce soir.

Lorsqu'ils furent repartis, Hart se laissa tomber par terre et fit des pompes, pour faire quelque chose qu'il pouvait maîtriser.

Il était sérieusement alarmé, moins par le contrôle qui aurait pu faire partie des vérifications de routine imposées aux étrangers que par la demande qu'on lui avait faite de passer au commissariat pour compléter les détails. Ils auraient pu attendre qu'il retrouve son journal. Il le leur aurait dit tout de suite.

Ils ne pouvaient pas savoir ce qui s'était passé le 27 juin parce que ces choses-là ne laissent pas de traces. Lui-même avait été obligé de vérifier. C'était le soir où il était allé boire dans un bar chaud et marron, le soir où il s'était assis et avait commencé à chasser ; celui où il avait fait la connaissance de Christopher Hart.

**

Maria se glissa dans la maison. Il était couché sur son lit et dormait par à-coups, toujours habillé.

Elle alluma la lumière, aussi brutalement qu'un policier.

– *Ola !* dit-elle. Tu dormais ?

Elle le regarda avec une candeur à laquelle il ne s'attendait pas. Fini la politesse d'habitude ou de convention. Cela ressemblait à la brusquerie des vieilles paysannes qui n'ont jamais appris à voir le monde autrement.

– Je dors, lui répondit-il en restant immobile.

– Imagine que les flics reviennent. Que nous avons seulement dix minutes…

Elle éteignit la lumière.

5

Le lendemain matin, j'emmenai Arturo à l'hôpital, très lentement, comme si je conduisais une voiture noire dans un enterrement.

Le vieil homme avait dû voir la brume dans les arbres quasiment tous les matins de sa vie, la regarder se déformer et dériver dans la lumière des phares avec le goudron qui fume en dessous, mais là, il choisit de la fixer des yeux ; et Zulmira était raide comme un piquet sur la banquette arrière. Ils étaient tous les deux aussi vifs que des animaux terrorisés.

Isabel, leur fille, essaya de prendre la main droite de sa mère. Elle fut incapable de briser le verrouillage auquel se forçait Zulmira.

L'hôpital avait l'air rationnel d'une photo sur un prospectus : lauriers-roses, places de parking, tours de verre. Mais à l'intérieur tout y était aussi frénétique qu'au marché, femmes en noir, sacs et ballots, toute une population civile venue pleurer les hommes à leurs guerres : hommes taillés en pièces par des machines, hommes dont les cœurs avaient explosé ou les cerveaux cessé de fonctionner à cause de la boisson, hommes brisés, hommes qui s'effondraient au moment même où ils pouvaient le moins s'en payer le luxe. Pas une grille ou un recoin qui ne fût plein de gens qui attendaient ; le verre dur et les carrelages des murs fondaient sous le tissu, les yeux et les mains.

Arturo n'était pas prévu, Arturo allait être mis de côté, dans une file d'attente devant un bureau où on lui dirait dans quelle file d'attente il devrait se mettre après. Des processions de malades se formaient entre un bureau et un autre.

Je ne supportai pas de voir sa résignation, sa patience. Je débarquai au bureau des admissions et usai de mes manières convenables de bourgeois et de l'étrangeté de mon accent pour attirer l'attention. Au bout de quelques minutes, une infirmière vint chercher Arturo et l'emmena, sa valise en carton dans une main, le long d'un long couloir sombre où par endroits brillait la lumière d'une fenêtre lointaine.

Zulmira le suivit aussitôt. Mais, un escadron de médecins passant d'un air affairé, elle s'arrêta par déférence. Puis elle s'assit dans le couloir et commença à regarder la nourriture qu'elle avait apportée dans un autre sac.

— Il n'en aura pas besoin, lui dit Isabel.

— On ne vous donne rien à manger dans ces endroits-là.

— Il n'aura pas la permission de la prendre.

— J'ai bien apporté ce qu'il fallait, non ?

Un pot de confiture rempli de haricots en ragoût dans la main, elle en appelait à moi comme si c'était mes affaires.

— Je ne sais pas, lui répondis-je. Il ne pourra pas manger grand-chose avant l'opération et après, il y a des chances qu'il n'en ait pas envie.

— Il en aura besoin. Pour se refaire.

— Vous n'êtes pas obligé de rester, me lança Isabel. Nous, on restera.

Zulmira me regarda droit dans les yeux. Sa main droite s'était un peu détendue autour d'un crucifix : un Christ en métal sur une croix en bois. Le crucifix lui avait mordu fort la main.

Elle fut complètement perdue un instant, visage comme du papier, yeux morts ; puis elle nous retrouva, son attention toujours uniquement centrée sur Arturo.

– Il aura besoin de nourriture, reprit-elle.

– Tu sais bien qu'il aura pas le droit, lui renvoya Isabel. On lui en apportera quand il ira mieux.

– Je l'ai préparée pour lui, insista-t-elle, mais sans aucune énergie.

Elle avait déjà veillé Arturo une nuit entière dans cet hôpital, l'avait vu tout blanc et rasé, allongé sur un brancard comme quelque chose qu'on déplace dans une grange, le visage fatigué, sortant d'un sommeil chimique. Elle pensait que tout le monde a sa petite part de chance, mais n'était pas très sûre que cette fois son homme serait lui-même lorsqu'il se réveillerait.

– Il n'y a plus rien à faire maintenant, dit Isabel.

– Je peux attendre, répliqua Zulmira d'un ton farouche. Je peux très bien.

Je les laissai en me disant que je ne faisais qu'encombrer un endroit où c'était déjà la pagaille et que d'une manière ou d'une autre je me mêlais de ce qui ne me regardait pas. Sauf que c'était le cas de tout le monde dans ce couloir ou chacun se cognait dans la vie de chacun, parfois même se retrouvait accidentellement devant une mort. J'eus la présence d'esprit de vérifier le numéro du service avant de partir, et le nom du patron.

Je descendis en ville, achetai un journal de langue anglaise et commandai un café sous les ombres d'une terrasse de brasserie.

Je m'accrochai à des idées, voire à des citations, pour m'épargner ce que je voyais chez Isabel et Arturo : leur peur et leurs certitudes tout en un. Je me souvins du jour où, enfant, j'avais été rongé des mois durant par une phrase de Graham Greene – elle doit se trouver dans *Le Facteur humain* –, où quelqu'un déclare quelque chose de vraiment vilain : que la pitié est la seule émotion véritablement adulte. J'en avais déduit qu'être adulte voulait dire détachement, le droit de s'approprier la douleur d'autrui par la pitié qu'on en a et de se sentir moralement concerné sans rien éprouver de plus fort. Je suis bien plus avisé aujourd'hui.

***

Quelqu'un passa devant moi en déplaçant bizarrement le cou et la tête, ce geste de tortue signifiant qu'on veut vous faire savoir qu'on croit vous avoir reconnu, mais qu'on n'est pas très sûr d'avoir le droit d'engager la conversation. Et ce quelqu'un repassa devant moi : le capitaine Mello.

Je posai mon journal. Mello s'immobilisa, tout sourires.

— Vous permettez que je vous offre un café ? me demanda-t-il.

Je ne pus que dire oui.

Il s'empara d'une chaise et appela le garçon avec de petits gestes autoritaires.

— Ils ont fait au mieux pour la tombe, dit-il. Malheureusement, le marbre boit la peinture.

— Je vous en suis très reconnaissant. Mais je ne sais toujours pas pourquoi on l'a bombée.

— Certains sont capables de pardon. D'autres pas.

— Vous connaissiez mon père.

— Avant qu'il s'en aille, bien sûr.

— Il n'a jamais beaucoup parlé de cette époque.

— Elle est terminée. Pour le meilleur ou pour le pire.

— Pour le pire ?

— Regardez autour de vous, dit-il en me montrant une rue commerçante ordinaire, toute en Benetton et Body Shop. Vous le savez bien, que tout ne va pas mieux.

Je vis une fille habillée d'un semblant de jupe, avec des jambes éblouissantes, deux hommes qui jouaient du

230

tambour et du saxophone, des vitrines pleines de vêtements pastel, un vieux barbier, une librairie bourrée de
livres universitaires et deux ou trois autres cafés qui
débordaient dans la rue.

— Nous avons un problème de drogue, naturellement.
On ne peut pas garer sa voiture sans qu'un toxico vienne
vous « aider » à trouver une place sûre, et vous casser le
pare-brise si vous ne lui filez pas du fric. Il n'y a plus
moyen de se promener tranquillement dans les rues.

Je vis des touristes essayer de faire coller leurs guides
avec ce qu'ils voyaient.

— Quant aux prix… Les gens disent qu'ils étaient plus
heureux quand on pouvait acheter trois sardines pour
dix escudos. Aujourd'hui, l'argent leur fait peur. Ils
étaient heureux qu'on soit chacun à sa place.

— Mon père ne l'était pas.

— Il y a toujours des exceptions. Et les gens qui travaillaient à l'étranger en étaient, naturellement.

— Ils travaillaient à l'étranger parce qu'ici ils avaient
faim.

— C'est ce que vous disait votre père ? me demanda-
t-il en sirotant son café. Je ne pensais pas.

Je n'étais pas trop sûr d'avoir envie de l'entendre me
donner sa version de mon père. Mais au moins connais-
sait-il un bout de son histoire, et personne d'autre
n'était prêt à l'admettre.

— Nous savions que vous étiez ici, reprit-il. Je voulais
aller vous voir avant.

Je consultai ma montre.

— Je vous demande pardon, lui dis-je, mais j'ai convenu
d'aller voir quelqu'un à l'hôpital et il ne faut pas que je
rate l'heure des visites.

— Votre père a eu du courage de revenir.

— Je ne comprends pas.

L'espace d'un curieux instant, avec le soleil derrière
lui, il aurait presque pu être un prêtre : quelqu'un qui a

231

le pouvoir de délivrer et de pardonner, pas celui du flic de saisir et de venger.

– Je vous laisse filer, dit-il.

Tout en bas de la rue, au-delà de vitrines remplies de fausse dentelle, et d'autres encore pleines de poussière et de vieux jouets en plomb, et d'un magasin de graines en sachets, je continuai d'entendre les paroles de Mello : « ... courage... revenir... »

Or la pensée non dite, celle qui auréolait le nom de mon père, avait toujours été que c'était pour quitter une dictature qu'il était venu à Londres. Ça semblait héroïque, et pas seulement économique, question de principe qui l'avait fait fuir toutes sortes d'espions de la police et une vie en coupe réglée. Je n'avais pas envie de connaître les vues d'un policier sur ce point, même s'il avait laissé entendre qu'il restait encore assez de hiérarques fascistes dans le coin pour faire de mon père un héros d'être rentré au Portugal.

De plus, je pensais que Mello me demandait si j'avais, moi, assez de courage pour rentrer.

Je me rendis à la banque, m'excusai poliment – comme d'habitude – de ne pas bien parler portugais et demandai à encaisser un Eurochèque de 35 000 escudos.

Dans la queue d'à côté se tenait une femme imposante et d'aspect redoutable avec son tailleur vert et son chapeau de feutre : la présidente de quelque organisme important, c'était clair. Brusquement elle me décocha une bourrade dans les côtes et s'écria :

– Vous parlez parfaitement le portugais.

Je ne trouvai rien d'autre à lui dire que « Merci ».

***

Enfin il fit plus frais. La voiture d'un inconnu était garée près de la chapelle, hayon arrière ouvert et balance visible à l'intérieur, sur un lit de sacs.

Les champs avaient été désertés. Des femmes se croisaient dans le village, les hommes s'étaient regroupés à l'ombre.

Je sentais qu'il se préparait quelque chose. D'habitude silencieux, le bœuf meugla une fois.

Quatre hommes solidement bâtis sortirent comme une mêlée de rugby, des femmes les suivant armées de bols en plastique rouge, d'assiettes, de vin, d'œufs et de pain.

J'imaginai qu'on voulait tenir les étrangers à l'écart de l'affaire, quelle qu'elle fût. Hart devait être dans sa maison blanche et propre, à s'occuper de ses affaires ; il n'y avait aucune raison pour qu'il descende. J'appris plus tard que je posais un autre problème. Arturo avait voulu m'inclure, mais les autres hommes n'étaient pas très sûrs des réactions que pourrait avoir un type avec d'aussi belles chaussures de ville et des manières de citadin. Et, sans Arturo, personne ne se sentait obligé ou autorisé à m'inviter.

Je n'entrai pas dans la maison. Les chiens couraient dans tous les sens comme s'ils avaient affaire.

Une femme que je ne connaissais pas m'appela :

– Senhor ! Senhor João !

Elle ne trouvait pas tout à fait convenable de m'inviter, mais elle voulait m'inclure puisque j'avais accompli mon devoir envers Zulmira, Arturo et Isabel, en vrai voisin.

La mêlée entra dans une grange au bord de la route, murs de pierre et toiture en fer qui calcinait l'air du soir. Je les suivis. Les femmes et quelques-uns des hommes plus âgés évitèrent les pignes et les aiguilles de pin, la bruyère et le bois posés par terre – on se tenait à l'écart.

La truie était très jeune et très grasse. La mêlée se rua sur elle, un type par patte pour la bloquer et la maintenir immobile, un cinquième pour s'emparer d'un solide couteau et lui trancher la gorge. Ce fut très soudain, sans dignité, mais sans brutalité non plus. Du sang affola la peau blanche de l'animal, comme une jolie martyre sur un carreau.

La bête s'immobilisa, puis se raidit.

C'était la première fois que je voyais ça. Je me demandai si c'était de la routine pour eux, quelque chose qu'ils connaissaient de A à Z.

Il y en avait un qui devait découper pendant que les autres l'aideraient. Il m'informa qu'il n'était pas un expert ; je lui avais demandé. Il dit qu'il savait un peu.

Ils étendirent la truie par terre et lui passèrent un chalumeau sur les flancs et sous ses fesses rondes, lui ôtèrent la boue des sabots comme une dame se lime les ongles avant de se coucher, la rasèrent avec des truelles, lui coupèrent les oreilles et brûlèrent les soies. La flamme était bleu pâle et ça sentait le gaz, les poils brûlés et la merde fraîche que la bête avait lâchée au dernier moment. Quelqu'un pensa à lui bourrer le cul avec du papier et un bouchon.

Puis ils ramassèrent les branches et les aiguilles de pin à la pelle et les allumèrent, une fumée parfumée envahissant aussitôt l'appentis. Ils déposèrent du feu sur la bête et tout autour d'elle de façon à ce qu'elle repose dans un lit de flammes, de cendres et de fumée, le groin et la gueule ouvertes dans un vague sourire. Chaque pelletée de pin qui brûlait était soigneusement piétinée. De la suie blanche dansait dans l'air.

Ils prirent de la bruyère et brossèrent la truie.

– Ça donne du goût, me souffla quelqu'un. Le feu, je veux dire.

J'acquiesçai d'un hochement de tête.

L'animal était encore entier, comme un truc farci ou une truie sculptée, la peau boursouflée d'un peu d'or et d'un peu de noir. L'odeur était sucrée et résineuse, sauf celle des soies brûlées qui prenait à la gorge.

Les hommes allongèrent la truie sur un banc récuré et emportèrent le tout à la lumière. Ils prirent des brosses et nettoyèrent le corps. Celui-ci avait maintenant la couleur du cuit, plus du tout le rose et le blanc ordinaires.

Le boucher s'empara d'un couteau de cuisine, le lava et l'affûta. Puis il tailla dans les joues de l'animal, en arracha la chair et lui brisa la gueule. Du sang se rua : vermillon, affreusement foncé sur de longues rangées de petites dents et une langue flottante. L'effigie était brusquement redevenue carcasse ordinaire.

Quelqu'un me passa un verre d'alcool. Il me brûla l'estomac et le calma. J'arrivai à ne pas me détourner. Je respectai la pratique de ces hommes, leur méthode, bien que l'un d'entre eux frottât les fesses de la truie en ricanant. Tout le monde rit et bougea, comme à une soirée qui ne commence vraiment que lorsque, le premier verre brisé, le premier rire éméché se fait entendre.

Ces rires me gênaient.

Le boucher découpa l'anus de la bête, joli trou rond, et lui noua l'intestin. Puis il ouvrit un cercle au milieu du ventre, aucun sang ne s'en écoula.

Enfin le couteau fut plongé dans les deux jarrets de l'animal pour marquer l'emplacement d'un double crochet. Les hommes soulevèrent ensuite la carcasse et l'attachèrent à une poutre de l'appentis, la truie basculant la tête en bas, juste au-dessus du sol. Maintenant qu'il n'avait plus de langue et que les tendons de la hure avaient été ôtés avec la mâchoire, le visage de la bête n'était plus qu'un rictus ensanglanté.

L'homme qui riait s'en mêla avec son petit couteau à lui. Il fit courir son doigt le long des deux rangées de tétines sur le ventre de la bête. Il en scia une, la fit rouler entre ses dents, puis la mâchonna et la recracha. Et éclata d'un rire puéril.

Cette fois, j'eus envie de me détourner. Quelqu'un me tendit un deuxième verre d'alcool, je l'avalai.

Le boucher commença à couper entre les pattes arrière de la truie, selon une ligne précise et délicate qui tranchait dans le blanc des graisses, de plus en plus bas. Je m'avançai pour voir plus clairement et de plus près. Il laissa un instant son couteau planté dans la chair d'un jarret.

Puis il défonça la poitrine de l'animal à coups de hache. Lorsque la lame l'ouvrit, un flot de sang gicla dans les bols en plastique rouge et les tinta de noir. Je reculai.

Il fendit la crépine et les intestins commencèrent à tomber, dodus, blancs et luisants. Lorsqu'ils crevèrent et empuantirent l'atmosphère, il les noua. Il glissa sa main dans la cavité et travailla les boyaux avec un bruit de vide qui se rompt.

Il faisait une chaleur impossible. L'alcool rugissait dans ma tête. J'aurais été incapable de dire ce que je pensais : si, Dieu sait comment, cela m'ouvrait une fenêtre sur le passé, si la perspective de voir couler le sang m'excitait, si seules les manières méthodiques du boucher m'empêchaient d'être complètement révolté, si moi aussi j'avais envie de travailler la carcasse de la truie ou d'oublier le spectacle d'un couteau entrant avec soin dans un ventre.

Je voulais dire quelque chose d'urbain : que si l'on mange de la viande, il vaut mieux accepter la manière dont on se la procure. Mais je n'avais personne à embêter avec un tel cliché. J'étais seul devant la transformation proprement magique à laquelle j'assistais et que tout le monde trouvait banale et ordinaire : celle d'un cochon vivant et hurlant en une effigie, d'un amas d'organes en quelque chose qui, maintenant propre et net, avait sa place dans un congélateur ou à l'étal d'un boucher. Une existence devenue un menu en une demi-heure.

Ils sortirent le foie, plat et luisant, et les rognons

enfouis dans leur grande crépine. Ils prirent une scie et commencèrent à couper le dos de l'animal pour le diviser en deux.

Je vis Christopher Hart observer la scène du seuil de sa maison.

***

Un assassin en train de contempler un assassinat. Ça l'avait surpris, il me le confia plus tard. Il s'était habitué à la verdure, au calme, aux belles piscines, à la présence d'une femme qui aimait les histoires et voilà qu'on lui montrait soudain une caricature de son propre *modus operandi*. Sans compter qu'il ne faisait que se montrer pratique lorsqu'il tuait. Il aimait le changement, pas les meurtres qui le rendaient possible. Il savait les odeurs de l'intérieur du corps, celles qui picotent les narines. Le chalumeau et les aiguilles de pin étaient des idées nouvelles.

Il renifla la fête : le vin, le feu, le sang. Jamais encore il ne s'était senti aussi parfaitement étranger. La balance dans la voiture disait seulement une transaction économique, mais il y avait plus : une victoire sur le manque, un rien dangereuse.

La carcasse était presque coupée en deux. Le boucher n'avait plus qu'une tâche : prendre son couteau puis une hache et séparer la tête ensanglantée des flancs impeccables de l'animal. Il leva la hache, quelqu'un d'autre tenant la tête.

Aussitôt il y eut procession : flancs mous de la bête jetés sur des épaules, foie qui pend au bout d'une fine ficelle blanche passée dans les organes, tête, bassine d'intestins. Le sang avait déjà disparu.

J'étais fin saoul et n'inspirais pas confiance. Hart m'observait. Une ou deux minutes plus tard, ils ramenèrent le sang du feu : coagulé comme de la peinture, à mâcher avec des têtes d'ail et une sauce à l'huile d'olive en même temps qu'on déguste la morue froide, des œufs durs et la *broa*.

Je mangeai. Je mordis dans le sang et la morue. Je ne crois pas avoir jamais eu l'air plus vulnérable.

***

— Vous ne pouvez pas conduire, me disait-il.

Naturellement, je voulus conduire, plus que tout, jusqu'à la mer et les montagnes en même temps, et vite.

— Vous feriez bien de boire du café.

— Au cul le café ! lui répliquai-je.

— Donnez-moi les clés.

Je pris donc les clés et m'installai derrière le volant, prêt à faire la course. Rien de plus facile pour lui.

Je fis démarrer le moteur et descendis la colline. Coup de chance, je ne fis qu'effleurer le muret entre la route et le ravin. Je redressai et pris le virage suivant un peu trop large en essayant d'éviter le rocher. Dans mon champ de vision, les arbres trébuchaient en tous sens.

Je savais que c'était idiot. La lumière était devenue trompeuse et tarabiscotée, des nuages écrasaient les arbres, il ne faisait pas assez clair pour voir les côtés d'une route dépourvue de lignes blanches. J'avais conscience de devoir virer à gauche, à droite, et attaquer les tournants avec précision ; j'avais pris assez de fois cette route pour en connaître l'essence, sinon tous les détails.

Je sus tout de suite que je n'y arriverais pas.

Derrière, j'avais des phares qui me serraient de près, aveuglants. Je ne pouvais pas piler. Je ne voyais aucun endroit où me garer. Je ne pouvais pas continuer avec le ravin qui s'ouvrait d'un côté, la vallée qui dévalait à toute allure par-dessus des rebords de roche et de vieilles racines d'arbres. J'arrivais à peine à tenir la route et l'on me poussait à accélérer.

Les phares étaient sur moi, lumières qui me brisaient la tête comme une musique retentissante. Je crus sentir un léger choc, une poussée vers l'avant.

Un macho ordinaire aurait voulu me dépasser et me laisser loin derrière. Ce conducteur-là ne faisait que me coller au train.

Comme tous les poivrots, je connus un moment soudain où je compris parfaitement ce qui était en train de se passer. Je vis une route secondaire indiquée sur un panneau, je m'y engouffrai en coupant à travers ses ornières profondes.

Le moteur cala.

La voiture aux phares inquiétants me dépassa.

Je tirai sur le frein à main et ma tête retomba sur le volant. Le bruit du Klaxon me réveilla.

J'étais encore stupéfié, comprenez-moi bien. Je laissai redescendre la voiture jusqu'à la route. Je m'y arrêtai un moment, jusqu'à ce que, très lentement, une autre voiture franchisse le virage toujours pleins phares.

Le soleil apparut, bas et brillant.

— Ça va ? me demanda Hart.

— Qu'est-ce que vous foutez à me suivre comme ça ?

— Vous êtes saoul. Je ne voulais pas que vous vous tuiez.

— C'est vous qui m'avez presque tué sur cette route ! Je ne voyais plus rien !

Il garda le silence un instant.

— J'ai dit que vous m'aviez presque tué.

— Je vous ramène, dit-il. Descendez de voiture.

Il est étonnant de voir à quel point le raisonnement peut masquer la réalité. Après ça, je crus vraiment que, Dieu sait comment, il m'avait sauvé la vie.

***

239

C'est alors qu'Anna arriva. Elle régla le taxi, prit un café, trouva la maison que je louais ; le barman parlait vaguement français. Elle lui avait demandé si elle pouvait lui acheter des feuilles de laurier accrochées au mur, toutes roussies dans l'air chaud, il lui en avait donné quelques-unes. Elle en battait l'air pour créer une brise.

Nous partageâmes des moments comme celui-ci. Elle se faisait cuire au soleil, souriait aux gens qui passaient, laissait ses yeux se remplir de toutes les variétés de vert qui couraient du haut en bas de la montagne. Il y avait tant de cigales à faire bruisser l'air qu'elles semblaient produire un vent de bruit, une espèce de machine qui toussait comme un vieillard au fond d'un bar.

Je connais Anna. Dès qu'il avait été trop tard pour annuler son billet, elle avait commencé à se détendre. Après tout, il était impensable de gaspiller de l'argent. Je lui manquais, je le sais – pouvoir me toucher et régler sa vie sur la présence d'un autre. Ce n'était pas de l'amour, c'était comme ça que ça se passait.

Mais elle ne pouvait pas voir Formentina, pas vraiment, et elle le savait et le regrettait. Ce genre de vie, ses collègues en rêvaient – verdure, pas de temps perdu à acheter. Après quoi, tous sautaient dans leurs Ford et dépensaient de l'argent en plastique dans les galeries marchandes. Ils voulaient un corps en bonne santé, et se l'achetaient à l'heure au gymnase. Ils se payaient des foyers agréables, mais propres et hermétiques, des maisons paysannes sans vie. Ils aimaient que leur monde soit remis à neuf.

Elle était comme eux. Ça la faisait sourire.

Elle avait regardé une femme laver du linge au lavoir, morceau de savon vert sombre qui frotte le tissu blanc, tissu nettoyé à la brosse, encore et encore ; et un homme qui tirait une carriole remplie de verdure et de choses brunes du bord de la route, herbes, fougères et vesce. Elle aurait voulu parler à quelqu'un, mais avait compris qu'elle n'était pas, et littéralement, leur affaire : en habits de coton blanc impeccable, un peu trop élégants, elle était inexplicablement tombée du ciel sur les marches de leur chapelle et semblait ne rien désirer du tout.

Tôt ou tard, elle le savait, même si ce n'était que par un après-midi trop arrosé de vin, je songerais à m'établir dans la région.

Mais elle se sentait bien à l'ombre, immobilisée par le confort. Elle ne regardait même pas la route lorsque je la remontai dans une jolie Opel scintillante, suivi par un blond dégingandé dans une Volkswagen.

Elle m'avait vu faire demi-tour pour l'affronter, et dit que nous avions l'air de nous quereller, mais que nos paroles ne portaient pas.

Elle se leva, essuya sa jupe et tint les feuilles de laurier devant elle.

– Je suis en avance, dit-elle. J'ai eu la possibilité de partir un jour avant et me suis dit que ça valait la peine.

J'allai à sa rencontre. C'était le soleil, je crois, qui m'obligeait à me déplacer lentement et de manière raisonnable.

– Anna, dis-je.

Elle me prit dans ses bras, je l'enlaçai quelques instants plus tard. J'essayais de ne pas empester le whisky.

– Tu m'as manqué, reprit-elle. Je pensais que venir un jour avant…

– Je suis content que tu l'aies fait.

– Je n'ai pas pu te prévenir. Tu m'avais dit que le téléphone ne marchait pas.

Je ne savais ni que lui dire ni que faire d'elle, elle le voyait bien. Elle allait devoir tout me réapprendre.

– J'ai bien aimé le train, enchaîna-t-elle. J'en ai pris un qui allait très lentement. Il s'est arrêté à toutes les gares et à plusieurs fermes. Après, je me suis payé un taxi pour monter ici. On dirait que tout le monde connaît Formentina.

– Y a des chances.

– Ça m'a plu. Enfin, je veux dire... ç'aurait pu être un tout petit village dont personne n'avait entendu parler...

Hart remonta les escaliers qui conduisaient à sa jolie petite maison blanche et claqua fort sa porte. Je sais maintenant que la seule chose qui me garda en vie ce jour-là fut l'arrivée d'Anna, « la femme en longue jupe de coton, comme il disait, avec son long visage d'Anglaise ».

***

Anna bougea un peu sur le lit. J'étais debout et nous n'avions dormi qu'une demi-heure.

– Il faut que j'aille chercher des gens à l'hôpital, lui dis-je.

– Qui ça ? Je ne comprends pas.

– Quelqu'un du village.

Je partis avant qu'elle puisse me poser d'autres questions, la laissant sur de fins draps en coton dans une pièce qui restait toujours chaude, même avec les fenêtres et les volets bien fermés.

Je conduisis très prudemment, mais évaluai mal un ou deux virages.

Les couloirs de l'hôpital sentaient l'éther, le pin et la souffrance, la nourriture dénaturée. Je trouvai Zulmira et Isabel en train de monter la garde, assises sur des chaises de part et d'autre d'une porte.

– Il a été opéré ?

– Oui, me répondit Isabel. Ils ne veulent pas nous dire vraiment comment ça s'est passé.

– Mais il va bien ?

– On le pense.

Puis Zulmira me dit :

– Il n'y aura personne pour éclairer la chapelle.

– On va rentrer à la maison, déclara Isabel.

– Mais il sera seul au réveil !

– Il y a des infirmières. Et il y a deux autres types dans la chambre.

– Il sera tout seul. Je dors toujours ici.

– Tu te sentiras mieux si tu rentres dormir à la maison.

– Votre mari doit vouloir que vous reveniez.

– Oui, il doit attendre son souper, me répondit Isabel.

– Il pourrait nous ramener en voiture.

– Il doit rentrer directement de son travail.

– On devrait pas être obligées de demander au senhor João. C'est Jorge qui devrait nous ramener. Je suis déjà venue ici.

Je connaissais assez le pays de mon père pour savoir que ce genre de conversations ne se déroule jamais en public. La seule fois où j'avais laissé tomber des verres à vin sur un plancher en pierre, et m'étais mis à jurer et hurler, j'avais entendu les volets se fermer dans toutes les maisons alentour : on voulait m'éviter la honte. Ou bien j'étais devenu une sorte d'indigène, ou bien Zulmira était beaucoup trop fatiguée pour éprouver un tel sentiment.

– Je vais essayer de trouver un médecin, dis-je.

Je me frayai un chemin dans le couloir. J'eus l'impression de nager dans des algues. Il y avait des infirmières, de l'équipement médical, des parents, une famille entière qui, choquée, s'était figée sur place et ne remarquait pas qu'on essayait de passer, deux vieux qui avaient ouvert une bouteille de vin de cinq litres pour s'entendre dire de la ranger, deux médecins dont les costumes et les blouses semblaient se détacher de leurs corps comme des armures. Je les agrippai, ils m'expédièrent plus loin. Je trouvai une infirmière qui connaissait les dossiers et m'annonça qu'on lui avait fait une biopsie toute simple, que le danger essentiel était l'anesthésie et qu'il y avait longtemps que tout était fini.

– Mais on s'y est pris un peu tard, ajouta-t-elle. Il ne pourra pas rentrer chez lui avant demain.

– Sa famille doit-elle rester ?

– Il va bien. Ce n'est plus un jeune homme, mais il est solide. Reconduisez-les chez eux et ramenez-les demain, quand il pourra les reconnaître et rentrer avec eux.

Elle réfléchit un instant et ajouta :

– Si vous pouviez faire en sorte que sa femme voie le médecin… (Elle me sourit.) Ils croient toujours qu'il n'y a que les hommes qui meurent. Les gens de la campagne…

Je ne compris pas.

Je cajolai Zulmira pratiquement à genoux. Je persuadai une infirmière d'ouvrir la porte de la chambre de façon à ce qu'elle puisse voir la poitrine d'Arturo se soulever et s'abaisser comme il faut dans le lit du milieu.

Une fois dans la voiture, elle nous dit :

– Je fais la *broa*. Il n'y en aura pas là-bas. Y a rien que du pain blanc.

– Allez-y, lui dis-je, faites-en. Ils ont tué le cochon.

– Mais Arturo n'était pas là !

A neuf heures ce soir-là, elle déposa un pain devant ma porte. Anna, qui avait entendu quelque chose bouger dehors, alla ouvrir et vit la vieille femme s'éloigner à vive allure.

– Tes voisins ont l'air de beaucoup t'aimer, me dit-elle.

Vous savez ce que je pensais ? Que je serais à l'heure, que cette fois-ci je pourrais garder un homme en vie, qu'Arturo serait de nouveau avec Zulmira. Pas d'enterrement, pas d'inhumation, pas de tombe. Ce coup-là, je ferais mieux.

***

Maria demanda à Hart de venir voir sa maison le jour même où elle la trouva. Elle pensait avoir besoin d'un autre regard.

La maison ne se trouvait pas à la campagne, elle n'aurait pas pu gérer ça tout à fait comme il faut. De fait, elle était située aux abords de Vila Nova, au bord de ce qu'on appelle la zone industrielle, en bas de la route qui conduit à la scierie et à deux ou trois entrepôts d'appareillage électrique. La bâtisse proprement dite était blanc clair avec du bois sombre, une pelouse et des roses.

— C'est bien, dit-il.

— Je ne sais pas si c'est solide.

— Je ne m'y connais pas dans ce domaine.

Elle voulait que quelqu'un lui dise qu'elle ne s'était pas trompée : qu'elle y serait à son aise et qu'on viendrait la voir. Toute sa vie durant elle avait vécu où il semblait naturel de vivre – dans des foyers pour étudiants et chez sa mère essentiellement –, et n'avait encore jamais fait un choix dont il lui faudrait supporter les conséquences.

Elle lui montra la cuisine.

— Elle est grande, dit-il.

Et d'autres pièces, carrelage nu, poussière et odeurs de peinture partout, morceaux de bâches posés sur le sol en divers endroits, une fissure qui serpentait dans le plâtre du plafond jusqu'au plancher et donnait l'impression de vouloir s'ouvrir sur une montagne de terre.

— J'aime bien, dit-il.

— Il faut encore que j'achète des meubles.

Ce qui n'était pas l'objet du débat ; elle le savait, et lui aussi. Il fit les cent pas et ouvrit des fenêtres comme s'il voulait savoir quel genre de vue on avait. Rien que d'ordinaire : le flanc de la montagne, des taches de murs, d'arbres et de toits jusqu'au moment où on ne pouvait plus voir plus haut sans s'allonger par terre.

Ils s'attendirent.

Elle lui remontra la cuisine : du marbre partout, une grosse cuisinière, des placards en bois foncé. Elle essaya les robinets de l'évier, il s'approcha d'elle par-derrière, la frôla et recula. Elle attendit que l'eau devienne chaude, ce qui était absurde puisqu'il n'y avait pas de bouteille de gaz pour le chauffe-eau. L'eau coula. Elle ferma les robinets.

– Hé, dit-il.

Elle allait parler du jardin, mais il se tenait juste dans son dos.

Elle se retourna. Il regardait droit devant lui, semblait-il, les yeux embués et fixes.

Elle ne savait pas trop si c'était dans les règles de la passion domestique. Peut-être devait-elle faire la cuisine. Elle avait envie de tout essayer.

Elle contempla les boiseries et le marbre tout autour d'elle.

Il lui embrassa le sein gauche. Elle sentit une odeur de nettoyant : du pin, fabriqué dans une usine chimique quelque part.

– C'est bien, dit-il.

– Il faut que je rentre à la maison.

Elle comprit qu'elle parlait de celle de sa mère.

***

Ce week-end-là, c'était la fête à Vila Nova de Formentina. Bien sûr, Anna voulut danser. Nous pensions tous les deux que Dieu sait comment la foule comblerait le fossé qui nous séparait.

La flèche de l'église s'ornait d'ampoules blanches et ressemblait à un dessin au crayon doux. D'énormes haut-parleurs saturaient les murs de bruit. Néons verts, guirlandes de lumières et banderoles scintillaient dans le petit vent qui secouait les feuilles brunes des tilleuls fatigués.

J'entendis des airs que je reconnus de notre séjour en Italie, lorsque Anna et moi y étions allés pour la première fois : insistants, sentimentaux, du genre *Una lagrima sul viso*...

Les jeunes s'alignèrent : les garçons en T-shirts ressemblant à des peaux blanches et raides, les filles en jupes à volants. L'orchestre se mit en place : batterie, synthétiseur, guitares et une vedette au saxophone.

Maria Mattosa avait fait descendre Hart de la montagne, ils dansèrent ensemble. Anna, elle aussi, voulait danser, mais d'abord elle voulait de l'eau au bar. Je me frayai un chemin à travers la foule pour aller lui en chercher.

Au comptoir, un homme en chemise et pantalon d'uniforme, avec une arme, me tapa sur l'épaule. Il devait avoir dans la soixantaine. Tête carrée et sombre, corps joliment conservé.

– Le capitaine Mello m'a demandé de vous voir, dit-il. (Je ne compris pas son nom, il l'avait marmonné.) A votre disposition.

– Je ne comprends pas.

– Le capitaine Mello voulait que je vous explique pour votre père.

La musique était forte – genre insaisissable, vieux airs gémissants sur fond rythmique régulier ; entre Anna et moi, la place commença à rouler et bouger sous la danse.

– Mais je suis ici avec ma femme.

L'homme haussa ses épaules énormes.

Je montai dans sa voiture.

– Je n'ai jamais rien su de mon père, lui dis-je. Il ne parlait jamais beaucoup du Portugal. Il me parlait d'histoire, des Templiers, des Maures, etc. Mais il ne parlait jamais de son passé à lui.

– Ces temps étaient difficiles, dit le flic en se concentrant sur sa conduite.

– Il est parti en 1953. Sous la dictature.

– Le gouverneur, dit-il. Il aimait se faire appeler *O Governante*.

– Je me suis toujours demandé ce qui l'avait fait partir.

J'avais rouvert la blessure sans le savoir.

– Écoutez, dit le flic. Les gens partaient. C'est comme ça que marchait l'économie. Nous avons construit des routes en France, des maisons en Suisse et des égouts en Allemagne. On envoyait de l'argent au pays. C'est comme ça que ça se passait.

– Ça, je le comprends.

– Alors, pourquoi exigez-vous tant de réponses ?

– Quelqu'un a vandalisé sa tombe. Je veux savoir pourquoi.

– Vous êtes sûr ?

Il avait traversé Vila Nova pour gagner la banlieue, où des immeubles fatigués bordaient la route et des murs blancs étaient striés de lignes noires de moisissure. Il arrêta la voiture devant l'un d'entre eux, grand alignement de casernes avec des barreaux aux fenêtres. Je vis qu'il n'y avait plus de vitres aux fenêtres.

– Qu'est-ce que c'est ? lui demandai-je.

– Le capitaine Mello m'a demandé de vous montrer quelque chose. Il m'a dit que ce serait plus facile pendant la *festa*... parce qu'il n'y aurait personne. Après, il s'est demandé si vous voudriez venir prendre un verre avec lui.

– Je croyais que c'était officiel...

– Écoutez, dit le flic, vous voulez des réponses, Mello a envie de vous les donner. Allons-y.

La porte était cadenassée, il l'ouvrit.

J'entrai dans un bâtiment sombre et vide, avec un flic dont je ne connaissais pas le nom et qui me disait agir sur ordre de Mello. J'y pensai très clairement en me retrouvant à l'entrée d'un couloir obscur. Mais, en moi, un seuil avait été franchi pendant ces dernières semaines. On n'était plus dans le mélodrame. C'était la seule manière de procéder pour résoudre un mystère tel que celui de mon père.

Le flic fila dans le couloir. Des portes cassées donnaient sur de petites pièces des deux côtés.

– On descend, dit-il. Ça ne sent pas toujours bon.

Il y avait un grand escalier, presque monumental, au milieu de cet énorme tas de fonctionnalités : *azulejos* représentant des chérubins et la Justice, scènes campagnardes, moutons comme pris de vertige, et un œil rayonnant qui inquiétait. Les lumières étaient si faibles que je ne pus voir que des fragments d'images brillantes sur le carrelage.

Nous commençâmes à descendre les escaliers.

De la cave montait une odeur de viande pourrie, humide, quelque chose qui ressemblait à du lichen poussant sur du mouillé. Mais ça ne sentait pas le vide.

Le flic alluma dans une pièce carrée blanchie à la chaux. La lumière était tellement forte que l'espace d'un instant je crus que la salle était immaculée. Puis je m'aperçus que le sol était en béton cassé, que les murs se fissuraient dans les coins et qu'il y avait des empreintes de rats sur les murs – comme des mains d'enfant.

– Mello m'a dit que vous deviez voir ça, reprit le flic. Et je suis censé vous dire ce que j'ai vu ici.

– C'était une caserne de la police ? lui demandai-je. Une espèce d'endroit à elle ?

– La PVDE, me répondit-il. *Policia de vigilancia e de defesa do Estado*. Après la guerre allemande, c'est devenu la PIDE : *Policia internacional e de defesa do Estado*.

– Défense de l'État, dis-je.

– Je ne sais pas l'anglais. Bon, je n'aime pas cet endroit plus que vous, vous savez ? Je n'aime pas y revenir.

Il se planta au milieu de la salle.

– Les crochets, dit-il, là-haut. Ce poteau (il me montra un tronc d'arbre) a toujours été là. On pouvait y attacher un homme comme il faut. Les bras passés derrière, toujours. Une corde autour des genoux. Après, les bras pouvaient remonter derrière le cou.

L'électricité était là-bas. Plusieurs prises. Ils avaient leur propre générateur.

– Je vois.

– Ils avaient d'autres techniques, évidemment. Ils avaient ce qu'ils appelaient « le camp de la mort lente » aux colonies. Ils pouvaient vous garder en prison éternellement, juste au cas où. Mais pour finir, on en revenait toujours à la menace de cette salle. Ceci n'est que la version locale, la pièce subsidiaire.

– Pour la torture, dis-je.

– Naturellement.

– Et mon père y est venu ?

Mais le flic longeait déjà les murs, comme s'il voulait se tenir aussi loin que possible des responsabilités présentes au centre d'une salle par ailleurs vide : les prises électriques, le poteau, les crochets.

– Ils aimaient bien demander pourquoi le prisonnier ne se défendait pas, reprit-il. A leur idée, ça voulait dire que ce n'était pas un homme, et ils le disaient. (Il baissa la voix.) Ce n'était même pas ce qu'il y avait de pire. Ils avaient aussi des clapiers : sombres et humides. On n'était pas souvent nourri. On y restait, tout ratatiné sur soi, et on se chiait dessus pendant des semaines entières.

– C'est donc que...

– Vous n'aviez pas envie de savoir tout ça, si ? Ce

passé-là n'est pas glorieux. Mais… vous avez **demandé**, on vous dit.

— Et mon père est venu ici ? répétai-je.

— Oui, me répondit-il en crachant par terre.

— Il était prisonnier ?

— Non.

Je me forçai à dire ceci avec peine, en essayant de faire franchir à mes mots la barrière de protection des souvenirs que j'avais gardés de la gentillesse de mon père, de sa bonté, de sa droiture :

— Il était policier ?

— Non, non, non. Vous ne pigez pas, n'est-ce pas ?

— Vous n'expliquez pas.

— Écoutez. C'était mieux avant la guerre mondiale. Les types de la PVDE, de la PIDE et tous les autres, la moitié du temps ils ne savaient pas ce qu'ils faisaient. Ils oubliaient de photographier les gens. Ils ne savaient pas bien prendre les empreintes ou tenir les dossiers comme il faut. Des amateurs. Après, ils ont eu plus de contacts avec les experts – essentiellement des Allemands de la Gestapo –, et ils se sont améliorés. Ils ont appris à faire sérieusement mal. Ils ont commencé à pratiquer la torture efficace au lieu de se servir de fouets, de bâtons et d'eau.

Le vide de la pièce fut soudain atterrant, comme un trou dans ce que je comprenais du monde. Pire, j'étais incapable d'imaginer ce qui s'y était déroulé. Nous avons édulcoré la substance de la brutalité au chic sado-maso, genre disc-jockey qui fouette dans un clip vidéo ; nous sommes devenus incapables de sentir le désespoir qui aggrave la douleur véritable. Moi, en tout cas.

— Vous en avez assez vu ?

— Oui.

Je voulais pouvoir imaginer ceux qui avaient souffert dans ce lieu et sympathiser avec eux – ceux qui devaient avoir raison parce que leur droiture se définissait à leurs bleus, à leurs cicatrices, jusqu'à leur mort, ceux qui correspondaient aux critères du vrai martyr. J'en étais incapable. J'avais trop vécu dans le confort.

La lumière s'étant éteinte, l'obscurité remplit la pièce vide. Nous courions presque lorsque nous arrivâmes au bout du couloir d'en haut. Je sentis de la vieille poussière sur mes chaussures.

– Mello vous attend, dit-il, maintenant.

***

Au milieu des danseurs, Anna s'immobilisa, perplexe. J'aurais dû revenir. J'aurais déjà dû lui rapporter ses bouteilles d'eau. J'aurais dû être de retour sur la place et la faire tourner sur le même pas carré que les plus vieux exécutaient avec une énergie surprenante.

La nuit était complètement tombée. La lumière avait une manière d'élégance sur le noir du ciel orné d'un mince croissant de lune. La place était divisée selon les générations, entre veuves et jeunes femmes pleines d'espoirs, des gens ne cessant de l'envahir par les petites rues latérales, en riant et criant, tout le monde était de sortie. Des enfants dansaient entre de grands corps, tout à leur univers au ras du sol.

Elle voyait tout cela, l'arrière de têtes à moitié familières, elle crut reconnaître Arturo mais ne parvint jamais à le rejoindre dans la foule. Elle resta près du bar, où les hommes se bousculaient aimablement pour commander de la bière et du vin.

Elle se trouva dans le dos de Hart qui parlait à Maria.

– Où est John ? lui demanda-t-elle. Où est-il passé ?

– Il n'est pas avec vous ?

– Ça fait une demi-heure que je ne le vois plus. Il est allé au bar et n'est pas revenu.

– Il doit bavarder avec quelqu'un, lança Maria.

Elle dit qu'elle n'attendait pas grand-chose des hommes

les soirs de fête. Mais elle est d'accord pour reconnaître qu'Anna était inquiète.

– Il nous a lâchés tous les deux ! s'écria Hart.

Anna eut l'air furieuse de cette complicité supposée, mais ne discuta pas.

Hart traversa la place : il était assez grand et large pour fendre la foule et voir au-delà. Anna retourna au bar et, dans une sorte de protolangue romane basée sur de vagues réminiscences d'italien, tenta de demander si on m'avait vu.

Maria dit qu'elle n'arrivait pas à trouver les mots pour donner mon signalement et qu'elle l'aida.

***

La maison du capitaine Mello se trouvait au bout d'une allée étroite et toute droite qui avait dû jadis servir de route pour aller à une ferme mais était maintenant coincée entre des immeubles d'habitation des deux côtés. Il habitait une villa ornée de jolies fleurs basses. Des portes latérales s'ouvraient directement sur une salle de séjour encombrée : papiers, faibles lumières, murs couverts de souvenirs des colonies.

– Bonsoir, monsieur, me lança la senhora Mello.

D'aspect plutôt distingué, elle parlait comme une bande magnétique et donnait l'impression de n'avoir mémorisé que deux mots d'anglais avec tout ce qu'il y a autour : « Bon, soir, mon, sieur. »

Mello lui demanda de partir. J'aurais dû être choqué par la brusquerie de ses manières, mais fus heureux qu'on aille tout de suite au cœur du problème.

Il me conduisit dans un bureau et sortit une carafe de vin. La pièce sentait l'huile de cèdre, presque assez fort pour me faire oublier l'odeur de poussière et de corps de l'ancienne caserne.

– Je suis navré, dit-il.

— Je ne comprends pas.

— Ils ont rebombé la date sur la tombe de votre père.
Je ne sais pas pourquoi les gens sont si peu enclins à
pardonner…

Le vin était trop doux et qu'il fût froid n'y changeait
rien.

— Ça pourrait être n'importe qui, reprit-il. Des enfants.
Des toxicos. Peut-être vont-ils prendre de la drogue
dans les cimetières.

— Mais c'est toujours la même date qu'ils peignent.

Il y eut un bref silence.

— La tombe de votre père est différente, dit-il. Elle est
visible. (Il sirota prudemment son vin, comme s'il le
trouvait légèrement désagréable.) Aujourd'hui, les gens
n'acceptent plus ce genre de différence. Ils ne la res-
pectent plus.

La senhora Mello nous apporta du fromage aussi
frais que du lait ridé, des olivettes noires, de la *broa* en
tranches, du sel et du poivre. Et disparut aussitôt.

— Vous avez vu l'allée en venant, enchaîna le capitaine. Vous avez vu toutes ces cages à lapins de chaque
côté. On ne respecte plus l'espace autour d'une *quinta*.
Tout a changé.

— Ça devait être très beau avant ces constructions,
très calme.

Il haussa les épaules.

— C'était aussi la maison de mon père. Une ferme
au cœur de la ville. Une chose pareille ne pouvait pas
survivre éternellement.

Il me parut un peu résigné, et en colère : pendant des
décennies entières il s'était très clairement élevé dans
le continuum bureaucratique et se méfiait des nouvelles
permissions et possibilités. Dieu me garde, mais, à mes
yeux, cela en faisait un réactionnaire, voire un fasciste,
quelqu'un qui était encore attaché à ce passé de brutali-
tés qu'il s'était donné tant de mal à me montrer.

Je voulais en venir au fait, mais n'osais pas me lancer.

— Vous ne songez pas à déménager à la campagne ? lui demandai-je poliment.

— De mon temps, personne ne s'y installait. On n'achetait pas plus de terre qu'on n'achète un nouvel enfant. Ça aussi, ça a changé.

« Le fromage frais est très bon, enchaîna-t-il. Il n'est pas aussi dangereux qu'on le dit aujourd'hui. Les chèvres sont toutes vaccinées.

— Et mon père ? lui lançai-je.

Il mit du sel et du poivre sur le fromage frais et en approcha une fourchette.

— Votre père… répéta-t-il de l'air de celui qui prend son temps avant de commencer un exposé.

— Mon père aimait cet endroit. Il m'a enseigné l'histoire portugaise. (Je donnais déjà l'impression de le défendre devant un jury.) Mais il ne parlait jamais de lui.

— Et vous pensez ?…

— Je ne sais pas quoi penser. La maison m'a surpris, et la tombe aussi. C'était comme s'il était revenu ici, mais voulait se séparer de tout le monde.

— Les *emigrantes* le font souvent, me dit-il. Ils s'en vont, ils gagnent de l'argent, ils veulent quelque chose qui montre que tout ce temps et tous ces efforts en valaient la peine.

— Il a trop fait le vantard, dis-je.

Enfin je l'avais lâché. J'ajoutai :

— Il n'avait pas besoin d'une tombe pareille. C'était pour dire quelque chose aux gens.

Mello se leva et sortit une enveloppe d'un bureau à cylindre encombré.

— Je peux juste vous donner ceci, dit-il.

Je pris l'enveloppe. Je n'avais pas de poche où la mettre, ce qui fait qu'elle était maculée de taches de sueur lorsque j'arrivai chez moi.

***

– Mais où étais-tu passé ? me lança Anna.

– Où étiez-vous ? renchérit Hart. Vous aviez disparu !

– Je ne veux pas en parler. Je peux peut-être prendre un taxi pour rentrer à la maison.

– Tous les chauffeurs sont au bal, me rétorqua Maria.

– Alors que quelqu'un m'accompagne ! Comme ça vous pourrez ramener la voiture plus tard. Je n'ai pas envie de vous gâcher la soirée.

– Je viens avec toi, dit Anna.

– Ça ira ? demanda Hart.

– Je ne suis parti qu'une heure, leur fis-je remarquer.

Je fus flatté de voir que mon absence les troublait pareillement tous les deux – c'était presque comme d'être trop aimé.

Lorsque nous avons refermé la porte de la maison, on aurait pu couper le silence au couteau dans Formentina. Les chiens avaient cessé de s'agiter. Les cigales et les grenouilles ne s'entendaient presque plus, bavardage dans le calme de la nuit, plus du tout chant éclatant.

Nous entendîmes des assiettes se briser dans une maison du village, puis quelque chose en métal – une marmite, qui sait ? –, qui roulait sur le carrelage. Le bruit de cet accident remplit le silence. Anna en murmura l'espace d'un instant.

– Pourquoi Mello voulait-il te voir ?

– Je n'ai pas encore compris. Il voulait que je lise des documents.

Je me versai à boire et ouvris la fenêtre pour faire un courant d'air. Il y avait de la poussière et je crus sentir de la fumée.

Anna ne me suggéra même pas de lui lire le contenu de l'enveloppe. Elle passa dans la véranda et s'assit dans la pénombre fraîche du clair de lune.

J'aurais aimé une dispute, quelque chose qui m'aurait empêché de découvrir tout de suite ce que Mello avait à me dire. Le mieux que je pus faire fut de râler en cherchant un couteau pour ouvrir l'enveloppe, pas un avec une lame parfaite que j'émousserais sur le papier, non, juste un couteau grossier. Je déchiquetai le bord de l'enveloppe.

J'en sortis deux feuilles de papier mince, la première à en-tête du restaurant où mon père avait travaillé et signée par lui, l'autre étant une copie carbone de la réponse que lui avait adressée Mello.

Je n'étais pas très sûr de savoir assez de portugais pour lire une lettre officielle. Il y aurait des euphémismes, des euphuismes, du jargon et des codes. J'allai chercher un dictionnaire avant même de déplier complètement les feuilles.

Mon père dans une pièce blanche avec un crochet, de l'électricité et un poteau. Il n'est pas policier. On ne le torture pas. Et donc qu'est-il et quand et pourquoi se trouve-t-il là ? Une vraie devinette.

Je ne pouvais plus reculer.

« Très excellent Senhor Mello », avait commencé par écrire mon père en usant d'une formule de respect traditionnelle, celle qu'on inscrit sur les relevés bancaires mensuels.

Après quoi, il avait tapé son nom sur une ligne séparée, centré et souligné.

« Vous vous souvenez peut-être de moi, de notre période portugaise dont j'ai tant de *saudade*… », écrivait-il ensuite.

Saudade. Je connaissais ce mot : le sentiment dévorant de la perte, la douceur de la nostalgie et le cruel languir, tout cela enfermé dans trois syllabes.

« Je suis parti pour Londres en 1953, comme vous savez. J'y ai fait ma carrière et ma vie, du mieux que je pouvais. Maintenant, je suis un vieil homme et envisage de rentrer au pays, pour être à nouveau moi-même, pour avoir une maison portugaise. Tout a changé, bien sûr. Moi aussi, j'ai changé. Le pays a changé. Aujourd'hui, tout est libre et démocratique. Je vous serais très reconnaissant de me dire ce que vous pensez de ce retour – s'il pourrait y avoir des difficultés, si ce serait sage ou même seulement possible. »

Je tins la lettre devant moi comme si j'allais y trouver des marques ou de l'encre sympathique, un code spécial dans la façon dont les mots s'organisaient sur la page. Mais il n'y avait rien d'exceptionnel. La lettre disait ce qu'elle était censée vouloir dire : mon père y demandait la permission de rentrer.

J'ouvris la seconde.

Mello avait écrit ceci :

« Tous les citoyens portugais sont les bienvenus quand ils veulent rentrer au pays natal. Bien des années ont passé depuis que nous nous sommes vus pour la dernière fois et les temps ont changé, comme vous dites. Si vous avez le moindre problème en rentrant, contactez-moi. Je suis policier, avant tout. »

Mello, quand mon père la lui avait demandée, avait donné sa permission.

Dans une pièce blanche où un homme est torturé, qui est celui qui n'est ni le tortionnaire, ni le policier, ni la victime ? Je ne cessai d'y penser toute la nuit durant. Il ne semblait pas que mon père ait fui les autorités comme je l'avais imaginé, mais bon : il ne m'avait jamais dit l'avoir fait. Peut-être avait-il rendu, accidentellement ou délibérément, service au dictateur. C'était là quelque chose dont on avait toutes les chances de se souvenir même après tant d'années et mon père, qui m'avait toujours paru si courageux et assuré, avait eu besoin de demander s'il était sans danger de rentrer. Ou alors il craignait qu'il suffise de gratter la surface de la jeune démocratie pour retrouver les vieilles attitudes.

Dans la pièce toute blanche, qui est l'homme qui n'est ni la victime ni le tortionnaire ?

Je me rappelai : comment on ne l'avait pas vraiment pleuré à son enterrement, comment les deux maisons de marbre, une pour la vie, une pour la mort, semblaient défier tous les gens autour, comment on m'avait accepté du bout des lèvres – parce que j'étais le fils qui vient de perdre son père, parce que j'étais un *emigrante* qui revient au pays, parce que c'était la coutume –, mais comment aussi personne n'avait honoré la mémoire de mon père.

Anna partit se coucher. Elle ne se donna pas la peine de me réconforter ou de me poser des questions. Elle savait que nous étions au-delà de tout ça.

Je m'approchai des fenêtres. L'air s'était enfin rafraîchi, mais sentait encore un peu la chaleur et les cendres. En haut de la colline, je distinguais le contour des maisons, quelques arbres fruitiers plantés entre elles et, par endroits, la forme d'un buisson de lys africains se détachant sur le luisant de l'ardoise. Les gens dormaient : on ne pouvait pas se payer le luxe d'un cauchemar ou d'une insomnie quand on avait une pleine journée de travail le lendemain. Je me demandai si je connaîtrais jamais une fatigue aussi forte.

Ça devait être comme ça dans tous les trous perdus, ceux qui sont longtemps restés à l'écart du monde, ceux où il y a trente ans de ça, avant qu'il y ait une route où peut passer une ambulance, on portait les femmes enceintes sur des volets pendant des kilomètres et des kilomètres pour rejoindre l'hôpital. Il n'y avait qu'un endroit où vivre, on oubliait ce qu'il fallait oublier pour protéger son existence.

Lorsqu'il était revenu au Portugal et y avait construit sa grosse maison au bord de la route – elle en imposait –, et son clinquant tombeau en marbre pour une dynastie nouvelle, c'était à la mémoire et à ses règles qu'il avait fait un pied de nez. Il était protégé, gardé et officiel. Il n'avait pas à se soucier de ce que savaient ses voisins ; tout ce qu'ils pouvaient faire troublerait bien plus leurs vies que la sienne.

Mais la mémoire, un soir, s'était sauvée de sa cage de bonnes manières, avait filé au cimetière et s'était servie d'une bombe à peinture pour effacer la forme et les rodomontades de sa tombe. Une chose était de tolérer le vivant, une autre de supporter sa prétention à être un des leurs, en mieux.

Ces marques ne pouvaient pas faire de mal aux morts. Elles constituaient un affront aux vivants : peut-être même, l'idée m'en traversa l'esprit, à Mello lui-même, à ce Mello qui avait tant de goût pour l'ordre et qu'inquiétaient tellement les toxicos et les filles en jupe courte.

Dans mon lit, plus tard, ces questions ne cessèrent de me traverser l'esprit, comme des images en papier dans une lanterne magique. A un moment donné, je me redressai brusquement sur mon séant et m'aperçus que j'étais très loin de chez moi, que je remboursais un emprunt-logement, que mon mariage ne tenait plus que par une frénésie d'activités. A un moment donné, je commençai à faire les cent pas dans la maison pour me réconforter.

Dehors, le village dormait sans relâche.

A quatre heures du matin, j'étais complètement réveillé. L'odeur du café dans le noir me rappela des jours d'expéditions, ceux où nous nous levions tôt pour aller pêcher dans le canal, ceux où, pendant les vacances, nous prenions le train pour gagner une station balnéaire où ça sentait le sel. A cinq heures, j'avais déjà relu les lettres une bonne douzaine de fois, sans y trouver l'explication que je voulais entendre.

A six heures, du rose pointa derrière la peau grise du ciel. Des oiseaux chantèrent. Des chiens de chasse, affamés et nourris de poivre, hurlèrent après des bruits imaginaires. Des détails, un arbre mort ici, un grand arbre là, firent leur apparition dans le flou noir des bois. Un homme toussait.

Anna se montra à la porte et se plaignit doucement.

**

Je lui apportai du café au lit et quelques pêches coupées dans un bol.

— Qu'est-ce que tu veux faire aujourd'hui ?

— Je ne sais pas, me répondit-elle.

Nous avions toujours le même talent pour écarter les problèmes.

— On pourrait aller pique-niquer dans la montagne.

— Il fait trop chaud.

— Il y a de la brise là-haut. Je te jure.

Nous nous chamaillâmes gentiment. Pour finir, je lâchai :

— Il fait chaud partout.

— J'aimerais bien voir quelque chose… maintenant que je suis ici.

— Dans le genre églises et œuvres d'art ?

— Exactement : dans le genre églises et œuvres d'art, répéta-t-elle en me jetant l'oreiller à la tête. C'est grâce à ça, aux églises et aux œuvres d'art, que je gagne ma vie.

— On peut toujours aller à Tomar.

— D'accord. J'ai envie de voir ça avec toi. Vraiment.

Je savais que ça lui plairait : une note de bas de page dans l'histoire de l'art, château et couvent, Renaissance manueline, avec référence oblique dans un livre d'Umberto Eco, tableaux d'un Gregorio Lopes qu'elle se dirait devoir connaître, elle aimerait le lieu et le trouverait intéressant.

Ce n'était pas pour ça que je voulais y aller.

Je me rappelais les soirs où mon père transformait Tomar en histoires, les soirs de pluie où je m'agitais dans mon lit pendant qu'il me parlait trésors, secrets, saints chevaliers et codes pour l'univers entier gravés dans la pierre.

Parfois, tout cela était à prendre à la lettre, leçon d'histoire : comment les Templiers, liés à Dieu, avaient construit le château de Tomar pour lutter contre les Maures infidèles – mon père aimait beaucoup les formules fortes pour décrire les méchants ; il comprenait très bien les petits garçons –, comment ils montaient à cheval pour aller à la messe, comment ils se séparaient pour faire ruisseler les pierres du château de sang musulman. Nous prenions tous parti en ces temps-là.

Mon père chantait la pauvreté des Templiers, leur dévouement à Dieu et à la guerre, puis sa voix se faisait plus douce parce qu'il voulait que je m'endorme. Mais j'écoutais sans désemparer. Des Templiers je faisais un club de gamins avec d'énormes épées à deux tranchants, un mystère à faire dresser les cheveux sur la tête de tous les petits garçons. Tout cela, je le racontai à Anna sur une route qui s'étirait devant nous comme du verre noir.

– Tu ne parles plus jamais de ton père, me fit-elle remarquer.

– Je ne peux pas parler de tout.

Je me rappelai les Templiers qui défilaient dans mes rêves, énormes et sinistres comme de vieilles pierres et le visage tout aussi usé. Les soirs où j'avais plus de courage, je surgissais avec eux de leur château puissant et sans beauté et chevauchais une vague de foi assez forte pour me transporter alors même que je ne croyais ni à leur Dieu particulier ni à aucun autre ; j'étais armé de quelque chose d'encore plus puissant et dont le mot le plus proche est « colère », antique ver qui me rongeait le cerveau. J'étais terrifié de me trouver avec eux, terrifié de découvrir que, Dieu sait pourquoi, il était inévitable que je sois en leur compagnie. Être un homme ne voulait rien dire d'autre.

Je ne pouvais pas le dire à Anna.

— Autrefois, je m'imaginais le château. Il avait plein de couloirs et de corridors. Et des tas d'escaliers qui n'arrêtaient pas de tourner et tourner.

— Un vrai fier-à-bras, me renvoya-t-elle. Comme Errol Flynn.

— Au cinéma, les châteaux avaient toujours l'air géniaux. Des grandes tours… et il fallait qu'il y ait des torches qui brûlent.

Je ne pouvais pas lui dire qu'à mes yeux elles étaient la mémoire même de ces lieux.

— Et tu pousses une pierre sur une tombe et il y a un couloir secret qui s'ouvre ?

— Non, lui dis-je, non : la tombe, c'est la bibliothèque. Il faut la lire pour avoir des indices. Après, on cherche le grand secret. Je n'arrivais jamais à me représenter ce qu'il pouvait bien être, ce qu'il pouvait bien y avoir dans la salle suivante. J'étais toujours du mauvais côté de la porte.

— C'était métaphysique ? De l'or ?

— Il ne pouvait pas ne pas y avoir une maison du trésor. En temps de guerre, les Templiers gardaient les richesses de tout le monde, comme des banquiers.

— Ça, je sais.

Mais elle ne savait pas que les antiques chevaliers de pierre montaient toujours la garde dans mon esprit, qu'ils y restaient immortels même après que leurs visages particuliers s'étaient effacés sous l'usure. Parfois, j'avais l'impression d'être avec eux lorsque les pierres respiraient un bref instant et que leurs cottes de mailles se soulevaient. J'étais content de sentir encore le poids de mon père au bord du lit.

263

– Tout droit, me dit-elle en tenant la carte.

Nous franchîmes une colline, entre une caserne et un supermarché, et découvrîmes Tomar. La ville était délavée de blanc et, vu d'en dessous, le château une ligne de fortes pierres fluviales dorées, avec une tour qui se tassait au-dessus et des remparts aussi vastes que le ciel.

Ça ne ressemblait pas à ce que j'attendais. Ce n'était pas une histoire, seulement un fait sur l'horizon, quelque chose qu'on pouvait emballer dans une caisse et étiqueter pour un musée. Je songeai que les grands géraniums rouges faisaient joli dans les rues blanches. Et l'église était belle.

– Qu'est-ce qu'il y a? me demanda-t-elle. Qu'est-ce qui te tracasse?

Nous prîmes tous les deux un dépliant touristique sur les Templiers et le parcourûmes devant une tasse de café. Tout y était répertorié : comment ils combattaient, comment l'ordre fut dissous aux environs de 1400 et celui du Christ fondé sur ses ruines à Tomar ; et comment les caravelles des découvreurs portugais partis chercher Prester John[1], les Indes et l'Amérique, portèrent la croix de l'Ordre dans le monde entier. Mais ce n'était pas là l'histoire que mon père m'avait racontée les soirs où lui et son fils avaient faim l'un d'une épouse, l'autre d'une mère, ce qui faisait vibrer les hommes, le cœur des choses, les chevaliers puissants, déterminés, gris et d'une patience menaçante.

– J'aimerais aller au château à pied, dis-je.

J'étais un touriste, mais je me sentais nerveux. Le château de Tomar faisait partie des grandes images que j'avais partagées avec mon père. S'il m'avait menti làdessus, c'était qu'il m'avait menti sur tout.

---

1. Moine légendaire du Moyen Age. Il aurait été à la tête d'un fabuleux royaume en Afrique ou en Asie. (*NdT.*)

***

Marcher me semblait être la seule façon convenable d'arriver au sommet de la colline en pèlerin. Le sentier passait derrière la mairie, remontait des pentes herbeuses et longeait des murs de pierre grise coincés dans le lierre et les bougainvilliers.

Nous nous arrêtâmes en chemin, sous un olivier.

– Mon père apprêtait l'histoire, lui dis-je.

– Comme tous les pères.

– J'avais bien chaud dans mon lit et il voulait que je lui en sois reconnaissant ; c'est pour ça qu'il me faisait frissonner.

– Je connais quelques histoires de fantômes, moi aussi.

– Il me parlait d'un puits très très profond devant lequel les morts passaient en procession toutes les nuits. Il y avait des voûtes en dessous, un labyrinthe et des tunnels. Il y avait le candélabre à sept branches du Temple du roi Salomon, le crâne d'un certain Belzébuth, le Saint Suaire et le Graal.

Je recommençai à marcher sur les pierres en désordre.

– Tu ne comprends pas, dis-je.

Mais il n'était pas question pour elle de me laisser la bloquer comme ça.

– Les Templiers, moi, je n'en connais que les histoires folles, dit-elle. Celles qui ont échoué dans les romans. Tous les trucs sur le diable androgyne, le fait de s'embrasser sur l'anus, le chat et la tête coupée. Et les secrets du Temple de Salomon. Et les francs-maçons, bien sûr.

– Un jour, j'ai trouvé un livre sur eux dans Charing Cross Road. C'était en français. Apparemment, les Templiers avaient des Maîtres secrets dans d'autres galaxies et pouvaient tout expliquer, absolument tout.

265

– Ça ne serait pas merveilleux de simplifier le monde comme ça ? s'écria-t-elle. De tout comprendre d'un coup avec une seule grande erreur ?

Nous arrivâmes devant le portail.

Dans ma tête, je nettoyai tout l'endroit, lui ôtant ses longs autocars, vrais transports ordinaires alignés le long du mur, les bavards qui essayaient de lire les heures d'ouverture à la porte et le stand où l'on vendait des abricots et de l'eau froide. Anna comprit qu'il valait mieux ne pas s'immiscer dans cette étrange sensation de révérence.

Je me demande ce qu'elle vit dans mon humeur. Je ne le savais jamais.

Nous franchîmes le portail et débouchâmes dans une allée de pierres effondrée. Elle tournait et donnait brusquement sur une terrasse : orangers et lauriers-roses débraillés, haies de buis, bancs en carrelage bleu et jaune, vue sur les bois. Anna fut ravie, et moi choqué. Pas moyen de voir du sang et de la chevalerie dans ce joli parc.

Vous flairez de la folie là-dedans, n'est-ce pas ? A tout le moins quelque chose d'irrationnel et d'obsessionnel. Mais c'était, je le pensais vraiment, la seule manière que j'avais de connaître le monde de mon père et de voir l'image que nous avions partagée. Il fallait seulement que je découvre cette chose.

Des touristes s'affairaient autour de nous, caméras vidéo qui réduisaient les lieux à des détails et des formats d'écran. Anna sortit son guide Michelin pour sa propre information.

Devant moi je vis enfin la vraie forteresse : pas le château, mais une église ronde qui s'adossait à la paroi rocheuse, son caractère brutalement défensif à peine masqué par les nouveaux escaliers et terrasses qui l'entouraient, avec tour coupée au carré pour la puissance et une énorme cloche prophétique au-dessus.

C'était bien l'église dont m'avait parlé mon père. J'en restai sans souffle.

Les touristes continuèrent d'avancer d'un air affairé. Je crus entendre des chevaux qui viraient nerveusement, maintenus en place par des silhouettes en armure grise, métal qui égratigne la terre, sabots, armes. Je crus aussi les sentir : sueur et crottin.

Mais je ne fis pas que le croire. Je les entendis et sentis pour de bon. Je n'étais pas entouré de fantômes, mais par une histoire, celle qu'entend le gamin lorsqu'il craint à moitié le sommeil, lorsque son père dompte sa terreur en lui disant des choses qu'il connaît déjà par cœur.

– L'entrée doit se faire par l'église, dit Anna en tournant les pages de son guide.

Cloîtres avec dalles bleues et orangers qui brillent. Une église ronde enclose dans une lanterne dorée. Sous l'église, comme une boîte de pierre et de lumière ordinaire, nue, étrange.

– Umberto Eco a compté les marches, me lança joyeusement Anna. Pour *Le Pendule de Foucault*. Il avait l'air de penser que leur nombre avait de l'importance.

Sur les murs extérieurs la pierre fleurissait autour des fenêtres, taillée selon des motifs maritimes, coraux, cordages et astrolabes, puis en artichauts, en anges en armure retenus par un vieil homme barbu et montant vers un ciel de créneaux et de croix carrées – construits plus tard, me dit Anna en lisant son guide, comme les cloîtres Renaissance et l'aqueduc qui entraient dans le couvent comme en défilant, et les pavillons hospitaliers blanc et marron, tous ajoutés au cœur même de ce que voulait dire mon père.

– Pour moi, ces endroits, c'est comme les tarots, reprit Anna. Ce n'étaient que des cartes à jouer au début, jusqu'au jour où, les gens ayant oublié comment

267

on y jouait, on s'est dit que ces cartes étaient mystérieuses. Tu verras qu'au siècle prochain on dira la bonne aventure avec des tickets de bus.

Maintenant je connais très bien les arrières des bâtiments, les morceaux qui ne se raccordent nulle part ; le musée en est plein, fol entrepôt d'objets cachés derrière une façade exprimant l'ordre et le sens de ce qu'est une galerie publique. Je voulais savoir ce qu'il y avait de secret dans cet endroit.

— Tu veux voir le reste ? demandai-je à Anna.

— Bien sûr. C'est extraordinaire.

— Non, je veux dire… ce que le public ne peut pas voir. J'ai mes cartes du musée. Ça vaut le coup d'essayer.

Les femmes qui se trouvaient à l'entrée passèrent quelques coups de fil et nous demandèrent d'attendre. Nous nous assîmes près des grilles de la Charola, la célèbre église ronde et surmontée d'un dôme, et contemplâmes la lumière grise et immobile et les échafaudages qui montaient jusqu'à la toiture avec de larges escaliers, de vastes terrasses et un air de permanence.

Les touristes continuaient de passer et de payer, file clairsemée de gens qui parlaient bas, impressionnés par l'étrangeté de l'endroit, son ancienneté, l'or de ses pierres.

Au bout d'un bon quart d'heure, un jeune homme d'une vingtaine d'années franchit précipitamment le portail et cria : « Monsieur Costa, monsieur Costa ! » comme s'il était gêné de ne pas avoir été là pour accueillir le célèbre visiteur. Puis il se présenta :

— Manoel. Votre guide.

Je me levai et m'étirai.

— Nous pouvons commencer par la Charola, dit-il.

***

Nous franchîmes les cordes et nous tînmes à l'intérieur du dôme. Manoel nous indiqua le seul et unique tuyau d'orgue qui restait après qu'on avait volé l'instrument, les murs où s'étaient jadis trouvées des peintures sur bois qu'on avait enlevées pour la plus grande gloire et l'agrément des ecclésiastiques de Lisbonne. Il nous montra les boiseries dorées, l'alignement quasi byzantin des peintures murales presque effacées. Mais je ne cessais de regarder en l'air, vers l'endroit où les plates-formes des échafaudages masquaient le haut du dôme.

Manoel le remarqua.

– Par ici, dit-il.

Nous grimpâmes sur l'espèce de charpente en bois qu'on trouve dans les clochers et qui est destinée à supporter les cloches. Majestueuse et solide, cette structure était censément temporaire, mais bloquait la vue et redéfinissait tout à la fois la lumière et l'espace à l'intérieur du dôme. Nous arrivâmes sur une plate-forme qui courait autour de la Charola, de mur à mur, cette plate-forme étant elle-même surmontée d'une autre qui lui servait de toiture. Encore et encore nous montâmes dans des greniers pleins d'air ancien et de lumières pâles que doraient les reflets blonds des poutres. Les escaliers se croisaient, partaient dans tous les sens, parfois se scindaient en paires d'apparat.

Enfin nous fûmes sous le dôme. L'échafaudage l'avait réduit à une manière de corridor circulaire blanchi à la chaux et suspendu juste au-dessous de la lumière qui tombait des fenêtres à claire-voie. Nous découvrîmes des tables sur lesquelles on avait posé des pinceaux, des pots, des truelles à plâtre.

– Personne n'a jamais vu ça, nous dit Manoel qui savait très bien ce que j'avais envie d'entendre.

Je m'attendais à ce que les poutres grincent sous le poids de quelqu'un qui travaillait, mais n'entendis que ma respiration, celle d'Anna, quelques pigeons qui battaient des ailes aux fenêtres, que le bruit infime de l'échafaudage se carrant sur le bâtis des vieilles pierres. Manoel nous attendait.

– Mais je n'ai jamais entendu parler de tout ça ! s'écria Anna.

Nous suivîmes Manoel jusqu'à un endroit où l'on avait gratté le blanc du chaulage sur le mur.

Je vis un diable sur un poteau : seulement un diable adjoint, mais debout sur des pattes arrière de chien, avec des tétons de truie et le regard entendu du charognard. Anna et moi nous retournâmes, ensemble. Nous vîmes un Christ en train de se faire rosser, image si immense que nous nous retrouvâmes au niveau de ses grands yeux au regard fixe. Nous nous tournâmes encore, vers un mur où l'on distinguait à peine les contours d'un palais, un nœud de soldats petits et violents et un visage vertueux au-dessus d'un corps que la chaux avait esquinté. Il semblait étrange que le diable s'en soit si bien sorti pendant tous ces siècles.

– La Passion du Christ, dit Manoel. Les peintures continuent probablement de l'autre côté du dôme.

– Mais qui les aurait vues ? demandai je.

– Elles n'avaient pas à être vues. Elles étaient exécutées pour la gloire de Dieu.

– Elles sont extraordinaires, dit Anna.

Il y avait de la convoitise dans sa voix : une découverte, des fresques inconnues, jamais reproduites, peut-être même une preuve supplémentaire de l'influence italienne sur l'art portugais ou, mieux encore, un génie indépendant, un nouveau Giotto... deux, qui sait ? Elle aima ne pas être enchaînée par le genre de questions qu'on pose en classe, par la passion que montraient ses étudiants pour tout ce qui pouvait donner lieu à controverse et les faits vérifiables dans les encyclopédies.

– Ça remonte à l'époque de l'Ordre du Christ, reprit Manoel.

– Oh. Oui, bien sûr, dis-je.

J'imaginai quelque adorateur clandestin monté, avec échelles et peinture, à ces hauteurs vertigineuses afin d'y exécuter ces œuvres sur du plâtre neuf. Car j'étais habitué aux fresques qui, vite peintes, décalquaient sur les murs des masses décoratives avec effets vifs et ensoleillés, et un soupçon d'individualité ajouté ensuite. Celles-ci avaient quelque chose de très différent : on y remarquait un sens de la douleur aussi insistant que personnel.

J'imaginai le peintre se mettant au défi de travailler si haut au-dessus du sol pour voir les yeux d'un Christ à l'agonie et le triomphe temporaire d'un diable phacochère doté de mille tétons. Tout cela pour rester secret pendant des siècles étant donné qu'après tous les risques pris, d'en bas dans l'église son œuvre n'était que vagues masses et contours. Et donc il travaillait… pour quoi ? Pour de l'argent, c'est probable. Parce qu'il n'avait pas d'autre commande. Ou pour Dieu seul.

– Les restaurateurs sont là ?

Manoel haussa les épaules.

– L'argent, dit-il, des fois il y en a, d'autres fois non. Ça a mis très longtemps.

Anna s'était calée contre le mur, ses doigts l'effleurant juste au-dessus de la chaux épaisse.

Je songeai au catholicisme convenable et pratique de mon père – rien d'extrême, rien de particulier. Puis je vis le diable aux tétons, le fouet dans la main d'un petit soldat à la peau sombre, l'énorme graphisme des yeux sombres du Christ, leur regard seulement magnifié à l'endroit où la peinture s'était craquelée et écaillée en se fixant.

Le corridor de lumière entre le dôme et la plate-forme poussait à la claustrophobie.

– Ça fait des années qu'ils travaillent ici, reprit Manoel.

Mais il n'y avait personne ce jour-là. Le silence était inquiétant. La seule présence donnant quelque animation à l'endroit était celle de cet alignement de professions de foi à moitié découvertes. Et j'étais étranger à cette foi, seulement perdu et horrifié par le diable, la scène du fouet, et ces yeux.

– On devrait redescendre, dit Manoel. Il y a encore beaucoup de choses à voir.

J'étais prêt, plus que prêt, mais Anna demanda : « Je peux regarder encore une minute ? Juste une ? » avec son sourire anglais : charme sur minuterie, propos masqué.

Je glissai sur les premières marches en redescendant. Je fus heureux de quitter le corridor de lumière, de repasser dans les greniers en enfilade et de réemprunter le grand et dernier escalier qui conduisait au rez-de-chaussée. Enfin je me sentis, littéralement, sur la terre ferme : revenu dans des lieux où les tableaux peuvent être classés, entreposés, expliqués et présentés sans danger, où la taxinomie reprend ses droits sur le choc comme la pitié les siens sur la douleur. Comprenez que je ne pensais pas très clairement.

J'étais encore dans l'escalier quand j'aperçus Hart près du guichet des billets.

Il leva la tête, le regard aigu et plein d'espoir, comme celui d'un chien. Anna était restée encore quelques minutes près des peintures, avec sa galanterie raffinée Manoel l'aida à redescendre, mais, lorsqu'ils arrivèrent aux cordes, Hart était toujours là.

J'étais venu pour quelque chose de très privé, quelque chose que j'avais même du mal à partager avec Anna et je me retrouvais devant ce voleur, ce sociopathe, ce truc minable, un professeur de fac qu'on soupçonnait. C'est alors que tout bascula dans ma tête. J'étais prêt à le tuer,

***

Hart le comprit aussitôt, et le nota. Parce que c'était en quelque sorte le sentiment qu'il cachait pour vivre, il le reconnaissait chez autrui. Je lui rendais la pareille, il se remit à son travail : voir si la vie de John Costa valait la peine d'être volée, si l'on poserait des questions.

– Si votre ami veut se joindre à nous… lança Manoel.

– C'est très aimable à vous, dit Hart.

Anna sourit.

– Nous allons rejoindre le château des Templiers, dit Manoel. Si vous voulez bien me suivre.

– Je ne voudrais pas gâcher votre visite, reprit Hart.

– Mais non ! s'écria Anna.

Manoel prit les clés à l'entrée, tout un paquet, en fer, et ouvrit une porte latérale au bout du dernier cloître. Il n'y avait rien de l'autre côté, hormis un étroit rebord en pierre qui courait le long du mur et que rien ne gardait. La pierre luisait. Nous avançâmes prudemment, en faisant attention aux blocs cassés et aux vides irréguliers qui s'ouvraient devant nous par endroits.

– Voici l'ancien palais d'Henri le Navigateur, dit Manoel. Ça ne va pas, senhora ?

Le bâtiment était en ruine, délimité par des rubans et des fanions d'archéologues. Nous progressions lentement le long du bord.

Hart aurait pu déraper et moi avoir le plaisir de me débarrasser de lui. Quelle que fût la tâche que j'étais censé accomplir – le surveiller ou l'arrêter –, elle aurait alors pris fin.

Chaque fois que j'hésitais un instant, que je regardais les bois par les fenêtres vides du vieux palais, il me rattrapait et me frôlait, de manière appuyée.

Anna avançait très prudemment.

Nous arrivâmes devant une deuxième porte fermée à

273

clé. Manoel fit tinter son trousseau, se trompa de clé, puis inséra une grande barre de métal dans la serrure, et la porte s'ouvrit. Nous nous retrouvâmes dans la tour du château.

Anna fut déçue, je le vis. Il n'y avait là que des pierres et des ouvrages défensifs, pièces et morceaux hérités du passé. Il faudrait chercher dans les livres pour trouver les batailles qu'ils disaient et ce que cela signifiait et elle préférait faire confiance à ses yeux. Elle remarqua donc que Christopher Hart m'observait. Il était étrange de voir à quel point nous étions tous tendus tandis que Manoel continuait de bavarder.

Poliment il nous montra la chapelle, une salle maintenant comme suspendue à un mur – les escaliers en avaient depuis longtemps disparu.

– Les entrepôts se trouvaient là-bas, reprit-il en nous montrant des rangées de cellules. Avec les puits.

Et il nous indiqua une ouverture circulaire dans l'herbe qui avait colonisé le château.

Hart et moi nous retrouvâmes chacun d'un côté du trou et regardâmes au fond. L'air sombre s'y arrêtait vite, pas de murs visibles et, tout au fond, une flaque d'eau dont je pensai qu'elle avait plutôt des berges que des bords.

– Un jour, nous informa gaiement Manoel, un des guides y est descendu.

Nous regardâmes dans le noir. Hart n'y distingua qu'une grotte avec de l'eau noire, mais, l'espace d'un bref instant, j'y vis le château qui m'était resté en mémoire, le lieu où les héros érigent d'étranges et héroïques défenses de mystère.

– Qu'a-t-il trouvé ? demandai-je.

– Il était encordé et ne s'est pas aventuré en bas, répondit Manoel.

– Et ?…

– D'après lui, il semblait y avoir deux portes, une de chaque côté de la flaque. Avec de la roche devant.

Hart toussa.

– Toujours d'après lui, ces roches ressemblaient presque à des silhouettes humaines. A des chevaliers qui auraient monté la garde.

Je les vis respirer.

– On devrait rentrer, dit Anna.

Hart crut avoir enfin trouvé une faille entre le sens pratique de ma femme et l'étrange impression d'une obsession qui m'habitait. Il n'était pas obligé d'avoir raison. Sa seule obligation était de savoir que d'autres pouvaient avoir senti la même chose : qu'il ne serait peut-être pas surprenant que John Costa parte brusquement ailleurs pour quelque recherche personnelle.

– Cela étant, enchaîna Manoel que troublait cette soudaine montée de sentiments dans son audience, il se pourrait qu'il y ait des passages souterrains.

– C'est presque l'heure de déjeuner, dit Hart en lui glissant un billet dans la main.

Dans le cloître sans danger au-delà des ruines, Manoel expliqua à Anna la théorie échafaudée par un de ses amis sur l'eau, l'air, le feu, la terre et l'esprit, et les endroits où l'on aurait pu en trouver les signes, sur les sens profonds du corail et des artichauts. Anna l'écouta très gentiment.

A l'extérieur de la Charola, dans une lumière qui nous faisait cligner des yeux, elle prit une photo : pins, tuiles, architecture et deux hommes arborant les sourires convenus.

Puis elle se tourna vers moi et, glaciale et en colère un instant, me lança :

– Qu'est-ce que tu fais ici ?

***

Assis sur les marches de sa maison, Arturo épluchait des haricots verts.

– Du travail de femme, dit-il.

– Tout va bien ? lui demandai-je.

– Plus ou moins, *mais ou menos*. Et vous, tout va bien aussi ?

– Ma femme est arrivée.

– Elle est catholique ?

Pour moi, c'était une question impossible, je ne répondis pas, il prit mon silence pour un « oui ».

– Alors, elle peut demander la clé de la chapelle à Zulmira si elle veut. Zulmira l'a tout le temps sur elle.

– Merci, lui dis-je, puis je m'aperçus que j'avais reculé en lui parlant. Je le lui dirai.

Je le fis, Anna voulant aussitôt savoir si les hommes n'allaient pas à l'église.

– Je crois que la prière est un travail de femme, lui répondis-je.

– Et quel serait celui des hommes ?

– Aller gagner de l'argent en France pour empêcher les femmes de crever de faim. Être seul et attendre.

– C'est ce qu'a fait ce vieillard ?

– Il ne l'a même pas dit à sa femme. Elle a reçu une carte postale une semaine après son arrivée à Bordeaux.

– Et elle est restée seule.

Seule avec les enfants. Et tu penses toujours qu'on peut rendre la vie plus juste, n'est-ce pas ? Équilibrée on ne sait trop comment. Eh bien non, ce n'est pas toujours possible. Elle a souffert, lui aussi, et les enfants pareil. Mais ils ont pu manger.

– Et ça suffirait à rendre tout ça convenable ?

Je m'éloignai.

– Ça suffirait à rendre tout ça convenable ? répéta-t-elle.

Je ne me retournai pas.

– Qu'est-ce qui te fait croire que la souffrance, je ne connais pas ? Tu crois que je fais seulement semblant, c'est ça ?

– Non. Non, bien sûr que non. Mais toi, c'est toi, et ce vieillard-là, c'est Arturo dans un village qui s'appelle Formentina. Ce ne sont pas toujours les mêmes règles et les mêmes manières qu'on peut appliquer partout et à tout le monde.

– Je le sais, me répondit-elle en me suivant. Tu regrettes que je sois venue ?

– J'allais t'emmener dîner au restaurant. Te payer un bon repas. Où tu aurais voulu.

– Pour que je m'en aille avec de jolis souvenirs ?

– Ça serait un bon début.

Elle me passa les bras autour de la taille.

Alors que nous roulions vers le haut de la montagne à la recherche d'un peu de brise, elle me dit brusquement :

– Le musée se montre très compréhensif.

– Faut croire.

Elle remarqua de quelle manière j'accélérai aussitôt.

***

Maria changea les règles du jeu pour Hart. Il ne faisait jamais rien dans le coin, ne voyait jamais des gens établis qui auraient pu remarquer ses conduites illogiques ; c'était un voyageur. Il n'aurait jamais proposé à Maria d'aller à la *festa* ; ce fut elle qui l'en pria.

Même alors, il pensa seulement que peut-être elle se sentait seule – et il ne reconnaissait pas la solitude, sauf à y voir un défaut de planification signifiant qu'il devait passer à l'étape suivante. Ça le mettait à l'abri de toutes sortes d'illusions tentantes, telle l'idée que rien n'est vrai tant qu'on ne le partage pas avec autrui. Or il était maintenant coincé dans l'identité de quelqu'un d'autre, et dangereusement près de croire que le seul moyen de sauvegarder la sienne impliquait justement qu'il partage avec autrui une version spécial souvenirs de ses actes passés.

Et aussi, il aurait bien aimé avoir quelqu'un contre qui lutter. Le ton qui monte et les phrases clairement énoncées lui manquaient.

***

Assise à la table de la cuisine, Anna coupait un oignon. Le couteau glissait sur la peau humide du légume, pas comme sur celle des gentils et doux oignons qu'elle achetait au supermarché en Angleterre. Elle posa des poulets sur un plat en étain, volaille maigre et osseuse qu'on imaginait en train de cavaler, pas du tout à l'image des espèces d'oreillers dodus qu'elle avait l'habitude d'acquérir. Les tomates elles aussi étaient fibreuses – et vertes ; le rouge – poussiéreux – ne se trouvait que près du cœur.

Elle alluma la cuisinière. Le gaz en bouteille bouillonna une minute, se fit flamme basse, puis s'éteignit. Elle abaissa la porte et réessaya. Cette fois, elle se brûla les doigts au métal, mais le four resta allumé.

Le téléphone, mon cellulaire, sonna. Le bruit en était agaçant et insistant, comme celui de tous les téléphones, mais si léger qu'elle n'arriva pas vraiment à le localiser. Elle avait les mains graisseuses d'avoir manipulé la peau du poulet. Elle les lava, en espérant vaguement que le téléphone cesserait de sonner, mais rien à faire. Elle le découvrit dans la poche de ma veste.

– Je m'appelle Mello. Peut-être votre mari me passera-t-il un coup de fil.

– Oui, bien sûr. Je me rappelle. Votre numéro…

Et bien sûr encore, il n'y avait ni crayon ni bloc-notes à proximité. Elle trouva un livre de poche à la couverture laminée et gratta le numéro dans la surface brillante avec son ongle.

Elle ouvrit la porte et se tint dans l'air immobile. Du côté où elle imaginait la mer, très loin, le ciel s'était

278

transformé en une bande sépia. Jusqu'à la chaleur de l'après-midi qui disait l'incendie. Elle n'avait aucune idée de la raison pour laquelle elle avait décidé de faire la cuisine par une journée pareille, et dans un endroit tel que celui-là.

Elle alla faire un tour, glissa d'une plage d'ombre à une autre en gravissant lentement les marches. Elle vit que les mûres étaient presque mangeables. Il y avait des buissons de romarin piquants au pied d'un mur en pierres sèches. Elle se sentit à bout de souffle dans la chaleur. Elle sut qu'elle avait bientôt avoir une boule de douleur derrière les yeux.

Elle cueillit du romarin. Au début, les tiges refusèrent de se briser ; trop ligneuses et pleines de résine. Elle arracha de petites brindilles autour des étranges fleurs à la couleur morte, ç'aurait pu être du pin ou du sapin. Elle les écrasa entre ses doigts et enfouit son visage dans ses mains et dans l'âcre parfum d'huile médicinale, concentré du romarin qu'elle connaissait de lieux plus frais.

Une voiture descendait dans les courbes de la montagne en ronflant.

Soudain elle s'aperçut qu'elle avait laissé le four allumé. Elle redescendit les marches quatre à quatre, tomba presque dans la cuisine et testa l'air avec la main en entrant. Elle enfonça les brindilles de romarin dans les interstices des poulets, enfourna le plat et sentit à nouveau ses mains : odeur de gras et de médicament. Elle en avait jusque dans la bouche.

Elle ferma hermétiquement les rideaux et s'assit dans la salle de séjour plongée dans la pénombre. Sur la volaille des plumes éparses cramaient dans le four, parfum piquant comme vinaigre dans l'air et précédant celui, plein et positif, de la peau, puis de la chair qui cuisent. L'odeur de cramé était supportable, se dit-elle. Non, vraiment.

J'étais allé prendre de l'eau à la source, j'en rapportai les bidons carrés de cinq litres dans la cuisine. Je l'appelai, mais elle n'avait rien à me dire. J'allumai la lumière dans la salle de séjour.

— Oh, dis-je, c'est là que tu étais. Comment vas-tu?

Elle gagna la salle de bains et fit couler de l'eau au robinet. Mais elle ne pouvait pas en boire, elle s'en souvint; au cas où elle en aurait douté, l'eau continua de couler brune comme du café. Elle tendit la main vers une bouteille d'eau de source, mais elle était vide. Elle prit le flacon d'analgésiques délivrés sur ordonnance et l'espace d'un instant crut bien que jamais elle ne pourrait calmer l'impression qu'elle avait d'être réduite à l'incapacité par la douleur, de ne plus éprouver la moindre sensation ordinaire, de tâtonner et d'être vieille, même ça.

Je lui tendis un verre d'eau propre. Elle prit ses cachets.

— Viens t'allonger, lui dis-je. S'il te plaît.

— Il faut que tu rappelles un certain Mello. Le numéro est sur ton livre.

— Sur le livre?

— Je l'y ai gratté.

Elle avait dû m'entendre parler au téléphone et s'étonner du ton clair et officiel que j'avais pris.

— Je le verrai ce soir. Je serai heureux de l'aider.

***

Je frappai à la porte exactement comme un policier : six coups forts qui requièrent l'attention immédiate.

— Je crois qu'on devrait parler, lançai-je.

Hart s'assit de l'autre côté de la table et fit un petit toit de ses mains jointes.

— Ça ne vous dérange pas que je jette un coup d'œil? enchaînai-je sans mettre beaucoup d'interrogation dans ma phrase.

– Hé mais ! s'écria-t-il.

Il croyait manifestement avoir le dessus.

– Je me suis montré très patient, continuai-je. Ça fait des semaines que j'attends. Je croyais pourtant vous avoir fait bien comprendre que je ne partirais pas avant d'avoir recouvré les biens du musée.

– De quoi parlons-nous ?

Il avait des raisons de grogner : être traité comme un petit voleur de rien du tout, un professeur qui embarque le portrait copte, la jambe de la statue grecque, un morceau d'or, alors que de fait il avait volé bien plus ! Il était ce qui rôde dans les peurs les plus érotiques des gens – si seulement on l'avait su ! Être traité de cette manière tellement amateur et bureaucratique, s'entendre dire ce qu'on doit faire sous peine de déranger l'ordre des choses alors que, bien plus dangereux que ça, il aurait dû se retrouver à la une des journaux : ça faisait mal.

Cette fois, j'avais l'avantage.

– La police veut savoir, dis-je, si vous avez connu un homme nommé Martin Arkenhout.

Il ne marqua qu'une légère pause, mais celle-ci se remarqua beaucoup, comme un instrument à vent qui arrive un peu tard à la fin d'un morceau de Bach. Il se leva et m'offrit du vin.

Je ne pouvais pas savoir ce que je lui avais dit. J'acceptai le vin.

– Mello n'a pas réussi à vous joindre par téléphone, repris-je. C'est Anna qui m'envoie. Pour voir si vous ne voudriez pas venir dîner avec nous. Elle est en train de faire la cuisine.

Il en fut stupéfait. Nous allions donc user de manières absolument parfaites, être les étrangers solidaires en terre étrangère alors même que ce qui nous réunissait était un délit. Du xérès serait peut-être offert, et bu. Nous parlerions probablement de Tomar, étant donné que c'était virtuellement la seule chose que nous avions en commun.

– Que voulez-vous que je vous donne, exactement ? me demanda-t-il.

Je crus qu'il essayait de marchander.

– Il y a au moins quinze images qui manquent, lui répondis-je. Je les veux toutes, et en parfait état. Si vous en avez vendu, je veux savoir où je peux les retrouver ; il est hors de question de ne me donner que le nom d'un marchand de tableaux. Et si une seule d'entre elles est abîmée ou détruite, il n'y a pas d'arrangement possible.

– Et ?…

– C'est tout. Je rentre à Londres, vous faites ce que vous voulez. Je ne suis pas flic.

– Qu'est-ce qu'Anna est en train de préparer ?

– Du poulet rôti. Aux herbes.

– A quelle heure ?

– Neuf heures.

Et, du seuil, j'ajoutai :

– Faisons en sorte que tout cela soit réglé avant le repas.

***

Je ne rentrai pas chez moi. Je restai dans l'ombre, à portée de vue de ses fenêtres. C'était Hart qui m'avait appris le truc, la façon dont parfois il laissait s'installer le silence afin qu'on se croie obligé de le remplir.

Je ne compris pas ce que je voyais.

Il ouvrait des caisses une à une et les vidait, des masses confuses de chemises, de chaussures et de sac à linge en plastique se répandant par terre.

Il ouvrit les carnets de notes reliés en noir que Christopher Hart avait apportés d'Amsterdam et tenta d'y lire une écriture qui tremblait comme la courbe de quelque instrument de mesure médical. Il examina des livres qui avaient été massacrés et digérés, pages cornées, lignes soulignées, notes qui encerclent le texte comme des baves d'escargot que certains monstres laissent sur les livres de bibliothèque ; et il scruta des paquets de tirages photo représentant des tableaux et des eaux-fortes, tout neufs et très brillants. Il n'avait pas dû emporter assez d'objets en vidant la maison de Hart. Il avait cru que bon nombre d'entre eux avaient été loués avec la maison. Il n'avait rien deviné.

Il savait maintenant que quelqu'un avait fait le lien, et le bon : d'Arkenhout à Christopher Hart. On allait vérifier la chaîne pour y trouver les personnes manquantes et les déplacements soudains. Il y aurait bientôt des preuves ; il était impossible de nettoyer tout le sang et d'être sûr et certain que tous les morceaux de corps anonymes et séparés allaient le rester. Toute l'astuce avait consisté à rompre les connexions, tout cela était maintenant terminé.

Je vis la panique marquer son visage.

Martin Arkenhout était de retour ; c'est ainsi qu'il m'expliqua la chose plus tard. Arkenhout revendiquait Hart si entièrement qu'il pouvait à peine respirer. Il mettait un point final à une discontinuité de dix ans comme si cela n'avait absolument aucune importance, ouvrait des chemins qu'il croyait cachés, établissait des liens aussi subtils et chaotiques que toutes les découvertes mathématiques montrant comment la chute d'une feuille dans une galaxie lointaine peut faire rater un coup de billard à la maison. C'était Arkenhout qu'il avait tué en Floride, Arkenhout qui se traînait lourdement dans sa mémoire, la chose même qui devait être réprimée et écartée à tout prix. Et voilà que ce nom était de nouveau dans l'air, et c'était celui d'un fantôme de dessin animé, une plaisanterie de cimetière.

On pouvait lui donner le repos éternel si ma vie était

prenable ; mais il était encore trop tôt pour ça. Et, en attendant, il y avait la vie morte de Christopher Hart à occuper.

Martin avait toujours été le gagnant, celui qui savait comment se réinventer sans cesse, Faust qui n'a nul besoin de contrat gênant avec le premier diable qui passe. Il avait osé ce que d'autres rêvent seulement de faire, c'est-à-dire changer tout ce qui est accessoire pour, vie après vie, n'emporter que l'essentiel.

Car, jusqu'alors, il n'avait jamais douté qu'il y eût quelque chose d'essentiel.

Je le perdis un instant sous le niveau des appuis de fenêtre.

Il renversa un petit attaché-case d'où tombèrent de jolies enveloppes en plastique transparentes remplies de contrats d'assurance, de relevés bancaires, de lettres et de documents à montrer aux frontières. Il semblait étrange qu'il se promène avec autant de papiers sur lui dans une Europe sans frontières, comme si dans son esprit il se lançait à l'aventure afin de rejoindre quelque mine d'argent perdue au cœur de la forêt colombienne, sur une île douteuse ou dans un pays au régime sévère.

J'étais incapable de dire ce qu'il cherchait. Les papiers glissaient les uns sur les autres, dérapaient sur les enveloppes en plastique ; il semait le chaos dans toute la pièce. Mais je ne me doutais même pas alors qu'il eût besoin de chercher quoi que ce fût. Quant à deviner pourquoi je voyais la panique s'inscrire sur son visage…

Il me le dit plus tard. Christopher Hart semblait vivant et singulièrement flottant dans cette longue maison portugaise : dissimulateur, escroc, quelqu'un qui cachait des choses à ce deuxième Hart, son héritier, lui-même.

Hart possédait une lourde valise Vulcanite bleue à

roulettes, du genre malle-paquebot, appelée « Globe-trotter ». Il palpa la surface irrégulière du fond, comme s'il pouvait s'y trouver quelque chose de faux. Une des lanières blanches intérieures se détacha.

Il se mit à rire.

Il comprit alors qu'il s'était certes emparé du petit crédit bancaire de Hart – petit, mais bien charpenté –, mais qu'il avait laissé derrière lui une véritable fortune en objets. Il aurait sûrement pu être assez convaincant dans le rôle de Hart pour vendre les images. Il aurait pu, pour une fois, avoir de l'argent à lui, et en assez grande quantité pour qu'il ne fonde pas comme le crédit des gens lorsqu'on commence à poser des questions à droite et à gauche. Cet argent aurait pu lui apporter une vie bien à lui.

Il gagna la véranda. Le soleil ayant commencé à décliner, la masse des bois de pins était légèrement dorée, légèrement rose : calme de décorateur. Le spectacle était ordinaire, et vu d'un endroit lui aussi ordinaire. Comme il l'était lui-même maintenant qu'il se retrouvait prisonnier d'un nom et d'une histoire – comme tout le monde.

Il revint vers sa Globetrotter un couteau à la main. Il fit levier sous le fond de la malle, sous la doublure.

Rien.

Il décida qu'il ne pouvait plus être Christopher Hart. Il ne pouvait pas satisfaire les exigences de John Costa et lui rendre les peintures volées ; être Christopher Hart, c'était aller au-devant d'ennuis incessants.

Mais à être John Costa il romprait, et pour de bon, le lien entre Arkenhout et Hart. Il laisserait derrière lui un nom et un corps qui pourraient incarner tous ses crimes et aventures.

Il me confia qu'il n'avait encore jamais vu l'assassinat sous cet angle : comme quelque chose de satisfaisant, et pas seulement de nécessaire.

***

Les jours qui suivirent furent à l'image du repas de ce soir-là : une manière de danse, deux individus cloués l'un par l'autre, la vie et la mort, avec un tiers qui fait irruption au milieu. Parfois c'était Hart qui se vivait en intrus, me dit-il. Parfois c'était Anna. A l'entendre, elle était incapable de deviner le genre d'histoire qui se jouait entre Hart et moi. Chacun de nous était engagé dans quelque chose que la politesse nous interdisait de mentionner, encore moins de mener à son terme : un vol, un mariage qui battait de l'aile, la possibilité d'un meurtre.

Le sommeil de Hart se brisait, du moins le confia-t-il à Maria plus tard, sur des rêves – que l'été avait été aussi brutal en Hollande et que l'eau du Vecht venait à manquer. Il savait que c'était bien de ce fleuve-là qu'il s'agissait parce qu'il en reconnaissait les courbes, les marronniers sur ses berges, les manoirs et le trafic incessant – petits bateaux rapides entre les pelouses.

Sa mère s'était assise devant une écluse et buvait du thé. L'écluse s'ouvrait, un long bateau s'y glissait. Les portes se refermaient, l'eau commençait à se vider. Et continuait jusqu'à ce que le fond de l'écluse ne soit plus que boue luisante.

Puis sa mère était dans l'écluse et tentait d'y pousser le bateau à coups d'épaule. En vain. Ses pieds dérapaient. Elle était dans la boue, le nez sur quelque chose de blanc et de nu. Elle regardait droit dans les cavités d'un crâne.

Elle disait tout fort :

– Martin ? Ça va, Martin ?

***

286

La chose se produisit bien, mais ce ne fut pas Mme Arkenhout qui fit la découverte. Ce fut un garçonnet du nom de Piet ; onze ans, fils d'un officiel du syndicat des artistes et d'une institutrice, il donnait un coup de main au vieil éclusier et se déplaçait bien plus vite que lui. Il retira le crâne de la vase et dit qu'il voulait le garder parce qu'il portait des traces de blessures – et devait donc être celui d'un guerrier illustre, Krull ou Conan, probablement.

La police refusa de l'écouter. Elle ordonna qu'on procède à des analyses.

6

Maria passa voir Hart dans l'après-midi.

– La police pose encore des questions sur toi, dit-elle.

– Je ne vois pas pourquoi.

– Ils doivent contrôler les étrangers.

– Ils ne le font jamais. Si ?

Elle se l'était déjà inventé pour l'après-midi : l'étranger en fuite, risque de mort. Elle posa un pain sur la table de la cuisine et s'immobilisa, mince et fragile dans sa jupe estivale.

– Tu devrais garder les volets fermés, reprit-elle. Sinon, les gens sauront que tu es là.

Il ne pouvait pas se plaindre. Sa vie, toutes ses vies, ne dépendait que de ça : être ce à quoi on s'attendait de sa part.

Elle commença à vérifier les portes, fermer les volets et tirer des rideaux dans le noir. La lumière qui resta se réduisit au luisant de la peau, à la barre de bois clair sous la porte de devant, à quelques jours là où les lattes du plafond en bois s'écartaient.

Elle le rejoignit à la porte. Elle lui déboutonna sa chemise, se mit à tirer dessus, puis se jeta sur lui comme si elle pouvait faire entrer dans cet instant toute la passion désespoir grand écran de tous les cinémas du monde. Elle souriait. Puis elle l'embrassa, vigoureusement.

Il connaissait les signaux, lui aussi. Il passa les mains sous sa jupe, bougeant vite, pas besoin qu'on le persuade ; avec lui elle s'était vue dans un film noir, âmes perdues se ruant à cet ultime embrasement. La chorégraphie ne cafouilla qu'aux moments habituels, celui où l'on ôte son pantalon, où l'on s'extrait de son jean. Puis, les corps prenant le pas sur le scénario, il n'y eut plus ni temps ni vie à perdre – lui debout, elle qui l'emprisonne entre ses jambes, tout son poids, semblait-il, concentré sur sa volonté de le faire entrer en elle le plus profondément possible.

Peaux luisantes qui brûlent, souffle court. Tout était aussi urgent, aussi propre à la dernière nuit d'un condamné qu'elle pouvait le mettre en scène.

Enfin elle reprit ses habits.

– Je voulais juste que tu sois au courant pour la police, dit-elle. Pour qu'ils ne puissent pas te surprendre.

L'espace d'un instant il se demanda si, ça aussi, ça faisait partie du spectacle en matinée qu'ils venaient de jouer.

***

Je retrouvai une routine. Ma maison avait été une cellule, un refuge, un lieu aussi dénué d'associations d'idées qu'une chambre d'hôtel, la présence d'Anna la remplit de notre vie partagée. Désormais, la disposition des chaises avait son importance ; elle définissait la manière dont nous parlerions le soir. Le lit était aéré, draps impeccablement tirés.

Et il fallait de la nourriture. A Vila Nova, le marché se tenait les mercredi et samedi. Anna avait des visions de Provence de magazine : une douzaine de fromages de chèvre, disons, et de belles feuilles de salade.

Nous nous frayâmes un chemin devant le mendiant cul-de-jatte, le vendeur de gâteaux, les fleuristes et les étals de bouchers pour entrer dans la halle : passages étroits entre des tables étroites, femmes qui surveillaient des tas de légumes verts, des sacs en plastique remplis d'œufs, de haricots blancs, rouge écarlate ou marron foncé, des forêts de montbrétie orange, de coriandre résignée, d'oignons humides de leurs sucs. Après le territoire des femmes venaient les étalages de fromages, les plaques de morue salée, les saucisses enfilées sur des baguettes, le type qui vendait des petits poulets, les épiciers professionnels avec leurs poivrons verts tout tristes, leurs kiwis et leurs nectarines d'Espagne.

La halle était pratique : on y trouvait cresson ou bacon, pommes granuleuses ou pommes de terre. Mais elle était aussi médiévale dans son encombrement incessant, dans la façon dont criaient les femmes, dans les petits tas de choses qui avaient fleuri ou donné des fruits le matin même et qu'on était prêt à transformer en argent liquide. On pouvait s'imaginer devoir glisser sur de la paille ou de la boue au lieu du goudron citadin.

– De quoi as-tu besoin ? lui demandai-je.

– De jambon. *Presunto*. Peut-être de poisson.

Il y en avait de longs et couverts d'épines, comme des anguilles blindées, et des tranches d'une créature grossière à la chair foncée. Rien ne m'était totalement familier. Les sardines étaient rangées sous les tables, certaines caissettes légèrement salées, d'autres sous des blizzards de sel ; celles-là au moins, elle connaissait. Les limites de sa curiosité et de son intérêt furent vite atteintes : elle voulait de la morue fraîche et des filets de saumon.

– On peut toujours manger le poulet, lui fis-je remarquer. On pourrait aussi aller au restaurant.

– Je veux préparer du poisson.

Elle acheta donc du *corvinho*, sans être trop sûre de ce que c'était, une variété de petits pois cabossés, des pommes de terre, du fromage et des pêches. Elle y ajouta du persil, de la laitue et de la verveine séchée pour faire une infusion. Elle emportait des souvenirs.

Je vis Arturo, mais il n'était pas avec les pipelettes. Il avançait entre les alignements de tables, un seau à chaque main.

Je savais que les hommes ne venaient jamais vendre dans la zone des femmes.

Les gens s'écartaient pour le laisser passer parce qu'il n'aurait pas dû se trouver là, sans compter que, le marché étant ouvert depuis deux heures, ce qu'il y avait de mieux avait déjà disparu.

Il posa ses seaux sur la table. Il vida des pommes de terre roses et cireuses qui filèrent dans tous les sens sur l'étroite table en pierre avant d'en tomber.

Les femmes hochèrent la tête. Mais personne ne lui parla, ou ne le regarda en face. De part et d'autre de la table, les places étaient vides.

Je voyais en lui un ami, un allié. Mais je ne sus pas, moi non plus, le saluer comme il fallait ; il était bizarre de voir quelqu'un vendre et acheter en même temps.

Anna s'extirpa de la foule, surchargée de sacs minces en plastique bleu. Je lui en pris quelques-uns et l'aidai à sortir vite de la halle.

Une fois rentrée, elle étala ses achats sur la table comme si elle pouvait les lire à la manière d'une carte.

Elle me tendit aussi de petites embuscades.

– J'aimerais bien savoir pourquoi tu es tellement préoccupé, me dit-elle.

Et ceci :

– As-tu trouvé des choses sur ton père ?

Elle me lançait ces questions lorsque je venais de m'asseoir pour contempler un coucher de soleil, quand je nettoyais mes bottes, comme si ces interrogations pouvaient se dérober à ma surveillance consciente.

Puis, après une journée que j'avais passée à ne pas lui répondre, elle se mit brusquement en colère :

– J'essaie, moi ! s'écria-t-elle. Pourquoi tu n'en fais pas autant ?

Je la dévisageai.

– Tu es en train de dériver ! Tu ne réagis pas à ce que je te dis. Tu n'appelles pas le musée. A croire que pour toi Londres n'existe plus.

Je ne me rappelle plus comment je lui répondis. J'espère ne pas lui avoir répondu : « Ne sois pas idiote », mais ne serais pas étonné de l'avoir fait.

Dans le courant de l'après-midi, nous nous allongeâmes, chacun de son côté sur le lit – à cause de la chaleur, nous le supposâmes tous les deux. Ce fut elle qui franchit la ligne de partage. Elle tendit une main, je crus qu'elle voulait que je la tienne ; elle voulait suivre la courbe de mon dos tandis que j'étais allongé. Ses doigts effleurèrent ma peau, me plongèrent dans l'attente.

– Tourne-toi.

Je me retournai. Je bandais, bien sûr. Elle sourit. Mais au lieu de nous unir, au lieu de rire et de nous ravir de l'instant, nous restâmes figés dans l'embarras. Le désir était bien là, et les réactions habituelles ; mais il nous parut soudain inapproprié, presque gênant de pousser plus loin, comme si cela ne nous servirait qu'à passer le temps.

Elle m'embrassa une fois sur le front et se rallongea, aussi distante que si elle était encore à Londres, proche pourtant, juste au bout de mes doigts. Je me levai, gagnai la douche et fis couler de l'eau brune en espérant qu'elle s'éclaircirait.

Elle prépara une citronnade raffinée, nous nous assîmes pour regarder la vallée à nos pieds : lumière brillante sur l'ardoise des toits, oiseaux qui s'agitaient entre des arbres, eau du ruisseau qui courait.

Je lui lançai, parce que je ne trouvais rien d'autre à lui dire :

– C'est drôle qu'Arturo se soit trouvé au marché. Et je n'ai pas vu Zulmira.

Elle acquiesça d'un signe de tête.

Nous sûmes tous les deux qu'il y avait là plus qu'un mauvais après-midi au lit, aisément effacé par une nuit plus propice. Ce n'était pas le désir qui nous avait fait faux bond. C'était le contact.

***

— Tu pourrais aller les voir, me dit-elle. Tu ferais peut-être mieux.

Je grimpai donc les marches qui conduisaient à leur maison, frappai au portail en métal, essayai de l'ouvrir et le franchis pour entrer dans la cour. Espace ouvert, monticules de soucis et de laitues, bois empilé sous un appentis, des pièces sur deux côtés en haut d'un escalier en ciment, et des bêtes : un cochon garé dans un coin, des lapins dans des cages au grillage fin, un convoi de poulets harcelant le monde, un gamin qui sautait au bout d'une corde et d'un licou. Des géraniums partaient à l'assaut d'un mur.

J'appelai :

— Zulmira ? Arturo ?

Arturo sortit de l'ombre dans la véranda.

— Senhor João, dit-il.

— Tout va bien ? *Tudo bem ?*

— *Tudo bem*, me renvoya-t-il d'un ton peu convaincant.

— Vraiment ?

Il secoua légèrement la tête.

— Si vous pouviez nous conduire en ville, Zulmira et moi… Je crois qu'on devrait aller au petit hôpital de Vila Nova.

— C'est elle qui est malade maintenant ?

— Je vais l'emmener.

— Je peux vous aider ?

Mais il était repassé dans l'ombre et l'éclat du soleil m'aveuglait à moitié.

Anna, elle aussi, voulait l'aider. Elle le voulait même plus que de me voir occupé, bien qu'elle me traitât maintenant avec la gentillesse minutieuse qu'on témoigne à quelqu'un qui a subi un deuil.

– Là-bas, dit-elle. Ils sont là-bas.

Zulmira debout à côté de lui, Arturo descendait les marches. Je savais que ses jambes flanchaient de temps en temps, mais ce jour-là il regardait droit devant lui comme s'il concentrait toute sa volonté sur le seul fait de descendre. Zulmira donnait l'impression de s'accrocher à son cou. Elle avait des taches sombres sous les yeux, comme du vieux sang sous la peau, et trébuchait, ses pieds traînant sur la pierre.

Je voulais aider. Anna aussi. Sous diverses formes, nous avons les mêmes instincts : elle est plus sûre de pouvoir intervenir dans la vie d'autrui ; bureaucrate-né, j'ai toujours des objections à formuler. Mais elle et moi sommes gentils, toujours.

Arturo ne me salua pas. Il continua d'avancer, le bras de Zulmira passé autour de son cou. J'étais tellement habitué à sa forte présence dans les champs, ici elle courait après une chèvre, là elle coupait de l'herbe ou grattait la terre avec une binette, que le laisser-aller de son bras me choqua.

Il devait y avoir de l'événement dans l'air, car Hart nous observait d'en haut. Arturo tint Zulmira par la main et lui ouvrit la portière de ma voiture de l'autre ; Zulmira n'arrivait plus à rester debout. Il se servait de tout ce qu'il avait encore de vieilles forces pour l'empêcher de tomber en avanst.

Il l'installa sur la banquette arrière. Je montai dans la voiture, mis le contact et jetai un coup d'œil par-dessus mon épaule pour vérifier la circulation.

Tête de Zulmira renversée en arrière, et ses bras étaient mous. Je vis que ses yeux étaient révulsés.

Puis je remarquai l'odeur, enfin : mélange gâté de

chair et de sueur sous la couche de savon doux et bon marché. Zulmira était morte.

***

Personne ne s'était attendu à la réaction de la police. L'aimable et courtois Mello se montra brutal ; il prétendit qu'Arturo lui avait caché un décès, trouva des circonstances douteuses, le fit incarcérer à la prison de la ville pour toute la durée de l'enquête alors même que le pauvre homme ne pouvait plus marcher qu'en y mettant toute sa volonté. Les flics occupèrent le village, y contrôlant tout et tout le monde ; on revenait des champs pour chercher sa carte d'identité. Tout le monde était témoin, tout le monde fut mis en quarantaine.

J'adore les indignations d'Anna. Elle se serait volontiers jetée entre la police et les femmes du village si elle l'avait pu. Mais elle ne savait pas un mot de portugais et n'arriva pas vraiment à comprendre le mal qui était fait autour d'elle, sa colère restant générale et sans grande efficacité. Elle détesta ça.

Elle s'excusa auprès de sa faculté. J'en fis autant auprès du directeur adjoint du musée et lui expliquai que j'étais retenu au Portugal pour des raisons indépendantes de ma volonté.

— Quelle vie mouvementée ! me lança-t-il.

Je crus que le monde ne pouvait pas se refermer davantage sur nous. Il n'y avait plus qu'Anna et moi, nous agitant bruyamment dans la boîte qu'était notre maison – et toujours sous les yeux de Hart. Il reniflait nos larmes et nos disputes, il les étudiait. Il essayait d'évaluer la distance qui nous séparait.

Parler des abeilles, de la ville ou de la poussière avec Arturo me manquait.

Formentina, qui m'avait paru fournir une excellente

toile de fond à une autre vie, commençait à se gâter, dessin qui s'effrite, vernis qui se fendille sur la toile, vandale qui massacre un objet aussi beau que le *Liber Principis*. Face à un pareil changement il n'y avait plus de place pour mes belles et vertueuses colères d'antan. Arturo n'avait rien fait de mal. Et Zulmira encore moins. Et ce n'était pas Hart qui avait dénaturé l'endroit ; je ne l'aurais jamais découvert sans lui.

Anna voulait partir. Elle le dit une ou deux fois. Elle me demanda d'aller parler avec mon ami le capitaine Mello, afin de savoir quand les témoins pourraient s'en aller.

Je trouvai Mello à la caserne des GNR.

— Je m'excuse vraiment, dit-il, mais nous avons dû prendre des mesures plutôt extraordinaires. Vous comprenez.

— Je comprends seulement que ma femme a besoin de…

— Votre professeur Hart, me lança-t-il en m'interrompant, il nous intéresse. Nous avons reçu une autre demande de renseignements. Mais vous l'avez sans doute déjà deviné.

— Assurément.

— Vous n'êtes pas obligé de me dire pourquoi vous vous intéressez à lui, reprit-il. J'en ai une assez bonne idée. La police hollandaise a parlé avec les gens du Rijksmuseum, enfin… vous voyez…

Ces phrases fonctionnant comme des questions, je fis de mon mieux pour ne pas réagir du tout.

— Écoutez, enchaîna-t-il. Cette autre demande d'enquête est extrêmement sérieuse. Il faut que vous le sachiez. Je ne peux pas vous dire grand-chose de plus. De fait, j'en ai déjà trop dit.

— Qu'est-ce que ça signifie ? Que vous bloquez Formentina pour coincer Hart ? Ça ne serait pas un peu exagéré ?

– Ce n'est que pour un jour ou deux. Cette deuxième enquête est extrêmement sérieuse.

– Mais ma femme…

– Si nous devions passer chez M. Hart, vous pourriez peut-être vous y trouver par hasard.

Je le dévisageai.

– Je vous téléphonerai. Il y a moyen d'arranger ça au bénéfice de tout le monde.

***

Maria Mattoso ne s'était jamais occupée d'une affaire criminelle et ne travaillait en général pas avec les Portugais, mais Anna la convainquit et j'appuyai Anna. Maria se rendit à la prison de la ville qui avait jadis été le palais d'un évêque : grand ovale de murs entouré de gardes et dont on ne voyait qu'une coupole blanc et or avec beaucoup de verre. Les portails auraient encore pu être ceux d'un palais.

Elle gara sa voiture, présenta sa carte d'identité et entra. Elle fut alarmée par le silence du couloir et l'impression de vies écrasées partout ailleurs.

On lui amena Arturo. Il portait sa vieille chemise et une salopette orange.

– C'est très aimable à vous d'être venue, dit-il.

– Comment allez-vous ?

Il n'essaya pas de trouver une réponse.

– Je vous ai apporté un peu de nourriture.

Anna avait insisté.

– Je n'ai pas faim.

– Mais ça viendra.

– Je ne veux pas avoir des trucs qu'ils pourraient me prendre.

– Qui vous prend la nourriture ?

– Nous avons des couchettes superposées, vous savez ? Quatorze par dortoir. J'ai une couchette du bas et le type au-dessus de moi n'est pas propre. Je ne peux pas sortir.

– Je sais que ce n'est bon pour personne dans cette prison.

– Il y a des toilettes, mais elles ne marchent pas.

– Même quand on est accusé, on a des droits. Il se pourrait qu'on vous mette en liberté provisoire.

– Je ne connais pas ces gens, dit-il. Ils sont jeunes. La nuit, ils marmonnent. Ils ont des marques sur eux.

– Ce n'est pas un endroit pour vous.

– Sauf que si. C'est ici que je dois être.

L'espace d'un instant, elle ne sut pas très bien comment poursuivre. Elle pouvait être l'avocate, celle qui calcule et protège. Elle pouvait aussi être Maria Mattoso qui avait devant elle un homme pétrifié de tristesse.

– Il ne s'agit que d'un délit technique, reprit-elle. Personne ne doute que Zulmira soit morte de causes naturelles. D'un problème cardiaque jamais diagnostiqué.

– Alors pourquoi suis-je ici ?

– Je ne sais pas. Vous ne lui avez fait aucun mal.

– Je l'ai lavée. J'ai fait de mon mieux.

– Tout le monde le sait.

– C'est elle qui aurait dû se faire faire des examens et aller voir un docteur. Pas moi.

– Ça n'a rien de criminel. C'est le problème du médecin.

– Alors, pourquoi ?...

Il ne se donna pas la peine d'achever sa question. Il avait passé toute sa vie à subir les autorités avec une indifférence obstinée ; il n'était pas surpris. S'il s'était laissé aller à la colère, il aurait fallu qu'elle englobe toute son existence.

– Ça va empirer. C'est de ma faute.

– Vous ne le pensez pas.

– Ces types, là, dans le dortoir… je crois que c'est des toxicos. Ils pourraient être malades. Ça ne me plaît pas de dormir.

Il se leva.

– Hier, reprit-il, ils ont oublié de nous donner à manger.

Maria se leva à son tour.

– Je vais déposer une réclamation, dit-elle. Je vais faire tout ce que je peux.

– Ça doit être la volonté de Dieu. C'est dommage que vous ne puissiez plus demander à Zulmira. La volonté de Dieu, elle connaissait.

Maria le regarda s'éloigner, essayant de marcher, mais sur des jambes tremblantes et diminuées. Elle regarda la porte battre derrière lui, puis se refermer. Elle sentit une odeur de désinfectant qui luttait avec des remugles de merde et de vieilles sueurs, avec des fenêtres fermées sur une chaleur impitoyable et un air usé par douze hommes.

J'imagine qu'Arturo retourna sur sa couchette. Il s'y assit et contempla diverses fissures dans le mur et les mouvements infimes qu'elles semblaient y faire maintenant qu'il n'avait plus ses lunettes. Les gardiens ne donnaient rien à faire aux prisonniers en préventive ; ce serait mieux après la condamnation, les cellules seraient plus grandes. Alors Arturo planta un jardin sur son mur. Avec ses mauvais yeux il revit de la vigne, des haricots sur rames et le vert profond des feuilles de pommes de terre.

***

L'enterrement n'eut rien de commun avec celui de mon père. Le corps arriva de la morgue dans un cercueil en pin bon marché. Sorti de prison et humilié par ses menottes, Arturo fut incapable de faire autre chose que de rester debout en essayant de garder ses larmes pour lui. Le fossoyeur fit un scandale pour être payé et recevoir un pourboire convenable avant d'abaisser le cercueil entre les flancs d'argile desséchée de la fosse.

En petit groupe, les familles d'Arturo et de Zulmira ne quittèrent pas les lieux jusqu'à ce que le cercueil ait disparu sous la terre.

– Il ne sait pas qu'elle est morte, dit Anna.

– Bien sûr que si.

Elle secoua la tête.

– Il a dormi deux ou trois nuits avec elle. C'est Maria qui me l'a dit.

– Les femmes ne meurent presque jamais les premières. Il n'y a qu'à compter toutes celles en noir.

– Et donc, personne ne s'inquiète pour elles ? On emmène les hommes à l'hôpital et on ne pose même pas de questions pour les femmes.

Je me rappelai ce que l'infirmière avait dit sur les gens de la campagne lorsqu'elle avait voulu que Zulmira consulte un médecin. Mais même elle n'avait pas insisté.

Le cimetière était une sorte de boîte entre des murs blancs qui réfléchissaient la lumière du marbre, des gravillons, de la pierre pâle et du métal poli. On y étouffait.

Anna haussa les épaules.

– J'aimerais voir la tombe de ton père, reprit-elle.

Je lui posai une main sur l'épaule et l'y laissai glisser un peu.

– Je sais que tu dois partir bientôt. J'aimerais que tu n'y sois pas obligée. J'aimerais tant revenir avec toi.

– Eh bien alors, reviens ! me lança-t-elle.

Les effets rhétoriques avaient cessé de l'intéresser.

– Il faut que j'en finisse avec ce truc.

– Pourquoi ? Pourquoi faut-il que tu en finisses avec ça ?

Je n'étais pas très sûr de ce que j'avais voulu dire.

Mon congé se terminait dans une semaine, mais la police m'avait donné l'ordre de ne pas bouger ; c'était une excuse. Je voyais l'assurance agaçante de Hart, j'écoutais ses joyeux bavardages et avais envie de le coincer. Et j'avais besoin d'une réponse à toutes les devinettes que Mello avait posées sur le passé de mon père.

Anna trouva facilement la tombe, c'était le seul caveau en marbre. Les portes en étaient déjà souillées par des brins de lichen.

— Ils mettent le cercueil sur une étagère ? Comme ça ?

Je gardai le silence.

— Je te demande pardon. Je ne voulais pas…

— C'est une demeure familiale pour les morts. Je ne vois pas à qui d'autre il pensait.

Elle attendit.

— Je veux toujours savoir qui il était avant de partir pour Londres et qui il était quand il a décidé de revenir ici. Je veux savoir si Londres n'a été qu'un intermède malheureux dans sa vie.

— Il t'aimait beaucoup.

— Il voulait que je sois anglais.

— Il voulait te protéger.

— Ou se débarrasser de moi, faire en sorte que je sois sous la responsabilité de quelqu'un qui ne reviendrait pas le chercher. Je ne sais pas.

— Tu ne peux pas le savoir.

— Ça m'étonne encore. Je me demande ce que ça signifie de se sentir chez soi dans un pays qu'on ne connaît pas. Je n'arrête pas de me poser des questions. Je me demande pourquoi je n'éprouve pas ce qu'il ressentait. Les pères et les fils ne viennent-ils pas tous, en général, du même endroit, où qu'ils aillent et quelle que soit la façon dont ils changent ?

— Allons quelque part où nous pourrons nous asseoir, me dit-elle en regardant encore une fois le caveau.

Elle y vit quatre étagères un peu en retrait de la porte, et un seul cercueil posé à droite, avec un petit écriteau en marbre. Le cercueil était encore immaculé ; on ne pouvait pas tricher sur le luisant et le cuivre comme on peut le faire avec des caisses qui disparaîtront dans la terre.

– Tu en sais autant que moi, repris-je.

– Je veux voir sa maison. Tu pourrais me la montrer avant qu'elle soit achetée par quelqu'un d'autre.

– Je n'ai pas encore décidé de la vendre.

Nous soulevâmes de la poussière dans l'allée qui passait entre l'église et le cimetière, de la poussière vive, de la poussière tourbillonnante qui nous colla aux lèvres et nous piqua les yeux. Le long du chemin des fleurs de temps chaud, comme des disques de papier bleu, s'épanouissaient au bout de tiges vertes.

– Comment ça, tu n'as pas décidé ?

Je m'attendais à un ton exaspéré, mais sa voix resta aussi plate que celle d'une institutrice sûre de son autorité.

– Je n'y arrive pas.

– Alors, laisse-moi voir.

Nous remontâmes dans la voiture et gardâmes le silence en roulant.

Je me garai devant la maison de mon père. Anna s'adossa à la voiture et contempla les lions en pierre, les deux angelots, la fontaine asséchée avec les tiges brunes de l'herbe haute tout autour, la superbe fausse cheminée en pierre des champs et le fer forgé omniprésent. La maison était un assortiment de rêves et d'aspirations tronqués et collés ensemble en un méli-mélo ambitieux. Une seule et unique rose rouge bien costaude, pétales ouverts et presque noirs, avait fleuri près du mur.

– Je ne savais pas à quoi m'attendre, dit-elle.

– Il voulait tout ce qu'ont les autres, mais en plus grand. Je ne lui connaissais pas ce trait de caractère. Ça doit être ce que désirent tous les *emigrantes*. Il faut pouvoir montrer que tout ce qu'il en a coûté de partir en valait la peine.

J'ouvris le portail du petit jardin de devant et ajoutai :

– Il n'aurait jamais pu faire ça à South London.

– Il aimait bien les lions.

– Tout le monde en a. Il a aussi des ananas en plâtre.

– Et des terrasses…

Je tripatouillai mes clés dans mes poches. Celles de Londres n'iraient pas, pas plus que celles du musée. Les légères, celles qui avaient le poids et la couleur de l'aluminium, ouvraient la maison de Formentina.

– Je n'ai pas les clés, dis-je en me tournant vers elle. Je croyais vraiment les avoir. Je ne voulais pas les laisser…

Elle était déjà montée en haut des marches et, appuyée à une fenêtre, regardait l'intérieur sombre et frais – ici les gros fauteuils, là les lampes en cuivre sur des tables sans photos.

– Je ne crois pas qu'il ait apporté quoi que ce soit de Londres, repris-je.

– Il voulait sans doute repartir de zéro.

– Mais il n'avait emporté ni portraits ni photos. Rien. Comme si toute sa vie à Londres n'avait jamais existé.

Elle me regarda d'en haut. Elle dit maintenant qu'elle vit alors un homme dévoué, ordinaire et complètement dépassé. Elle éprouva une grande tristesse : elle aurait voulu me tenir dans ses bras, mais savait que ça n'aurait pas marché.

***

Des femmes coupaient de la verdure pour les chèvres : herbe, patience, lavande. La fille de Zulmira prit le bus du matin : tous les jeudis, elle faisait le ménage dans une maison de Vila Nova. Des villageois faisaient équipe de jour pour abattre des eucalyptus et nettoyer toute une colline d'argile rouge qu'allait bientôt exploiter une tuilerie. Les autres étaient, comme d'habitude, partis travailler dans le bâtiment ; mijotant dans leur sueur, ils poussaient des poutres et de la pierre, ou prenaient du bois vert et le vernissaient avec tant de soin qu'on avait l'impression de marcher sur des miroirs.

Je sais que, dans sa cellule, Arturo regrettait ses occupations ordinaires plus que toute autre chose : défricher, nouer ensemble des branches de saule doré pour fabriquer une clôture, mettre des tuteurs aux arbres, aiguiser un outil et s'en servir jusqu'à ce qu'il ait à nouveau besoin d'être aiguisé. Vivre un an de travail, il savait le faire en une seule journée de rêves, mais sans la satisfaction d'avoir bougé, de s'être servi de ses muscles et rendu utile ; et, sans cela, il était perdu.

Je le sais parce que c'est la même chose pour moi. D'une manière ou d'une autre, j'étais obligé de coincer Hart et de rapporter ces images à Londres. Mon travail, ma crédibilité pouvaient en dépendre, mais aussi, maintenant que tant d'autres choses s'étaient écroulées, mon être profond : ce que je pensais de mon père, de mon mariage, de ma maison. Il y avait des consolations, bien sûr : les bois, la montagne, la paix, l'eau de la source, peut-être même la dignité de la peine, le cycle des saisons, tout ce qui est merveilleux quand on peut partir – mais prison quand on ne peut pas.

***

Il y avait une autre *festa* de l'autre côté de la montagne, nous annonça Maria. Elle se transforma en organisatrice de la journée.

Nous nous rassemblâmes, comme en convoi, dans un triangle de jardin public avec un kiosque à musique au milieu, à l'ombre lourde des tilleuls. Hart déclara vouloir un Coca et gagna le petit magasin du coin. Je le suivis – je voulais du café –, et le regardai acheter de grands sacs-poubelle, du fil de fer, un tournevis, une paire de cisailles aux lames solides.

Sacs-poubelle, cisailles, fil de fer, tournevis. Ça n'avait rien à voir avec l'art ou le vol, j'oubliai.

Ce soir-là, Maria rentra chez elle avec sa mère. Elles avaient des choses à discuter ; de fait, Maria se trouvait déjà des excuses pour ne pas être avec Hart. Qui l'assura qu'il comprenait : elle travaillait, elle avait sa vie à elle. Il ne faisait que passer.

Puis il lui fit un cadeau. Elle pouvait venir le prendre à Formentina quand elle voulait.

Il comprit aussitôt qu'il avait commis une erreur. Mais elle ne refusa pas.

– Je viens tout de suite, dit-elle.

Elle le suivit dans la colline et s'assit dans un fauteuil, comme un juge.

Il disparut dans la chambre. Il pensait en ramener un livre, qui sait ? une bouteille. Mais il voulait lui donner une des images que Hart avait volées.

Il fouilla encore. Il avait créé une situation bizarrement magique : en promettant une page à Maria, il s'obligeait à la trouver.

Il n'y avait rien dans le capitonnage des valises, dans les endroits évidents. Il chercha dans les vêtements qu'il avait emportés de chez Hart pour vider la maison.

Les vestes. Personne n'aurait idée de coudre une image de prix dans une doublure de veste ; et il était peu vraisemblable de penser que le Pr Hart ait été doué pour les travaux d'aiguille. Même chose pour les pantalons. Et roulées en boule, les chaussettes ne laissent pas assez de place pour y cacher un tableau.

Il y avait une pile de chemises, naturellement : de belles chemises en coton tout droit sorties de la blanchisserie. Cinq de marques hollandaises, une anglaise, de Londres – et parfaitement respectable, en plus : boutonnée, blanche. Mais elle était épaisse, trop épaisse.

Le professeur n'était pas assez élégant pour transporter une chemise parfaitement lavée pendant des mois.

Hart déchira l'enveloppe en plastique. A la place du carton qui aurait dû se trouver dans la chemise, il tomba sur du plastique et une espèce de papier d'emballage fin. C'était là, entre les feuilles, que se cachaient les images colorées.

Il prit la première et retourna voir Maria.

Il lui montra un gros chat enfermé dans une cage d'aquarelle, le noir de son pelage aussi brillant qu'encre fraîche, la force de ses mâchoires et de ses crocs parfaitement rendue. Il lui tendit l'image.

– Non, dit-elle. Je ne crois pas.

Arrivée à la porte, elle ajouta :

– Je ne veux rien. Tu seras bientôt parti.

Il s'assit par terre, sur le carrelage. Il était bloqué – tout à faire, aucune énergie pour attaquer, comme l'athlète brisé par l'âge qui découvre que ses muscles ne peuvent plus le faire décoller du sol.

Il avait trouvé ces satanées images, mais il était tout simplement trop tard pour semer le type du musée et passer à autre chose. Il avait attendu trop longtemps et s'était laissé piéger par les problèmes des autres. Il allait devoir vivre ma vie.

Il avait donné ce qu'il avait de mieux, bien plus que des histoires et des promesses, et Maria avait refusé.

C'était un tueur. Il méritait les manchettes les plus noires, les tirades des hommes politiques, une brusque montée dans la vente des meilleures serrures encastrées, des bombes à poivre et des 9 mm. Et c'était là qu'il était, coincé dans un village à cause d'un incident qui ressemblait plutôt à une image : une morte dans les bras de son mari.

Sauf que c'était bien pire que ce qu'il imaginait, naturellement.

***

Christopher Hart avait un dentiste à Cambridge, dentiste qui faxa son dossier à la police locale, qui l'expédia à Amsterdam, à l'inspecteur Van Deursen.

Il n'y avait aucune raison pour qu'un crâne retrouvé dans une écluse en Hollande corresponde au fichier dentaire d'un citoyen britannique officiellement vivant. C'était pourtant le cas.

***

Hart contempla les peintures. Il les rangea toutes dans des enveloppes en plastique.

Pour lui, les garder n'avait aucun sens. Il n'était ni acquéreur ni collectionneur. Il passait à autre chose ; c'était là l'essence même de son existence.

Il glissa une enveloppe sous ma porte.

Je la vis arriver, toute brillante. Je la ramassai. Je remarquai que le gros chat était légèrement froissé, que les bords de la feuille avaient souffert. J'éprouvai de nouveau la belle et noble colère qu'on ressent devant quelque chose de parfait que quelqu'un a irrémédiablement abîmé.

***

Tout ce qui était superflu devait disparaître.

Le problème d'Anna était le plus facile à résoudre. La police avait déclaré qu'elle pouvait partir, maintenant qu'ils n'avaient plus besoin d'utiliser l'enquête sur Arturo comme couverture. Anna avait un billet d'avion au départ de Porto et disait certes vouloir s'en aller plus tard, et me ramener avec elle, mais elle était aussi obligée de recommencer à enseigner et visiblement exaspérée par le village.

La reconduire à l'aéroport fut insupportable. Elle me berça de petits souvenirs ; parfois il s'agissait de questions graves – comment j'avais été le seul à ne pas me montrer surpris lorsqu'elle avait renoncé à la musique et comment ça l'avait aidée –, parfois seulement de petites choses que nous avions partagées : le jour où nous nous étions perdus en nous promenant quelque part en Suisse, un repas à Sienne, les seiches minuscules avec leurs tentacules craquantes et leurs corps tout glissants d'encre.

– J'ai lu ta thèse en entier, me dit-elle. Jusqu'au dernier mot.

– Tu n'étais pas obligée.

– J'en avais envie.

Tout cela sentait les dernières paroles prononcées sur un lit de mort : on a décidé de ne rien laisser dans l'ombre et craint de ne plus avoir l'occasion de le faire. Elle me parla d'un après-midi à Sienne, d'une petite chambre, des pièces pour alto seul de Bach, de la brise légère et chaude sur nos corps. Si charmante fût-elle, l'image n'appartenait plus au monde des souvenirs, n'était plus ancrée dans nos vies.

A l'aéroport, elle déclara avoir besoin du *Guardian* et disparut dans un magasin de journaux. Il y avait trop de revues étrangères ; elle feuilleta des pages sur les scandales en France, parcourut *Billboard* et des journaux de sport italiens sur papier rose. Elle trouva ce qu'elle voulait et me rejoignit dans l'allée centrale.

– N'attends pas, dit-elle. Ça ne sert à rien. Je vais passer le contrôle et je prendrai un café.

– Mais ton avion ne part que dans une heure.

– J'ai envie d'acheter des cadeaux.

– Je t'aime.

– Oh, oui, dit-elle. Et moi aussi. Mais pour ce que ça nous sert…

Elle passa le contrôle de police, franchit le portique de sécurité, à peine si je la voyais encore. Puis elle se dirigea vers la vérification des passeports du vol de Londres et ce fut fini : elle avait disparu, pour de bon.

***

J'appelai Mello de l'aéroport. J'avais quelque chose à lui expliquer et… pouvais-je passer au poste de la Guardia ?

Je lui montrai l'image : le gros chat abîmé par des manipulations sans soin. Je lui expliquai qu'il en manquait quatorze autres, que nous soupçonnions Hart et que j'avais trouvé cette image sous ma porte.

– Commencement de preuve que cet individu est détenteur de biens volés, lui dis-je. Je vais avoir besoin de votre aide.

Puis j'entendis la voix de tout le musée, un grand chœur de silence, et ajoutai :

– Le problème est assez délicat.

Il sourit.

– Nous non plus, nous ne voulons pas de complications, dit-il. Vous avez les peintures, vous les rapportez à Londres. Il y a des questions autrement plus importantes à régler.

– Je vous remercie.

– Nous ne savons même pas de quoi l'accuser, enfin… pas encore. On ne peut pas procéder à une fouille légale sans votre présence. La police hollandaise a beaucoup insisté sur ce point.

Deux voitures pleines de flics nous accompagnèrent, notre convoi arrivant à Formentina en véritable proclamation automobile. Le village se figea : les hommes qui se déplaçaient doucement à côté des ruches, ceux qui poussaient les chèvres dans la montagne ; les deux femmes qui cueillaient des haricots ; le cafetier qui empilait des bouteilles de gaz sur le bord de la route. Les flics montèrent à l'assaut des marches, entre des gens immobiles qui les regardèrent longtemps avant de lentement se remettre à murmurer par gestes et murmures, et recommencer à se mouvoir.

Mello tonna à la porte de Hart. Sans réponse.

– Sa voiture n'est pas là, lui dis-je, obligeant.

Il fit signe à trois de ses hommes d'y aller, ils furent de l'autre côté de la porte comme s'ils avaient traversé une feuille de papier.

Au milieu des haricots de son jardin, un vieil homme poussa un cri. Sa femme le fit rentrer.

Noir d'encre dans la maison et ça sentait la sueur et l'haleine ancienne. Dans la chambre, les flics trouvèrent un tas de linge sale qu'ils examinèrent méticuleusement. Tous les tiroirs furent ouverts, fouillés, refermés. Hart avait accroché ses vestes dans une penderie sans profondeur, toutes ses poches furent retournées. Passeport. Cartes de crédit. Chéquiers.

Dans ses papiers, ce furent les mauvais documents qu'on chercha. L'ordinateur fut traité comme un objet de contrebande et allumé plus pour s'assurer qu'il était bien ce qu'il semblait être que pour y chercher ce qu'il aurait pu contenir. Je fus, moi, et pour la première fois, autorisé à farfouiller où j'en avais envie.

C'était les peintures que je voulais. Je voulais aussi savoir pourquoi. Je retournai des piles de papiers et les étalai légèrement : je cherchais tout ce qui pouvait être d'un poids et d'une texture différents. J'examinai des tiroirs pleins de chemises et de chaussettes. Moi aussi, je pouvais faire un bon voleur – un voleur autorisé.

J'ouvris un tube en carton à l'air prometteur et ne tombai que sur une affiche – mais intéressante en soi : un Van Gogh, champ de coquelicots sous ciel placide, en plâtre ou presque. Sombre défilé d'herbes, maisons qui se serraient au loin sur la droite, grande impression de plat. Cela manquait de férocité, voire de formes décoratives, et je contemplai trop longtemps l'affiche, me demandant pourquoi Hart, un Anglais programmé pour rêver de plages, de collines en Toscane, de vallons et de tout ce qui est paysages moutonnant, attachait tant de prix à du plat.

— Trouvé quelque chose ? me lança Mello.

— Pas encore.

— Nous si, un truc. Une pièce d'identité de New York au nom de Thomas Galford.

— Qui est-ce ?

— C'est peut-être une carte pour les endroits où on donne un faux nom. C'est juste un truc plastifié.

Un des policiers souleva la vieille malle Vulcanite. Mello y chercha un double fond.

Nous nous lançâmes à la recherche d'un grenier, à tout le moins d'une soupente cachée : neuf hommes le nez en l'air, les mains et les yeux levés vers un plafond en lattes de bois fin. Je trouvai un rectangle découpé dans un coin de la grande chambre.

— Échelle ! cria Mello, et ses hommes partirent en chercher une au galop.

Profitant de leur absence, il me lança :

— Ce sont des images que vous cherchez ?

— Des images, oui, lui répondis-je. Des peintures rassemblées dans un album. Pour lui, ça n'aurait eu aucun sens de les apporter ici. Pas s'il avait l'intention de les vendre. Sauf que vous avez vu ce qui est apparu sous ma porte hier soir.

L'échelle arrivée, plus par gentillesse que par déférence, il me laissa être le premier à monter dessus et à pousser le rectangle de bois branlant. Je me retrouvai le nez sur l'isolant en fibre de verre brut. Je toussai. Je pris la lampe électrique et en promenai le faisceau à l'endroit où la poutre traversait le pan de fibre de verre pour rejoindre le bord des tuiles. Et je palpai. Mes doigts se refermèrent sur une enveloppe en plastique.

Ce que je pus espérer !

– J'ai quelque chose ! m'écriai-je d'une voix étouffée par la fibre de verre.

– Tout le monde cache des trucs, dit Mello. Ça n'a pas toujours beaucoup d'importance.

Je redescendis l'échelle prudemment.

– Ça pourrait ne pas lui appartenir, dis-je.

C'était une grande enveloppe claire. En plus de reçus, elle contenait un billet d'avion et le genre de justificatifs qu'on garde par-devers soi pour prouver de quoi on vit aux impôts. Je la tendis automatiquement à Mello, mais il me laissa l'ouvrir.

Le billet d'avion était pour un vol KLM Amsterdam-Lisbonne, classe affaires, avec retour ouvert et paiement par carte Visa.

– Mais il est bien venu en voiture, n'est-ce pas ? demanda Mello.

Il y avait des papiers de location de voiture, mais ils ne correspondaient pas au véhicule que conduisait Hart. Il y avait aussi un permis de conduire – validité expirée –, au nom de Gregory Keller et dont la photo ressemblait beaucoup à Hart. Plus un billet de train Amsterdam-Utrecht poinçonné. Et encore un passe pour la bibliothèque Bobst de l'université de New York, du savon de l'hôtel Georges V à Paris, un paquet de cartes à jouer provenant d'un casino de Nassau, un bonbon Ting Ting au gingembre, des reçus de taxis de plusieurs villes et un billet pour le train à crémaillère qui grimpe au sommet du mont Pilate, à côté de Lucerne.

– Souvenirs, constatai-je en essayant de cacher le dégoût dans ma voix.

– Je garde le permis de conduire, dit Mello.

313

Les flics remirent l'enveloppe à sa place et les papiers en ordre, refermèrent les volets et rendirent la maison à ses ténèbres.

De nouveau au soleil, ils redevinrent simplement officiels.

Une femme qui observait la scène de son portail s'avança, impassible, forte et prête à parler aux autorités.

– Arturo ? lança-t-elle. Et Arturo, hein ?

Elle avait parlé très poliment, mais n'avait prononcé que ces quatre mots comme si elle doutait que le langage puisse l'amener plus loin.

– Il faudra parler au quartier général, lui répondit Mello.

La petite armée grise regagna ses voitures, referma des portières avec un zèle excessif et s'éloigna rapidement, me laissant tout seul devant chez moi.

Je vis la femme qui n'avait pas bougé de son portail. Des enfants tiraient sur sa robe, elle les rassembla et disparut. Elle souriait, ou plutôt faisait cadeau de son sourire aux enfants.

Rien. Que dalle, pensai-je. Rien hormis des noms étrangers plus que bizarres. J'étais trop en colère pour me demander ce que ces noms pouvaient signifier. Je savais seulement que Hart me défiait et m'enchaînait à lui en m'ouvrant la possibilité de rapporter ces images à Londres. J'étais devenu sa petite plaisanterie personnelle.

***

Maria Mattoso s'assura que je l'entendais arriver : crissements de pneus sur le macadam, moteur qu'on fait ronfler, portière qui claque. Elle ne savait pas trop si elle devait se rendre immédiatement chez Hart, ou passer d'abord chez moi. Elle avait choisi de me voir.

– Merci de m'avoir appelée, dit-elle. C'était bien la Guarda, n'est-ce pas ? Combien de temps sont-ils restés ?

– Une trentaine de minutes.

– Vous étiez avec eux ?

– Écoutez… je vous ai téléphoné parce que Hart n'était pas là et qu'à mon avis quelqu'un devait être mis au courant…

– Mais vous ne vous êtes pas dit que je devais être avertie pendant le déroulement de la perquisition. Vous avez attendu jusqu'au soir.

– Je devais conduire Anna à l'aéroport…

L'excuse ne valait rien, mais il fallait bien que je dise quelque chose.

– Avez-vous trouvé quelque chose ? Et eux ?

– Je ne sais pas ce qu'ils cherchaient.

Mais j'aurais pu le lui dire : des contradictions, des trous dans des dossiers qu'ils auraient pu combler à coups d'enquêtes et de soupçons.

– Vous feriez mieux de venir avec moi, reprit-elle.

Pour une fois elle était partie à l'attaque et ne lâchait pas le centre du terrain. Je ne l'avais encore jamais vue aussi clairement.

– Accompagnez-moi, répéta-t-elle.

Elle gravit les marches d'ardoise. Je regardai ses jambes qui travaillaient, le galbe de ses mollets, ses fesses minces qui s'activaient. Maintenant que je me retrouvais seul, sa présence était électrique, tenait de la charge dans une cloche sous vide.

La porte avait été remise sur ses gonds, mais oscilla légèrement lorsqu'elle l'ouvrit. Elle entra.

En plus des relents de sueur et de respiration, il y avait quelque chose de quasiment métallique dans l'air : l'odeur d'intrus en uniforme. Ce n'était pas seulement que des papiers et des habits avaient été discrètement déplacés. Une femme de ménage aurait pu arriver au même résultat. Un voleur aussi. L'insulte venait de

315

ce qu'on avait fouillé dans l'intimité d'autrui pour découvrir une histoire, ou l'inventer. Tout disait que les flics ne comprenaient pas grand-chose à la situation : ils s'étaient montrés incapables de remettre les objets à leur place.

Il y avait des chances pour qu'ils aient aussi trouvé des traces de Maria, et les traces étaient les seules choses qui les intéressaient. A partir d'elles ils pouvaient imaginer des sagas, des amours, des mystères.

– Qui était-ce ? me demanda-t-elle.

– Mello.

– Il avait un mandat ?

– Je crois.

– Combien étaient-ils ?

– Sept. Mello compris.

– Armés ?

– Oui.

– Vous ont-ils expliqué ce qu'ils voulaient ?

– D'après Mello, c'est une histoire d'identité.

– Et vous, qu'est-ce que vous vouliez ?

Elle m'avait cloué avec sa question, je restai figé sur place, les yeux grands ouverts et les mains le long de mes flancs. Je me sentais euphorique. L'attention qu'elle me vouait me semblait assez énorme pour animer tous les manques et espaces qui se formaient dans ma vie.

– Qu'est-ce que vous vouliez ? répéta-t-elle. Il faut croire que vous avez fait chou blanc. Sinon, vous ne m'auriez pas appelée.

– Vous savez pourquoi je suis ici, non ? (Je me sentais enfin le droit de me confier.) Le musée pense que Christopher Hart a volé quelque chose. C'est pour ça que je suis ici.

– Des images, dit-elle. Il m'en a montré une. Je n'arrivais pas à croire qu'il n'était qu'une espèce de voleur qui découpe des images dans des albums.

– C'est pour ça que vous l'avez glissée sous ma porte ?

– Je n'ai rien fait de tel. Je n'y ai pas pensé.

– Ce… truc… ces images que le musée ne devrait pas avoir…, repris-je. Ils veulent que je les rapporte sans que personne ne sache qu'ils en sont propriétaires, et encore moins qu'elles ont été volées. Vous comprenez ?

Elle était toujours en colère contre moi, tendue à craquer, mais on aurait dit que ça ne rendait son esprit que plus froid et plus clair.

– Et vous n'avez rien trouvé ?

– Mello m'a dit que non.

– Ce qui fait que vous pouvez rentrer, maintenant.

Elle m'avait catalogué comme le type parfait du visiteur, celui qui a toujours une bonne raison de repartir : un travail, une femme, des enfants, une maison, des traites, la trouille des alternatives et des choix à faire.

– Je n'ai pas de chez-moi, lui répliquai-je. (Elle ne m'écouta pas.) C'est d'ici que je viens.

Toute mon enfance durant, j'avais raté l'instant de la confession. Je grattais quelques fonds de péché ici et là pour un prêtre fort occupé et les lui offrais pour lui prouver, et comme il faut, que j'étais intéressé. Après, j'avais grandi et m'étais détaché de tout ça. Mais j'avais écouté Anna pendant la matinée entière et voulais tout dire enfin au moins une fois, de façon à ce que tout ça s'évente et me lâche ; ou alors pour que Maria accepte et me pardonne.

– Écoutez, me dit-elle. Ont-ils emporté quoi que ce soit ?

– Je n'en suis pas certain. Pas grand-chose, en tout cas.

– Je peux utiliser votre téléphone ?

Elle appela la Guarda et demanda à parler à Mello, mais il n'était pas disponible. Elle voulut savoir ce qui avait été saisi chez Hart. Elle s'enquit des mandats. Un sergent l'informa que rien de ce qui appartenait à Christopher Hart n'avait été pris dans la maison. Ce ne fut qu'au moment où elle raccrochait qu'elle sentit à quel point la formulation de cette dénégation était étrange.

Elle ne perdit pas son temps à rester avec moi.

***

Elle songea d'abord à prendre la caserne d'assaut et à exiger une entrevue avec Mello. Mais quand on est en colère, on commet des gaffes, et assez pour se faire éjecter comme il faut. Elle préféra appeler de sa cuisine où il faisait plus frais. Quand elle me dit ça, elle reconnut être très fière de son bon sens.

– C'est au sujet d'Arturo de Sousa ? voulut savoir un sergent.

– Non. Je ne vous appellerais par pour lui à une heure pareille. Ça concerne Christopher Hart.

– Oui ?

– J'aimerais parler à quelqu'un.

– Ce soir ? Vous représentez M. Hart ?

– Je n'appelle pas en qualité d'avocat.

– Mais vous le représentez ?

– Je n'appelle pas en qualité d'avocat.

Elle ne sut jamais ce qui l'avait convaincu de la prendre au sérieux. Il y eut une pause, elle crut que le sergent avait laissé tomber son téléphone et entendit quelqu'un parler à l'autre bout de la pièce. Enfin le sergent revint.

– Le senhor Mello va passer vous voir. Dans un quart d'heure.

Elle imagina Mello en train de se faire habiller et bichonner par son épouse silencieuse, puis s'enfournant dans sa voiture et conduisant jusqu'à la maison de Maria. Il traverserait la ville d'un air important, s'assu-

318

rant que personne n'ignore sa présence. Il serait heureux de corriger toutes les impressions qu'elle aurait pu se faire sur M. Christopher Hart.

— Voilà qui est plutôt inhabituel, lança Mello quand elle lui ouvrit la porte.

— Je sais. Je vous sers quelque chose à boire ?

Il hésitait à entrer. Elle sentit qu'il se demandait s'il était vraiment convenable de se trouver chez une femme après neuf heures du soir. Il aurait été bien plus à l'aise si elle n'avait été qu'une espèce de vieille pioche d'avocate à petit ventre, à laquelle on peut passer commande de sa boisson devant une table de billard ou au comptoir du bar dans un club.

— Un verre, dit-il. Du… porto ?

— Un verre de porto, répéta-t-elle.

— Voilà.

Il s'installa dans le salon, dans la flaque de maigre lumière qui tombait d'un lampadaire, et regarda autour de lui. Le vieux bois foncé, les pièces de belle porcelaine et les lourds rideaux parurent le rassurer. Il était toujours dans son monde.

— Pas du blanc, lança-t-il d'un ton paternaliste.

Elle posa une bouteille de porto de couleur fauve et vieille de vingt ans sur la table. Elle en faisait trop, elle le savait, mais c'était une partie qu'elle n'avait encore jamais jouée : on échange des secrets professionnels, rien à voir avec le droit, les procédures régulières ou la justice.

— Que puis-je faire pour vous, au juste ? demanda-t-il en sirotant son porto.

— Je voudrais vous parler confidentiellement, si c'est possible.

Il haussa les épaules.

— Je me demande ce que vous savez sur Christopher Hart.

— Monsieur Hart… répéta-t-il. Vous n'auriez pas des biscuits, par hasard ?

C'était elle qui demandait, c'était lui qui avait les réponses, elle lui apporta des biscuits.

– Je croyais que vous le représentiez, reprit-il.

– Je lui ai trouvé sa maison et ai rédigé son contrat de location. Quand vos hommes veulent lui faire passer un message, c'est à moi qu'ils s'adressent. Ils le font souvent parce que je parle anglais.

– Et très bien, j'en suis sûr.

– Aujourd'hui, vous avez perquisitionné chez lui, enchaîna-t-elle. Ça signifie que vous avez de sérieuses présomptions à son encontre. Je ne veux pas m'engager plus s'il y a des choses que j'ignore…

– Vous engager plus, répéta-t-il. Et moi qui croyais que vous l'étiez déjà beaucoup !

Il insista sur ce dernier mot et le chargea de sens cachés : comment se conduisent les femmes, comment devrait aller le monde, la connaissance approfondie du péché qu'ont les flics.

– Vous me connaissez, dit-elle. Je connais tous les étrangers.

– Oui, il y a effectivement quelque chose que vous devriez savoir. C'est une histoire tout à fait extraordinaire. Je ne sais pas comment il s'est présenté à vous – sous les dehors d'un professeur de faculté, j'imagine ? Avec tous les diplômes qu'il faut. Ça n'avait rien de très intéressant et personne n'en aurait douté. Il venait de Hollande, où il était censé passer une année sabbatique. Sauf que… (il tripota un biscuit, avec une fausse délicatesse parce qu'il se trouvait dans le salon d'une dame) … sauf qu'il a rencontré une femme dans un tram en Hollande et que cette femme a cru reconnaître son fils en lui. Pas du tout Christopher Hart, mais un certain Martin Arkenhout… qui serait mort en Floride il y a dix ans de ça. La police a retrouvé l'hôtel de Hart, photographié son passeport et cette Mme Arkenhout a juré que c'était exactement à ça que son fils aurait ressemblé.

– Vous voulez encore un peu de vin ? Un *copito* ?

Mais il était devenu très sérieux et lui expliqua comment le compagnon de voyage d'Arkenhout avait disparu, lui aussi.

– Vous voyez le schéma ? conclut-il. Oui, j'aimerais bien encore un peu de vin.

Elle versa.

– Ce qui fait que nous avons perquisitionné chez M. Hart. Nous y avons trouvé une carte d'identité à un autre nom… quelqu'un qui a disparu aux Bahamas. Un type assez fortuné, vous voyez le genre.

– Vous n'avez pas arrêté Hart ?

– Les preuves sont disséminées dans six ou sept pays différents. Et il n'y en pas beaucoup. L'histoire reste encore obscure, c'est tout. Et les histoires obscures, c'est pas ça qui manque.

Elle se mit à arpenter son salon comme un prétoire, trois pas dans un sens, trois pas dans l'autre, en longeant la table basse aux bords coupants.

– Je pense…

– Si la police hollandaise a raison, reprit-il, cet homme va encore tuer avant de disparaître. Mais sous une nouvelle identité.

– Qui pourrait-il trouver à Formentina ?

– Vous connaissez John Costa, n'est-ce pas ?

Elle se versa un demi-verre de porto, bien qu'elle ne bût pratiquement jamais de vin. Elle leva la tête pour croiser le regard de Mello.

– Je pensais que ce serait bien la dernière personne que vous voudriez mettre en danger, lui renvoya-t-elle.

– Vous me prenez pour un saint ?

– Mais c'est le fils de José Costa !

– On ne peut pas toucher à Hart pour l'instant. Tout ce qu'il nous faut, c'est qu'il essaye de recommencer.

Il se leva comme si les bonnes manières l'exigeaient.

– Qu'il essaye seulement, précisa-t-il.

***

Tout ce qui était superflu devait disparaître.

L'histoire de mon père me démangeait et tiraillait, bousillait ma concentration ; il fallait la résoudre. A l'époque, je ne me rendais pas compte à quel point savoir peut vider son homme, lui déglinguer ses loyautés d'enfance en ne lui offrant que de maigres faits en échange. J'étais en train de devenir la coquille vide que tout le monde reconnaissait : John Costa, l'homme qui n'a plus de secrets.

Je connais les bibliothèques. Un rat de bibliothèque, j'en suis un, homme de musée aux moustaches couvertes de poussière ; c'est vers les livres que je me tourne lorsque je veux savoir quelque chose, comme du temps où, enfant, je me tournais vers les grandes encyclopédies à reliure marron et illustrations au format timbre-poste qui semblaient tout dire. Mon père était très fier de ces volumes, d'avoir des livres.

La bibliothèque locale était neuve, blanche, et vide. Ça ne ferait pas l'affaire. Celle de l'université, à trente kilomètres de là, était gardée par des vieilles filles qui ne laissaient passer que les *happy few* munis d'une carte d'entrée. Je les charmai avec toute l'autorité que me conférait ma carte du musée.

Fichiers, bon sens, ordre. Je m'assis à un bureau, devant tous les livres que j'avais pu demander sur l'histoire de la police secrète portugaise. Je ne pouvais plus me satisfaire de généralités. Je voulais des noms.

Je lus des histoires de résistance à l'ancienne dictature, des études immensément longues sur la manière dont tout cela fonctionnait, sur ses liens avec les services d'espionnage allemand, espagnol et surtout anglais ; je tombai même sur un compte rendu remontant à 1920, où l'on relatait une révolte monarchiste qui s'était dérou-

322

lée à Porto et avait duré cinq jours. Je trouvai des diagrammes, des théories, des dessins humoristiques – très crus et publiés dans une revue intitulée *O Verdade* –, où l'on voyait tout ce qui peut se passer dans une salle toute blanche au fond d'une cave : chaises électriques, hommes aux visages héroïques battus par des types à gueules de fascistes.

Je devins presque un expert en quelques heures. Je ne voulus pas aller déjeuner : j'étais trop absorbé et craignais que mon bataillon de vieilles filles ne me chasse quand je reviendrais.

Je ne trouvai le nom de mon père ni dans les études consacrées à la Légion portugaise qui avait aidé la police secrète, ni dans les mémoires qu'on ne cessait de m'apporter à mon bureau : sur une « Forteresse de la Résistance », un « Intellectuel communiste », les souvenirs d'un inspecteur de la PIDE, ceux d'un prisonnier, « Une vie en révolution » et autres années passées sous « L'Inquisition de Salazar ».

Mais je retrouvai Mello.

Ce n'est pas un nom rare au Portugal, mais celui-là habitait Vila Nova de Formentina et avait à peu près l'âge qui convenait. Ce n'était pas du tout un policier qui s'inquiétait du changement et de l'état de la jeunesse. Il faisait partie de l'opposition à Salazar et avait été trahi. Le nom du mouchard n'était pas mentionné, bien sûr. Il semblait qu'un Portugais sur dix ait, à un moment ou à un autre, collaboré avec la police secrète ou aidé à dénoncer des gens de « mauvaise réputation », ceux qui n'avaient pas de « bonnes fréquentations », n'allaient pas à la messe ou osaient porter des chemises rouges en public. Il y avait bien trop de noms à se rappeler.

Mon père avait demandé à Mello la permission de rentrer. Mon père lui devait quelque chose.

Mon père avait trahi Mello.

« Je me raconte des histoires ? » me demandai-je tout haut.

Mon père était né en 1920. En 1953, date à laquelle il avait quitté le pays, il avait trente-trois ans : un adulte, donc. Mello, lui, avait maintenant aux environs de soixante ans. Il travaillait encore et portait toujours l'uniforme. En 1953, il aurait eu… quoi ? dix-sept, dix-huit ans ? Un gamin. Mon père avait dénoncé un gamin à la PIDE.

Écoutez. On croit se promener dans un jardin et voilà que tout d'un coup on se retrouve au bord d'une falaise. On croit nager dans le confort d'une grande piscine et brusquement voilà que le courant vous emporte entre de hautes vagues. Ce fut un de ces moments-là.

Je me demandai ce qui serait le pire : inventer cette histoire et diffamer mon père ou découvrir que c'était vrai. Je restai assis à mon bureau, candidat à l'examen qui scrute l'horizon.

Je savais que si mon histoire était exacte, tout ce que mon père m'avait dit sur le Portugal et le fait d'être portugais serait souillé, que derrière chaque posture héroïque de courage et de victoire je sentirais l'odeur de la police. Je perdis tout le passé que je croyais avoir retrouvé.

Et j'eus soudain très peur d'être le fils de mon père.

***

Mello me chassa de la caserne avec toute l'autorité de la loi et de l'uniforme et m'ordonna de quitter la ville. D'après lui, j'avais besoin d'aller me reposer quelques jours à Lisbonne. Il avait un ami qui, toujours d'après lui, insistait pour que je m'installe chez lui.

Je ne pus lui résister. Il se montrait pratique : la police s'apprêtait à procéder à certaines perquisitions pendant mon absence et devrait prendre en considération mes intérêts – ceux du musée. Je ne pouvais pas rester dans les environs parce que ma présence risquait de tout compliquer.

– Je voulais vous parler de mon père, lui dis-je.

– On pourra faire ça plus tard, me répliqua-t-il. Je ne sais pas comment vous faire comprendre le sérieux de cette affaire. Il s'agit de… (il essaya de trouver un euphémisme dans son stock plus que limité, mais en vain) … de meurtre.

Je ne m'y attendais pas. Pourquoi l'aurait-il fallu ? Le meurtre est ce dont on fait les romans ou les manchettes de journaux. Quant à croire que ma vie était menacée…

Mais pas question de se laisser distraire.

– Votre officier m'a montré une salle, enchaînai-je. Une pièce blanche dans une cave. Mon père s'y est-il trouvé ? A quelle époque ?

Il fit semblant de ne pas avoir entendu la question.

– J'ai besoin de savoir, insistai-je.

Je me rappelai : tout essayer pour rejoindre mon père dans les hautes sphères où évoluent les adultes, pour qu'il prête attention à mes questions sur le samedi ou m'explique pourquoi il taillait les rosiers.

– Il y a des choses qu'on ne peut pas dire à un fils.

– Dites toujours.

Il soupira. Je sais maintenant ce qu'il devait penser. Il avait eu la chance de tomber sur une affaire de meurtres multiples compliquée d'accusations de vol dans un grand musée et se retrouvait à remuer un passé auquel il avait depuis longtemps réchappé.

– Il s'est rendu dans cette salle il y a cinq mois de ça, dit-il enfin. Bon et maintenant… vous me faites le plaisir d'aller à Lisbonne ?

– Pourquoi ?

Je m'entendis poser et reposer cette question à quatre ou cinq ans : « Pourquoi ? », « Pourquoi ? », « Pourquoi ? » – le dernier moment où nous sommes tous philosophes.

– Écoutez, dit-il. Nous avons tous le devoir de pardonner à ceux qui nous ont offensés.

– Mais pourquoi…

– Je voulais qu'il se rende compte de ce qu'il avait fait.

– Je ne comprends pas comment vous vous êtes connus. Il était à des kilomètres de Vila Nova de Formentina…

– Je n'ai pas le temps de vous parler de ça.

Ce ne fut pas un combat des plus dignes. Je me contentai de ne pas bouger.

– Vila Nova est à des kilomètres de tout, me répondit-il au bout d'un moment. Des choses s'y sont passées, des choses qui n'auraient pas pu se produire dans un endroit comme Lisbonne. Le Parti communiste y a tenu des réunions fin quarante début des années cinquante. Des militants se sont rencontrés, ont discuté et planifié des choses. Bien sûr, la PIDE a voulu tout savoir.

– Vous étiez au Parti ? Mon père aussi ?

– Vous ne savez pas ce que c'est que de vivre sous un dictateur qui veut que toutes les vies soient transparentes et identiques. On a envie de se battre, mais on ne dispose que des moyens mêmes que le dictateur dénonce et interdit. Pour finir, on s'en sert.

– Qu'a fait mon père ?

– Les gens ont oublié les dénonciations. Ça semblait banal.

J'avais aligné toutes mes certitudes morales comme des soldats de plomb, mais Mello avait l'air décidé à pardonner, à se glorifier de le faire.

– Après le Deuxième Congrès, reprit-il, la PIDE a traqué votre père. Il aurait pu avouer. Il aurait pu tout nier. Il n'a fait ni l'un ni l'autre. Il a avoué à moitié et ajouté qu'il connaissait des gens qui avaient entendu parler du PC. Ils lui ont promis de le relâcher s'il leur donnait un nom, un seul.

326

– Le vôtre ?

– Il a dû se dire qu'il ne m'arriverait rien parce que j'étais trop jeune. Il ne pensait pas qu'on prendrait cette histoire au sérieux. Ou alors, il a cru que j'arriverais à filer.

– Mais il a eu le droit de partir pour Londres.

– Moi, je n'ai jamais voulu partir. Ça ne me gênait pas qu'il s'en aille. Ça rendait tout plus facile.

– Avez-vous eu du mal à lui pardonner ?

– Je ne pense pas qu'il comprenait ce qui se passait dans ces salles blanches. Il a fallu que je le lui explique. (Il se leva.) Il aurait dû le savoir. Tout le monde s'en doutait.

Je me levai à mon tour.

– Je ne suis pas pour que les péchés des pères retombent sur leurs fils. Si c'était le cas, nous ne pourrions plus avoir de pays.

Il est des moments où l'on se sent le droit d'examiner quelqu'un : de chercher la vieille rhétorique, la façon la plus directe de dire les choses, de sonder l'esbroufe ou les mensonges purs et simples. Je n'en revenais pas de sa capacité à pardonner, mais restais soupçonneux. Je ne savais pas quel aspect de sa personnalité il fallait croire. Maria m'apprit plus tard que c'était le genre de flic qui réussissait dans les situations impossibles, mais qu'il avait tout de la brute officielle dans les circonstances ordinaires.

– Partez, me dit-il. Allez à Lisbonne. Pour l'amour du ciel, partez !

***

Maria avait eu froid en se réveillant dans son lit, me dit-elle.

Pour se réconforter, elle s'habilla et descendit à la cuisine, où Amandio et sa mère buvaient du café.

– Tu te lèves tôt, fit remarquer Amandio.

– Je me suis réveillée brusquement.

– Quelqu'un t'a appelée, dit sa mère.

Maria se versa du café.

– J'ai dit que quelqu'un t'avait appelée, répéta sa mère.

– L'amour, lança Amandio d'un air radieux.

Il était plus graisseux de certitudes que jamais. Maria frissonnait.

Elle appela Hart à deux reprises, essayant de suggérer qu'elle pourrait passer dans l'après-midi.

A moi, lorsqu'elle s'arrêta au bar pour avaler son café et un verre d'eau comme à son habitude, elle dit :

– J'espère que vous récupérerez les images.

– Merci.

– Il semblerait que rester ici en ce moment ne soit pas une bonne idée.

– Mello m'a ordonné de partir.

– Où ça ?

– A Lisbonne.

Elle soupira.

– Ça ne me ferait pas de mal d'y aller. L'opéra, le *fado*, aller quelque part. Il faut que j'aille quelque part.

– Venez donc ! lui lançai-je.

– J'ai des affaires à classer, mais… un jour de cette semaine ?

– Demain ?

Je ne m'attendais pas à tant d'impatience de ma part ; un vrai gamin.

***

L'appartement se trouvait dans un pâté d'immeubles neufs, Avenida do Brasil. Beau paradoxe que ce quartier : les avions y rugissaient bas dans le ciel, mais les personnes aisées aiment encore faire étalage de leur proximité avec l'aéroport. On avait vue sur des jacarandas – les pétales de leurs fleurs bleuissaient les trottoirs –, et, derrière, sur une cour remplie de cordes à linge.

Je fis le tour du propriétaire. La salle de séjour était bourrée de gros sofas verts et la salle de bains équipée de robinets en forme de cygnes en plaqué or vomissant interminablement de l'eau. Tel un autel où chérubins et séraphins alignés en rangs seraient montés jusqu'à une fée grassouillette juchée tout en haut, la grande chambre – une boîte carrée d'une chaleur sèche absolument insupportable – s'ornait d'un triangle en guise de bois de lit. J'ouvris le tiroir du placard à côté du lit et tombai sur un séraphin de rechange.

Ni ventilateurs ni climatiseurs, et l'appartement était resté vide pendant plusieurs semaines. J'essayai d'abaisser une jalousie et d'ouvrir une fenêtre, mais de nouvelles chaleurs s'en furent aussitôt déranger la couverture qu'avait formée l'ancienne. J'essayai de me doucher, et fus affolé par l'étrange scintillement des deux cygnes dorés à mes pieds et par l'eau tiède qui coulait de l'un et de l'autre.

Je sortis de l'eau de Luso du frigo et bus à la bouteille.

J'étais incapable de préparer un endroit en vue d'une visite. Je savais ce qu'Anna aurait voulu, mais ce n'était pas elle que j'attendais. Je me demandai ce qu'il fallait faire : acheter du vin, du pain et du café. Et des préservatifs, ça aussi. M'assurer que les pièces aient l'air fraîches et attirantes. J'avais complètement perdu la main : cela faisait un temps infini que je n'avais pas cherché à séduire ou courtiser, ou même désiré une femme aussi furieusement.

Mais c'était bien à cela que j'étais occupé : à désirer. Ça tenait de l'ivresse, de la migraine, de tout ce qui est chimique et obsessionnel. A ceci près que j'étais seul et me trouvais dans un appartement encombré et sans air – et dans une ville que je ne connaissais pas.

Plus que tout, j'avais envie d'être dehors. Les rues n'avaient pourtant rien d'engageant : larges et sans caractère, elles n'étaient faites que d'immeubles d'une pâleur crémeuse. Et pas moyen de trouver un café à l'ombre. Mais j'avisai un bar à fruits de mer avec des tables sous un arbre et des tas d'écrevisses et de langoustes dans la vitrine. J'en commandai en essayant de savoir lesquelles, des premières ou des secondes, me plairaient le plus – celles donc que je devrais offrir à Maria lorsqu'elle viendrait.

Ce n'était même plus pour moi que je mangeais.

Je me voyais en train de faire tout cela comme si je me regardais d'une grande hauteur et sentais bien combien ma conduite était absurde ; mais je continuai. C'était du béguin sans excuse – sans même la présence de l'objet désiré. Et je ne pourrais même pas rappeler Maria avant le soir. Je ne voulais pas lui laisser de messages sur le répondeur de son bureau si je pouvais l'éviter. Peut-être serait-elle chez elle – mais peut-être aussi que non.

Des draps propres. Du bon café. Du vin, bien sûr – mais lequel ? Buvait-elle seulement ? Je ne l'avais rencontrée qu'à des moments où, se considérant peut-être en service, elle ne buvait que de l'eau et du café. Et mettre du savon dans la salle de bain : ce que ma mère appelait du « beau » savon.

Bref, vous le comprendrez, je ne m'y connaissais pas en aventures sentimentales. Je n'avais aucun mal à imaginer ce que l'intrigue exigerait : les faux coups de téléphone pour établir mon alibi, les rencontres calculées, l'assaut et l'empoignade, puis l'adieu lorsque les deux corps seraient assez fatigués pour se séparer. Je voyais certes ce que la chose avait d'excitant, mais mes habitudes étaient bien trop constantes et popotes.

Une femme passa. Aimable assurément : ronde, ample, avec des yeux brillants comme des couteaux. Mais cette femme n'était pas la bonne. L'espace d'un instant, je pensai savoir comment me guérir et me prouver que j'étais victime d'un amour sans objet. J'allais me lever, lui parler, boire un verre de vin, aller au lit avec elle, me joindre assez violemment à elle pour que plus rien d'autre ne compte, puis tout garder en mémoire lorsque, quelques heures plus tard, l'affaire ne serait plus que souvenir sur ma peau et non la fondation d'une nouvelle vie d'homme marié. Ainsi n'aurais-je plus à m'exaspérer pour des histoires d'écrevisses ou de langoustines, à m'angoisser sur des décisions qui montraient à quel point je trouvais difficile de faire ce que, pour finir et inévitablement, je ferais : passer un coup de fil à Maria, et tout de suite.

Je n'étais qu'humain, me dis-je.

Je ne l'appelai pas ce soir-là. Je restai à l'appartement et regardai un vieux film portugais sur les étudiants de l'université de Coimbra en grignotant du pain et du fromage. Les hommes portaient des robes d'uniforme noires et chantaient des *fados* dans des petites pièces. Les filles, elles, batifolaient sur des marches ou demeuraient romantiquement immobiles dans l'embrasure d'une fenêtre afin qu'on leur donne la sérénade. Les uns et les autres ne semblaient guère se lier. C'était une histoire d'amour.

***

Je lui laissai mon numéro sur son répondeur, juste pour qu'elle n'oublie pas. Je lui demandai si elle voulait voir *Le Roi Lear* au National, ou un nouveau ballet à Bellem.

Elle pensa que ça pouvait attendre, dit-elle. Ce qu'elle vivait alors à Vila Nova de Formentina ne pouvait pas être interrompu sur un coup de tête – et certainement pas par un homme déconnecté de tout, loin de chez lui, et qui n'était peut-être bien qu'en vacances.

Elle s'assit à table avec sa mère.

– Où est Amandio ? demanda-t-elle.

Sa mère mastiqua sa viande et but son vin.

– En voyage, répondit-elle au bout d'une minute. Il faut bien qu'il gagne sa vie, tu sais ?

– Il est parti loin ? Pour longtemps ?

– A Santarém. Après, il doit se rendre à l'Alentejo. A Evora.

– J'aime bien Evora. Je me rappelle un citronnier au-dessus d'un mur blanc.

Sa mère la fusilla du regard.

– Et les fontaines. Il y a de très jolies fontaines mauresques.

Elle regarda sa mère travailler un bout de pain jusqu'à l'oubli, d'abord avec ses doigts, puis avec ses dents.

– Tu ne sors pas ce soir ? voulut savoir celle-ci. Tu penses dormir ici ?

– Oui. Ça te gêne ?

Elle versa du vin dans le verre d'eau de sa mère presque par erreur, mais sa mère le but quand même.

– Nous nous tiendrons compagnie, reprit-elle.

Elle n'aurait pas dû dire ça. Pour s'excuser, elle ajouta qu'elle ferait la vaisselle.

– Tu ne sais pas la faire. Les avocates ne font pas ce genre de choses.

Les deux femmes se levèrent en même temps et s'en furent poser des assiettes sur l'évier.

– C'est juste un petit voyage, dit Maria. Il n'y a pas de quoi s'inquiéter.

– Toi, peut-être pas, lui renvoya sa mère.

Maria la toucha une fois, très légèrement sur l'épaule ; comme elle s'y attendait, sa mère repoussa sa main et sourit elle aussi.

– Il aide beaucoup, dit Maria. Amandio.

– Tu ne l'aimais pas. Mais oui, tu as raison : il m'a beaucoup aidée.

Elle aurait dû prêter attention au temps qu'avait utilisé sa mère et s'inquiéter de ce que cela signifiait. Mais elle se sentait trop fatiguée, et trop gentille.

– Je ne plaisantais pas, dit-elle. Je vais faire la vaisselle.

Lorsque le téléphone avait sonné de nouveau, sa mère était allée répondre et Maria l'avait entendue parler d'un ton neutre.

– C'était le senhor João, dit-elle. Costa. Je lui ai dit que tu n'étais pas là. Il avait l'air saoul.

– Merci.

***

Je n'étais pas saoul, mais les mots se cognaient encore fort dans ma tête, s'y tordaient et s'éparpillaient lorsque j'essayais de dire où et qui j'étais, et ce que j'éprouvais.

Je grimpai dans la baignoire, à l'ombre des beaux cygnes en or, et y restai un instant avant de paniquer.

Tout nu et mouillé, je traversai l'appartement en courant et retrouvai mes toasts en train de brûler sur la cuisinière. Je songeai que j'avais donc eu raison de paniquer.

Christopher Hart pouvait très bien être en train de coucher avec Maria. Pas moi. Je le haïs. Je voulus qu'on l'arrête et le jette en prison ; ou qu'il meure.

J'étais l'homme creux, celui qui n'a plus de passé indubitable, plus d'histoires paternelles auxquelles croire, plus de lieu de naissance qui ait la moindre importance, plus de résidence, plus d'épouse. Mais ça faisait des années que j'étais creux, m'acquittais de tâches qui frisaient l'inexistence et passais mon temps à respecter systèmes, tribunaux, ordres et règlements. Bile ou hormones, je n'avais pas l'habitude d'éprouver de telles montées de sentiment. Je pensai que ça pourrait me donner un but et m'asseoir une vie nouvelle.

Mais peut-être viendrait-elle à Lisbonne, après tout. Je la rappellerais le lendemain. Je pouvais toujours passer un énième coup de fil.

***

Ce qui suit, je l'imagine en me fondant sur tout ce que je sais.

Il y avait une route, un sentier dans le sable, un type avec une cornemuse, un autre avec une grosse caisse et un troisième avec un tambour à timbre. A côté d'eux marchaient d'autres hommes, dont l'un tenait un paquet de feux d'artifice grossiers dans sa main – rien de plus que des pochettes en papier remplies de poudre. Ce n'était pas à la guerre qu'ils partaient. Ils annonçaient seulement une *festa*.

Le plus jeune alluma une mèche comme un reste de cigare, et attendit qu'elle rougisse. Il tenait un pétard dans la main gauche. Il enfonça la mèche allumée dans le papier nitraté, attendit le sifflement, puis, pile au bon moment, lâcha tout avec une torsion du bras, comme un lanceur de javelot.

Les fusées montaient presque toujours. Parfois elles soulevaient de la poussière, ou un nid d'oiseau dans un fossé ; d'habitude elles filaient, puis, quelques minutes plus tard, explosaient en laissant de gros pets de fumée marron haut dans les airs.

Celle-là ne fit rien de semblable. Elle gronda et fila. Mais à l'horizontale. En survolant des vignes, des lignes téléphoniques et des bougainvilliers, en faisant hurler un cochon, en effleurant une croix en néon plantée au sommet d'une chapelle minuscule. Puis elle quitta le village et disparut dans les bois.

Les hommes allumèrent la suivante.

Mais la première n'en avait pas terminé. Elle fonça entre des pins et des eucalyptus jusqu'au moment où, accrochant une boule d'écorce, elle laissa échapper de la fumée brun-jaune.

La suivante – et là, je devine – s'envola dans un ciel nu et bleu, comme celle qu'elle précéda : éclair, grand boum, fumée. On les entendait et voyait de la vallée voisine. Dans cette région du Portugal, il n'est pas possible d'avoir une *festa* sans l'annoncer : bruyamment, explosivement. Fête ou procession avec drapeaux, on ne saurait rien faire sans bruits de guerre de tranchée.

Dans les bois, les écorces d'eucalyptus commencèrent à fumer. Le vent était faible, mais il n'en fallut pas plus. Quelques feuilles, des nouvelles, celles qui sont pleines d'huile, brûlèrent jusqu'aux nervures et se dispersèrent. D'autres roussirent l'herbe qui avait beaucoup poussé pendant un printemps humide, puis avait séché jusqu'à être de l'amadou.

Les bois se turent un instant, puis de petites flammes se mirent à bavarder, aussi insistantes qu'onde sur des rochers et, l'espace d'un instant, tout aussi apaisantes.

Les jeunes eucalyptus étaient encore pleins de sève et d'un bleu-vert qui luisait ; ils s'enflammèrent comme un feu d'artifice d'oranges et de jaunes. Des boules de vieille écorce passèrent à travers les branches et embrasèrent feuilles et brindilles. Des langues de feu gigotèrent dans la lumière en étincelant et tressautant.

Les villageois devaient se dire que la fusée capricieuse avait filé sans causer de dommages. Ils récoltaient des fonds pour la chapelle, ils se remirent à la tâche, le joueur de cornemuse travaillant rudement *Y viva España* sur une vieille vessie rouge et or, avec riffs de jazz et bridge sans respirer.

Les tambourinaires tambourinèrent.

Il y avait maintenant deux foyers d'incendie dans la forêt. Le feu d'herbe ouvrait les pignes de pin et en léchait les pignons squameux à l'intérieur. Il chauffait les fuseaux de bruyère et de lavande. La fumée laissait des traces le long des rochers.

Au fur et à mesure que l'incendie s'ouvrait en éventail, les sommets des arbres commençaient à cracher et craquer. Sur les troncs des pins, des petites boules blanches et huileuses s'étaient formées aux endroits où on les avait ouverts pour recueillir la résine, les petites boules se mirent à brûler en libérant des éclats d'or pur qui formèrent vite de terrifiantes rangées de cierges.

Les deux incendies s'unirent dans un buisson – feux à ras de terre remontant les troncs à toute allure, feux des cimes écrasant leurs flammes vers le bas.

Et le vent se leva. Comme il soufflait du village, rien, ni odeur ni suie, ne mit en garde les hommes aux fusées.

A la tombée de la nuit, le feu avait pris racine. L'herbe était fraîche, il se reposa. Le lendemain, les flammes grandirent comme des vignes soudaines, l'incendie tordant les arbres dans sa direction. Déjà il montait dans la colline, et semblait se mouvoir encore plus vite.

***

Maria se rendit au poste des GNR : Mello avait quelque chose à lui montrer.

Un portrait – aussi officiel que tout ce qui porte fraise dans une galerie de musée : celui de Christopher Hart. Il avait crevé la surface d'un fond boueux d'écluse lorsque le Vecht avait baissé à l'étiage d'été. Mello l'avait appelé le « vrai » Hart.

Mais ce n'était qu'une tête sur un fond d'un blanc d'hôpital. Traits flous, dents brisées avec des pinces, un œil arraché, cheveux rasés, marques de garrot encore visibles autour du cou. La tête avait été travaillée comme par un artiste, tous ses plans modifiés, son âme mise à nu grâce à quelques lignes surprenantes, mais, de fait et surtout, massacrée pour les besoins d'un camouflage rudimentaire.

— On n'a pas encore retrouvé le corps, dit Mello.

— Je vois. Et donc… vous allez vouloir lui parler ?

Le nom de Christopher Hart n'était plus adéquat. L'homme avait sombré dans la catégorie des choses consternantes qui peuvent exister sans avoir de nom.

— Vous allez le voir ? s'enquit Mello.

Elle se força à regarder le cliché à nouveau. La tête avait été tailladée. Les marques noires devaient être des croûtes de sang séché. Elle n'en fut pas révulsée ; l'image était aussi peu réelle que celle d'un accident de voiture aux nouvelles du soir ou d'un martyr dans une église. Si elle avait eu le temps, elle aurait pu s'intéresser aux détails techniques, à son aspect *post mortem*.

Mais il y avait toujours un homme appelé Christopher Hart qui vivait dans sa longue et blanche maison sur la montagne. Il avait déjà tout du fantôme : tour de force projeté sur le ciel, tremblant, vide de substance, aussi fantastique que ses histoires et les endroits où il avait vécu. Elle avait aimé ses mensonges, avant.

Mais maintenant il y avait cette chose précise et pleine de sang.

Ce fut plus fort qu'elle :

— Ç'avait quelle odeur ? demanda-t-elle.

Puis ceci :

— Je peux me servir de votre téléphone ?

Elle composa mon numéro à Lisbonne en pensant toujours qu'il serait facile de me sauver la vie en m'y retenant. Je n'avais pas décroché.

Elle affirme m'avoir appelé sept fois ce matin-là. Sept est un nombre magique ; peut-être exagère-t-elle.

Quoi qu'il en soit, j'étais sorti, ou dormais. Inquiète, elle se demanda si j'avais déjà repris le chemin du retour – l'attendais-je à Formentina, où Hart m'attendait, lui aussi ?

Elle m'appela encore une fois, au cas où.

7

Maria avait l'habitude des incendies.

J'en appris l'existence aux informations télévisées du soir, où on en avait fait une généralité avec flammes orange, débris noirs de suie et pompiers qui se battent avec de vieux tuyaux.

Mais Hart était au cœur de l'affaire.

Le feu s'était reposé pendant la nuit, mais dès le lendemain matin les flammes recommencèrent à se poursuivre dans les collines, de plus en plus vite. Ce qui n'avait été qu'une rumeur se ruait maintenant sur sa maison.

Il avait dû entendre les cloches et les sirènes dans le bas du village. Ce n'était pas la police ; il savait qu'elle ne débarque pas en fanfare. C'étaient des pompiers volontaires qui s'affairaient autour d'un petit groupe de maisons entre le village et Vila Nova. Il vit les camions au bord de la route, les hommes qui déroulaient des tuyaux pour prendre de l'eau dans les petits réservoirs en brique disséminés dans la colline et user au mieux des quelques minutes de pression qu'ils avaient pour étouffer les flammèches dans l'herbe et humidifier la terre. Ils façonnaient un gros rempart de boue autour d'une maison et passaient à la suivante.

Pouvant aller n'importe où, il n'avait nulle part où aller. Il n'avait rien à protéger dans les bois. Il fit donc comme tout le monde : il attendit la fin de l'incendie.

Il n'y a jamais moyen d'aller à la rencontre d'un feu et de le bloquer à distance. C'est une chose qui vit. Il peut prendre au loin sous un coup de vent, remonter en craquant le long d'une branche morte, faire partir de jolies étincelles dans l'herbe sèche, filer dans une dizaine de directions à la fois. Parfois, c'est vrai, il donne l'impression d'attaquer, mais même lorsqu'il bat en retraite, il vide et noircit les bois. On l'attend donc, encore et encore, jusqu'à ce qu'on puisse le combattre chez soi.

Parmi les vieilles femmes du village, plusieurs se rendirent à la chapelle pour prier ensemble, puis se joindre aux hommes qui surveillaient les bois sous tous les angles. La fumée, on le voyait bien, avait viré au gris et ça, ça voulait dire qu'il n'y avait plus de combustible dans les feuilles. Les bois étaient en train de s'assécher.

***

Maria avait eu envie de me parler, maintenant c'était une nécessité. Elle se demandait si j'allais quitter Lisbonne pour rentrer à Formentina au plus vite. Elle croyait que Hart m'y attendait.

Elle dit qu'elle songea à me rejoindre à Lisbonne. Mais c'était impossible. D'après elle, il fallait détourner l'attention de Hart. Il y avait aussi une autre raison : la police avait enfin décidé qu'Arturo n'avait rien fait qui méritât poursuites et s'apprêtait à le libérer à neuf heures du matin. Qui donc irait le chercher ?

Il était encore plus maigre qu'avant, ses solides avant-bras devenus presque blancs. Il s'était résigné à sa libération, tout comme auparavant il s'était résigné à son incarcération ; il semblait seulement surpris qu'on ne l'ait accusé de rien. Il savait que Zulmira était morte de causes naturelles. Il ne pouvait tout simplement pas l'admettre, depuis des jours et des jours, pas même maintenant.

Il demanda à Maria de lui parler de l'incendie, mais elle n'avait pas les connaissances locales nécessaires sur les vents et sentiers autour de Formentina.

Le feu crachouillait dans l'herbe et craquait dans les arbres.

Hart raconta à Maria qu'il se trouvait sur les marches de sa maison lorsqu'un papillon de nuit s'était envolé d'un buisson, tel du papier recouvert d'une feuille d'or. Il avait tourné en rond, s'était élevé comme s'il avait trouvé un minuscule courant ascendant, et avait pris feu en l'air.

Maria était courageuse, je le sais. Elle voulait détourner son attention pour me sauver. Mais elle voulait aussi rester au centre de l'histoire qu'elle vivait. Attendre la minait. Pas question de rater un seul épisode.

On avait bloqué quelques routes, avec des chevaux de frise de raccroc posés aux endroits où l'on sentait des départs d'odeurs de fumée. Au-delà des tréteaux la route était vague et indistincte, comme baignée d'une lumière vespérale. De temps à autre, des flocons de suie noirs et aériens tombaient en pluie.

Elle prit par des chemins pavés, sa voiture cahotant sur des pierres coupantes, et trouva un détour pour regagner la route. Le ciel était comme verni de marron sur ses franges. L'air sentait la poussière et l'épuisement ; son fond avait un goût de chaleur intense. Impossible de se méprendre : ce n'étaient pas les senteurs nocturnes d'un feu de bois dans un village ou celle d'un feu de joie dans le vent ; il y avait là, hors de vue mais à peine, un grand corps qui respirait.

Elle fit grincer les vitesses pour remonter les virages en épingle à cheveux. Elle essaya de fermer les vitres, mais étouffa. Avec les fenêtres ouvertes elle toussait ; elle n'avait pas vraiment le choix.

Les tournants étaient serrés, la route comme un ressort qui pouvait lâcher à tout moment sous la chaleur et projeter les véhicules au loin. Je sais comment elle réfléchit. Elle préféra s'inquiéter de cette route ressemblant à un ressort, ce qui était absolument impossible, plutôt que de penser à ce qui était vraiment préoccupant : la chaleur, la fumée, ce qu'elle allait devoir dire à Christopher Hart. Comment elle allait rentrer chez elle. Si elle le pouvait jamais.

Arturo étudiait la route à la recherche d'indices qui lui permettraient de comprendre le feu. Dans une clairière noircie par la suie, il vit des brins de paille dorés encore debout et se redressa.

Maria s'inventait des mantras en continuant de rouler. Elle se dit ainsi qu'elle serait en sécurité lorsque l'eau le serait aussi, au-dessus d'autres maisons où rien ne pouvait la polluer. Ces forêts faîtières n'étaient pas si denses et ne brûleraient donc pas toutes de la même manière ; sans parler des coupes claires pour arrêter les feux du haut en bas de la montagne. Et puis quoi ? Le matin, il y avait toujours du brouillard et des nuages pour étouffer les flammes.

Mais elle ne se sentait pas tranquille.

Elle s'imaginait en train de lui dire d'une voix calme :
– Mais tu as bien tué ces gens, n'est-ce pas ?

Elle imaginait Hart en train de lui répondre :
– C'est vrai que dit comme ça... Oui, il faut croire que oui. C'est important ?

***

Arturo tint absolument à frapper à sa porte lui-même. Ce fut sa fille qui lui ouvrit. Ils se regardèrent longtemps, jusqu'au moment où Maria s'éloigna. Elle ne sut jamais s'ils pleurèrent ou se serrèrent dans les bras l'un de l'autre : elle savait que rien de cela ne se produirait si elle restait.

Elle ferma sa voiture à clé comme si elle était encore

en ville et grimpa les marches d'ardoise. Elle fut vite à bout de souffle. Ce n'était que de la poussière et de la chaleur, mais elle avait l'impression que son diaphragme chassait tout l'air de son corps. La tête lui tourna. Elle aurait tout aussi bien pu être amoureuse.

– Hé ! lui lança Hart.

Il se tenait devant sa maison, encadré par des marguerites. C'est vrai qu'à Formentina il est impossible de se trouver quelque part sans que des marguerites y brillent de toute leur blancheur. Il ressemblait à une marionnette en bois, tout dégingandé.

– Ils sont en train de fermer les routes de la vallée, lui dit-elle.

– C'est gentil d'être venue.

– Il fallait que je te parle.

Il sortit son téléphone portable de la poche de son jean.

– En face à face, précisa-t-elle. On n'a pas beaucoup de temps et je ne veux pas qu'on nous écoute.

Il haussa les épaules.

– Monte donc, dit-il. Il n'y a pas d'air, mais je devrais pouvoir te trouver de l'eau. Ou alors… un peu de vin ? un soda ? de la bière ?

Elle regarda autour d'elle. Toute la vallée avait pris des teintes sépia, comme une photo posée sur une flamme.

– Je prendrais bien de l'eau.

– Je vais en chercher. Ou bien… tu entres ?

Elle passa à l'ombre.

– La police est revenue.

– Vraiment ?

– La prochaine fois, ils vont exiger que tu descendes à la Guarda nacional. Ils te demanderont de t'expliquer volontairement. Et, bien sûr, il faudra que tu aies des preuves de ton identité.

– J'ai un passeport.

– Non, il faudra que tu la leur prouves. De manière indubitable.

– Ils ne font plus confiance aux documents officiels maintenant ?

Le paysage est de ceux sur lesquels on peut reposer ses yeux. C'est ce qu'on en attend. Hart vit une file de chèvres descendre les marches ; derrière elles venait un homme d'une cinquantaine d'années avec un chien rapide et un sourire idiot.

– J'ai des cartes de crédit, dit Hart.

– Tu ne comprends pas. Ils ne plaisantent pas.

Les chèvres semblaient savoir où aller.

– Ça n'a pas dû être facile de rouler, dit-il.

Elle haussa les épaules.

– Tu ferais mieux d'entrer, reprit-il. On allumera un ventilateur. Histoire de faire circuler un peu la chaleur.

L'intérieur paraissait sombre, même après un soleil occlus. Les murs étaient blancs, les planchers nus, les meubles objets de fortune jetés à droite et à gauche : canapé, chaise, table, buffet orné d'un jeune coq de Barcelos et sur lequel reposaient quatre livres de poche à couverture en relief. On comprenait sans mal que c'était là ce qu'on pensait suffire, en y ajoutant de la compagnie, à un visiteur estival.

Hart alluma deux ventilateurs et les tourna de façon à ce qu'ils se soufflent dessus. Une image (une aquarelle d'amateur représentant des bougainvilliers sur fond de stuc blanc) fit du bruit sur le mur. A l'endroit où les volets étaient entrouverts, la poussière fila dans le rai de lumière.

– Assez frais pour toi ? demanda-t-il.

Elle ouvrit grands les volets.

– Hé ! Ne laisse pas entrer la lumière ! Ça va faire monter la chaleur !

L'air était effectivement étouffant : plein de cendres nouvelles, en plus de toutes celles d'avant.

– Christopher, reprit-elle, je sais que tu as des papiers. Mais de qui ?

– Mais de Christopher Hart, voyons ! C'est même pour ça que je suis Christopher Hart.

– Ça serait bien que tu leur donnes quelque chose qu'ils puissent vérifier. Ça t'éviterait peut-être d'avoir à descendre à la Guarda.

– C'est important ?

– Les interrogatoires ne sont pas agréables.

– Bon, mais quoi ? Qu'est-ce qu'ils peuvent faire ?

Elle garda le silence, mais tout son corps se tendit comme un point d'exclamation.

Elle avait laissé son sac sur la table, il fouilla dedans et palpa des cartes en plastique.

– Là, reprit-il, ça dit bien que tu es Maria Sousa de Conceição Mattoso, non ? Je te parie même que ta carte bancaire dit depuis combien de temps tu vis en ville. Quant à tes archives médicales… Tout ça dit bien que tu vis chez ta mère et que tu es avocate.

Elle lui arracha son sac.

Il entendit des hommes monter les marches ; leurs conversations, pour être précis, sinistres et contenues. Il voyait bien que Maria voulait être dehors. Ça paraissait plus sûr, même avec la perspective de l'incendie. Elle n'aimait pas se trouver avec ce genre d'individus, ceux qui renoncent à leur être profond dès la nuit tombée et s'en vont errer sans nom.

– Que je te dise… Tu n'as jamais songé à être quelqu'un d'autre ? A recommencer, mais radicalement ? Tu pourrais te refaire une vie, entièrement.

– Je ne sais pas à quoi tu joues.

– Tu pourrais être n'importe qui et n'importe quoi. Tu pourrais te retrouver dans n'importe quel endroit qu'on admire dans les revues, pas seulement à Vila Nova. Tu finis la vie de quelqu'un d'autre et tu le fais mieux.

– J'adore les fantasmes, lui répondit-elle. Je ne les vis pas.

– Et pourquoi donc ? Quand tu étais petite, tu n'as jamais rêvé d'être Inès de Castro et de mourir d'amour ? Ou Mme Curie, Lizzie Borden ou Marilyn Monroe ? Tu n'as jamais eu envie de te choisir un nouveau monde rien que pour toi ?

– Mais j'en ai choisi un !

– Et tu y es heureuse ?

– Heureuse ? répéta-t-elle. Écoute… je n'ai pas de temps à perdre avec ça. Tu es quelqu'un que la police veut interroger. C'est grave. Je suis ton avocate. Ce n'est pas un jeu.

– Non ?

– Tu crois donc pouvoir te réinventer avant qu'ils arrivent ?

– J'ai le temps. Si l'incendie est bien comme tu l'as dit, ils ne seront pas ici avant un bon moment.

– Tu pourrais leur dire où tu enseignes. Quelle matière. Ce que tu racontes dans ton dernier livre et ce que tu es en train d'écrire pour le prochain. Parce que tu le sais, non ?

– Pourquoi veulent-ils savoir tout ça maintenant ? Comme si on m'avait jamais demandé de faire une conférence sur l'impérialisme hollandais ! Parce que c'est quand même pour ça que je suis venu ici !

– C'est parfait. Ça sera bien que tu leur parles de l'impérialisme hollandais. Ça, ils le croiront.

– Mais toi, c'est le vrai Christopher Hart que tu veux, n'est-ce pas ? lui répliqua-t-il sans pouvoir cacher sa déception. Je croyais que tu voulais quelqu'un que tu pourrais transformer. Quelqu'un que tu pourrais imaginer au fur et à mesure.

Elle gifla le mur de ses mains.

– Assieds-toi, dit-il. Il n'y a nulle part où aller. Je pourrais te raconter des choses.

– Je n'ai pas besoin de savoir.

– C'est l'avocate qui parle ?

Elle secoua la tête.

– Alors c'est quoi, le problème ? Tu ne veux pas entendre parler de ces autres vies ? De ces autres endroits ? (Il se pencha en avant et lui colla son visage dans la figure.) Parce que tu ne serais plus rien si tu partais d'ici, c'est ça ? Si on ne pouvait pas ajouter « avocate » après ton nom ? Si personne ne te connaissait... ton père, ton grand-père...

– Les flics ne plaisantent pas.

Il referma violemment les volets et tenta de remettre la targette en place.

– Il y a de la lumière ?

– Je ne sais pas, répondit-il.

– J'aimerais qu'on allume.

– Reste assise. On ne va rien faire de tout ça. Tu vas m'écouter, rien de plus.

Ç'aurait été plus facile s'ils s'étaient touchés à ce moment-là. Tout s'était tendu du seul fait qu'ils ne se touchaient pas. Le souffle se bloquait dans les gorges.

Un bruit se fit entendre dans les airs ; mécanique, lointain. Il devint plus distinct : un des petits avions qui décollent de l'aéroport local pour repérer les feux de forêt. Il décrivit un cercle, puis sembla virer de bord pour recroiser sa route. Après, il est probable qu'il survola le pont car le bruit fut de nouveau lointain, avant de disparaître.

– Hé ! s'écria Hart en riant. Tu veux qu'on te sauve ?

***

Je fis le tour des libraires du Carmo en l'attendant : grandes voûtes remplies de livres, étranges passages pleins de tréteaux surchargés de volumes, rayons entiers de livres de poche si longtemps conservés comme un

347

trésor qu'ils en étaient presque lamentables, vieux livres d'art des années vingt avec leur air de culture embaumée et joliment cousue dans des couvertures toilées.

Je n'arrivais pas à me concentrer, naturellement.

J'appelai Mello. Il se montra brutal et impatient lorsqu'il décrocha enfin.

— J'ai conduit votre père à la caserne, me lança-t-il, pour qu'il comprenne ce qu'il avait fait. Il ne l'avait jamais su. Il a quitté le pays avant que le pire ne se produise.

— Je m'excuse, lui dis-je. Je m'excuse pour mon père.

— Depuis, nous avons eu une révolution, me répondit-il. Nous avons essayé de changer. On pardonne et on passe à la suite.

— Cette salle blanche, vous me l'avez montrée.

— Je n'aurais jamais dû le faire. Vous avez le droit d'avoir un père héroïque. Peut-être en a-t-il été un à Londres.

— Il faut que je vous parle…

— John Costa ! s'exclama-t-il. La moitié de la région est en feu. Les routes sont coupées. Maria Mattoso a quitté la ville et se trouve très probablement avec votre ami Christopher Hart. Nous attendons de pouvoir ramener ce fumier pour interrogatoire, mais pour l'instant il n'y a pas moyen d'arriver jusqu'à lui. Je ne veux pas de vos excuses. Je vous veux hors de mon chemin.

— Maria est sauve ?

— Comment voulez-vous que je le sache ?

— Elle est sauve ?

Il me répondit en anglais :

— Ne jouez pas au héros, bordel !

***

Deux hommes frappèrent à la porte de Christopher Hart, avant d'y aller à coups de poing.

Ils se tenaient là, immobiles, épaules aussi épaisses que larges, joues rouges teintées de fumée. Maria leur ouvrit.

– Le feu avance, dit l'un. On ouvre une nouvelle tranchée.

– Qu'est-ce qu'ils veulent ? demanda Hart.

– De l'aide. Tu as une faux ? Non, bon. Des balais ? N'importe quoi.

– Il doit y avoir des balais, oui.

Elle trouva une faux rangée sous l'évier. Hart s'arma d'un balai. Ils suivirent les deux hommes qui redescendaient l'escalier vers la route. Personne ne parlait, pas même pour dire ce que les étrangers étaient censés faire. Ils marchèrent jusqu'à ne plus voir le village.

L'air brûlant les étouffait. Le chemin tournait et virait, pas plus large qu'un sentier à chèvres, puis il s'élargit pour découvrir toute la vallée en dessous.

On aurait dit un jour de moisson : hommes et femmes en habits des champs, ils bougent, coupent, écrasent, brisent et nettoient tout ce qui peut brûler entre le village et les bois. Poussière de graines et de tiges rompues qui pique la gorge. Jusqu'à la terre qui était chaude. Une demi-douzaine de femmes, rondes, jeunes ou vieilles sur leurs os, qui coupent de l'herbe et l'emportent sur des charrettes à bras, qui tirent sur les ronciers avec leurs mains dures et écorchées ; qui parfois s'arrêtent comme si elles écoutaient le feu.

Des oiseaux noirs tournoyaient au-dessus des endroits où l'on travaillait, faucons, jusqu'à un aigle qui attendait que la forêt lui livre toutes les choses ailées qui fuiraient l'incendie. Des libellules sautaient dans l'herbe comme des fusées, paniquées. Des cétoines dorées se traînaient dans l'air chargé de suie. Et les papillons de nuit en foule autour de la première ligne de combat, créatures de velours, douces, certains minuscules, d'autres aussi larges que de petits oiseaux, bleus et verts phosphorescents, fléau né d'un long hiver de pluie soudain suivi par un été qui brûle. Ils volaient dans des yeux déjà rougis par la fumée, le travail et le vin. Ils tremblaient sur les jambes de femmes qui tiraient des charrettes, faisaient chanter la peau sur leurs muscles épuisés. Hart sentit leurs ailes comme de la poudre amassée sur son dos mouillé.

Là-haut les oiseaux ne cessaient de tourner et piquer, de plus en plus près des yeux et des gorges sèches de ceux qui travaillaient en dessous.

***

– Vous ne pourrez pas rentrer chez vous, dit une des villageoises. Ils ont dû fermer les routes.

– Je pourrais passer par l'autre versant, lui renvoya-t-elle. Il y a forcément quelque chose d'ouvert.

Le barman raconta qu'il avait appelé les éleveurs de truites de l'autre côté de la crête et qu'à les entendre toutes les routes étaient impraticables. Personne ne s'était donné la peine de les fermer parce que personne n'allait tenter de passer ; partout ce n'était que suie et fumée, au moindre tournant on pouvait se retrouver nez à nez avec les flammes. Il passa un autre espresso à Maria de l'autre côté d'une table recouverte d'une fine pellicule de poussière.

– On a un peu de temps, reprit Hart.

Elle prit une cigarette.

Le petit café au bord de la route se réduisait à une seule pièce toute blanche, avec des branches de laurier qui séchaient au-dessus d'une machine à café – une rangée de bouteilles, un comptoir avec du vin en carafe en dessous et une étagère d'épicerie : sauce forte, allume-feu, tampons hygiéniques, biscuits. D'habitude, ça sentait le travail ou le costume du dimanche. Ce jour-là, ça puait la fumée et la sueur sur toutes les

peaux. Personne ne se ruait pour rentrer à la maison
– pas tant qu'on s'affairerait à monter une défense
commune ; séparément on aurait été plus faible. Mais
c'était presque l'heure de dîner.

– J'ai de quoi manger, dit Hart. Au congélateur.

– Il n'y a pas d'électricité.

– Alors, on ferait mieux de manger ce qui reste.

Elle ne pouvait plus partir. Les femmes les regardaient comme s'ils formaient un couple.

– Je m'en vais, dit-elle.

Il se leva donc lui aussi. Il n'y avait rien à dire : elle
n'avait aucun espoir de partir et tout le village pensait
qu'elle était avec lui.

Ils se firent face un instant.

Il n'y a ici aucune règle qui régisse la manière dont
on se dispute en public. Crier, tout le monde aurait pu
comprendre.

– Tout va bien ? demanda le barman sur le ton de la
conversation.

– Oui, dit-elle. *Tudo bem*.

– Tu pourrais rester chez moi, enchaîna Hart. Il y a
un canapé.

Et au bout d'un moment il précisa :

– Non, c'est moi qui dormirai sur le canapé.

– Il fera plus frais bientôt, dit le barman. Plus froid, je
veux dire. Le feu ne se déplace pas aussi vite la nuit.

– Vous voulez dire qu'on peut tous dormir ? s'enquit-
elle.

Elle jeta un coup d'œil autour de la pièce et vit les
gens serrés les uns contre les autres sur des bancs :
vieilles femmes vêtues de blouses en tissu imprimé,
vieillards en pantalons qu'ils pourraient remettre un
jour pour aller à l'église, quelques jeunes, tous certes
habitués à se servir durement de leurs corps du matin
jusqu'au soir, mais désespérément fatigués : la perspective de l'incendie qui les attendait juste en bas.

– Allez dormir ! lança le barman.

Sous-entendu : nous sommes plus résistants que vous. Nous veillerons à votre place.

***

Et je restai allongé, à regarder sous les jupes de mes séraphins, à tourner et virer d'un bord à l'autre du lit, surpris de m'ennuyer et de ne pas savoir quoi faire alors que je me trouvais dans une grande ville. Après tout, j'étais là en visite, je pouvais jouer les touristes. Je pouvais me rappeler mes connaissances et traquer l'œuvre d'art, m'inquiéter des relations entre les Flandres, l'Italie et le Portugal, me demander si les Portugais avaient importé leur Renaissance, m'interroger sur les Italiens qui bâtirent d'incroyables églises à Lisbonne. Et je pouvais toujours manger : du *bacalhau*, un bon saint-pierre ou des crevettes à la sauce poivrée. Je pouvais prendre des trams ou des bateaux, les funiculaires, ou l'ascenseur à cage ouvragée qui permet de gagner les bars de la haute. Je pouvais boire. Je pouvais aller traîner chez les putes, sans doute. Pourquoi, surtout alors, m'aurait-il été interdit de traiter la baise autrement que comme un autre appétit à satisfaire ? Comme si on pouvait se sentir infidèle en allant au restaurant !

Cela faisait des années que j'avais perdu l'habitude d'être seul et de chercher ma vie. Je savais l'autre qui respire dans la maison, la surprise, les choses qui arrivent sans qu'on l'ait toujours voulu. Les piles de livres, ce qu'on pose sur le dessus du frigo, les lettres du matin, tout cela grandissait toujours pour deux. J'aimais le contact que je n'avais pas organisé, les mots auxquels je ne m'attendais pas.

Pas d'Anna. Personne.

Il y avait bien Maria, mais elle était loin. Maria. Les poils noirs et dorés sur ses avant-bras ; jamais encore je

352

n'avais remarqué ça chez une femme, encore moins adoré, encore moins au point de bander quand j'y pensais. Il ne s'agissait pas d'un objet de fétichisme, je me le jurai, juste d'un détail.

C'était la première fois que j'avais autant de temps pour réfléchir à mon mariage de l'intérieur. Mais je me rendis compte que certains détails du corps d'Anna avaient déjà quitté ma mémoire. Je me rappelais sa peau et sa chaleur, mais j'avais pris l'habitude de regarder ailleurs depuis que nos corps perdaient de leur fermeté avec l'âge, de la voir avec des yeux plus faibles et de ne plus remarquer : elle me rendait la pareille. Mais maintenant j'avais le temps.

Je voulais Maria, en détail.

***

Ils allumèrent une lampe tempête, lumière toute d'or pâle montant d'un acier estampé, se préparèrent des côtes de porc à moitié décongelées sur la cuisinière à gaz et ouvrirent une bouteille de vin.

– Écoute-moi, dit-il.

Mais elle ne fit que manger, furieusement. D'ordinaire, elle mangeait très peu. Elle avait travaillé au soleil et avait les muscles étrangement noués, mais cela n'expliquait pas son appétit. Elle ne mangeait que pour être prête.

– Imaginons que les flics aient raison, reprit-il.

– Je ne sais pas ce qu'ils disent.

Elle posa son assiette dans l'évier, ouvrit des fenêtres intérieures et s'éventa.

L'air semblait enfin plus frais.

Le bord d'une énorme lune enjamba la montagne et se fit bloc de lumière pleine et froide. La vallée devint muette, cigales qui ont cessé de chanter, grenouilles qui renoncent à leurs coassements grinçants.

Elle se tourna vers lui et le serra dans ses bras. Elle dit qu'ils firent l'amour en se regardant dans les yeux ; la baise comme questionnement. Mais elle se contenta de gémir tandis qu'il grognait, et ils se séparèrent malaisément comme du papier collant. Après, elle ne savait plus. Et Hart ne me dit rien.

Elle trouva sa montre près du lit. Encore sept heures à passer avant l'aube, sept heures de silence et de lumière d'acier au-dehors. Il fallait juste qu'elle l'occupe encore sept heures.

***

Je bus trop et me réveillai donc vite, en sachant des choses.

Je sus que Maria ne pouvait pas être en sécurité avec Hart, avec un homme dont le passé recoupait des meurtres, un homme qui changeait si volontiers de nom et d'identité.

Je le sus à cause du cinéma et des livres de poche, à cause des histoires qui frappent bien plus l'imagination que les faits. Nous autres étudiants et chercheurs nous croyons retenus par un filet de références. Quand on veut parler de peinture, d'églises, de ducs ou de politique, de moulage à cire perdue, d'union monétaire ou des repentirs du peintre, de Proust ou des nouvelles de la veille, ça marche très bien ; des livres, il y en a partout, raisonnablement sûrs, référencés et agrémentés de notes. Mais quand il s'agit du mélodrame de l'amour, de tueurs, de risque et de terreurs nocturnes, nous n'avons rien lu qui fasse vraiment autorité, hormis les thrillers qu'on trouve dans les aéroports. Ainsi donc est-ce là qu'on apprend ce qui ne peut pas ne pas arriver bientôt.

Hart étant l'immonde, Maria ne pouvait être que la victime. Et si elle était la victime, en deux heures de

354

route je pouvais enfin me rédimer en étant ce que Mello ne voulait pas que je sois : le héros désigné.

Comprenez-vous bien que pas une fois il ne me vint à l'esprit que c'était la folie qui parlait ainsi dans ma tête ? Boire m'aida à me convaincre.

**

Silence. La lune toujours aussi énorme. Maria vivait un suspense lumineux, contemplait un monde éclairé d'en haut et complètement arrêté.

Elle l'entendit dire : « Tu voulais que je te raconte New York... »

Il se tenait juste derrière elle. Il s'était merveilleusement absorbé dans ses récits ; il se voyait toujours en bibliothèque entière qu'il lui ouvrait. Il ne semblait pas comprendre que ses histoires équivalaient à une confession et que cette confession ne faisait plus de lui qu'une chose : un tueur et rien d'autre.

Il y avait l'odeur troublante de choses vertes qui brûlaient sous les cendres. Le village était calme – pas en paix, seulement épuisé. La lune effleurait le ruisseau et même cette lumière froide tremblait comme une parodie d'incendie.

– J'étais très jeune quand je me suis retrouvé à New York, dit-il. Dix-sept ans.

Le froid et la lune apaisaient les yeux de Maria. Elle se réjouissait de l'éclat du monde. Mais elle se força à se retourner, à lui sourire et à l'admirer.

Mais cette fois elle ne pouvait plus le suivre : dans ses fêtes, dans le monde de l'art où il bluffait, les soirs d'été dans les Hamptons, lorsqu'il rencontrait des dealers, regardait les gens célèbres se frayer un chemin jusqu'à la drogue et, parfois, en revenir. Son bavardage tenait du ragot de journaliste, de l'exposé succinct dans quelque magazine du dimanche – à croire qu'il n'avait pas de passé en propre, qu'il n'était qu'une coquille vide faite d'histoires qui ne lui appartenaient pas. De fait, il ne lui apprit qu'une chose intéressante : qu'il n'avait connu le monde des artistes qu'après sa période héroïque – celle des géants de l'expressionnisme abstrait qui se battaient avec la peinture –, juste avant que l'art ne devienne une entreprise sociale destinée à promouvoir la nation. Il ne s'était pas ennuyé – les années du souk.

Cela dit, elle pouvait simuler l'intérêt, au moins. Elle voulait qu'il reste absorbé dans son récit jusqu'à ce qu'il dise des choses qu'elle pourrait rapporter aux autorités.

Elle ferma les yeux. Pas qu'elle l'aurait voulu. Elle voyait, elle aussi toute luisante, la tête coupée sur la photo, bouche ouverte sur des dents qu'on avait arrachées après la mort.

Elle avait eu cet homme en elle à peine une heure plus tôt. Et voilà qu'elle n'était même plus sûre de savoir son nom. Comment l'aurait-elle appelé si elle avait voulu lui dire d'arrêter au lieu de l'attirer vers elle ?

Il s'agitait dans toute la maison, plus grand que dans son souvenir, magnifié par la faiblesse de la lumière et les grandes obscurités de la nuit. Il fit du bruit avec des couteaux dans un tiroir de la cuisine – il n'y cherchait que des cuillères à café, mais c'est aux couteaux qu'elle pensa.

– Tu veux savoir ? lui cria-t-il.

Elle crut entendre des chiens renifler dans une cour, se jeter contre de la tôle ondulée, gratter avec leurs pattes.

– Non, parce que... je croyais que tu voulais tout savoir.

– Il faut que je donne un coup de fil, dit-elle.

– Prends le portable.

– J'allais le faire.

Elle commença à composer un numéro. Ce n'était pas un appel local, il le vit : le premier chiffre était un zéro. Elle attendit que les petits déclics cessent de résonner.

– John Costa ? lança-t-elle. Maria Mattoso à l'appareil. (Pause.) Oui, je suis désolée. Je voulais juste vous dire que les routes sont fermées. Le feu, oui. A Formentina. Il est très difficile de circuler, c'est vrai. Vous devriez rester à Lisbonne encore quelques jours. (Pause.) Oh, oui, j'aimerais beaucoup y aller.

Elle reposa l'appareil sur la table.

– Tu n'étais pas obligée de faire ça, dit-il.

***

Elle ne rappela qu'une fois. Et tard, en plus. Elle ne me dit pas où elle se trouvait, seulement que je ne devais surtout pas revenir à Formentina.

C'était la victime. Elle était avec le méchant, Mello l'avait dit. Elle ne pouvait donc pas parler comme elle voulait. Elle m'ordonnait seulement de revenir à Formentina. C'était là qu'elle devait se trouver. Elle était en danger, elle avait une arme braquée sur elle, elle cherchait désespérément un héros des yeux.

Si c'était bien à Formentina qu'elle se trouvait, elle était forcément avec lui. Si c'était bien avec lui qu'elle se trouvait, elle était forcément en danger.

Je finis de m'habiller, jetai mes vêtements sales dans un sac, oubliai mes affaires de rasage dans la salle de bains et descendis le grand escalier du bâtiment quatre à quatre. La rue était d'un vide fluorescent : bleus et oranges de lumière artificielle, ombres tilleul, pleine lune. Je courus jusqu'à ma voiture et me demandai ce qu'un flic aurait pensé s'il m'avait vu : un type qui cavale sans raison – et donc qui s'enfuit.

Je ratai une rue entre des usines basses, essayai de la

retrouver en longeant des avenues bordées de lauriers-roses à l'abandon. Je descendis quasiment jusqu'au fleuve, jusqu'aux quartiers des entrepôts avec leurs vieux graffitis et les cargos rouille dont les mâts grandissaient de manière convaincante dès la nuit tombée, avant de repérer les panneaux indiquant l'autoroute qui permettait de remonter vers le nord.

J'avais déjà pris cette route, en descendant de l'avion de Londres, pour aller retrouver mon père et l'enterrer, et rechercher ce que Christopher Hart avait volé. J'étais alors tout aussi divers qu'un autre : fouillis de souvenirs, d'erreurs commises et de décisions prises ou évitées, de sentiments enfouis, satisfaits et tout simplement oubliés pour un temps, mari, officiel d'une grande institution, entièrement prévisible au vu de mes comptes en banque, de ma place de parking, de mon dossier médical, de l'itinéraire que je prenais chaque matin pour me rendre au musée et de mes tendances alimentaires. Sur la route ce soir-là j'étais… distillé, voilà le mot que je trouvai juste. Tous les détails s'étaient fondus en un grand incendie décidé.

Je savais presque (une longue file de camions me dépassa à toute allure) au fond de mon cœur (je remarquai les lumières vives d'un bar de nuit dans une petite ville, le Sousa's Bar, l'enseigne était en anglais) que c'était (la route passa sous une voûte d'arbres) folie pure. Mais le diagnostic comptait moins que la possibilité d'agir vite.

Une heure plus tard je roulais toujours, mais mes certitudes avaient commencé à faiblir. J'avais l'habitude de préparer des dossiers, de m'adapter au travail, de ne pas toujours dire à Anna ce que je voulais vraiment dire, de me débrouiller ; là, j'essayais quelque chose de simple : être un héros.

Il était difficile de rester mobilisé par une grande cause morale alors que la route filait sous mes roues, tapis des plus ordinaires. En plus, le sommeil me travaillait. Je clignai des yeux, une fois, mais ça me parut durer une minute, comme si je perdais conscience. Je remuai sur mon siège, me forçai à me concentrer à nouveau. J'aurais facilement pu quitter la route en m'endormant.

Je n'étais déjà plus qu'un fantôme, sans les particularités qui ancrent dans telle ou telle vie précise, plus d'épouse, plus de père qu'on reconnaisse, et je traquais un type qui, lui, avait jeté toutes ces particularités à la poubelle. Et je filais à travers un paysage parfaitement approprié à une guerre de fantômes : visions, soleils qui tournoient, chevaliers gardiens, trésor caché, princesses cachées. N'ayant pas les détails, juste la carte postale et les idées qu'on trouve dans les guides, je pouvais donc inonder la campagne de tous les contes que je connaissais – voleur de vies, ogre et chevalier, tueur et flic, tous avatars d'une vieille affaire qui devenait de plus en plus littérale au fur et à mesure que l'histoire s'éternisait.

J'avais encore une bonne soixantaine de kilomètres à parcourir.

***

Elle se tenait debout, nue près du lit, une main sur sa hanche anguleuse, le corps tourné comme celui d'un lutteur, le visage emprunt de l'inébranlable décision des saints de sa mère.

Il s'étira et repoussa les draps. Le désir ne venait pas. Il tapota le lit et dit :

– Je pourrais te raconter encore une fois les Bahamas. Les ouragans.

– Tu n'es donc jamais à court d'histoires ? Tu ne restes jamais nulle part ?

– C'est une invitation ?

Pour une fois, il avait dit ça sans réfléchir.

C'était ce qu'un autre Christopher Hart – opportuniste sexuel, se dit-il avec cynisme, sans grande expérience (autre qu'avec des étudiantes aux yeux ronds) et enclin à jouer avec les cœurs par pure vanité – aurait pu lâcher.

Elle entra dans la salle de séjour.

– Le cœur de la nuit, dit-il du fond du lit. Vents terribles, noix de coco et toitures en ferraille qui s'écrasent sur la maison. La pluie. La voiture que nous avions garée derrière de façon à ce qu'elle soit loin des arbres, et il y avait eu un court-circuit : les phares s'étaient brusquement allumés en pleine nuit. On avait pu voir les arbres qui pliaient sous la pluie. Et les trois petites vieilles qui portaient un chapeau et jouaient au bridge en discutant des possibilités offertes par la saison prochaine. Elles buvaient. Elles papotaient. Elles étaient clouées sur place. Jusqu'au moment où je me suis rendu compte qu'elles s'étaient toutes pissé dessus et continuaient de parler…

– Qu'est-ce que tu faisais aux Bahamas ?

– Je pourrais te raconter. Je pourrais te dire l'époque où je jouais les prêcheurs New Age, avec boule de cristal et tout et tout. Et celle où j'ai été garde du corps, à Cannes. J'étais…

Il y eut un grand bruit de vaisselle, comme si des rochers s'effondraient.

Il haussa la voix :

– J'étais…

– Quand trouvais-tu jamais le temps d'être Christopher Hart ? lui cria-t-elle de la cuisine.

***

Les arbres se refermaient sur la route. Au début, j'eus l'impression que la pleine lune avait, Dieu sait comment, transformé les branches en squelettes ; la lune,

360

c'était la seule chose que j'avais vue changer. Mais les arbres, eux aussi, avaient changé ; ils s'étaient faits bâtons et charbon de bois, leurs branches brisées près du tronc. Rognés par l'incendie, les buissons avaient reculé, les arbres ressemblant à des ruines. Je vis fumer la terre, ou l'imaginai.

Je traversai Vila Nova sans problème et pris la grande route de la montagne. La banlieue, elle, n'avait pas changé : respectable, maisons fermées par des portails, sans caractère. La première partie des bois était intacte. Mais au bout d'un autre kilomètre je tombai sur un barrage de tréteaux.

J'aurais pu le franchir aisément. A cette heure-là il n'y avait pas de flics pour surveiller la circulation. Mais si la route était fermée à cet endroit, elle devait l'être par quelque chose de bien plus inquiétant plus loin : flammes, arbres tombés, pompiers bénévoles qui occupent la chaussée.

Je pris la petite route qui suit la colline pour monter au château de Vila Nova. La nuit, j'avais l'habitude de n'y voir que des arbres qui descendaient jusqu'au bord de la route et entouraient le petit château rond et creux bien calé au fond de la vallée. Ce soir-là, le rideau de feuilles avait disparu. Le château trônait dans un hiver bien à lui : arbres nus, terre blanche de cendres.

Je quittai la route un instant. Avant, les arbres buvaient les sons, jusque dans les derniers replis de la *serra*, mais il se pouvait qu'ils aient déjà perdu cette faculté. A Formentina, il n'était pas impossible qu'on m'entende travailler mes virages et les rudes montées rocailleuses des routes secondaires. Mais je n'avais qu'elles.

J'aurais dû concocter une stratégie. Au lieu de ça, je n'avais que ce que je voyais et sentais : le château dans un océan de cendres et le clair de lune scintillant.

***

Hart traversa la pièce pour lui apporter du thé. Il avait passé trop de temps à la cuisine, il avait tripatouillé dans des tiroirs. Elle n'arrivait pas à comprendre pourquoi il avait besoin d'un tournevis et de fil de fer.

Elle ne s'était pas rhabillée. La brise était légère, mais suffisait à lui donner la chair de poule.

Elle dit qu'elle ne bougea pas de son fauteuil lorsque ma voiture s'arrêta en bas. Des portes claquèrent une fois, deux fois. Le calme revint.

Je glissai sur l'ardoise, partis en courant, puis je fis demi-tour. Je me disais qu'en attendant un peu, Dieu sait comment je pourrais passer inaperçu.

Je vis que la lumière de la lampe brillait en travers de son cou, laissant son visage dans le noir et teintant ses jolis seins d'une lueur jaune. Hart la regardait intensément, comme s'il avait besoin de se la mettre en mémoire.

– Il y a quelqu'un à la porte, dit-elle.

Il la regarda – ça n'avait aucune importance. Elle attendit patiemment.

Je commençai à crier.

– Maria ! Maria !

Elle ne bougea pas. Et je ne plaisante pas : elle ne se tendit même pas pour rester immobile. Elle semblait penser que le calme et son immobilité me feraient croire qu'elle n'était pas là et que je m'en irais.

Moi, bien sûr, tous muscles ramassés et l'adrénaline me courant dans les veines, j'étais toujours certain d'avoir affaire à une victime.

Elle souriait.

C'était la première fois que Hart avait un témoin. Il ne s'était encore jamais trouvé dans la situation d'avoir quelqu'un qui observe ses gestes et surveille ce qu'il pouvait faire, qui l'enregistre, et même qui l'aime.

Je tambourinai à la porte.

Elle refusait de parler ou de bouger, il me cria : « Elle est ici » et ouvrit brutalement la porte. Une bouffée de vent nocturne éparpilla des feuilles marron dans la pièce.

***

Je me ruai à l'intérieur, puis je m'arrêtai, respirant fort. Je m'étais attendu à des obstacles et n'en trouvais aucun. Je l'avais crue en danger, elle n'était que déshabillée.

– Allez-vous-en, me dit-elle. Ce n'est qu'un jeu. Allez-vous-en.

Je n'arrivais pas à déchiffrer ce qui se passait. Il y avait Hart, avec du thé : popote, à moitié nu, étrangement affairé à une heure aussi avancée de la nuit. Ce n'était pas lui qui m'intéressait. Il y avait Maria, elle ne bougeait pas mais était entièrement libre, assise de telle sorte que je ne voyais pas vraiment son visage, seulement son corps. J'avais eu tout le temps de penser à son corps.

– Il faut que vous partiez, répéta-t-elle.

Je débarquais au milieu d'un instant d'intimité, celui, tout de douceur, qui suit l'amour. Peut-être.

– Vous voulez du thé ? me demanda-t-il avec une vraie gentillesse.

Je ne savais plus ce qu'un homme comme moi aurait dû faire ou dire. Je n'étais plus habité que par des pensées en Technicolor sur grand écran cinémascope. Je songeai au film *The Searchers*[1] et à la fille qui ne veut pas être sauvée.

1. *La Prisonnière du désert*, 1956. Film de John Ford d'après un roman d'Alan Le May. (*NdT.*)

Maria se leva et gagna la chambre. Hart alla chercher une tasse à la cuisine.

Tout cela, j'aurais pu l'inventer. J'aurais pu inventer l'histoire de mon père, le dénonciateur dans la salle blanche. Hart aurait très bien pu être celui qu'il disait être. Il pouvait aussi n'avoir jamais commis les actes qu'il niait, et n'être absolument pas dangereux. Maria et lui pouvaient très bien n'avoir que de petites amours estivales, voire moins. Peut-être n'était-elle restée chez lui que par ce que les routes étaient fermées.

Tout mon passé s'étant effondré, pourquoi aurait-il fallu que tous les repères d'un passé collectif sous forme de livres, d'archives, de papiers et de comptes rendus aient encore un sens ?

Hart et Maria ne faisaient pratiquement aucun bruit dans cette maison : ils glissaient de-ci, de-là, sur des pieds agiles et silencieux. Par la fenêtre je vis le village dévaler la pente comme des tuiles et des ardoises qui dégringolent. Plus loin, c'étaient les bois qui reprenaient. Pas un chien qui aboie, personne pour parler, de la ville ne montait aucun bruit rassurant pour dire que la vie continuait même si l'on était au cœur de la nuit.

Sous la route, trois hommes – jeunes –, répandaient un liquide dans un champ sous la lune : silhouettes noires, furieusement actives. Ils reculèrent. L'un d'eux craqua une allumette, l'or de la flamme brillant un instant avant que le champ s'embrase. Le champ partit en gros bouillons de fumée orange.

– Ils font un contre-feu, dit Maria comme si elle pouvait voir ce qui se passait.

Lorsque enfin elle fut à côté de moi pour regarder, le feu faisait monter une pluie d'étincelles dans le ciel. Les deux hommes dansaient.

***

Rhabillée, elle sortit en parlant d'un ton urgent, presque en murmurant.

— Il faut que vous partiez, disait-elle. Vous ne savez rien de Hart.

— Mello m'a dit, lui renvoyai-je.

— Tout ?

— Je sais qu'il est recherché pour meurtre.

— Vous savez combien ?

Je la dévisageai, puis haussai les épaules.

— Et vous êtes quand même revenu ?

— Je croyais que vous étiez en danger.

— Je ne suis pas en danger. Vous, si. Je vous avais dit de ne pas rentrer.

Je refusais d'en rien croire, évidemment. J'ai la chevalerie dans les gènes et connais bien le ressort des bonnes histoires : la femme en danger.

Hart entra dans la salle de séjour.

— Il faut qu'on parle, dit-elle.

Il s'assit et posa quelque chose à côté de son fauteuil, quelque chose d'élastique et qui refusait de se laisser dissimuler. Je me tenais toujours debout tandis que, avocate, Maria allait et venait dans la pièce. Des chiens se mirent à aboyer.

— Qui es-tu ? lança-t-elle à Hart.

— Qui ça ? Moi ?

— Écoutez ça, John, me dit-elle. Si vous ne voulez pas partir, alors écoutez.

— Que veux-tu savoir ? répéta Hart.

— Mello m'a dit. Tu as un vrai nom. Tu t'appelles Martin Arkenhout. Tu as tué un jeune homme en Floride, tu as pris son nom et, un an plus tard, ce nom a disparu : c'est donc que tu as tué une deuxième fois. Maintenant, tu t'appelles Christopher Hart. Vu la façon dont tu opères, c'est que tu l'as tué.

— C'est toi qui le dis.

Qu'aurait-il été censé dire d'autre ? Il était évident

365

que cette version de ses vies se trouvait quelque part dans un dossier de police et que ce dossier était ouvert. Enfin, ils avaient compris.

– C'est tout ce que vous avez à dire ? lui demandai-je.

– Exactement. Qu'attendez-vous donc ? (Il essayait de se donner des airs moralement supérieurs.) Vous voulez savoir comment on tue ? Vous voulez les détails ? C'est le genre de trucs qui vous excite ?

Je ne lui sautai pas dessus. Pas que je n'en aurais pas eu envie. C'était mon corps tout entier qui était devenu flic.

– Pourquoi n'appelez-vous pas la police ? reprit-il. Vous avez un téléphone. J'en ai un. Je ne vous en empêche pas.

– Tu sais que les routes sont fermées, lui dit-elle.

– Les flics pourraient tenter le coup. Costa y est bien arrivé.

– Je ne pars pas d'ici sans lui, dit-elle.

Je m'assis comme si je voulais faire passer un message.

Nous formions un pat joliment exprimé en termes sociaux – deux hommes coincés dans des fauteuils tandis qu'une femme faisait les cent pas entre eux –, mais à une heure nettement matinale.

Il y avait du thé sur la table : tasses, lait, un vieux pot au vernis craquelé. Ça ne ferait pas l'affaire. Il n'y avait pas de meubles en trop dans les pièces, dans les coins où la lumière pâle et jaune n'arrivait pas, ni non plus d'objets décoratifs. Il n'y avait rien dont j'aurais pu me servir pour démolir Hart.

Je songeai que des animaux s'y seraient mieux pris. Des chats auraient arqué le dos et hérissé leur fourrure, pris la pose qui dit l'attaquant et l'attaqué, avant de miauler, cracher et bondir. Nous avions des manières. Hart avait été élevé par des gens qui savent se tenir à table et s'agenouiller à l'église. Maria, elle, voulait le calme avant tout. Quant à moi, je m'en tenais encore à l'idée désuète selon laquelle la culpabilité doit être prouvée et cela suffisait à m'empêcher de faire ce qu'il fallait pour garder la vie sauve.

L'objet qu'il avait caché près de son fauteuil se tendit un instant : un cercle en fil de fer. Lorsqu'il s'agissait de tuer, Hart avait toujours été d'une efficacité redoutable. Mais là, il hésitait, se tendait nerveusement dans l'attente d'un crime qu'il n'avait encore jamais commis.

Il essaya de cacher le fil de fer.

***

Maria sentit l'essence. L'odeur était faible et n'avait arrêté son esprit qu'à la manière d'un souvenir, mais la jeune femme comprit que l'incendie n'était pas loin.

— Vous êtes fous ! s'écria-t-elle. Tous les deux ! Toi, Christopher, Martin ou autre, tu pourrais filer. Pars tout de suite, avant qu'ils aient le temps d'alerter la police des frontières. Tu pourrais passer en Espagne sans te faire contrôler et après, aller où tu veux. Qu'est-ce qui t'arrête ?

Il garda le silence.

— Et vous, monsieur Costa. Pourquoi ne rentrez-vous pas chez vous tout de suite ? Il n'y a rien pour vous ici. Rien.

— Je suis d'ici, lui répliquai-je.

Nous allions et venions derrière une barrière de mots.

— Mais vous n'y êtes pas à votre place.

— Je sais un peu de portugais. Mon père m'a beaucoup parlé de ce pays.

— Vous vivez à Londres. Vous devez y retourner.

— Mais je n'ai aucune raison de le fai...

Je me redressai gauchement. Je ne la regardais pas, j'avais les yeux fixés sur Hart : Hart qui l'avait baisée, Hart qui doutait qu'elle dise la vérité, Hart qui m'avait amené ici et avait tout bousillé, Hart qui refusait d'être coupable, même seulement de vol – de meurtre, n'en parlons pas. De fait, je ne connaissais que le monde des petits délits – objets volés, cercle des marchands de tableaux, des faussaires de temps à autre, rien à voir avec la violence des rues où l'on sourit, taquine et se vante –, mais là, je connus la rage froide et utile qui vous tombe parfois dessus lorsqu'on veut tout à la fois punir et convaincre avec les poings.

Hart ne recula pas. Il resta debout dans la lumière jaune et me laissa tomber vers lui, le poing droit en avant, comme si je défonçais une porte. Il me transformait en caricature : le professeur saoul. Il fit un pas de côté et disparut dans l'ombre. Je fus choqué que mon poing n'atteigne pas sa cible, et me tournai.

Maria le vit prendre le fil de fer à côté du fauteuil. L'objet formait un cercle enroulé autour d'un truc en bois, un tournevis. Craignant de me distraire, Maria ne pouvait pas crier.

Hart ne cessait de se déplacer dans et hors de la lumière. J'attendis en lui bloquant la porte. Il ne faisait que projeter des ombres, énormes et dégingandées, sur les murs et le plafond. Il n'avait plus d'endroit où fuir. Il cherchait une fenêtre ouverte, mais toutes étaient fermées : le verre et, après, les volets verrouillés. S'il essayait de filer ainsi, il serait pris avant même d'avoir poussé les volets.

Jusqu'au moment où il arrêta d'esquiver, brusquement. Il avait les bras ballants. Je lui fonçai dessus tel un avant de rugby, le plaquai aux genoux et le jetai à terre. Sa tête heurta la plaque en marbre rouge marron de l'appui de fenêtre et son cou craqua.

Maria tira sur sa jupe, sortit et descendit les marches

en ardoise, dans le blanc des marguerites et des lis africains qu'effleurait la lumière faiblissante de la lune.

Elle s'assit à côté de la chapelle et attendit.

***

Christopher Hart ouvrit les yeux. A croire qu'il
n'avait plus la force ou la volonté de les fermer.

Je me demandai s'il ne s'était pas brisé la colonne
vertébrale. Il n'y avait eu que ce seul mouvement, et
maintenant il avait le regard fixe. L'espace d'un instant
je fus pris de pitié, mais cela ne dura pas. Hart secoua
son bras en travers de sa poitrine comme s'il cherchait
quelque chose dans une poche imaginaire.

Il recommençait à habiter son corps, comme la photographie lentement investit le papier en se développant,
un détail après l'autre : en redevenant Hart.

Donc il n'était pas paralysé. Seulement engourdi et
sonné. Je regardai ses yeux se remettre à chercher des
choses, à me voir.

Je savais qu'il voulait me tuer. Il avait enroulé son
morceau de fil de fer autour d'un tournevis et en avait
fait un nœud coulant de la taille d'un cou. Il ne pouvait
être question de réparer quoi que ce soit avec ça, mais
de tuer, si.

C'en était fini des règles mesquines. L'instant inima-
ginable était arrivé : celui où il n'est plus question que
de vie ou de mort. On est toujours gêné devant les gens
qui se sont trouvés acculés à ce choix : anciens combat-
tants, grands-parents décorés, flics dans la rue.

Hart tenta de se remettre à genoux.

– Qu'est-ce que vous voulez ? me demanda-t-il.

Il était incapable de se tenir debout. Il avait du sang
sur la tête. J'avançai sur lui, il recula maladroitement
sur ses fesses. Jamais encore je n'avais éprouvé un tel
sentiment de puissance. C'était lui qui avait toujours

choisi, mais maintenant c'était moi qui allais décider s'il vivrait ou mourrait.

Je m'assis sur les talons, à côté de lui.

– Dites-moi ce que vous avez fait, lui lançai-je.

C'était là que j'avais l'intention de jouer au héros. Mais, surtout, je voulais rouvrir son dossier et tout y enregistrer comme il fallait : l'instinct de l'archiviste.

– Ce que j'ai fait ? répéta-t-il.

– Et aussi où se trouvent les pages du *Liber Principis*.

– Je ne suis pas Christopher Hart, me répondit-il. Vous le savez, non ? Je l'ai été un moment. Je n'ai jamais mis les pieds au musée.

Je lui assénai une gifle en pleine figure. Pur cinéma. Ça n'avait aucun sens et ne pouvait servir à rien.

– Vous voulez toute l'histoire, reprit-il. C'est ça ?

Il pensait pouvoir se défendre avec son histoire, me forcer à reculer. A son idée, elle représentait une espèce d'avantage.

– Je prends des vies, dit-il. Je les prends et m'en sers mieux que leurs propriétaires n'auraient jamais pu le faire. C'est pour ça que j'ai eu toutes sortes de noms et de passeports. Et d'âges. J'ai été une douzaine d'hommes et je peux le prouver avec des cartes et des papiers. Et vous savez quoi ? Les choix, c'est toujours moi qui les fais, une bonne décision après l'autre. Je me trompe, je recommence, dans une peau différente. Et vous, John Costa, vous arrive-t-il jamais de choisir ?

– Je veux les noms.

– J'en ai oublié la moitié. Pourquoi faudrait-il que je m'en souvienne ? Ces noms, je dois les oublier chaque fois que je change de peau. Avez-vous jamais quitté la vôtre, John Costa ?

Je ne savais pas pourquoi il se servait si souvent de mon nom. Les amis de mon père le faisaient parfois eux aussi – ils ne savaient pas trop s'il fallait se servir du nom comme preuve de son identité, à la manière britannique ou américaine, ou, à la manière portugaise, comme indicateur d'une histoire où les noms de famille s'alignent avec fierté.

Je n'aurais jamais dû me laisser aller à cette idée, pas même une minute. Hart voulait me distraire.

Il posa sa main sur la table de la cuisine, pour attraper quelque chose. Je ne pus l'en empêcher. Il secoua la bouteille d'huile, qui tomba sur le dallage et se brisa. Puis il la brandit.

Enfin, je pouvais agir. Moi qui avais contemplé l'effondrement de mon mariage en spectateur, qui m'étais contenté d'un bref coup d'œil lorsque mon père était mort et ne savais même pas ce qui s'était passé vraiment, moi qui n'avais rien fait d'efficace pour rapporter les pages et les peintures que j'étais venu chercher, j'avais enfin l'autorisation d'agir.

Car cet homme avait tué. La police le traquait, à tout le moins voulait qu'il dégage. Personne ne s'offusquerait de ce que j'allais faire. Jamais encore je ne m'étais senti à ce point moralement supérieur.

Mais endosser cette gloire et me décider à tuer, je n'y arrivais toujours pas. Je le frappai à la main, et le verre brisé décrivit un arc d'huile à travers la pièce.

Le sang qui coulait de sa main était très foncé. Il s'en étala un peu sur la figure.

— C'est bien à ça que ressemble un tueur, non ? me lança-t-il.

Il traça une ligne sur son front, puis une deuxième sur son cou, l'une et l'autre de sang.

— Regarde, dit-il.

Il posa les mains sur la table et se redressa. Je m'aperçus que sa main blessée faisait un angle bizarre avec son poignet.

Il continuait de se barbouiller la figure de sang, ligne après ligne, comme s'il inventait un monstre que tout le monde pût reconnaître. Enfin il se leva, et attendit.

Il devait croire que chaque seconde que je perdais lui donnait une chance de plus. Cela signifiait que j'étais indécis. Que j'étais toujours attaché aux notions d'ordre et de raison.

Et c'était vrai : j'étais fou de raison. Je lui sautai à la gorge.

Il se laissa mourir. Il était plus jeune, plus résistant, il avait plus de souffle que moi, mais il me laissa lui prendre le sien. Je lui fracassai la tête sur le dallage. Je réduisis Christopher Hart en une bouillie de sang et de fibres. Je l'oblitérai.

Jamais encore je n'avais entendu un silence pareil. On aurait dit que le monde me tenait à distance, créant un vide froid où je pouvais à peine respirer. Je me laissai choir sur une chaise de cuisine et attendis que mon cœur veuille bien cesser de me battre dans la tête.

Il y avait du papier sur la table, et un stylo.

Je dessinai un arbre. Le début fut simple : deux paires de branches, un tronc solide. Je jouai avec, ajoutai des branches aux branches, puis encore des rameaux qui s'entrecroisaient : un arbre nu. Puis j'attaquai une forme géométrique, une espèce de rhomboïde auquel j'adjoignis une autre forme à chaque face jusqu'au moment où je me retrouvai devant une mosaïque de cases vides et grossières.

J'aurais peut-être pu être un héros en cet instant. J'aurais pu sortir de la maison et me glorifier d'avoir terrassé un tueur. Mais à faire cela, je me serais réenchaîné à mon être ancien et remis dans la peau du seul John Costa : même maison avec jardin, même mariage, mêmes espoirs et perspectives.

Je brisai ma coquille. Je pensais à Maria lorsque je m'emparai du stylo et commençai à écrire de propos délibéré : à esquisser une signature, puis à m'entraîner, encore et encore, à imiter celle de Christopher Hart.

L'aube commença au-dessus de la montagne : lavis de blanc pâle et rien d'autre, nuages légèrement retouchés, un coq qui chante, des chiens qui lui renvoient leurs aboiements, des gens qui regrettent déjà leurs lits.

Personne n'avait bien dormi. L'incendie était dans tous les esprits.

Maria était toujours assise près de la chapelle. Elle dit qu'elle savait ne pas pouvoir nous faire sortir de notre guerre privée et préférait attendre et se débrouiller des conséquences.

L'aube façonnait un fouillis d'ombres du haut en bas de la colline. Le première chose qu'elle avait vue n'avait pas été un homme qui bouge – tout le monde pouvait se déplacer à volonté et demeurer invisible dans la lumière pommelée –, mais le feu : flammes orange qui léchaient soudain la terre en ligne droite, puis filaient comme mèches de pétard allumées et tournaient le coin d'un bâtiment pour gagner la périphérie du village. Elle regardait la maison de Hart, mais cela se passait plus bas, et plus près. Le feu projetait des derviches d'herbe enflammée dans les airs.

Ce bâtiment devait être le pressoir à huile, pensa-t-elle : un gros cube en pierre rempli de ferraille et de vieux bois. De l'huile s'y trouvait peut-être encore. Les ombres dessinaient des formes sur le mur, fantômes qui s'évanouissaient devant le soleil levant.

Tout à coup, le bâtiment se souleva, ou alors c'est que le choc le fit trembler jusque dans ses fondations. Des flammes montèrent de l'intérieur : pas de fumée, juste du feu orange clair. L'espace d'un instant, elle ne comprit pas ce qui avait pu exploser d'une manière aussi théâtrale, mais il y avait des bouteilles de propane pour faire la cuisine et chauffer l'eau dans toutes les maisons et une seule d'entre elles aurait suffi à produire ce genre d'explosion. Une minute plus tard, une deuxième explosait, puis une troisième.

Quelqu'un avait dû mettre des radiateurs à gaz au pressoir. Maria adorait les explications, n'importe lesquelles.

Le bruit des explosions ricocha dans les replis de la montagne et ce ne fut qu'au moment où il y mourait doucement qu'elle entendit le crissement clair et distinct des flammes.

Le village s'ouvrit d'un seul coup : courettes aux portails qui battent, portes largement tirées, volets repoussés, fenêtres ouvertes du geste noble et matinal avec lequel on accueille l'air pur d'un nouveau jour. Mais le feu au pressoir était sale et chimique – l'essence qu'elle se rappelait avoir sentie, les bouteilles de gaz qu'elle savait s'y trouver –, bruit et odeurs inconnus, même si l'on procédait à des vérifications antifeu tous les étés.

Elle remonta les marches en ardoise, des gens la rejoignant de tous côtés, émeute d'inquiétude. Les maisons étaient si rapprochées qu'on ne pouvait déclencher un contre-feu : il faudrait s'attaquer à l'incendie de front. Plusieurs hommes disparurent dans les bois pour aller ouvrir les réservoirs et faire courir l'eau dans de gros tuyaux en caoutchouc afin de noyer le pressoir. Des femmes sortirent de chez elles avec des seaux qu'elles posèrent près de la fontaine publique – on allait faire la chaîne jusque dans la colline. D'autres apportèrent des balais, en espérant encore qu'il s'agissait d'un incendie naturel qu'on pouvait contenir.

Le village n'avait plus le temps de se perdre en paroles. Tout y était muscles, lourds serpents des tuyaux qu'on descend de la colline, eau qu'on faisait remonter de la fontaine. La fumée irritait les poumons, faisait pleurer des larmes rouges. Lentement l'aube teinta les ombres en rose léger sur la montagne, comme en écho à l'incendie.

Maria sentit le poids des seaux lui déchirer les épaules. Toutes ces preuves qu'elle avait vues partir en fumée, un jour après l'autre ! Preuves infimes, déchets dans les bois, herbe écrasée par des amants, peaux d'où avaient filé des serpents, bouteilles et ce qu'elles contenaient. L'incendie dévorait tout. Et maintenant, il était dans les murs. Il menaçait ce qu'ils contenaient, la forme même des vies qu'on y menait, les récoltes dans les champs, jusqu'aux bois qui, tout bien considéré, constituaient également des récoltes.

Le village était aussi impersonnel qu'une machine. Fortes et rondes, quelques jeunes femmes écrasaient les flammes autour du pressoir afin qu'au moins le feu ne puisse pas bondir. Trois hommes déversaient de l'eau sur le toit pour que les tuiles cessent de se fendre et de sauter, pour tremper les vieilles poutres en eucalyptus en dessous. Mais, à l'intérieur, la chaleur s'était emparée du vieux bois plein d'huile et le faisait fondre.

On aurait dit que tout le monde s'affairait autour du feu. Personne ne s'arrêtait ; s'arrêter ne faisait plus partie des choix qui s'offraient. Pourtant, au milieu de tous ces cris Maria entendit une voiture démarrer en bas du village.

Plus tard, lorsque, l'incendie enfin maîtrisé, une petite foule couverte de suie se fut rassemblée devant le bar pour boire du vin et écouter, elle vit que la voiture de Christopher Hart avait disparu.

**

Le feu trouva tout ce qu'il y avait de naturel dans le pressoir et le détruisit. Les murs faits de boue séchée, de pierres et d'argile s'effondrèrent ; l'eau qui avait combattu l'incendie les avait détrempés, et, cuits comme ils avaient été, ils tombèrent en poussière. A l'intérieur, les différents niveaux se voyaient encore sur le fond de la colline ; à part d'énormes engrenages en métal tordus, tout n'était plus que traces archéologiques. Autour des murs courait une bande d'acier, comme celles dont on se sert pour que les maisons ne s'effondrent pas ; c'est elle qui avait dû concentrer l'explosion.

Maria entra dans le bâtiment alors que les pierres étaient encore brûlantes, des espars de bois et de métal pendant au-dessus de sa tête. Elle se fraya un chemin au milieu des pièces de bois dont la résine s'était transformée en cloques en bouillant. Elle évita des restes de pierres et de machines circulaires. Elle voulait être la première et prétendit même avoir été investie d'une mission quasi officielle : elle tenait à ce que les enfants ne voient pas ce qu'il lui faudrait bien découvrir.

Des mécanismes avaient fondu ensemble ; on aurait dit des anguilles dans un sac. Les planches du parquet avaient brûlé, étaient couvertes de cendre. Des marques de feu léchaient les murs.

Il pouvait se trouver sous le bois brûlé, voire sous les pierres, ou les petites pièces en métal des deux pressoirs qui s'étaient écroulés. L'explosion avait peut-être suffi à le disloquer entièrement. Terrifiée par cette idée, elle se figea, mais un instant seulement. Il fallait qu'elle sache.

Elle le trouva au fond des réservoirs d'huile, roulé en boule, écrasé. Son corps était si noir qu'elle mit du temps à voir qu'il s'arrêtait à un garrot, dont le fil faisait comme un bouchon. La tête était ailleurs.

Elle eut envie de vomir. Mais, sans la tête, elle ne saurait jamais lequel des deux avait péri ; elle comprenait enfin le peu de choses que prouvent cartes de crédit et papiers d'identité.

Elle donna des coups de pied dans la cendre. Elle regarda à la base de la vis du plus grand des deux pressoirs. Elle leva la tête, de la suie qui tombait lui mordit les yeux.

Elle trouva un crâne, brisé, avec de timides lambeaux de chair ici et là, mais sans yeux. Il reposait près d'une des bouteilles de propane. Elle s'obligea à l'examiner attentivement. Elle avait vu quelque chose de presque aussi horrible dans le bureau de Mello : le visage de Christopher Hart. Mais cette chose-là était terrible parce qu'on ne l'avait pas encore rangée dans la catégorie rassurante des pièces à conviction. Elle ne faisait que suggérer, comme dans un jeu de devinettes.

Maria se détourna et le souffle la quitta. Elle se ratatina, s'adossa à une masse confuse de métal, en retira sa main brûlée.

Le crâne appartenait à un homme qu'elle connaissait : celui qui lui avait fait l'amour et lui avait raconté des histoires, ou alors l'autre, celui qui était venu la sauver, celui qu'elle avait elle-même essayé de sauver d'une mort aussi rapide.

Pas moyen de savoir.

8

Le premier soir, John Costa descendit dans un petit hôtel à la sortie de Porto : lit court et carré, fleurs en soie rouge et une salle de bains qui puait la peinture fraîche. Il m'avait fallu passer dix minutes dans un café pour décider du nom que je prendrais pour réserver la chambre.

J'obéissais toujours à l'idée de continuité, peut-être même d'honnêteté.

Mais, le lendemain matin, je fus Christopher Hart qui filait sur la route en Espagne. John Costa avait tué. Je ne pouvais plus être John Costa.

Je laissai la route me conduire vers le nord, à travers une plaine rouge et nue, sous des cieux que des orages fendaient de temps à autre, comme si quelque antique panorama victorien se déroulait le long de ma voiture : mur de peinture et de faux-semblants et non des terres brûlantes détrempées par de pluies soudaines. C'était la route qui me positionnait, qui me donnait les noms de mes destinations, mais aussi m'interdisait de jamais les atteindre vraiment ; j'étais toujours dans les marges, derrière des écrans de barrière et de forêt censées, bruits et vues, m'éloigner des vivants, des gens qui se sont établis.

Trois jours et demi durant je roulai ainsi. Je ne m'arrêtais que lorsque c'était nécessaire. Dès que je me risquais dans un hôtel pour dormir et me doucher, je me réveillais tassé comme un chauffeur au volant dans mon lit.

Je préférais les frontières lorsque je les avais franchies. Au moins définissaient-elles des espaces nécessaires dans le déroulement continu de la route : panneaux qui prouvaient que j'avais quitté le Portugal pour passer en Espagne, l'Espagne pour passer en France, la France pour passer en Belgique.

Après, je m'inquiétais de n'avoir pas encore franchi la suivante : en n'importe quel point de la route on pouvait m'arrêter et me demander des explications.

L'agacement des nerfs se mua en colère. Il n'y avait personne, pas même un bureaucrate payé, pour se soucier de savoir qui j'étais. La colère devint peur. Je m'étais entièrement détaché de mon passé, ma fuite était parfaite, mais c'était dans le vide que j'étais arrivé, et je ne portais plus rien. Surtout pas, j'en étais incapable, je n'avais pas les épaules qu'il fallait, le poids d'avoir tué.

Autour de moi le temps se gâtait. Après Paris, je traversai les terres plates des environs de Lille et les banlieues en brique de Bruxelles, suivis des rails et des fils électriques. La pluie persistait. Derrière ses rideaux elle masquait des villes grises, d'autres aux néons froids, des églises par-ci, par-là, une fois même une étendue d'usines avec hautes cheminées sortant d'un échafaudage de tuyaux.

Je tirais de l'argent au fur et à mesure que j'avançais, d'une billetterie à l'autre, une grosse pochette pleine de devises colorées : pesetas, francs français et belges. Mes cartes de crédit pouvaient me lâcher d'un jour à l'autre et je devais être prêt. Christopher Hart était un nom qui allait finir par s'user.

Je me risquai dans un autre hôtel.

Personne ne vérifiait jamais la signature au dos de mes cartes. Pendant un temps, seule l'incongruité aurait pu me trahir : c'était un mort qui voyageait !

J'essuyai la buée sur la glace de la salle de bains pour me regarder. On s'efface en vieillissant : gris autour du museau, regard qui s'adoucit, visage moins plein de sang et de vie – je m'effaçais.

Je continuai d'essuyer la buée avec ma manche, mais ne fis qu'ajouter au tableau un reflet de murs blancs, le rideau de douche en plastique et un lit dans l'embrasure de la porte.

***

Maria Mattoso vit arriver le train de Porto de loin : grand tremblement de métal orange dans la brume. Les gens se pressaient à l'ombre sur les quais, sacs, valises et enfants entassés, vieilles dames avec éventails, très jeunes soldats. La chemise toujours aussi magiquement amidonnée, des gentlemen en voyage se frayaient un chemin parmi eux.

Elle finit son eau et attendit que le train soit parfaitement immobile. Elle ne travaillait pas. Elle n'avait aucune envie de précipiter les choses.

Les portières du train s'ouvrirent. La foule s'empressa autour d'elles, ici on se battait pour monter, là pour descendre. De la tante au nouveau-né, des familles entières passaient devant Maria en se poussant.

Enfin elle vit Anna Costa.

– Je vous suis très reconnaissante, dit Anna.

Elle s'était habillée avec sérieux, mais pas en noir.

– Je suis vraiment navrée, dit Maria.

Anna regarda droit devant elle.

– Au moins n'ai-je pas eu à le trouver, répondit-elle.

Sur la route, elle parut se détendre un peu, sourit même devant des oliviers submergés par les gloires scintillantes et bleutées du matin.

– Je crains que la police ne veuille vous contraindre à une identification formelle, dit Maria.

381

– Est-ce même possible ?

– Ça ne sera pas facile. Après le feu, les explosions et…

– Je peux y aller tout de suite ?

– Vous êtes sûre ? Après ce voyage ?

Elles s'engagèrent sur un grand pont en fer. En dessous, sur les bancs de sable d'un fleuve large, on avait étendu des draps au soleil, des enfants jouant dans les creux des écueils.

– Je voulais revenir, vous savez ? reprit Anna.

Puis, comme Maria ne disait rien, elle ajouta :

– Ça doit être terrible pour vous aussi.

Et encore ceci, avec acharnement :

– Vous croyez qu'on le retrouvera ?

– J'en suis certaine.

– Et que ressentirez-vous…

Maria se concentra sur la route qui remontait dans une vallée pentue bordée, d'un côté, par des pins couverts de poussière d'été, de l'autre, par les restes pointus et noircis d'un bois brûlé.

– Vous avez un endroit où descendre ? demandat-elle.

– Je n'y ai pas pensé. Il y a la maison de Formentina.

– Venez chez moi. Il n'y a pas beaucoup de meubles, mais ça sera plus facile. Vous aurez besoin d'aide pour parler à la police. Pour traduire…

Anna gardant le silence, elle crut bon de préciser :

– Je ne vous ferai pas payer.

Elle l'accompagna à la morgue.

Elle remarqua les fissures dans les carreaux blancs des murs, l'air aussi froid et renfermé que dans une grotte, tout sauf le cadavre – elle ne le vit que du coin de l'œil. La chair avait brûlé, disparaissait sous les cloques, et les os étaient tellement brisés qu'on avait du mal à prendre la mesure de l'homme étendu sur le marbre, de savoir si même c'en était un seul ; et son crâne brisé évoquait plus un totem qu'une personne particulière. Anna ne se donna même pas la peine de poser des questions sur ses dents ou la longueur de ses os.

Les flics lui montrèrent une bague retrouvée près du corps. Elle l'identifia. Et conclut que ce devait être John Costa.

Les épaules des flics se détendirent. On sentait encore le blasphème que c'eût été d'ouvrir le mort pour lui donner un nom.

Au dîner ce soir-là, Anna dit à Maria :

– Il est bien d'ici, n'est-ce pas ? Je veux l'enterrer ici.

Puis elle ajouta :

– Comme ça, ce ne sera pas un échec, vous comprenez ?… John Costa et moi. Nous n'avons pas vraiment eu le temps d'échouer.

Maria Mattoso lui versa du vin.

**

Elle déverrouilla la porte de son bureau. Une carte postale avait été glissée dessous, elle faillit déraper sur un chromo représentant des arbres autour d'un panneau du métro parisien avec boulevard qui se perd dans le lointain.

Elle ramassa la carte et l'apporta à la lumière. La signature se réduisait à un C tracé d'un grand trait de stylo presque théâtral ; c'était donc Christopher Hart qui la lui avait envoyée.

Le message était inscrit en lettres majuscules :

DOMMAGE QUE VOUS NE SOYEZ PAS ICI.

**

Je n'arrivais pas à croire que j'avais vraiment disparu. Je me disais qu'il devait y avoir des tas de réseaux lancés à ma poursuite : police, banques, gardes-frontières. Je lâchai les grands axes et me dirigeai vers la côte.

Enfant, je pensais que tout commençait et finissait au bord de la mer et que je pourrais toujours trouver un no man's land à l'abri de tout en gardant les pieds dans les vagues. En nageant entre les rouleaux et m'en remettant à la puissance de l'océan, je ne doutais pas d'être protégé de tout ce qui pouvait se produire sur la terre ferme.

Mais il n'est plus aussi facile de trouver la mer maintenant que les Hollandais ont construit leurs barrages et leurs ouvrages de défense. Je traversai lentement une portion de la Zélande – absolument plate à l'exception des digues qui portent les routes et couverte de vergers d'automne dénudés. L'eau, quand j'y arrivai, commençait à s'éloigner du rivage, laissant apparaître des bouchots pour les moules et les huîtres. Au loin, les vagues s'entredéchiraient.

Je trouvai une petite ville avec un refuge qui dominait le port, endroit plein de vieux qui sentaient le tabac et le mouillé, tous diversement tordus et pliés comme s'ils se plaignaient. Le vent m'empêchait de rien entendre.

Je ne voulais pas aller au restaurant et y être l'inconnu qu'on repère. Je fouillai dans la boîte à gants au cas où il y serait resté un biscuit, peut-être du chocolat. J'y tombai, je vous le donne en mille, sur une petite Vierge Marie en céramique bleue au visage rose parfaitement satiné.

Je me vautrai dans l'autoapitoiement. A ceci près qu'on ne peut pas s'apitoyer sur un soi qui n'existe pas vraiment. CQFD.

J'éclatai de rire.

Gagner une ville semblait plus sensé, question sécurité. Je me coulai dans un autre flot de circulation, sûr de ma direction, mais sans aucune idée de ma destination. Rotterdam ferait peut-être l'affaire. Ou Haarlem. Amsterdam ?

Alors je sus que j'étais épuisé.

Je le sus lorsqu'il me fallut donner un brusque coup de volant pour dégager de la voie rapide où fonçait un énorme camion noir. Je crus entendre une sirène, mais ce n'était que le Klaxon du véhicule qui faiblissait déjà dans le vent. Ne pouvant pas courir le risque de me faire arrêter par la police, je ralentis comme si ma voiture ne roulait plus et quittai la route à la sortie suivante.

Je m'arrêtai presque aussitôt dans une avenue bordée de peupliers. Je baissai la vitre. Le bruit de la pluie se mélangeait au chuintement des pneus mouillés sur l'autoroute.

Un héron se tenait au bord de l'eau noire, gris et barbu, complètement immobile.

Il me vint à l'esprit, pour la première fois parce que je ne pensais plus toujours clairement, que les cartes de crédit de Christopher Hart ne marchaient encore que pour une seule raison : un débit après l'autre, achat après achat, on pouvait en suivre facilement les traces à travers toute l'Europe.

Je songeai donc à vendre la voiture. C'était le seul bien d'importance qui me restât : plein de boue, mais sous la boue ça brillait et le véhicule était d'un modèle récent. Cela dit, vendre signifiait donner des documents, et le risque qu'on se demande pourquoi ce Christopher Hart qu'on avait déjà assassiné à deux reprises négociait avec un garage dans une petite ville hollandaise.

Je voulais trouver un endroit où m'arrêter, me réchauffer et être remarqué, voire reconnu par quelqu'un : pour avoir des limites.

Je me réveillai dans le noir complet.

J'allumai les phares et fis démarrer le moteur. Explosion de lumière et de bruit, c'était le monde entier qui aurait pu me voir et m'entendre sur ces terres dénudées, entre les troncs maigres des peupliers. J'avançai un peu.

Les arbres continuaient à se dresser dans le faisceau des phares, vacillement d'écorce argentée. Mon pied glissa sur l'accélérateur. Mes mains... mes mains furent un peu longues à retrouver le volant. La voiture quitta la route d'un bond, fit une embardée sur l'herbe mouillée, se retrouva suspendue au-dessus de l'eau.

J'entendis la pluie qui battait sur le toit.

On geint comme un enfant dans des moments pareils. Je m'inquiétai de ne pas avoir de veste vraiment imperméable, j'allais attraper un rhume et ne serais plus en bonne santé pendant le restant de mes jours.

J'essayai de faire marche arrière, mais les roues n'avaient pas de prise sur l'herbe glissante, celles de devant ne mordant que dans les abords boueux de l'eau. Je les entendis patiner, la voiture bondit une deuxième fois en avant.

J'en sortis vite, y ramassai tout ce que je pouvais et m'enveloppai dans une veste en cuir pour garder mes papiers au sec. Car ils semblaient encore avoir de l'importance. Je me rappelai de sortir la liasse de billets de banque de ma poche avant qu'ils se transforment en papier mâché.

La voiture dérapa, s'arrêta, repartit en avant, s'arrêta de nouveau pour enfin s'immobiliser lentement au-delà de la limite des eaux, quitter l'herbe et la boue, et entrer dans la rivière. J'ignorais la profondeur de l'eau.

Je ne pouvais plus sauver la voiture. Il fallait donc la noyer avant que quelqu'un ne sorte du virage, veuille me porter secours et finisse par me poser le genre même de questions qui avait signé la perte d'Arkenhout avant moi : celles qui sont réfléchies et obéissent à la logique.

Je poussai. Mes pieds glissèrent sur l'herbe. Je poussai à nouveau. La voiture se souleva dans le noir, puis elle piqua du nez. Et resta immobile, phares allumés sous l'eau, ventre en métal envoyant des signaux dans le monde entier. L'eau fut rougie par les feux de position, comme des vitraux marron qui vivaient.

Je devrais faire une déclaration, pensai-je. Fuir est un délit. Il est curieux de voir à quel point on devient plus précis et comme il faut lorsqu'on a un meurtre à oublier : un citoyen modèle.

Je lavai mes chaussures dans une flaque d'eau pour essayer d'être aussi propre que possible.

Sous l'eau les lumières brillèrent fort, puis moururent. J'entendis un oiseau de nuit appeler dans l'obscurité nouvelle.

La voiture pencha à droite dans un craquement douillet.

Enfin un processus que je pouvais accompagner. Je poussai, la voiture commença à bouger dans l'air, passant du monolithe dressé qui puait l'huile à la ruine inclinée. Elle s'immobilisa de nouveau. Je sentis la boue de la berge se dérober sous moi. Je retrouvai la terre au moment même où la voiture plongeait, puis s'arrêtait, menaçait encore un instant de flotter, emportait enfin de l'air au fond de la rivière en disparaissant sous l'eau.

Je me vis dans la voiture, sous l'eau brune, mon souffle montant en soupirs de bulles avant de mourir. Mais je savais que je me serais débattu, que j'aurais hurlé contre la mort. Si douteux et creux fût-il, mon moi avait encore horriblement envie de continuer.

La pluie se remit à tomber.

Je ramassai un sac en plastique plein de nourriture et d'eau, et le sac de voyage que j'avais acheté à Paris, que je ne pouvais pas tirer dans les flaques malgré ses roulettes, et commençai à marcher. Je sentais l'huile sur ma peau, la boue mouillée qui me collait aux jambes. J'arrivai à la ligne de chemin de fer cinq kilomètres plus loin. Je me changeai dans les toilettes de la gare, enfournai mes habits mouillés et pleins de boue dans le sac en plastique et ressortis des toilettes, presque convenable, mais les cheveux trempés.

Le premier train était à destination d'Amsterdam Centraal.

Personne dans le compartiment, à l'exception d'un jeune très agité qui ne cessait de se rouler et rerouler une cigarette comme s'il voulait en faire quelque chose de parfait.

Lorsque je voyageais avec Anna, bien avant tout cela, deux places de train nous faisaient une pièce chaude et intime. Je m'en souvins. Je ne lâchai pas le jeune des yeux un instant.

***

La carte postale suivante venait d'Amsterdam. Maria appela aussitôt Mello.

Il parut heureux d'avoir ce renseignement, si c'en était un.

Elle lui dit :

– Je suis désolée que le fils de José Costa ait dû mourir.

– Toute mort est terrible, déclara-t-il.

– Mais qu'entre tous les hommes…

– J'avais pardonné à son père. Comment aurais-je pu vouloir du mal à son fils ?

Elle attendit.

– Comment pouvez-vous penser, et je l'ai déjà dit, que j'aurais voulu nuire au fils ? J'ai essayé de le garder à Lisbonne. Bien sûr que oui. Votre renseignement me fait plaisir. N'oubliez pas de me contacter si vous recevez d'autres messages.

Les hommes de Mello lui prirent la carte avec cérémonie, comme s'ils pouvaient trouver toute l'histoire encodée dans cette image représentant des maisons à pignons, dans le timbre à l'effigie de la reine et le message maintenant habituel : « DOMMAGE QUE VOUS NE SOYEZ PAS ICI. »

Ils la laissèrent furieuse contre Hart. Celui-ci devait croire qu'elle pouvait découvrir un corps déchiqueté et n'y voir qu'une histoire parmi d'autres, que la sensation de partager un moment au téléphone tard le soir. Ou alors il la taquinait : chromos, images et message, tout le suggérait. Elle regretta que la police n'ait pas renoncé à la carte. Elle aurait pu la tenir, la fixer des yeux, essayer d'y deviner du bout des doigts ce qu'il voulait lui dire et ce qu'il faisait à errer, sans vie après en avoir tant dérobé, à se chercher un autre nom.

Le téléphone sonna dans son bureau. Elle eut envie de laisser ça au répondeur ; elle ne voulait pas entendre parler d'une énième dispute de mitoyenneté, d'un énième petit délit, d'un énième testament à réécrire avant d'avoir clos l'affaire Christopher Hart. Anna Costa, elle, avait au moins quelque chose à enterrer.

C'était un appel en PCV. Elle entendit la voix de l'opératrice dans le répondeur : elle parlait anglais, mais de manière trop précise – hollandaise ? Maria décrocha, mais la ligne était déjà silencieuse.

Elle sentit que c'était Hart. Elle n'aurait su dire pourquoi précisément, ni même si elle en était absolument sûre ou espérait seulement avoir la consolation de mettre un point final à l'aventure. Mais elle n'en resta pas moins encore dans son bureau, à attendre.

Il n'y eut pas d'autres appels ce jour-là.

***

Je reposai l'appareil. Il n'était pas intelligent de téléphoner, mais il n'y avait pas moyen de l'éviter. Maria était le seul lien qui me reliait à mon passé, la seule à savoir ce que personne d'autre ne devait ou pouvait savoir. Je croyais avoir besoin d'elle.

Disposer de tout ce temps libre me donnait mal à la tête. Le couloir de l'hôtel, ses murs pâles, son lino brillant et le blanc-vert de ses fluos bon marché n'aidaient pas ; mais je n'avais guère le choix. Dans cet hôtel-là, on ne semblait pas trop s'intéresser aux passeports et autres papiers d'identité. Et ce n'était pas cher. La direction empocha, vite vite, un dépôt en liquide pour la semaine.

Je comptai l'argent que j'avais retiré en roulant vers le nord. Je rejoignis le Dam, vaste espace luisant de gros pavés noirs sous la pluie, pour y chercher un changeur de monnaie. J'y enfournai des pesetas et des francs français et belges, il me rendit des florins. Je me sentis organisé pour un temps.

Je dormis avec l'argent à côté de mon oreiller et ne cessai de m'agiter toute la nuit durant afin de vérifier qu'il n'avait pas disparu, comme un gamin en possession d'un trésor ou un homme en pleine brousse.

***

Je ne pouvais parler à qui que ce soit. Je ne pouvais parler à personne. Le sujet dont je voulais débattre était la responsabilité encourue pour une mort, et cela devait rester privé ; mais sans parlotte, sans fanfaronnades ni plaisanteries, il menaçait toujours de sortir sous la forme de quelque harangue de dément.

En tout état de cause, j'avais besoin de dîner. Je trouvai un restaurant portugais, m'assis à une table près d'un client qui travaillait dans le bâtiment à Bruxelles, pas de famille, on était monté à Amsterdam pour faire la fête et boire de la bière pendant le week-end. Jusqu'au moment où, envahi d'une *saudade* qui est à la nostalgie ce que la bourrasque est à la brise, il était descendu dans ce restaurant pour y retrouver quelque chose du pays : du porc avec des clams, qui sait ? l'œuf cassé du *pudim Molotov* avec du vin rouge de Bairrada. Cochon, sucre, riz, pommes de terre, vin, il avait dans sa tête toute une liste de mets destinés à lui mettre son pays sur sa table.

– Vous connaissez le Portugal ? me demanda-t-il pour la deuxième fois.

– J'étais à Vila Nova de Formentina l'été passé.

– Tout va bien là-bas ?

– Tout va bien. Vous y avez de la famille ?

Il secoua la tête. Puis il dit :

– Je suis de Minho. J'avais une femme, mais elle est morte. Je ne suis pas retourné voir mes parents depuis deux ans, pas depuis qu'on l'a enterrée.

– Le travail, rien que le travail, dis-je. Vous voulez un verre ?

Au bout d'un moment de silence, j'ajoutai :

– Tout est neuf autour de Vila Nova. Bâtiments et maisons, tout est neuf. Ils sont en train de construire une piscine.

– Couverte ?

Deuxième bière.

– On trouve facilement du travail à Bruxelles ?

– Il y en a, oui. Et maintenant, on peut débarquer légalement. C'est bien d'être en Europe.

– Il doit y avoir d'autres Portugais…

– Ils ont leurs familles. Pas moi. En général, ils restent ensemble.

Il était clair qu'il voulait changer de sujet. Il avait envie de se raconter une vie agréable et belle. Et « C'est quoi, l'argent, hein, de toute façon ? » dit-il avant de commander une bouteille de Colares rouge et de m'en verser avec un grand geste.

– Un jour, j'ai bu du vin de Bussaco. Au palais. Dans les jardins. C'était un blanc, très vieux. Il avait un petit goût de vernis. Mais bon, ce vernis.

Il était aussi basané que moi. Nous étions bâtis à peu près de la même façon, mais il s'était beaucoup plus servi de son corps que moi, et celui-ci était devenu solide du haut jusqu'en bas, comme de la bonne corde.

Je vis qu'il réglait en liquide. Je me demandai s'il avait même seulement des cartes de crédit.

– J'ai envie d'aller me balader, dis-je. Je veux aller quelque part où il y a des filles.

– Il y en a en vitrine.

– Non, j'ai besoin de quelqu'un à qui parler. Baiser, je peux le faire quand je veux.

Nous longeâmes des canaux. Nous n'avions aucune destination particulière, juste l'espoir de trouver un bar à plafond bas et tout chaud de compagnie.

Il me dit s'appeler Boaventura.

– Beau nom, lui déclarai-je en le soupesant dans ma tête.

***

Maria revint à Formentina, pour vérifier certaines choses. La matinée avait été froide et humide, mais le soleil avait fini par percer et les sentiers commençaient à sentir le raisin – en grappes musquées et sucrées –, et le parfum bien distinct du vin nouveau qui monte.

Le pressoir, elle le voyait, n'était plus que ruines basses. Les marques laissées par le feu étaient noires et luisantes. L'eau devait s'infiltrer dans les restes des murs démolis. Elle fut contente de voir qu'ils ne pourraient plus tenir longtemps debout.

Elle monta le sentier de côté, longea la lisière de la forêt couverte de cendres et rejoignit ce qui avait été la maison de Christopher Hart.

Elle avait besoin d'y faire installer une porte neuve : la police s'était contentée de remettre la vieille en place. Elle songea : il a payé d'avance, il n'est pas urgent de relouer.

Elle poussa doucement la porte et l'adossa au mur.

La maison était sombre et sentait le renfermé, mais elle s'y attendait; elle en avait elle-même clos toutes les fenêtres et les volets.

Même la lumière brillante provenant de la porte ne dessinait qu'un timide rectangle sur le plancher.

Dans ces ténèbres elle ne cessait de rater des choses du coin de l'œil. Elle pensait que ce qui s'était passé là devait, Dieu sait comment, s'être imprimé dans la poussière et le silence. A ne pas les chercher elle allait découvrir des indices et des signes dans la pièce.

Elle alluma, pour être raisonnable.

Maintenant vides, la cuisine et la salle de séjour ne contenaient aucune trace de ce qui s'était passé : la maison était de nouveau à louer, avec juste assez de chaises et de cuillères pour passer l'été. Elle ouvrit des tiroirs au cas où elle aurait oublié quelque chose : un livre, un pinceau, un petit objet.

Puis elle alla voir dans la salle de bains. Sur l'étagère était posé un maigre assortiment de produits solaires, en flacons blancs et tubes orange. Ils semblaient utiles, elle les laissa.

Et s'immobilisa devant la porte de la chambre. Étrangement, elle était encadrée de lumière.

Il était là, pensa-t-elle, dans la pièce d'à côté, toujours dans la pièce d'à côté. Elle ne cessait d'ouvrir des portes pour le trouver.

Elle ouvrit celle de la chambre.

Un homme s'y tenait, au beau milieu. A contre-jour des fenêtres ouvertes, au début elle crut que c'était Hart : grand, tête baissée, mains croisées. Elle l'imagina en train de se tourner vers elle.

Mais lorsqu'il le fit, elle sut qu'elle s'était trompée. Hart n'avait jamais eu ce petit ventre. Et les mains, elles non plus, ne collaient pas : les doigts étaient moins effilés que dans son souvenir.

Il lui fallut un moment pour accepter que ce soit Mello.

– Pourquoi êtes-vous ici ? lui demanda-t-elle.

Mello n'avait pas l'habitude que l'on conteste son autorité. De plus, c'était comme si elle l'avait interrompu en pleine prière ou méditation, l'obligeant à se rappeler qu'il devait répondre.

– Je suis désolé de vous avoir fait peur, dit-il.

– Il n'y a pas de voiture de police en bas.

– Je suis monté de Vila Nova à pied.

– Pourquoi ? Vous ne marchez jamais.

Elle connaissait ses grandioses et impressionnantes irruptions dans la vie d'autrui, ses passages officiels dans la ville.

– Je voulais passer un moment ici. Tout seul.

– Il faut que j'inspecte la maison. Je vais devoir la relouer…

– J'ai besoin d'être seul.

– J'ai des choses à faire.

– Je vous en prie.

Elle le vit comme une présence en uniforme, avec des yeux très immobiles ; il était surprenant de voir pour la première fois son visage ainsi qu'il convenait, tout en émotions et rides fugitives.

– Je voulais réfléchir, précisa-t-il.

Elle alla fermer les volets.

– Il va falloir que vous partiez, dit-elle.

Elle se demanda s'il était venu à pied comme on fait un pèlerinage.

– Vous savez que je les ai tués tous les deux, reprit-il.

– Tous les deux ? répéta-t-elle, déconcertée.

– John Costa. Et son père.

– Mais… comment auriez-vous pu tuer son père ?

– La PIDE m'a battu. Ils m'ont supplicié à l'eau et au bruit. J'en ai gardé un bourdonnement dans l'oreille gauche. Ça n'arrête jamais. Après, ils ont décidé que j'étais trop jeune pour savoir quoi que ce soit et ont envisagé de me démolir les jambes pour que je n'aie plus envie de me remettre dans de sales coups et pouvoir me rattraper si je le faisais.

– Je n'ai pas envie de savoir.

– José Costa non plus ne voulait pas, au début. Mais je suis allé lui parler le jour où il est mort.

– Il a eu une crise cardiaque. Il n'était pas en bonne santé.

– Si. Il était plus costaud que moi, et en meilleure santé.

L'éclat du soleil et la blancheur des murs isolaient Mello dans une lumière d'interrogatoire.

– Ce matin-là, j'ai cru que tout était résolu, poursuivit-il. Après toutes ces années, j'étais content qu'il soit revenu, content de pouvoir apurer les comptes. Cet après-midi-là, quand j'ai appris sa mort, j'ai eu brusquement l'impression d'avoir commis une faute. Comme si je devais reprendre le fardeau de mes propres souffrances, nom de Dieu ! Et après, voilà John Costa qui débarque, et John Costa meurt et…

Elle vit l'homme officiel, l'homme d'autorité fondre en larmes. Elle eut peur. Elle savait qu'il devrait s'affirmer à nouveau, nier tout ce qu'il venait de dire afin de redevenir le policier qui attend l'obéissance. Ce serait contre elle qu'il le ferait, elle n'en douta pas.

– Je me croyais assez de bonté pour pardonner à José Costa. Il faut croire que non. La mort de John Costa le prouve.

Elle le regarda se forcer à retrouver la raideur de son dos, la sévérité de son regard, elle vit ses larmes sécher dans ses yeux.

– Si Hart n'était pas venu ici…

– Ça n'aurait rien changé à certaines choses.

Elle arriva devant la porte :

– Retrouverez-vous jamais les gens qui ont vandalisé sa tombe ?

– Non.

– Vous ne voulez pas savoir.

– Tout le monde était au courant. Ça pourrait être n'importe qui.

Elle comprit ce qu'il voulait dire : il était du devoir de tout citoyen de rappeler le souvenir des moindres trahisons. Il avait repris son autorité, et ne tolérerait plus d'être remis en question.

***

Je songeai qu'il valait mieux utiliser la carte de crédit de Christopher Hart pendant qu'elle était encore bonne.

Je cherchai un distributeur, m'approchai, la glissai dans la fente, optai pour l'anglais et un retrait de trois cents florins – belle transaction ordinaire, le plus que la banque pouvait donner.

Votre demande est prise en compte. Un tournesol s'afficha sur l'écran.

Quelques personnes qui s'agitent derrière moi sous la pluie.

Votre demande est prise en compte. Le tournesol resta sur l'écran.

Un touriste anglais commença à sautiller d'un pied sur l'autre dans mon dos, comme si je faisais exprès de prendre tout mon temps, et celui des autres. Je ne me donnai pas la peine de lui expliquer la situation.

Fin de la transaction. Le tournesol n'avait pas bougé.

La carte ressortit.

Christopher Hart était mort.

Je remis la carte dans la poche de ma chemise et fermai ma veste pour me protéger du vent. Je songeai à utiliser la carte de John Costa, mais la petite file derrière moi respirait l'impatience. Sans compter que John Costa avait déjà dû perdre son crédit bancaire. Anna est une femme pratique.

Je marchai à vive allure. J'éprouvai une honte de

gamin de m'être fait remarquer. Puis je me concentrai et envisageai les possibilités qui s'offraient à moi. Je ne sentis plus le froid pendant quelques instants.

Peut-être le distributeur du Dam était-il victime d'un passage à vide dans l'univers du câble. Sauf que si l'on cherchait à savoir où j'étais, je venais de le dire à tout le monde : à quelques pas du Dam, et sans un sou pour prendre un taxi.

Cette nuit-là, je rêvai : j'étais un petit écolier, je courais dehors, j'avais froid, j'étais mouillé et à bout de souffle, je fonçais sur des sentiers boueux, dans des rues de banlieue, j'étais dans une file de miséreux. Je ne pouvais pas dévier de ma course : on m'aurait vu. Je ne pouvais pas cesser de courir parce qu'on me chronométrait.

Je me réveillai gelé.

J'avais perdu tous mes noms et toutes mes vies possibles, sauf une : celle de Martin Arkenhout. Je songeai même, exactement comme lui, que je pouvais la mener mieux que lui.

***

Boaventura me dit que son père avait travaillé à Londres, mais peu de temps. Il aurait dû y aller lorsqu'il avait vingt ans, mais c'était la guerre mondiale et il avait dû attendre. Il était revenu lorsqu'il n'avait plus supporté d'être séparé de sa vraie vie. Et il était célèbre pour avoir acheté une petite voiture – une Renault de troisième main –, qu'il conduisait toujours trop vite dans son village, et trop lentement sur les grands axes.

La soirée n'était pas encore assez avancée pour que nous nous mettions à boire, mais pas déplaisante. En plus, je ne voulais pas lui montrer que j'étais jaloux du père qui lui était revenu.

Sans compter qu'il deviendrait le mien si j'étais Boaventura.

L'idée de tuer était encore assez abstraite. Je n'avais pas d'arme, pas de plan, et aucune idée de ce qu'il faudrait faire d'un cadavre en pleine ville – hormis que je pourrais peut-être le lester et le jeter dans un canal. Je ne voyais que mon besoin d'être quelqu'un d'autre, et la possibilité d'être enfin quelque chose – portugais et non plus mélange d'une demi-douzaine de classes, nationalités et poses diverses. J'allais mettre toutes les complications de côté et devenir un.

Mais pour y arriver, il allait falloir poignarder, abattre, bastonner, noyer ou étrangler cet homme particulier, sortir de ma jalousie et me déclarer clairement supérieur : l'état constant d'un Arkenhout de l'Europe du Nord, de quelqu'un qui se croyait meilleur, plus rationnel et avancé que tout le monde.

– Les filles là-bas, reprit Boaventura, elles nous sourient.

Il appela la serveuse et lui demanda d'apporter une bière aux deux blondes – la quarantaine, visages comme du bon pain, assises à une table couverte de reps vert à l'autre bout de la salle.

Les filles souriaient, effectivement. L'une d'elles nous fit signe de venir.

Il n'est pas possible de se ronger d'angoisse en buvant de la bière avec des cuisses qui vous frôlent comme si de rien n'était tandis que le temps passe sans que ça compte, devant un plat de moules avec de la sauce et du pain pour nettoyer le fond de l'assiette, pendant qu'on parle famille, foyer et secrets intimes révélés à l'inconnu comme des enfants se montrent leurs jouets préférés.

Personne ne partit avec personne, mais nous raccompagnâmes les deux femmes au métro qu'elles reprirent vers le sud. Après nous avoir embrassés, à gros baisers tout chauds de bière.

Boaventura s'éclipsa, tout heureux. En me lançant

qu'on devrait boire un autre coup le lendemain soir. Histoire de voir si la chance se maintenait. De voir ce qui se passerait.

***

Je continuai de marcher. Je marchai la moitié du lendemain, malgré la pluie et le froid. Je marchai dans les avenues interminables et sans caractère qui, une baie vitrée engageante après l'autre, conduisent hors de la ville : salons, chats, bibliothèques, cuisines si blanches et si propres qu'on dirait des leçons de morale. Puis je fis demi-tour pour regagner la vieille ville, filai dans des ruelles entre des bâtiments qui penchaient, passai devant des maquereaux qui se donnaient des airs nonchalants aux coins des rues. De temps en temps je m'arrêtais pour prendre une bière ou un café, juste pour m'assurer que je pouvais encore me réchauffer.

Je ne me rappelle pas avoir eu des idées de meurtre, ou songé à Boaventura. Je me sentais aussi propre et vide qu'un papier qu'on imprime.

J'arrivai devant les flèches gothiques du Rijksmuseum, de l'autre côté d'un canal froid et noir. J'y vis un refuge, et pas simplement parce qu'à l'intérieur tout y était subtilement en ordre, période par période, cas par cas. Toute ma vie durant, je pourrais me perdre dans la peinture, les formes et les signes, même dans l'agitation d'une galerie ouverte au public. Je savais où mon histoire se situait : dans les livres et les représentations.

Je payai et entrai. Je gravis les marches et entrai dans la salle des imprimés : casiers remplis de gravures, que j'imaginai représentant toutes des scènes campagnardes, meules et poivrots de taverne. Je n'arrivai pas à les voir à cause des lumières qui se reflétaient dans le verre, enfin… je crus que c'étaient les lumières qui posaient problème.

J'errai dans des galeries remplies de mobilier ; on aurait dit des parodies de pièces dans un foyer confortable, pas encore encombré par trop de gens. Il y avait là des maisons de poupées, petites tranches de vie en coupe.

Je longeai des tableaux qu'autrefois je prenais pour des leçons et des gloires parce que en ces temps-là je me laissais aller à l'admiration révérencieuse. Les tableaux pendaient inertes sur les murs, alignement de faits d'huile, de toile et de bois.

Je m'arrêtai devant un Frans Post. Celui-là au moins devait revêtir une grande importance : il avait été peint, je le savais, pendant l'expédition qui avait donné naissance au *Liber Principis*. Les livres constituaient le catalogue des merveilles, la grande toile en étant la version exposition.

Je découvris un panorama pris dans un superbe cadre de vignes vierges qui l'étouffaient. Je vis : des fruits de l'arbre à pain, des oiseaux écarlates, un singe louche qui flemmardait, un pangolin le museau sur une gourde, une grenouille énorme, un ananas, tous alignés comme une rangée de spécimens sur des guirlandes de buissons posés devant la grande scène vide du tableau ; et sur cette scène les ruines d'une cathédrale avec visiteurs assortis, les Blancs devant, les Noirs respectueusement en rangs derrière ; et, plus loin, le moutonnement bleuté de collines se fondant dans un ciel du même bleu légèrement pourpre. Je pouvais voir chaque objet séparément.

Mais je voulais me perdre dans le tableau, sentir des picotements d'excitation sur ma peau. Au lieu de quoi mon esprit se retourna comme une fiche de lecture. J'appris des choses : Post était le premier peintre paysagiste officiellement formé à cet art à s'être rendu dans le Nouveau Monde ; il avait peint ce panorama à son retour en Hollande, pour faire de la propagande ; il s'était emparé de l'éclat d'une aile d'oiseau et n'en avait fait qu'une fioriture dans un style provincial.

Il s'était mis à boire peu après. Je savais ça.

Je restai planté là assez longtemps pour inquiéter le garde.

Si je ne pouvais pas déchiffrer le tableau pour moi-même, peut-être serais-je en mesure de le voir comme quelqu'un d'autre, disons un Hollandais des années 1660 ; fiers, les Hollandais avaient contrôlé cette riche côte brésilienne avec toutes ses merveilles, plus fiers encore ils avaient brûlé les Portugais qui s'y trouvaient déjà et détruit une église catholique pour la cause protestante. Mais je restai comme collé à la surface poussiéreuse du tableau, coincé entre faits et dates.

J'avais envie de toucher le cadre. Ça devait se voir.

La gardienne se leva et commença à faire les cent pas. Elle parla dans son téléphone. Elle traversa longuement la galerie à plusieurs reprises, en passant chaque fois plus près de moi.

Je fus flatté qu'elle me croie encore capable d'obsession.

J'essayai de regarder d'autres œuvres, un cygne contorsionné, un visage célèbre, un paysage de champs et de bois pittoresques, mais le Post m'attira de nouveau. J'avais désespérément besoin de sentir quelque chose, mais n'éprouvais rien.

Je paniquai. M'éloignai.

La gardienne me suivit dans la salle voisine, en parlant de nouveau dans son téléphone. Deux gardiens apparurent, de part et d'autre de la porte tout au bout.

Je marchai régulièrement, soigneusement. Je ne voulais pas les provoquer, mais mes airs concentrés les inquiétèrent encore plus. Puis je ne les vis plus au milieu de mes larmes.

***

J'avais étalé les images du *Liber Principis* sur le lit.

Il y avait un papillon et un perroquet qui s'envolait, le papillon était noir avec des ailes repliées marquées de fioritures roses, le perroquet regardant par-dessus son épaule sombre avec ses yeux perçants ; et un long tatou avec sa carapace, peint comme au soleil couchant. Il y avait un cheval étrangement moucheté, avec le visage d'un saint médiéval. Il y avait un homme, cheveux gris et jaune pâle avec un petit ventre, assis nu sur un rocher, une pipe dans les mains ; sur le rocher avait été gravée ou dessinée à la craie l'image d'un bœuf.

Je ne pouvais pas vendre le vieillard. Et d'un, il était bien trop manifestement originaire d'Amazonie et cela exigerait des explications.

J'achetai une pochette en plastique pour y glisser les images, et commençai par le tatou.

Je tentai ma chance chez un marchand de tableaux installé dans une rue remplie de boutiques de philatélistes. Presque sans lumière, la sienne débordait de cadres poussiéreux et, petit et fané, l'homme était à peine visible, dans un coin de la pièce où trônait un bureau à cylindre bourré de papiers. Il fronçait beaucoup les sourcils, mais c'était peut-être à cause de son pince-nez. L'image lui plaisait, c'était clair ; il l'examina près de la vitrine, à côté de vieilles cartes teintées d'Amsterdam.

– État convenable, lança-t-il. Dix-septième siècle, on dirait. Beau sujet. Mais il y a pas mal de trucs de ce genre sur le marché, vous savez ? Ils font cuire le papier. Et ils utilisent les bonnes peintures. On produit ça dans un studio quelque part. (Il regarda les bords de la feuille.) Mais là, le papier a l'air authentique.

Puis il revint au marchandage :

– Il faudrait que j'en sache un peu plus long.

– C'est un truc de famille.

– Ce n'est pas encadré. Dans les familles, on encadre les choses.

– D'après mon grand-père, ç'aurait été peint par…

Puis je m'arrêtai. Pas parce que j'avais honte de vendre un objet volé. La honte est fugace, surtout lorsqu'on a peur. Il s'agissait d'une habitude, de quelque chose qui était tellement ancré en moi que c'en était presque un instinct : je ne pouvais pas séparer cette image des autres. J'avais fait ma carrière sur le bien qu'on retire de ne pas séparer les pièces d'une collection, de savoir les origines et la provenance en remontant sans hiatus jusqu'au jour où la peinture a séché sur la toile ; je n'aurais jamais pu être celui qui priverait cette œuvre de son sens pour la réduire à une jolie chose.

Je n'avais pas de principes. Seulement des habitudes. La leçon avait de quoi déconcerter.

– Bah, reprit-il, les familles se racontent beaucoup d'histoires. C'était un érudit, votre grand-père ?

Je haussai les épaules.

– C'est joli, dit-il.

Il m'annonça un prix : trois semaines dans ma petite chambre d'hôtel, plus quelques repas convenables.

Je repris l'image.

– Si vous n'avez pas la provenance, je ne peux pas aller plus haut. Trop risqué. On dirait que quelqu'un a coupé un bord.

– J'ai l'air d'un voleur ?

– J'aimerais bien savoir à quoi ressemblent ces gens-là.

Je restai planté devant le magasin pendant quelques instants. Il y avait un deuxième marchand de tableaux juste à côté, un troisième en face et un bouquiniste dont je me souvenais sur l'autre rive du canal suivant.

Il faisait presque nuit. Je repris le tram pour rentrer à l'hôtel et dormis par à-coups pleins de sueur, comme si j'avais de la fièvre.

***

Il allait falloir tuer le temps toute la journée du lendemain.

Je ne voulais plus rien qui me rappelât ce que j'avais
perdu, mais cela signifiait que j'allais devoir me tenir à
l'écart de tout ce qui était agréable, excitant ou absor-
bant, juste au cas où j'aurais aussi perdu le pouvoir de
réagir. J'évoluais sur une mer glacée, les yeux fermés je
dérivais dans ma tête.

Sauf que je me trouvais dans un bar de la ville : café,
café crème, jus d'orange, minuscule verre d'eau, biscuit
dans son emballage, fumée de cigarillo dans les yeux,
couple d'âge moyen en train de lire le journal à la table
voisine et se tendant le monde page par page. Une fille,
très blonde et très mince, appuya son vélo contre la
vitrine.

Cela ne parut pas suffisant pour me réancrer dans le
réel. Je songeai que si j'avais perdu la capacité de
réagir, d'apprécier la fille, de goûter au café et de voir
une image, je n'avais plus rien à perdre en mourant.

Je me demandai comment, dans une ville aussi bien
ordonnée qu'Amsterdam, on organise sa propre mort.
Je pensai qu'il devait y avoir un formulaire à remplir.

L'homme d'âge moyen assis à la table d'à côté posa
si violemment son verre d'eau que celui-ci se brisa dans
un grand bruit. La femme d'âge moyen jeta un bref coup
d'œil à l'eau qui se répandait, aux glaçons et aux éclats
de verre, puis elle revint aux nouvelles d'Algérie.

Je ne pouvais pas rester assis comme ça, à me laisser
aller comme n'importe quel adolescent qui rêvasse,
comme quelqu'un qui aurait eu le privilège de méditer
sur la mort au lieu de devoir la combattre à la manière
obligatoire et ordinaire du sens commun. J'avais tué, je
n'avais pas de privilèges.

Je pouvais aller voir les Arkenhout. Je pouvais leur parler de Martin. Je pouvais les aider à mettre fin à son histoire.

C'est parce que je n'en avais pas d'autres que cette idée me parut lumineuse : mission de pitié, en quelque sorte.

Je savais le nom de la ville où ils habitaient ; Arkenhout me l'avait donné. Je pris le train et traversai de grandes plaines humides plongées dans l'ombre d'énormes cieux d'orage. Je cherchai le numéro dans un annuaire du téléphone à la gare.

– Madame Arkenhout ? demandai-je bien qu'il n'y eût aucun doute.

– Oui.

– Je m'appelle (et je fus un peu moins sûr l'espace d'un instant) Christopher Hart.

Silence. Mme Arkenhout n'était plus que silence à l'autre bout du fil.

– J'ai une photo de Martin…

– Je sais tout ce qu'il faut savoir des photos.

– Celle-ci remonte à deux mois.

– Oh.

– Je vous l'aurais bien envoyée, mais je ne voulais pas vous choquer.

– Parce que vous croyez que ce n'est pas un choc de recevoir un coup de fil pareil ?

– Je vous demande pardon.

– Bon, bien, dit-elle, mais elle ne raccrocha pas.

– Je suis à la gare…

– Faites attention aux pickpockets. Il y en a.

– Je pourrais prendre un taxi. Si vous vouliez bien me consacrer une demi-heure ?… Une heure ?

– Je ne peux pas vous empêcher de venir. Il est possible que je ne vous ouvre pas, mais vous pouvez venir.

J'aurais dû dire « Merci » comme dans une conversation ordinaire.

Le prix de la course fut trois fois plus élevé que ce à quoi je m'attendais – bien que nous ayons à peine quitté la ville. Je réglai, descendis de la voiture et sentis le froid me transpercer.

Je traversai un jardin de débris d'automne bien ficelés ensemble. Je sonnai à la porte.

– C'est moi, Christopher Hart! criai-je.

Le chauffeur de taxi attendit. Il y avait de la lumière dans la maison, et quelqu'un pour accueillir cet étranger, mais le chauffeur ne voulait pas prendre de risques.

– Je ne suis pas sûre, dit Mme Arkenhout.

– Je voulais juste vous parler en privé.

– Mon mari n'est pas là.

– Il n'est pas obligé de savoir, lui répondis-je en pensant que ce devait être ce qu'elle avait envie d'entendre.

Au bout d'un moment, la porte s'ouvrit.

Mme Arkenhout ne connaissait qu'un Christopher Hart. J'en étais très différent.

Je vis la déception, puis la peur se marquer sur son visage. Calée entre un buffet et les reproductions sur le mur d'en face, elle essaya de me bloquer le passage, puis de repousser la porte afin de pouvoir la verrouiller et interdire sa maison à tout ce qui était fantômes et inconnus. Mais elle perdit son aplomb.

– Je ne sais plus rien de Martin, dit-elle. Il nous a quittés il y a longtemps.

– Mais vous m'avez laissé entrer.

– Oh, oui. Je vous ai laissé entrer. (Elle recouvra ses esprits, physiquement, comme on ramasse les pans d'une jupe qui traînent, comme on redresse le dos.) Voulez-vous du café ?

Je faillis rire devant ses manières polies. Je me sentis obligé de lui retourner quelque gentillesse. Je sortis une photographie de mon portefeuille et la lui tendis comme si je voulais lui prouver mes bonnes intentions : une photo d'été, Maria et Arkenhout sur un mur près d'une fontaine carrelée, ombres et lumières qui brillent.

– C'est bien Martin, n'est-ce pas ? lui demandai-je.

– Non. (Mais elle tint le cliché comme un talisman.) La photo n'est pas très bonne.

Elle voulait sans doute dire que ce n'était pas celle qu'elle voulait voir : ni nette ni assez évidente, ni respectable ni tolérable.

– Vous me devez une explication, ajouta-t-elle.

– Bien sûr. J'aimerais vraiment beaucoup du café. Elle me fusilla du regard.

– J'y vais. Du calme !

Elle quitta la pièce, j'entendis le moulin à café grincer et grincer jusqu'à ce qu'il ne puisse plus moudre que de la poussière. Je la rejoignis dans la cuisine.

– Autrefois, j'adorais les photos, dit-elle tandis que le moulin continuait de marcher. Martin sur son premier tricycle. Martin dans son berceau. Martin à la plage. C'était un bébé parfaitement ordinaire, vous savez ? Ce n'est pas ce que dirait mon mari, mais moi si.

J'arrêtai le moulin à café.

– Vous croyez que c'est prêt ? me demanda-t-elle.

J'acquiesçai d'un signe de tête et l'accompagnai tandis qu'elle transvasait la poudre dans un filtre, plaçait ce dernier dans une cafetière, ajoutait de l'eau et appuyait sur un interrupteur comme un danseur double les mouvements d'un autre.

– C'est très dur, reprit-elle. Nous n'avons jamais vu Martin en Amérique, vous voyez ? Enfin... ce qu'il en restait. Le terrain était meuble et très humide, d'après ce qu'ils m'ont dit. Ils l'ont incinéré. (Elle eut un hoquet.) Je n'ai plus jamais eu l'occasion de parler de lui.

– L'avez-vous jamais revu ?

– Oh non ! Pas vraiment.

Elle tendit les mains en avant pour attraper le plateau,

mais elles tremblaient si fort qu'elle en fut incapable ;
ce fut moi qui le portai dans la salle de séjour.

– Il vaudrait vraiment mieux que vous partiez, reprit-
elle en tenant un biscuit comme si c'était un lacet. Mon
mari ne comprendra pas. Martin mangeait-il comme il
faut ?

– Je crois.

– Rien n'a jamais l'air de l'émouvoir.

Je lui racontai ma rencontre avec son fils et lui dis
comment j'avais habité une maison dans le même village que lui.

– Il nageait beaucoup. Il était en très bonne santé.

Mais je voulais qu'elle me l'explique, elle.

– Il y a eu un horrible incendie. Martin s'est montré
très courageux…

– Bêtises ! s'écria-t-elle.

On aurait dit un coup de fusil.

– La police nous a dit ce qui s'était passé, reprit-elle.
(Elle sirotait toujours son café, semblait aussi tranquille
et raide qu'une matrone, mais sa voix était passée du
calme de la déférence au rugissement de l'alto dans une
église.) Pas de mensonges, s'il vous plaît. Si vous voulez mentir, vous pouvez partir.

J'entendis s'ouvrir et se fermer la porte d'entrée, puis
le froissement d'un manteau qu'on accrochait dans le
couloir. Quelqu'un toussa.

Le Dr Arkenhout parut sur le seuil.

– Qui êtes-vous ? me demanda-t-il.

Puis il se tourna vers sa femme et ajouta :

– Je ne savais pas que tu avais de la compagnie.

– Il connaît Martin.

Il dit quelque chose en hollandais que je ne compris
pas. Mme Arkenhout lui répondit.

Étrange politesse vu les circonstances, je restai debout,
le docteur s'approchant si près de moi que je sentis son
haleine.

– Je ne sais pas votre nom, reprit-il avec une politesse raffinée autant qu'inquiétante. J'en suis désolé.

– Il dit s'appeler Christopher Hart, précisa Mme Arkenhout.

– Je crois que vous feriez mieux de vous en aller, lança-t-il sur le ton de l'ordre auquel il n'est pas possible de désobéir, comme n'importe quel médecin.

– Je veux parler de Martin, dit-elle.

– Le sujet n'est pas bien choisi.

Il resta planté entre sa femme et moi comme s'il pouvait bloquer nos paroles avec son corps. Je voyais bien qu'il jaugeait sa force, et la mienne.

– Je pensais qu'il allait bien. Il va toujours très bien, dit-elle.

– Vous devez partir, dit-il. J'insiste.

Mais elle continua de parler, sans reprendre son souffle, déversa un grand flot de paroles qu'elle avait répétées bien des fois mais n'avait jamais eu l'occasion de prononcer.

– C'est déjà arrivé une fois, vous voyez ? C'est ce qu'ils disent. Ils l'avaient trouvé dans un bassin dans le parc. Il s'était presque noyé, mais pas tout à fait. Il ne s'était pas noyé. Après, il a grandi parfaitement et…

– Quel âge avait-il ? demandai-je.

– Je vais appeler la police.

– Quatre ans. Il était beau.

– Très beau, dit le médecin. Je vais appeler la police.

– Racontez-moi ce qui s'est passé.

– Elle ne sait pas.

– C'est vrai, acquiesça-t-elle. Je ne sais pas. Ils m'ont donné des médicaments et je ne me rappelle plus très bien ce qui s'est passé et pourquoi. Mais ils m'ont trouvée au bord du bassin. Comme si je l'avais regardé se noyer. Il faisait froid et humide, il n'y avait pas d'autres enfants qui jouaient, il était assez grand pour barboter dans l'eau tout seul et donc…

Elle eut de nouveau un hoquet.

– Il m'a toujours dit, reprit-elle en me montrant son mari, enfin… il me l'a moins dit que laissé entendre que… que j'étais très malade et que j'avais essayé de tuer Martin. Mais vous voyez, je n'aurais pas pu. Et donc je n'aurais pas essayé, n'est-ce pas ?

Elle reprit la cafetière vide comme une bonne hôtesse, mais en versa le contenu dans le vide en regardant son mari dans les yeux.

– Ma femme est dans une détresse profonde, dit-il. Elle ne va pas bien. Je ne sais pas ce que vous espériez accomplir en venant ici, mais vous voyez sûrement que…

Lorsque je ne réagis pas, il se rua sur moi, agrippa ma veste et me poussa dans le couloir. Il ne put se résoudre à rompre la bienséance en me frappant comme il fallait, mais il ne pouvait plus s'empêcher de me bousculer et harceler comme si j'étais quelque obstacle inerte qu'il fallait chasser de la maison. Il parlait calmement, mais en hollandais.

Tout le doux et joli corps de Mme Arkenhout, seins hauts et hanches agréables, fut soulevé, puis retomba, dans l'ignominie d'un hoquet.

– Nous avons dû éloigner Martin, dit-elle en reprenant son souffle, parce que… comment aurait-il pu nous faire confiance ? (Sa voix aurait pu porter un motet à travers toutes les basses terres.) Dans les escaliers, le noir ne l'inquiétait pas comme les autres enfants. C'était lorsqu'il était assis avec sa mère dans la lumière de la cuisine qu'il était le plus angoissé. Près de la cuisinière. Avec l'odeur des petits gâteaux. Comme sur les images des vieilles réclames.

***

Dans la pluie et l'obscurité, je me vis dans les fenêtres du train : alarmé, encore une fois. Les Arkenhout savaient

410

lequel de nous deux avait réchappé à l'incendie et si le très convenable Dr Arkenhout le savait, la police le saurait elle aussi, dans quelques minutes.

J'avais bien un avenir, mais sous les verrous. J'avais de nouveau une raison de fuir. Il me faut absolument croire que c'est bien ce que je désirais : éprouver une peur assez forte pour revenir à la vie.

J'avais de quoi tenir une semaine, mais pas de nom. Je pouvais prendre un boulot de débardeur, un boulot où on ne pose pas de questions, peut-être travailler sur une péniche remontant le Rhin jusqu'en Suisse, ou embarquer sur un cargo. Sauf qu'à un moment ou à un autre il me faudrait des papiers, des papiers officiels, et des documents du syndicat. On vérifierait.

Là où je me trouvais, dans ce creux entre deux vies, la carrière de Martin Arkenhout me parut presque raisonnable, voire inévitable ; on peut toujours se convaincre que, dans telle ou telle difficulté où l'on est coincé, tuer, voler et tricher sont des choses entièrement raisonnables, la seule façon de s'en sortir et de continuer.

Il me fallait une autre vie entière.

C'est que j'avais déjà assassiné quelqu'un, voyez-vous. J'avais perdu la protection des règles morales ordinaires, celles qui empêchent de tuer, de voler et de tricher.

Il aurait dû être facile de trouver une cible à Amsterdam la touristique. Les Français y viennent fumer des joints le week-end. Les homos s'amusent bruyamment dans les rues qu'enfin ils peuvent posséder. Les touristes débarqués à terre traînent devant les vitrines des bordels comme si le péché n'était plus amusant dès qu'il est permis – des gamins dans un magasin de bonbons : ils ont de l'argent, mais préféreraient voler.

Mais il y avait quand même tous les gens venus en week-end : en rentrant chez eux, ils retrouveraient diverses peaux dès le lundi matin – dans quelque ministère en France, la tête officiellement propre, ou une banque en Angleterre où des collègues moins allègres leur envieraient secrètement leurs débauches. Je pourrais gagner plusieurs jours, sinon plusieurs semaines, avant qu'ils viennent à manquer à telle ou telle machine.

Et il y avait Boaventura et moi. Nous avions bu des bières, descendu du schnaps et avions assez chaud pour braver la ville glaciale.

Basses le long des canaux, les lumières étaient censées évoquer la lueur qui montait des torches quelques siècles plus tôt et réchauffer les pignons décentrés des maisons et les arbres nus. Dans la quasi-obscurité des gens passaient, certains même à bicyclette malgré la pluie, d'autres tête baissée sous les gouttes qui ne cessaient de tomber.

– Vous vous y connaissez en art ? me demanda Boaventura.

– Un peu.

– Vous avez entendu parler de Vermeer ?

Si j'étais Arkenhout, me dis-je, il pourrait glisser sur les pavés et passer par-dessus le bord du canal. Et dans l'eau froide les cœurs s'arrêtent, je m'en souvins ; le choc, suivi des effets débilitants du froid. Mais les cadavres flottent et racontent leur histoire ; sans compter que ce corps-là ne me servirait à rien si je n'avais pas d'abord ses papiers.

– J'ai vu quelques-uns de ses tableaux. Ils m'ont bien plu. J'ai envie d'aller à Delft, reprit-il.

Si j'étais Arkenhout, le moindre creux dans la lumière aurait de l'importance. Il y avait des planches pour accéder aux longs bateaux en bois mouillés au bord du canal, des embarcations avec grandes fenêtres, cheminées et plantes en pot. Par endroits des échelles permettaient de descendre jusqu'au niveau de l'eau, près d'un hôtel, d'un débarcadère à pédalos, d'un monument en marbre.

Je m'emparai de sa veste dans un bar, mais il le remarqua. Je lui dis que je m'étais trompé. Il avait une brochure sur Delft dans une poche, avec la photo d'une église toute tassée derrière le cri monumental de la flèche et du clocher.

***

De retour dans ma chambre, je remis toutes les images du *Liber Principis* dans la pochette en plastique. Il y avait une légère trace de rouille sur le bord du portrait du vieil homme, de l'humidité venue de la fenêtre, peut-être, ou de la cabine de douche au pied de mon lit. Quoi qu'il en fût, le papier avait commencé à se ramollir.

Un seul devoir était encore attaché à mon nom : rapporter les images à Londres. Je ne pouvais pas les emballer à la perfection, mais je glissai chacune d'elles dans du plastique avec ma carte dedans, puis je les rassemblai toutes dans le classeur, que j'emballai à son tour. J'y ajoutai une carte postale représentant un Van Gogh – des coquelicots avec des papillons jaunes –, et la signai « Christopher Hart ».

***

Je quittai l'hôtel le lendemain matin. La direction – deux types bas sur pattes – s'en moqua : j'avais versé une avance en liquide, on ne songea même pas à me la rendre.

Je voulais partir. J'étais trop fatigué pour aller loin, mais je désirais mettre une distance irrévocable entre ma vie et moi. Je n'arrivai qu'au bout de la rue, à l'endroit où les rails du tram s'enfonçaient entre des immeubles locatifs tout à la fois miteux et majestueux.

Boaventura. Il me dit qu'il cherchait mon hôtel. Il me dit qu'il voulait aller à Delft.

413

J'essayai de lui échapper. Je n'y parvins pas. J'y vis un présage.

Il savait effectivement des choses sur Vermeer, quelques-unes. Il me voyait en *senhor doutor*, l'érudit qui donnerait un sens à toute cette culture qui lui semblait toujours hors de portée.

Je laissai mon sac de voyage à la gare centrale. Je voyageais sans plus rien qui me caractérisât ou donnât un nom : homme-miroir qui ne reflétait plus que ce qu'on lui apportait.

Boaventura espérait des leçons, des explications, des nouvelles d'un Portugal qu'il pourrait faire semblant de prendre pour des nouvelles de chez lui. De la neige fondue piquait les vitres des fenêtres, il me lança joyeusement :

– Un jour, il a neigé dans mon village. Je m'en souviens. Il était onze heures du matin et tout le monde est sorti voir.

Les ciels de Delft étaient tout de gris et de noirs saturés, comme des plages d'aquarelle encore mouillées. Avant de commencer à nous promener, nous prîmes une bière et une part de tarte dans le premier bar venu.

Nous trouvâmes le site de la *Vue de Delft*, naturellement. Nous errâmes dans la Maison du prince. Nous déjeunâmes un peu : Boaventura, par erreur, d'un morceau de poulet en beignet noyé de corn flakes. Il eut l'air surpris.

Derrière chaque rangée de jolies maisons, derrière chaque joli canal coupant à travers le paysage, il y avait toujours la même présence lugubre : celle d'une flèche d'église au sommet d'une grande tour trapue, puis d'une étendue de pierre grise et propre, puis d'une horloge, puis encore d'une autre flèche gothique montant jusqu'à la croix qui la terminait. Gratte-ciel de multinationale avant son heure, c'était une monstrueuse fanfaronnade qui s'élevait au-dessus des rues aimables, comme l'escalier personnel reliant Dieu aux meilleurs gentlemen de Delft. Où que je me tourne, mon regard en était hanté.

L'attirance des endroits chauds était forte, surtout de ceux très en retrait des fenêtres.

Mais Boaventura, lui, aimait les rues commerçantes. Il aimait les vitrines remplies de civet en massepain, de cochons en chocolat ; de robinets de salles de bains, de bouteilles de bordeaux bon marché, de moniteurs d'ordinateur. Librairie, magasins de vêtements avec mannequins beiges sous des marrons et des verts. Télévisions.

Sur un de ces écrans je découvris mon visage, l'y contemplai une vingtaine de secondes, puis le vis disparaître.

Je m'arrêtai net, naturellement. Il ne fallait pas que Boaventura voie ça. Mais j'avais besoin de savoir ce qu'on avait dit, ce que signifiait cette apparition de mon propre visage à la télévision.

Il y avait une speakerine – air intense de celle qui profère des paroles qu'elle n'a pas pensées ou écrites.

Une carte de Bosnie.

Je ne savais pas combien de temps duraient les nouvelles de la mi-journée, si l'on y répétait les sujets, si je n'avais vu que les grands titres et si l'on reviendrait sur l'histoire de l'homme dont on avait montré le visage : celle d'un tueur en cavale, il y avait des chances.

Un incendie de forêt. Je n'aurais su dire où. Une boule de feu qui explose à travers des arbres.

Je n'aurais rien compris à la langue, même si j'avais pu entendre au travers de la vitre épaisse.

Je sentis la panique me prendre, mélangée à une sorte de gratitude : après toutes ces semaines d'anonymat passées à courir partout et nulle part, j'étais de nouveau reconnu et recherché.

Ça venait un peu trop tard.

– Je suis entre vos mains, me dit Boaventura.

415

La place s'ouvrit très brutalement : terrain de parade en pavés humides et glissants, mairie piquée de volets comme un calendrier de l'avent, la grande tour sombre et la flèche s'élevant trop haut à l'autre bout.

— Il va neiger, dit Boaventura.

— Vous voulez une bière ? Il y a plein de bars.

— Non.

J'avais l'air de le décevoir.

J'eus presque peur d'entrer dans l'église. Sa masse imposante disait une tradition qui n'est pas la mienne : une espèce d'appropriation personnelle et contractuelle de Dieu comme l'exercent les marchands entre eux, tout autant qu'une menace sur la ville au nom de ce même Dieu.

— Tout ça, vous l'avez déjà vu, reprit-il. Pas moi. Je veux voir des choses.

— On pourrait aller…

Mais il était déjà sous le grand porche d'entrée. Dans une sorte de boutique de souvenirs historiques, il marchanda des billets pour la tour et la flèche. Et me tendit le mien. Franchit le tourniquet qui comptait les entrants et les sortants.

— Mais avec le temps qu'il…

— C'est au vent qu'il faut faire attention, me lança joyeusement la femme derrière le comptoir. Et aujourd'hui il n'y en a pas vraiment.

Je ne voulais pas entrer dans l'étroite cheminée qui retenait des marches en bois, ou commencer à grimper en rond, jusqu'à en avoir le vertige, entre deux murs de pierre. Devant et derrière, il n'y avait jamais rien d'autre à découvrir que quelques marches en bois, de temps en temps un rai de lumière tombant d'une fenêtre poussiéreuse, et les murs qui tournaient et tournaient.

Dans les muscles de mes jambes la montée s'inscrivait d'une manière bien réelle, mais il n'y avait pas moyen de vérifier le chemin parcouru, ni à quelle hauteur nous nous tenions au-dessus des pavés luisants de la place.

A un moment donné, je me tapai presque dans Boaventura qui s'était arrêté pour s'assurer que je tenais le coup.

– Sacrée montée, dit-il.

Je n'entendais plus que le bruit de ses pas. Je songeai que personne d'autre ne grimperait en haut de la tour par un temps aussi menaçant. Je commençai à avoir la tête qui tournait sous la répétition des marches, des virages et encore des marches.

J'entendis Boaventura glisser et jurer. Je le rattrapai sur un petit palier, près d'une fenêtre qui ne donnait pratiquement aucune lumière.

– C'est rien, dit-il.

– On pourrait redescendre.

Il eut l'air méprisant.

Cette fois, je passai devant et continuai de forcer, en mettant de temps en temps un frein à mon vertige en m'accrochant à la corde qui filait entre des anneaux le long du mur.

J'étais devenu un sujet de nouvelles. Je ne pouvais plus échapper aux conséquences de mes actes, à moins d'être un autre.

L'escalier s'ouvrit brusquement sur une grande salle remplie d'air d'église, mélange bizarre de lumière poussiéreuse et tranquille et de reflets sur le métal. Il y avait des cloches partout, d'énormes cloches qui pendaient haut dans les airs.

Boaventura vit des portes qui donnaient sur des corniches et bondit dehors pour enfin découvrir la vue. Il remarqua aussi qu'on pouvait monter encore plus haut.

J'étais maintenant séparé du monde d'en dessous,

séparé par le vertige, l'effort musculaire, l'impression de m'être enfin débarrassé de tout ce qui était certitudes : mes noms, mes biens, ma liberté si jamais la police m'identifiait et m'arrêtait maintenant. Je regardai tout d'un air méprisant.

Tout ce qui m'était resté, tandis que nous continuions de monter, se réduisait aux marches de l'escalier qui tournait devant moi – et au fait que je me trouvais avec Boaventura. Il n'aurait pas été difficile de le prendre pour moi : être moi, il le pouvait sans difficulté, tout comme il pouvait encore déraper.

Nous ressortîmes au point le plus élevé de la tour, sur de petites terrasses fermées par de la dentelle de pierre. Je vis que celle-ci perdait de sa netteté, ses détails corrodés par l'air. Je vis des nuages noirs de l'autre côté du port, vers Rotterdam. Je n'arrivai pas vraiment à savoir si nous nous trouvions au-dessus d'eux avant que la neige fondue se mette à tomber.

Boaventura se tenait face au vent, comme un marin qui lutte sur le pont d'un navire.

J'essayai de regarder par-dessus la rambarde en pierre afin de voir la place qui luisait en bas, la rangée de bâtiments officiels, l'angle du canal sur un côté. Tout le monde aurait pu déraper. Et pas moyen de réchapper à une chute pareille.

La neige fondue commença à nous fermer le monde et à ôter la ville à nos pieds. Désormais, quoi qu'il arrive et quoi que je fasse, le monde ne pouvait plus s'ouvrir que vers le haut – la neige fondue qui se fait plus fine, devient pluie, la visibilité qui recule de quelques centaines de mètres, puis la pluie qui s'arrête, les lumières doublées par les pavés humides en dessous ; et après, si j'agissais, d'autres villes, d'autres occasions.

– Je croyais qu'on pourrait voir la mer, dit Boaventura.

Le monde s'était réduit à cet endroit minuscule à l'intérieur d'une tempête, à cet endroit confortable et protégé où prendre une décision.

Je passai presque trop de temps à y réfléchir.

Boaventura frissonna et commença à redescendre.

Je le suivis, un tournant après lui de façon à ne pas le voir. Je ne voulais pas. Le cas d'Arkenhout était tout différent : ce n'était rien de plus qu'un assassin, quelqu'un dont la parole était unique et dangereuse et les noms aussi changeants et incertains que diables dans un livre. L'homme que j'avais devant moi s'émerveillait, paniquait, buvait trop, souffrait d'avoir perdu son épouse, une famille lointaine et un pays dont la simplicité même devenait magnifique dans le souvenir. Il était presque trop particulier pour qu'on le réduise à un cadavre.

Je ratai une marche et dérapai sur le luisant du bois usé.

Aurais-je été moins stable sur ces marches que j'aurais pu tomber sans fin dans cette cheminée en pierre, tomber et rebondir indéfiniment sur les grands blocs de pierre des murs.

Je dégringolai sur Boaventura. Je l'entendis souffler comme on pète. J'attrapai la corde et, au moment même où je mettais fin à ma chute, compris que c'était maintenant lui qui tombait et tombait, bras contusionnés et déchiquetés sur la pierre ; puis je le perdis de vue, suite de hurlements et de rebonds, avant le silence.

Je n'arrivai pas à imaginer qu'il ait pu cesser de tomber.

Je m'accrochai à la corde. Sous moi la distance était telle que le vertige me reprit ; j'avais besoin de m'ancrer. Si j'avais pu, je serais resté figé à jamais sur place, homme en suspens.

Mais il fallait que je redescende et Boaventura ne pouvait pas ne pas se trouver entre moi et la sortie.

Il était en travers de la cage d'escalier, juste avant la salle des cloches. J'entendis sonner deux heures, puis les harmoniques du carillon qui persistaient dans l'air poussiéreux, puis le bruit de la neige fondue s'abattant sur du verre.

Il n'était pas mort.

J'avais glissé. Je n'avais pas voulu le tuer.

Mais j'avais devant moi un homme avec des papiers qui le liaient à l'innocence – et l'irresponsabilité sous un certain angle –, à la possibilité d'une autre vie. Je pouvais les prendre en un instant, et laisser les miens. Confondre deux étrangers dans un coin aussi touristique n'est pas difficile.

Je ne voulais pas qu'il vive.

La présence des cloches m'alarma : énormes, machines à juger montées sur de hauts tréteaux.

A une telle hauteur les fenêtres ne donnaient que sur du ciel sauvage, pas sur des toits, des rues et d'autres vies humaines. L'espace d'un instant je me sentis libre de prendre toutes les décisions que je voulais. J'étais dans l'esprit de la tour : dans son intraitable sens de supériorité morale.

Je gagnai la fenêtre pour regarder en bas. Je ne vis que des nuages qui sifflaient autour de moi, si fort que je ne pensais pas être entendu lorsque je commençai à crier :

– Que voulez-vous que je fasse ? Que voulez-vous, quoi !

Je ne savais absolument pas à qui je m'adressais : à Dieu, à mon père, à Boaventura, voire à Arkenhout.

Mes cris déclenchèrent une chanson faible et tremblante parmi les cloches.

Alors seulement je compris que si j'étais complètement libre en ce lieu élevé, j'étais aussi libre de faire ce que la justice et la morale exigeaient – et pas du tout obligé de piquer des papiers, de les échanger et d'abandonner un homme : moi-même.

Je sus que je ne pourrais jamais me débarrasser du crime d'avoir tué Arkenhout. Cela reste une dette que je dois régler, d'une façon ou d'une autre.

***

Je restai sans voix dans la petite boutique en verre tout en bas, me contentant de montrer quelque chose au-delà des tourniquets, vers le haut. L'employée fut obligée de deviner ce qui avait dû se passer.

On descendit Boaventura sur un brancard. Commotion cérébrale, ce qui, à l'entendre, ressemblait beaucoup au soir où il avait perdu sa femme, et il avait le bras en morceaux ; sa jambe, elle aussi, était cassée, au niveau du tibia. Il ne pourrait pas travailler pendant un moment, ses muscles et leur parfaite coordination étant ce sur quoi il devait pouvoir compter – mais il s'en sortirait.

On me mit dans une voiture de police. Personne ne soufflait mot. Au poste, il y eut une explosion de coups de téléphone, mais en hollandais, bien sûr. Je fus placé à l'arrière d'une autre voiture de police qui sortit de la ville. Je regardai la tour de l'église disparaître dans la tempête.

D'après les panneaux, je compris que nous revenions à Amsterdam. Je ne savais pas ce qui allait m'arriver : si l'on m'accuserait du meurtre d'Arkenhout, si l'accident de Boaventura me rendrait doublement suspect. J'étais presque sûr qu'il s'agissait d'un accident.

Mais au commissariat suivant, celui de Warmoesstraat où Mme Arkenhout avait commencé à démêler l'histoire de son fils, les flics souriaient trop et me donnèrent du thé chaud et sucré. Mon « anglitude » devait leur paraître évidente.

– Nous vous cherchions, me dit l'inspecteur Van Deursen.

– J'ai vu la télé. J'ai vu les images. Je n'ai pas entendu ce qu'on disait. Je n'aurais d'ailleurs pas compris si…

Les prisonniers qu'on interroge bavassent tous comme ça.

– Les Arkenhout nous ont parlé de votre visite. Nous avons dû en conclure qu'il y avait eu erreur dans l'identification du corps au Portugal.

Il avait raison, je gardai le silence.

– Et donc, vous savez comment est mort Arkenhout ?

On m'invitait à avouer un meurtre avec une grosse tasse de thé blanche dans les mains et en face de moi, de l'autre côté de la table, un aimable policier qui ne fronçait pas les sourcils et ne criait même pas. Tout ce qui me poussait à parler venait d'un paquet de nerfs qui me serraient la poitrine.

– Vous voulez m'en parler ?

J'essayai de boire le thé, mais il était trop chaud.

– Vous pouvez me dire, insista-t-il.

Il devait déjà tout savoir. Le dossier était sans ambiguïtés, sauf pour la question des noms et des identités. Les autres faits avaient été parfaitement catalogués : agression, incendie, explosions, essence et tête coupée, rien de tout cela ne s'accordant avec la thèse de l'autodéfense ; fuite, vol d'argent sur la carte d'un mort déjà dévalisé ; visite à la famille du défunt.

Mais je racontai tout. Je voulais qu'il me propose mon châtiment.

– Vous savez que vous êtes une espèce de héros ? me lança-t-il.

– Qu'est-ce qui est arrivé à Boaventura ? On l'a emmené. Ça va ?

– Le type de la tour ? Votre ami ? Oui, il va bien.

– Vous ne voulez pas savoir ce qui s'est passé là-bas ?

Il sourit.

– Je vous l'ai déjà dit. Vous êtes un héros.

Je me levai.

– Ne vous moquez pas de moi.

– Asseyez-vous. Nous ne pouvions pas arrêter Arkenhout, pas encore. Les preuves étaient trop indirectes, pas de témoins et une bonne douzaine de pays. On n'aurait pas pu bâtir un dossier assez solide. Maintenant il est mort, l'affaire est close et nous devons vous remercier…

– Mais je lui ai pris son argent !

Il sourit.

– Vous étiez en état de choc. Un homme comme il faut qui doit faire quelque chose de terrible, évidemment que vous étiez en état de choc. Personne ne vous condamnera.

– Je l'ai fait brûler.

Il garda le silence.

– Vous ne savez pas la moitié de ce qui s'est pas…

– Vous n'étiez plus vous-même, c'est tout.

***

En hiver, avec son grand portique en pierre fermé pour la pluie, le musée a l'air condamné. Les gardiens ouvrent les portes avec cérémonie, cette cérémonie se déroulant devant un public inexistant ; les visiteurs viennent un peu plus tard pour être sûrs de pouvoir entrer sans attendre.

J'étais revenu, naturellement.

J'avais ouvert la lettre des avocats d'Anna, lesquels semblaient outrés par mes mauvaises manières : être ainsi revenu d'entre les morts ! Je me trouvai des avocats à moi pour leur répondre.

De nouveau je me promenais dans le dédale des couloirs, reconnaissant de l'ordre qui sous-tendait la pagaille apparente des colonnes éraflées, des blocs de pierre cassés, des fragments d'os. Le musée m'avait offert un congé de maladie : on était gêné de me reprendre, mais

on savait qu'il était impossible de virer le héros sans attirer l'attention.

– Vous vous êtes vraiment mis en quatre pour le
musée, m'avait dit sèchement le directeur adjoint. C'est
même un peu trop extraordinaire pour nos ternes esprits
d'Anglo-Saxons.

Maria m'avait appelé, juste une fois. Elle m'avait
trouvé au travail.

– Je vous appelle parce que je vous représente.
Enfin… d'une certaine façon. Je voudrais savoir ce que
vous entendez faire pour la maison de votre père.

– Je n'y ai pas pensé.

– Il y a d'autres maisons. Il y en a une près de
Granja, avec sept terrasses d'oliviers et un ruisseau. Et
des bougainvilliers. C'est une maison en pierre, avec
des murs blancs.

– Je crois qu'il vaudrait mieux que je laisse les choses
en l'état pour l'instant.

Mais j'entendais bien la chaleur de ses paroles. Si elle
avait été là, elle m'aurait frôlé le bras et aurait souri
trop fort.

– Vous auriez dû me dire ce qui s'est passé, reprit-
elle. Je veux savoir.

– Ce n'est pas quelque chose dont je peux parler ici,
lui répondis-je en rentrant dans ma coquille de personnage officiel et sans affects.

– J'ai failli monter à Amsterdam, vous savez ? La
police m'a dit que ça pourrait les aider que je vienne.
Christopher aurait pu en dire plus.

– Vous voulez parler de lui ?

– Vous le connaissiez. Moi aussi. Je croyais que ça
nous donnait quelque chose en commun. Au moins
une, pour commencer.

Une possibilité s'ouvrait, c'en était presque une pro-
phétie, au fond : que je rachèterais mon crime en allant
jusqu'au bout de ce que Martin Arkenhout avait projeté

et presque accompli, en rentrant au Portugal de mon père, en retournant à cet endroit que je connaissais, en revenant vers la femme que j'avais si violemment désirée seulement quelques semaines plus tôt, en retrouvant mon propre nom et le sens nouveau qu'il avait. Alors je pourrais vivre ma vie mieux qu'avant, et sans avoir à supporter le fardeau de tuer.

Elle devait avoir envie d'un héros pour remplacer le fugitif qu'elle avait perdu.

– … Arturo va bien. Il n'a pas eu besoin de se faire opérer. Il pleut beaucoup, mais c'est la saison…

Je songeai à une vie passée entre des montagnes vertes, dans des forêts nettoyées, sous des ciels où volent des aigles, sur une terre qui sent la menthe et l'anis quand on écrase des feuilles sous ses pas.

– … les feuilles de vignes sont encore sur les branches. Elles sont tellement rouges qu'avec la lumière qui les frappe par-derrière on dirait des vitraux…

**

Aujourd'hui, j'ai traversé la route jusqu'au service de restauration pour les regarder travailler sur le *Liber Principis*. Ils ont des expédients vraiment ingénieux pour fondre les fibres de papier le long des déchirures. Ils s'assurent que les images seront remises dans l'ordre arbitraire que nous connaissions et avions répertorié, celui qui a résisté à plusieurs siècles.

– On ne pourra jamais faire en sorte que ce soit parfait, m'a dit mon adjoint, Carter. Ce n'est pas possible. Ces images n'ont pas été conservées comme il faut. Pas du tout.

– Elles n'ont jamais été parfaites.

Il eut l'air choqué.

– Ça ira, ajoutai-je. C'est ce qu'on a, il faudra bien s'en contenter.

Après, je suis revenu à cet appartement que j'ai emprunté et me suis allongé pour dormir.

Je rêve trop depuis quelque temps. Parfois, je vois des montagnes, Maria, jusqu'au visage d'Anna, et me souviens de châteaux et de vins.

Martin est toujours présent, lui aussi : l'enfant qui avait peur à la lumière et la chaleur, qui craignait l'odeur des gâteaux qu'on fait cuire, qui était terrorisé dans les bras de sa mère. J'essaie de rester éveillé et de ne pas faire ces rêves qui ne semblent jamais vouloir cesser.

Les Enfants terribles du cinéma américain
Ou comment les jeunes cinéastes ont pris le pouvoir à Hollywood
en collaboration avec Lynda Myles
L'Age d'homme, 1983